王的背影

周建新 著
ZHOU JIANXIN

北方联合出版传媒（集团）股份有限公司

春风文艺出版社

·沈 阳·

图书在版编目（CIP）数据

王的背影 / 周建新著 . —沈阳：春风文艺出版社，
2019.12（2022.2重印）
ISBN 978－7－5313－5771－1

Ⅰ. ①王… Ⅱ. ①周… Ⅲ. ①长篇历史小说 — 中国 —
当代 Ⅳ. ①I247.5

中国版本图书馆CIP数据核字（2019）第290968号

北方联合出版传媒（集团）股份有限公司
春风文艺出版社出版发行
http://www.chunfengwenyi.com
沈阳市和平区十一纬路25号　邮编：110003
永清县晔盛亚胶印有限公司印刷

责任编辑：姚宏越　　　　　　　责任校对：于文慧
装帧设计：郝　强　　　　　　　幅面尺寸：155mm × 230mm
字　　数：312千字　　　　　　印　　张：20
版　　次：2019年12月第1版　　印　　次：2022年2月第2次
书　　号：ISBN 978-7-5313-5771-1
定　　价：60.00元

文中亲族间常用称呼

郭罗玛法：外祖父

玛法：祖父

太太：祖母

阿玛：父亲

讷讷（建州女真）：母亲

额娘（海西女真）：母亲

阿牟其：伯父

阿牟：伯母

那克出：舅舅

额克出：舅妈

姑爸爸：姑姑

窝克：婶婶

额云：姐姐

额其克：叔叔

爱根：丈夫

福晋：妻

侧福晋：妾

庶福晋：平民身份的妾

又老又穷，

那就是我的外婆，

她总是不安地说，

我没有什么带给你，

等我懂得时，

她已长眠地下。

有什么比你更深厚，

外婆，你给了我妈妈

和一个古老的故事，

现在，我讲给你……

　　　　　　——节录于谷野的诗

目　录

WANGDEBEIYING

第一部

黑扯木

第一章　黑

　　很早很早以前，天地未开，天是没有形体的，水一样流溢，云一样缥缈。混沌的世界里，孕育出了天神阿布凯恩都里。那时，他还没有多少神性，喝着天地间的雨露，饮着山间的河流，吸食着宇宙的精华，在浊如蛋壳里的世界中逐渐强大起来。

　　地狱之神耶路里主宰着混沌的世界，风雨雷电诸神，还有地母之神讷妈妈等，都听命于地狱之神的调遣。天神阿布凯恩都里要分清三界九层，天地人各居其一。耶路里不许，清晰的三界中，没有他的位置，于是爆发了天宫大战。

　　耶路里强迫风神鼓足嘴巴，吹得天翻地覆，把地母神讷妈妈放在桦皮篓里的黑头发吹上天空。霎时，满天都是讷妈妈的黑头发，把宇宙覆盖得一片黑暗。耶路里想用讷妈妈的黑头发捆绑住阿布凯恩都里，让世界永远见不到光明。刺猬神前来助阵，用身上的刺挂住耶路里，使其失去了魔力，败下阵来，落到大地上。

　　地神讷妈妈是善良的神，她不想让任何生命受到伤害，就把耶路里埋在地下，从此，地心成了永久的黑暗。

　　　　　　　　　　　　　　　　　　　　——萨满传说

一

万历二年，舒尔哈齐才十一岁，就学会了打仗。

教他打仗的是郭罗玛法（外祖父）王杲，郭罗玛法把他掼在小公马的背上，一巴掌拍下去，小公马便在古勒寨狂奔起来。野性的小公马还不习惯被人驾驭，嘶鸣尥蹶子，左突右奔，直到把人甩下去，才得意地跑向草甸子，甩着尾巴，悠然啃草。

摔过几回，舒尔哈齐便粘在了马背上，天神阿布凯恩都里都无法揭下他。在此之前，虽然也是过着马背上的生活，却都是搂着哥哥的腰，无论去哪儿，都是哥哥带着他。六岁离家出走，天当被，地当床，渴饮山泉水，饿猎林间兽，虽说获得了无尽的自由，却始终被庇护在哥哥的影子里。

现在，他终于体会到了独自策马奔腾的舒畅，享受到了无边无际、无拘无束的宽广与自由。

女真人活在马背上，王杲说，马是你飞出的身体，你是马夺不走的魂灵，不会打仗，别当男人。

野性的小公马，不懂得吝惜四散在寨里的鸡鸭鹅，还有牛犊与羊羔，翻蹄亮掌，一任践踏下去。有人拎着死去的禽畜找上府门，令其赔偿。王杲满不在乎，捋着胡子，瞅着外孙子在马背上猴子般上蹿下跳，感叹道，又是一名悍将。直到人家催问，阿突汗，啥时赔？

一句阿突汗，叫得他心花怒放，爽朗地让开府门，说，进院里，随便挑，死的就别拎进来了，拿回家，炖肉。

寨子里的人笑逐颜开地进去出来。

郭罗玛法一言九鼎，建州女真诸部尽知。朝廷册封他为建州右卫指挥使。他却不以为然，他不喜欢朝廷赐的汉名，更喜欢人们叫他阿突汗，明白无误地告诉他们，什么朝廷不朝廷的，皇帝的敕书是一纸空文，我是你们的汗（部落之王的意思），建州女真的首领是天神赐的，祖先给的，不是皇封的，建州的事，我来管，用不着朝廷。

舒尔哈齐第一次打仗，是在抚顺的马市，没有一点儿女真勇士的豪气，成了十足的菜货。

抚顺马市，他不陌生。五年前，哥哥努尔哈赤像他这么大时，常带他来，卖采来的人参、松子、蘑菇、木耳，还有捕来的禽兽，换回布匹、铁器和粮盐。

渴望自由的舒尔哈齐，躲开郭罗玛法和哥哥的眼睛，骑着小公马，驮着和哥哥一块儿打来的猎物，摊在集市口，想要换几匹好布、几斗粮食。哥儿俩寄居在郭罗玛法家五六年了，正是长身板的年龄，饭量大得日食升米，总这样白吃白住，脸上无光。尽管那克出（舅舅）阿台没说什么，可阿哥们已心生厌烦，他们的存在，等于抢了阿哥们碗里的肉。女真人的习惯，不养闲人，只要能奔跑，不和猛兽搏斗就去和人战斗。

刚把野猪、狍子从马背上撂下，没等卖出去，一个壮硕的边吏领着一群人就过来了。朝廷刚刚下令，断绝贡市，蛮夷之人，不得贸易，要没收舒尔哈齐的猎物。

仰视魁梧的边吏，舒尔哈齐内心发怵，猎獠牙野猪，捉七杈梅花鹿的兴奋与勇气骤然丧失。女真人的猎物，是捕猎者的另一半灵魂，神圣不可侵犯，每逢捕到猎物，他们先是刺穿猎物的心脏，放净全身的血，让猎物的灵魂随着鲜血流泻出来，凝聚在空中。然后，他们把猎物的头颅高高地挂在树上，闭合双目，顶礼膜拜，祈祷天神收走猎物的灵魂，让它们转世为人，投生到富贵之家，感谢天神把肥美的肉赐予他们，让部族生存繁衍。

猎物被边吏拿走意味着什么？是尊严被收走了，灵魂被欺凌了，即使心存恐惧，也不能放弃勇敢。搏斗持续仅仅几个回合，舒尔哈齐的步伐就乱了，郭罗玛法教给他的招式全丢在脑后，护身的腰刀被踢飞，人也栽倒在地，一只大脚踩在他的后背上，用力地踹着，似乎要把他踹进地狱。

舒尔哈齐觉得自己被踩得薄如一片荷叶，张大嘴也喘不上气来，眼前一片漆黑，他看到了地狱之神耶路里，张开獠牙大嘴，冲他笑呢。

一支响箭带着哨音凭空而降，那箭是警告，也是示威，只是壮硕的边吏没有听懂，或者没有在乎，脚依然牢牢地踩着舒尔哈齐，没有躲闪。就这样，他的腿肚子不可避免地被利箭射穿了。

骑着快马，拉弓射箭，疾风般奔驰过来的正是哥哥努尔哈赤。弟弟不知道，他的小心思，怎能瞒过后脑勺都长眼睛的郭罗玛法，早就料到此番交易不会顺畅，于是派哥哥悄悄跟随，暗中保护。

果然，郭罗玛法不幸言中，弟弟正在遭受欺凌，且有性命之虞。

努尔哈赤将弓箭背回身后，舞着大刀，冲到弟弟身旁，一个镫里藏身，将弟弟从地上拎起，横担在马背上。

那一瞬间，舒尔哈齐立刻从地狱之门里弹出，看到了天神的笑脸，天神抚着他的脑壳，说了声，魂来。

努尔哈赤没有逗留，奔向小公马，割断缰绳，一鞭子打下去，两匹马朝着古勒寨疾驰而去。弟弟还在惦念好不容易才猎取到的野猪和狍子，想让哥哥把猎物抢回来。哥哥用鞭子抽了下马屁股，告诉弟弟，天地不失，猎物不减，记住我的话，宁可被打死，不可被打败。

边吏们怔了片刻，直至努尔哈赤飞驰而去，才猛醒过来，没想到女真人竟敢开弓放箭，射伤边吏。他们跃身上马，扬鞭急催，铆足了劲儿追赶。追到百步之外，看到努尔哈赤侧身拉弓，他们立刻勒马驻蹄，已经尝过了努尔哈赤百步穿杨的箭法，追近了，下一个受伤的就是自己。反正也跑不掉，他们就这样不远不近地追下去，一直追到古勒寨前，被山门挡住。

边吏们呼叫着，皇帝没开恩开贡市，必须交出私自交易的女真人。

郭罗玛法王杲大怒，不仅对寨外叫嚣的汉人，还对他的两个外孙子，让人追到了寨门口，真是让古勒寨颜面扫地，也丢尽了你们爱新觉罗家族的脸，像打野猪猎黑熊那样，把汉人给我撵回去。

不管怎么说，王杲好歹是朝廷命官，按规矩这些普通的边吏对他要行跪拜之礼。结果边吏们非但无礼，还大呼小叫，显然没把建州女真放在眼里。边吏们的不恭让王杲特别恼火，以前和汉人发生争执，王杲大多请汉人的官吏进寨，商议如何解决。这一次，王杲不再惯着他们，放手一搏，让外孙子像对付狼熊虎豹一般对付他们，不惜拎几个血脑袋进来。

舒尔哈齐看到寨墙上的兵丁已经把弓拉满，与哥哥一同下去，若是打不赢，墙头之上就会万箭齐发，确保他们万无一失。郭罗玛法拍了拍他的小屁股，告诉他，男人迟早要上战场，第一仗打的是勇气。

边吏们没有想到，刚才还受胯下之辱的小屁孩，转眼之间气势陡长，拍马过来，长矛点到之处，枪枪索命。还有那个哥哥，嘴上没毛呢，就力拔千钧了，兵器碰上，刀枪俱飞。难怪人常说，一龙十虎，小孩子都这么厉害了。

边吏们一溃千里。

第一次打胜仗，舒尔哈齐心花怒放，他知道，打胜仗的功劳是哥哥那张弓的，便爱不释手地抚摸着。哥哥对弟弟什么都舍得，甚至是命，只有这张弓，多摸一会儿，他都会受到哥哥的呵斥。弓是爱新觉罗家族祖传的，做弓弦的牛筋，是一头顶死过猛虎的野牛的筋，四世祖与这头野牛斗智斗勇，耗了好几天，才将它猎杀，取筋为弓弦。五年前，哥哥牵着他的手，离家出走时，什么也没要，只是背走了这张祖传的弓。

与爱新觉罗兄弟的欣喜截然不同，郭罗玛法王杲气愤难消。

这股气他已经憋了好久了，即使没有外孙子受辱这回事，和地方官吏也是迟早要翻脸的。一百多年了，建州女真人和朝廷翻脸的事情还少吗？好的时候是皇亲国戚，建州女真最好的格格都成了皇妃，替老朱家生龙子龙孙；坏的时候血流成河，尸骨成山。交情是抗争出来的，尊严是鲜血写成的。

贡市不开，山珍野物貂皮人参就折不成银两，锻造不出刀剑，买不成骏马，换不来铠甲。没有实力，靠啥在蒙古各部、朝鲜王朝、海西女真还有朝廷之间的夹缝中生存？虽说有右指挥使这个招牌，但那不过是朝廷给你的假面具，皇封在建州女真各部不管用，各部各据各寨，不会随便听从谁的调遣，除非你兵强马壮，不得不依附你。

王杲的目标是让古勒寨成为四百年前大金国的会宁，不论海西女真还是野人女真，所有女真人都到这里膜拜天神阿布凯恩都里。

对于王杲的这番雄心壮志，朝廷内外毫无察觉，地方官员浑浑噩噩。然而，八百里开外，有一个人即使在太师椅上打盹儿，也能洞察王杲的一切，哪怕包藏很深的心思，也休想逃过他的火眼金睛，那人便是端坐在广宁府的辽东总兵李成梁。

李成梁很清楚，把王杲的身份抬得再高，也是名义上的，他不允许建州女真任何一个部落坐大，尤其是王杲，这个通晓蒙汉朝语的家伙，一旦在女真部落中形成号召力，再和蒙古部落、朝鲜李氏王朝勾连在一起，结成同盟，那将成大明的心腹大患。眼看着王杲经营的古勒寨不断吞并和吸纳周边的各部落，城堡越筑越牢，人口越聚越密，实力越攒越厚，威望越来越高，必须釜底抽薪了，否则就会养虎为患。

最直接的办法就是斩断贸易，让你养不起收降的部落和寨子里的人，然后再分化瓦解。

努尔哈赤射伤边吏的事迅速发酵。总兵府下通牒，责令王杲不得私开贡市，念及罪魁祸首为其外孙，暂不收监入狱，将努尔哈赤与舒尔哈齐送至广宁，由总兵大人亲自调教。

王杲立刻明白，李成梁又玩了个一石二鸟，两个外孙子是爱新觉罗家族未来的希望，若不是女儿早逝，继母苛刻，女婿心生嫌隙，外孙子哪能弃家而走，投奔到古勒寨？如若将两个孩子送到广宁，无异于将爱新觉罗家族的人送与李成梁做人质。联姻本为结盟，现在女儿早逝，若是拿人家的孩子取悦李成梁，便是与爱新觉罗家族结了仇。从此以后，女真诸部便不会有人折服他，更不会有人叫他阿突汗了。

十六岁的努尔哈赤已经嗅出了异样的气息，觉得给郭罗玛法惹祸了，领着弟弟，惶惑地进来，跪在郭罗玛法面前，准备承受责罚。没想到郭罗玛法将他俩抱起，反倒夸奖他们是勇士，那些阻止贡市的边吏，不是该打，而是该杀，他们断的不仅是女真人的活路，也是汉人和朝鲜人的生路，郭罗玛法要替天行道。

这不是一句气话，而是立竿见影的行动，不见一点儿血，不紧逼一下，朝廷就不会放开贡市，大明的官吏就是这样，欺软怕硬。王杲带着人马出寨了，自然，先去的是抚顺马市，先派几个人到汉人的集市搅局，把他们的头儿诱骗出来，拿他的人头回答李成梁，你不放开贡市，我就让你鸡犬不宁。

果然，抚顺守备游击上当，追将出来，中了埋伏，脑袋成了祭品。

一不做，二不休，劫掠大戏从此开演，先是抚顺，后来不是辽阳就是沈阳。每一次出去劫掠，不过一二百人，守卫的朝廷兵马都是数以千计，却不敢与古勒寨的铁骑对峙，或是望风而逃，或是紧闭营门不出。

王杲缴获的财物车载马拉，贡市得不到的东西，全弄到手了。

事实上，王杲并没有引发战争的企图，频频出击，只是想逼李成梁就范，向朝廷奏报，开放贡市。倘若李成梁派个使者，或者请爱新觉罗家族当中间人说合，要回劫掠的东西，他绝对不会反驳。谁想到蒙古各部落瞅准机会，趁火打劫，长驱直入汉民聚集的城镇，抢劫财富，掠夺人口。

李成梁借题发挥，带兵征讨的理由更充足了。

战争大幕拉开时，王杲还没完全准备好，李成梁没有派人来谈判，带着六万大军，直接平息叛乱。

战争一开始便是一边倒，全寨兵丁加在一起不过千人，况且朝廷带来炮石、火器，一副不破山寨誓不罢休的架势。幸好山寨依崖而建，城高堑深，王杲率三百之众，抵万人的轮番进攻。努尔哈赤的神箭箭无虚发，舒尔哈齐撬动礌石，砸碎一架架搭上寨垣的云梯。

王杲看到了新一代的建州勇士。

然而，天公不作美，北风骤起，满天狂吼，枯黄的落叶雪片般漫天飞舞。正午的太阳起晕了，血一般鲜红。明军的火弩飞向寨前的森林，火球骤然而起，在油松、红松还有白桦树的树冠上滚动，径直摔进寨子里。

古勒寨里，大火熊熊，连片的房屋、畜棚、粮秣被大火吞噬，老人、孩子、牲畜被火舌追得到处乱跑，寨中的全部积蓄付之一炬。

王杲知道，这是无法打赢的战争。王杲更知道，攻入寨子的李成梁不会把外孙子怎么样。他告诉两个外孙子，脱掉铠甲，扔下武器，不许抵抗，李成梁不会杀你们，他不敢与所有的女真人为敌。

努尔哈赤听懂了郭罗玛法的弦外音，也知道了爱新觉罗家族的分量，收起了弓箭。

浓烟将古勒寨团团裹住，烈焰追逐着浓烟节节攀升，蓝天被大火舔红。没有参透玄机的舒尔哈齐眼睛喷着怒火，他特别憎恨放火焚烧森林，他认为这是最无耻的事情。女真人珍爱森林，珍惜山林里的鹿狍猪兔熊狼虎豹。他们认为这些生灵都是神的化身，女真人猎杀它们时，不靠陷阱，不动水火，直面相对，公平决斗，不让猎物糊涂着死去。假如是偷猎，猎物的灵魂窝在尸身里，逃不出去了，人吃下去，会魂不守舍。

愤怒的舒尔哈齐不惧汹涌而来的明军，固执地用礌石猛击搭上寨垣的云梯。努尔哈赤蛮横地将弟弟抱下寨垣，弟弟还小，辨不清事情背后的缘由。

寨门被击破了，明军冲进来，不分妇孺，一律斩杀。千余人的血，在山寨里流成了小溪。郭罗玛法和那克出冲开一条血路，只带着很少的人突出重围。

李成梁骑着高头大马迈进寨中的校场时，努尔哈赤正搂着弟弟孤独地站着。瑟瑟的北风中，两个人的脸皆被熏黑，只剩下细长的凤眼和肥硕的耳朵，还有鲜明标志着爱新觉罗家族的头饰。

有谁能在火海与血泊中纹丝不动地站立？又有谁视刀光剑影为无物，生死未卜时岿然不动？李成梁不问自明，这就是爱新觉罗家族的血性，他曾见识过。

带走吧。李成梁说。

二

从古勒寨到广宁府，快马加鞭，尚需二日，徒步而行，则需半月有余。李成梁早已打马回府，向朝廷奏报表功了。舒尔哈齐与哥哥随着众多兵丁，爬山越岭，艰难跋涉。

趁着明军还没走远，阿玛（父亲）塔克世赶着车，从赫图阿拉城追来，车里载满鹿茸、貂皮、冻肉还有烈酒。这些好东西，建州女真向朝廷进贡时才凑得这么齐，够阿玛娶好几个侧福晋（妾）了，却大方地送给了押送他俩的官兵。

兄弟俩抱着阿玛哭了，哭得风吼冰裂，泪溅雪融。阿玛没有嫌弃他俩，倾其所有，取悦兵士们，免得被俘的儿子受屈。

官兵们早就知道塔克世与李成梁有"香火之情"，也就是结拜兄弟，况且总兵大人发令，寨破之时，确保盟弟之子毫发无损。从在古勒寨俘获两人起，没有呵斥，没有鞭笞，没有虐待，甚至连绳捆索绑都没有。总兵大人交代过，这两个爱新觉罗家族的孩子，押送回来，归他专人管束。

舒尔哈齐不会知道，他和哥哥受到的优待，背后藏着阿玛与李成梁不能言说的秘密。阿玛为保全他们俩的性命，拒绝了王杲的求助，选择听命于朝廷，不但没派援兵，反倒与李成梁歃血为盟，报信带路，致使古勒寨被重兵围困，寨破人亡。也正因为阿玛助明军攻古勒寨有功，李成梁在奏报中恳请朝廷将建州左卫指挥使的职位重新赐予爱新觉罗家族，封给功臣塔克世。

等了一百四十年，爱新觉罗家族终于赢回原有的荣誉，重新引领建州女真。

越过泥淖，蹚过冰河，远山越来越清晰地浮现在眼前。然而，把远山走到眼前，却走烂了兄弟俩的棉乌拉。

远远地看到了城垣，看到了锯齿状的女墙，还有在风中招展的旌旗，渐渐地也看清了守城兵士的面目。这便是广宁城了，总算走到了头儿。

踏上吊桥，走过丈余宽的护城河，钻入瓮城，跨进城门，眼前一片开朗。舒尔哈齐从没见过如此繁华的街巷，也从没见过这么多人穿着色彩缤纷的衣服。街上的人都驻足望着两个穿着兽皮衣服的俘虏，像是看误入城垣无处逃窜的两只土狼。

李成梁的家与总兵府紧紧贴在一起，相互连通。李府是座大得没边的院子，附郭十余里，树木障天，城楼鳞次栉比。走到近前，青灰色的大门楼，山一样高，压得舒尔哈齐喘不过气来，还有那狮子口般的大门，涂过血一般黑红。北风呼啸着，跳过医巫闾山，疯狂地砸向广宁城，却在李府的大门外突然收住脚步，乖乖地绕开了。

舒尔哈齐打了个冷战，擦掉了冻出来的大鼻涕，依在哥哥的身旁，扯紧哥哥的衣襟。哥儿俩被带进的是总兵府，门槛很高，高过了舒尔哈齐的膝盖，门两旁的卫士手中的大刀却压得很低，低得抵得上舒尔哈齐的额眉。

想迈过门槛，两个孩子都得把腰弯成大虾。努尔哈赤不弯腰，不低头，脖子迎着刀刃，直挺挺走过来，逼得卫士抬高了手中的大刀。学着哥哥的样子，舒尔哈齐挺着腰板，跳过了门槛。

此时的李成梁已经得到了朝廷的封赏，端坐在后堂，等待新的仆役——爱新觉罗家族的两个儿子。

行过跪拜礼，哥儿俩的兽衣兽裤被扒下来，换上了汉人仆役的装束。

扒掉衣服那一刻，努尔哈赤的眼里射出了豹子一般凌厉的目光，与李成梁鹰一般的目光碰撞在一起，阴郁的大堂，顿时撞出了噼噼啪啪的火光。

李成梁顿了一下，他担心这种目光，也欣赏这种目光，他要把爱新觉罗家的长子削成一把利斧，揳进建州女真之中，让这个好战的部族征战不休，消除朝廷东北部的肘腋之患，让皇上安枕无忧。

李成梁的眼睛在哥儿俩的脸上扫了一会儿，然后挥下手，让卫兵把哥哥带出去，送到马厩，替总兵大人养马。但凡武将，皆嗜马如命。少一哨兵士，李成梁不会心疼，闯关东的汉人多着呢，抢着当兵吃粮；坐骑受了委屈，那可不行，千里马千里难寻一匹。况且，努尔哈赤未及成年，便生得力壮如牛，凤目虽小，眼光却咄咄逼人，留得太近，包藏祸心就无法防备；丢得太远，又无法抓牢，养马便恰如其分，对马的好歹，能体察出对主人忠心与否。

就这样，十一岁的舒尔哈齐被留在前堂后室，侍候在李成梁的左右，丫鬟一般，端茶倒水，抹尘净桌，洗脚扫地，甚至照料吃饭就寝。

哥哥喜欢马，正求之不得。

马厩里不只是李成梁的一匹马，总兵府养了好多马，只不过总兵大人的马单拴一槽，如今又由努尔哈赤一人专饲。平时，战马被将士们拉走集训，马倌儿们无聊，厮混在一起，谈天说地，天南海北的消息都听得到，三国水浒的故事夜夜讲个不休。

别人听三国，听个热闹，努尔哈赤听三国，听出了许多门道，没事儿就把这些门道掰扯给弟弟听。弟弟汉话说得还不很好，听得云山雾罩。舒尔哈齐分不清司马懿是哪匹马，诸葛亮是哪头猪，弄得哥哥只好女真语夹杂着汉语，重新讲故事。

幸亏总兵府有教书先生教诲已是弱冠之年的李如柏，舒尔哈齐陪在身旁做书童，耳濡目染，后来汉话反倒胜过了哥哥。

尽管努尔哈赤不喜欢给李成梁牵马坠镫，可一进校军场，看到李成梁视察练兵，那场景让他羡慕不已。上万人齐刷刷地站立，横成排，竖成列，斜着看也是一条线。他们节奏整齐地拍着盾牌，齐呼："大人威武！"声音震得房檐上的雪哗啦啦地往下掉，满城的麻雀惊慌失措地飞。

若是建州女真也有这么多兵马该多好哇，从记事起玛法（祖父）就告诉他，女真人过万，天下无敌。努尔哈赤心里暗暗地想：总有一天，他也会骑着高头大马，俯视如此规整的队伍。

李成梁脸宽鼻阔眼细虬髯，脸宽得霸道，眼犀利得尖锐，跨在战马之上，往人群一扫，便知谁是真吼，谁在假喊。马鞭一指，士卒乖乖地自己走出来，张开嘴巴，把烂桃似的嗓子亮给总兵大人，以免鞭笞之苦。

领兵挂帅，细微之处都洞若观火，如此精明，努尔哈赤折服不已。他默记下李成梁的每一个细微动作，包括眼神。

校军场阅兵结束，士卒们便开始操练，操练的内容是大比武。每一营挑选出十名精壮士卒，与另一营捉对厮杀，拼出高下。最后决出获胜的兵营，直至选出兵王，直接晋升从七品的总旗兵官。

李成梁不让将军们比武功，这让努尔哈赤很纳闷儿，不是武功盖世，在建州女真中，连个小头领都做不成，汉人的将军，怎么都是文雅地坐在兵营中下起了围棋。开始的时候，密密麻麻的黑白子挤在一起，努尔哈赤看不懂，慢慢地就看出了门道，简简单单的黑白世界，居然如此复杂，看着就脑袋疼，别说下棋了。

虽然说弄不懂其中的玄妙，但有一点努尔哈赤清楚得很，李成梁替万历皇上看守大明朝的东北大门，几近王朝的半壁江山，做的每一件事都不可小觑，包括貌似娱乐的下棋。否则，黑白两子绝不会围得昏天黑地，杀到点灯熬油，不分胜负绝不罢休。谁赢了棋，李成梁委以重任，立下战功，立刻奏报朝廷，加官晋爵。

天天侍候棋局，努尔哈赤渐渐地弄明白了棋局的走势，整个棋盘也装进了他的脑袋中，闭着眼睛也能自己和自己下棋，只是佯装不懂，待在一旁，一声不语。突然有一天，努尔哈赤顿悟了，这哪里是下棋，分明是排兵布阵的打仗。难怪朝廷称李成梁为国门支柱，玩都能玩出花样，生死攸关的战场居然也可以在小小的棋盘上运筹帷幄。

想一想建州女真一百多年的屈辱，哪一次不是朝廷故意让建州女真的各部落互相仇视，被分片隔离，谁也做不成围棋里的真眼，即使能够做活，也特别艰苦，哪怕爱新觉罗家族的格格接二连三地给明成祖做妃子，也无法改变被分割的命运。

难怪李成梁那么器重将领中的围棋高手，这和打仗时的排兵布阵有什么区别？

努尔哈赤偷了一本棋谱，带着弟弟舒尔哈齐琢磨起来。他捡来黑石子和白石子，躲在屋里，在地上画出棋盘，按照棋谱摆石头，教弟弟下围棋的规则。

遗憾的是舒尔哈齐对下棋不感兴趣，哪怕哥哥把九个星都让给弟弟先占上，下到最后，弟弟的石头也总是被吃个精光，即使有片活棋，那也是勉强的偏安一隅。

努尔哈赤指着弟弟的那一点点活棋，意味深长地说，这就是咱们的赫图阿拉，苟延残喘地活着。

弟弟抬起头，望着哥哥眼里的泪花。

转眼间，到了第二年春，蒙古草原大旱，牲畜无草可食，土蛮部旧戏重演，再度来犯辽东。李成梁驱使被俘女真人拿起刀枪，冲锋在前，充当明军的挡箭牌。

十七岁的努尔哈赤没有白学三国，刘备借兵的故事启发了他，这是上苍赐给的机会，天神阿布凯恩都里也在提醒他，机会稍纵即逝，必须抓住。他向李成梁请求赐予战马，带着弟弟，领着女真人，冲锋陷阵。

成天圈在总兵府，一双手没完没了地在总兵大人的脚丫子上捏，舒尔哈齐已经烦了，一个大男人，天天当假丫头，哪儿如提刀上马、抽箭拉弓、酣畅地驰骋在战场上舒服。哥哥要带他出去，奔向生死未卜的战场，他的眼里却释放出了熠熠光芒，虽说那是刀尖上舔血，马蹄下求生，可他获得了解脱，获得了自由，即使是用鲜血和头颅去与敌人厮杀，也值得。

女真人属于旷野。

有人替他打头阵，李成梁求之不得，拍案叫好，盛赞兄弟二人是爱新觉罗家族的勇士。

就这样，哥哥带着弟弟，率领众多女真战俘，在李成梁的号令下，冲锋陷阵，直至击溃弯刀铁马的土蛮部。

如是几回，努尔哈赤自然而然地成为女真战俘中的头领，李成梁不得不认可这一事实。

这年冬天，蒙古喀尔喀五部首领联合在一起，率两万余骑兵南下西侵。这是英宗之后大明与蒙古部落联盟少见的大战。李成梁特别紧张，连总兵府的灯笼都忘挂了，天天谋划怎样把蒙古骑兵诱骗进火炮的射击圈里。他很清楚，仗打败了，意味着辽东要塞尽失，大明江山广袤的关外之地将被一刀两断。蒙古帝国就会卷土重来，占据关外所有领土，还要将大明压缩成南宋。

努尔哈赤的眉毛拧成了疙瘩，权衡这场战役之后爱新觉罗家族的利弊。若是帮助朝廷获胜，阿玛将当之无愧地成为建州女真的首领；若是蒙古部落联盟胜了，能容忍女真各部落倚山为寨，各行其是？恐怕历史将会重演，蒙古人将女真人赶尽杀绝的那一幕还将重现。

这种猜测来自经验，也来自《三国演义》中的智慧，努尔哈赤觉得，自己这粒种子该发芽了，要撑开巨大的岩石，从缝隙中生长出来。他以将领的口气，给所有的女真勇士鼓劲儿：保卫朝廷，就是保卫所有的女真部落，唇亡齿寒，用鲜血庇护我们头顶的神灵。

那一仗，英勇的女真战俘，仅以区区百余人，对抗成千上万的铁马弯刀，杀得翻江倒海，直至退败，也没让蒙古铁骑识破这是计谋，顺利将敌人引进火炮的埋伏圈。蒙古铁骑被喷出的一道道火舌化为灰烬，如梦方醒时，后悔不迭，逃出者寥寥无几。

爱新觉罗家族的两位少年勇士又立了奇功。

一场血与火的战役，彻底解除了明朝立国以来的边患难题，蒙古诸部从此分散，再也没有能力聚集起来大规模地袭扰辽东了。如此高功，朝廷当然高看李成梁一眼，加封太子太保。

这场战役之后，爱新觉罗家族一下子声名鹊起，朝廷一再表彰，李成梁频频向爱新觉罗家族示好，也放宽了对兄弟两人的监管，允许他们在广宁府四周自由行动。

获得有限的自由那天，鹅毛大雪覆盖山野，广宁城里所有的屋檐都被大雪掩埋成了起伏的丘包，只剩下一盏盏红灯笼，在北风中无依无靠地摇。总兵府最不缺的就是人手，雪边下，边有兵卒清扫。

大门之外，却是另一番情景，混沌的大地，一片惨白。

舒尔哈齐刚刚拉开总兵府的大门，雪墙便压过门槛，倾倒进院里。刚刚迈出一步，两条腿便深陷雪中，虽说比去年长高了一截，雪还是没过了膝盖，他不敢迈出第二步了，缩回脚，扭头看了眼哥哥。

哥哥拍了下马屁股，跨出府门，径直蹚进雪里。

李成梁不惯着士兵，也不会惯着他的战马，专拣狂风暴雪之时，催促努尔哈赤出去遛马。他的战马需要风吹不摇，雷打不动，雪埋不惧，鼓角争鸣听而不闻，炮火连天激昂奋进。战场瞬息万变，天气越坏，越要将马赶出马厩，否则就会养娇了，见到血雨腥风，怯了脚步，耽搁的是战局。宝马良驹，越是闻到硝烟与血腥，越是兴奋与骚动。

这正中努尔哈赤的下怀，弟弟天天侍候李成梁一家老小，丢下了野外与野兽搏斗的锐气，需要回到冰天雪地的旷野中重新锤炼。

努尔哈赤伸出手，一把将弟弟拉到马上。战马的蹄子踢开厚厚的积雪，犁开广宁城的街巷，直奔西城门。

弟弟天真地以为，立了这么大功，该放回他们了，否则凭什么身后没人跟随，更没人监管。再不回去，快把赫图阿拉城给忘光了。

出了城，舒尔哈齐便觉得不对劲儿，回家的方向应该是东北，怎么背道而驰，一路向西？远离了城墙上士兵眼睛的盯梢，哥哥突然发飙，扬起鞭子，充满仇恨地抽打马屁股，每抽一下，喊一声李成梁的名字，似乎鞭鞭都是抽向李成梁的脊梁。战马咆哮着飞奔，茫茫雪野，搅起了一团团雪雾，滚向医巫闾山。

在千年古松上拴好战马，努尔哈赤扯着弟弟的手，连跪带爬地摸索着，寻找雪下的台阶，拾级而上，爬上了当年耶律楚材的读书堂。

堂里没有僧侣，没有道士，也没有儒生，雪从裂开的窗缝中钻进来，被风堼出一座雪堆，极像一座坟丘。努尔哈赤突然跪下，抱着弟弟，号啕大哭。他从总兵府的将官那里得到确切消息，王杲突围后，投奔了他最亲近的哈达部，隐藏进石头寨。结果哈达部首领王台出卖了王杲，将王杲秘密逮捕，送给了辽东御史，获得了朝廷龙虎大将军的封号。而王杲呢，直接押解进京，被皇上千刀万剐了。行刑那天，京城的男女排出三四里长队，买从王杲身上剐下来的肉，他们说，生啖蛮夷部落首领的肉，壮阳生胆，百病不侵。

两千多刀，两天不死，筋现骨露，血脉贲张，眼见得心跳如鼓，郭罗玛法却没吭一声，就连讲这事的广宁总兵府的边将都唏嘘不已。

听到这些消息，努尔哈赤已经咬肿了牙龈，他之所以选择在大雪天登上医巫闾山，就是要离天更近些，向天神阿布凯恩都里祈求，让郭罗玛法的灵魂飞入天堂，期盼着天神让郭罗玛法早日投胎转世，送到爱新觉罗家族来，这个家族人丁不旺，需要更多的勇士。

擦干了眼泪，抹平了悲伤，哥哥带着弟弟重回山下，骑上战马，奔回广宁城。两个人嘻天哈地进了总兵府，仿佛在雪地里玩得很畅快，彻底掩饰住了刚才的悲伤。

视死如归是女真人的信仰，只要灵魂在，兄弟俩不会认为郭罗玛法已死。他们仇恨的是，郭罗玛法承受的是磔刑，惨绝人寰，没有尊严。

三

哥哥走了，离开了广宁城，要走很久。

　　哥哥战功显赫，得到总兵大人奖赏，可以回家娶亲。身旁没有了哥哥，舒尔哈齐的心一下子空了，空得六神无主，就连服侍总兵大人，也显出了心不在焉，手捏在总兵大人的脚上，目光却在游移，往常娴熟的穴位按摩缺少了该有的力度，有些敷衍。直至总兵大人用脚掌在洗脚盆里激起水花，他才打个冷战，从失魂落魄中醒来，加倍用力，让总兵大人的脚更舒服些。

　　在辽东广袤的土地上，李成梁是天，权重谱大，很难待候，莫说是汉人，就是众多的蒙古、女真部落头领，还有朝鲜贵族，谁敢忤逆他？他读得懂所有人的眼神，在他身边，不管多强悍，都得被他驱使。作为建州女真爱新觉罗家族的人质，舒尔哈齐更得小心翼翼，不能给家族惹祸，况且他现在是家族中唯一的人质了。

　　哥哥回的家，不是赫图阿拉，而是抚顺城，一头扎进了塔木巴颜家，娶了他的女儿佟佳氏哈哈纳扎青，入赘到佟家。这桩婚事，是哥哥自作主张，阿玛又气又恼，却没有办法，只得默许。女真人的男子入赘他人家，是桩耻辱，尤其是长子，家族不衰，岂能让长子流落他部？

　　哥哥与继母纳喇氏之间水火不容，阿玛无法调和，只能听之任之。

　　继母是哈达部首领王台献给阿玛的礼物，生得娇媚妖娆，风情万种，王台挑遍了整个部落，才选出这么个美得让人心旌摇荡的宝贝。就像汉代的皇帝舍不得王昭君，王台也是稀罕得舍不得，可他不能留下独享，漂亮的女人是笔财富，部落间结盟靠她们做黏合剂，缺少联盟的部落，迟早会被人吞掉。哈达部想要结交建州女真，必须笼络住阿玛。

　　阿玛被这个女人征服了，她替代了早逝的讷讷（母亲），被阿玛立为大福晋。

　　讷讷的位置被哈达部的女人取代了，阿玛也疏离了他们兄弟。赖以为生的郭罗玛法也被这个部落出卖了，死于磔刑，新仇旧恨叠加在一起，哥哥怎能回家成亲？

　　舒尔哈齐已经长得人高马大了，被李成梁调教得踏上战场成猛虎，回到府中为小猫。可他的心计还停在少年，不晓得女真部落首领的家族，任何一次婚配，都会是一场交易，牵涉各方利益。

对这桩婚事最满意的是李成梁，爱新觉罗家族父子反目，省却了他的离间计，这个家族没有努尔哈赤，就是缺了利喙的鹰，不能称霸蓝天。况且一旦承接了塔木巴颜家的千顷良田、半街商号，又多了个不去狩猎的女真人，与汉人无异了，抚顺城真的成了朝廷期待的那样，是"招抚东夷，成为顺民"之城了。回不了家的努尔哈赤，别无选择，要么改名换姓，成为佟家人，耕田经商成为顺民；要么回到总兵大人身边，充当所向无敌的勇士。所以，他极力撮合这桩婚事，还劝他的结拜兄弟塔克世，儿大不由爷，凭他去。

自然，家中缺少男丁的塔木巴颜欢天喜地，努尔哈赤的入赘，他求之不得。抚顺首富，这么大的家业，特别需要强悍的人守护，才会免受欺凌。方圆几百里，除了努尔哈赤，找不出第二个既出身显赫又神勇无比，还能掐会算懂得买入卖出的好小伙了。况且，佟家对努尔哈赤知根知底，五年前，他在佟家的店铺里当过一段儿小伙计，手勤眼快，生意照看得有板有眼。

貌似自损身价，可有谁能看懂努尔哈赤的心思，就算你钻进他的心，也看不明白。他的心比天大，比星河还浩繁。入赘佟家，他是别有企图，想暂时蛰伏，有朝一日借佟家的财力，招兵买马，先剿灭哈达部，杀掉老不死的王台，再把七零八落的女真各部归拢在一起，不再忍受朝廷、蒙古部落还有朝鲜人的欺凌。

十九岁的努尔哈赤，心思早已跑过了他的年龄，跑出了老狐狸李成梁的判断视野。貌似粗鲁的言行，一介武夫的表象，掩盖住了他的缜密心思，他心里想什么，不会告知任何人，包括与他同甘共苦一奶同胞的弟弟。

所以，天天睡在一起，舒尔哈齐只把哥哥当成靠山，其实并不懂哥哥。

洗脚，泡脚，揉脚，捏脚，足足用了一个时辰，舒尔哈齐累得汗水涔涔，最后用烫热的棉布将脚包裹起来。李成梁喜欢养生，特别看中养脚，脚辐射五脏六腑，脚舒服了，五脏六腑就和顺了。

养脚时，李成梁不会舍下公务，看奏报，见下属，习以为常，弄得舒尔哈齐免不了分神分心，揣摩别人话语的意思。每逢这时，李成梁手中的戒尺就会伸过来，敲下他的脑袋，让他专心按脚。

舒尔哈齐话语不多，有时也是一副懵懂的样子，李成梁与下属商议什么，不背着他。他们之间说的是官话，不用日常话，许多词儿他听不懂，可他记得住，晚上睡觉前跟哥哥讲，哥哥汉话蒙古话都好，听了后只是"嗯嗯"地点头，也不和他讲是啥意思。

现在，哥哥不在，他连说话的人都没有。

给总兵大人包脚时，舒尔哈齐又一次看到大人脚心的三颗红痣，有好几次，他想问一问红痣是怎么回事，都没敢。现在，他鼓了鼓勇气，终于开了口，摸着红痣问太师（李成梁别称）咋回事。

李成梁哈哈大笑，脚心有红痣是极贵之相，我能当这么大的官，倚仗的就是红痣带来的红运。

舒尔哈齐又问，若是七颗红痣呢？

李成梁激灵一下坐起，急得洗脚铜盆都踹掉在地上，水洒了一地，铜盆当啷啷响个不停。他急切地问，是谁？谁脚心生了七颗红痣？

舒尔哈齐疑惑地回答，没有哇，我想问问比三颗还多有啥说法。

李成梁这才舒了一口气，感慨地说，脚踩七颗红痣，那可是九五之尊哪，寻常是见不到的。

哥哥没有沉浸在温柔乡，也没贪恋抚顺首富之家的奢华，在赫图阿拉与抚顺之间，依山建舍，安顿下来。尽管入赘富甲一方的佟家，他不想活得没有尊严，所以没有入住佟家的高门大院。不回赫图阿拉，在佟家大院高调完婚，这就意味着努尔哈赤要与阿玛分家。

阿玛想给儿子分些家产，却被纳喇氏扣下，只剩下微薄的一点点，遣人送来。努尔哈赤不稀罕这点儿东西，但是扔了显得对阿玛不恭敬。他对阿玛充当李成梁的帮凶破古勒寨始终耿耿于怀，只是不能说破，他让来人转告阿玛和继母，天神阿布凯恩都里的眼睛雪亮着呢，别忘祈祷。

帮助佟家料理一段时间生意，盘活了抚顺城一家快要闭门了的当铺，努尔哈赤没忘了自己的另一个身份，爱新觉罗家族的人质，便收拾行囊，赶回到广宁府，回到日思夜想的弟弟身边。

哥哥不是空手回来的，岳丈塔木巴颜出手大方，大大小小拉了好几车礼物，够总兵大人一家老小好几年的用度了。

李成梁自然欢喜，朝廷给的俸禄少得可怜，没有各部族的进贡，他这个加封太子太保被人称为太师的辽东总兵，也得勒紧裤腰带过日子，不可能体面得如同王侯。李成梁笑逐颜开，称赞努尔哈赤娶了媳妇儿的人就是不一样，懂规矩，明事理。

舒尔哈齐很羡慕哥哥，问哥哥，嫂嫂有没有妹妹，和哥哥一块入赘算了。哥哥赏了弟弟一巴掌，骂了声，没出息。弟弟没吭声，心里在说，你才没出息呢，好男人谁去当养老女婿。

弟弟不会知道，哥哥每一次选择，貌似平平淡淡，却都是深思熟虑的运筹帷幄。娶亲之旅，哥哥瞒天过海地办成了另一件大事，找到玛法（祖父）觉昌安，悄悄地商定把阿牟其（伯父）之女嫁与阿台，让额云（姐姐）当自己的额克出（舅妈），帮助阿台修复古勒寨。玛法欠郭罗玛法的，不去偿还，就不能在建州女真十几个部落中立威。

努尔哈赤将此事做得天衣无缝，没有人知道这是他的主意。婚宴之时，除了哈达部王台，各部落首领都来贺喜，盛赞觉昌安宽厚仁慈。

有爱新觉罗家做支撑，饱经磨难的阿台渐渐恢复了元气，重归古勒寨，挖出寨破之前埋藏的财宝，筑城纳人，广招勇士，居然恢复了王杲活着时的样子。他吸取寨破人亡的教训，与莽子寨头人阿海结盟，两寨形成掎角之势。

父子娶姐妹，姑侄嫁一人，女真人嫁来嫁去的这些事，李成梁没怎么放在心上，蛮夷之部，乱了辈分是常有的事情，不像汉人，讲究纲常伦理、门当户对。

李成梁虽然明察秋毫，却无法洞悉暗流涌动。不同族群间，总有无法窥破的玄机，女真人的婚嫁，就是一本心照不宣的天书，貌似随意，实则深奥。

哥哥回来的那天，李成梁破例给身为仆役的人质设宴接风。努尔哈赤却滴酒不沾，他谨遵李成梁之命，勇士之身，随时待命，若逢战时，酒后误事，当斩首示众。李成梁没有勉强，倒是舒尔哈齐，推杯换盏，替哥哥喝了一杯又一杯，直到喝得酩酊大醉。

酒足饭饱之后，李成梁唤来府上的下人，像舒尔哈齐每晚服侍他一般，服侍爱新觉罗家的两个兄弟沐浴濯足。这种待遇，该是官爷和老爷享用，轮不到仆役，李成梁身上哪根神经错乱了，竟让下人服侍仆人。

给兄弟俩洗脚时，总兵大人居然目不转睛地看着两个人的脚，就差搬到怀里掰着两人的脚丫子看。吓得努尔哈赤赶忙缩回脚，起身跪拜，这是僭越，卑贱之足，怎敢让总兵大人抚之？

李成梁微笑着扶起努尔哈赤，放心地走开。

努尔哈赤满腹狐疑，撵走了下人，捶醒了弟弟，询问总兵大人凭啥这么关心他们的脚。舒尔哈齐醉意正酣，眼睛都没睁，喝过哥哥递过来的一瓢水，吧嗒吧嗒嘴，又睡下了。

第二天一早，舒尔哈齐被尿憋醒，看到哥哥正襟危坐，两眼出神地望着窗外。舒尔哈齐撒完尿，钻进被窝，还想睡，被哥哥揪出来，追问起脚的事情。

舒尔哈齐若无其事地说，你给太师家带来那么多好东西，给咱洗一次脚不应该吗？我给太师洗了好几年脚，也该轮到他们给咱洗了。

努尔哈赤捏疼了弟弟的胳膊，睁圆了细长的凤眼，一板一眼地说，尊卑有序，即使给太师一座金山，他也不应该来摸我的脚，这里边有事。

弟弟挠挠脑袋，忽然想起脚心红痣的事情，便一五一十地说了。

努尔哈赤惊得倒吸一口凉气，他的脚心恰恰长了七颗红痣，传闻若是真的，他所有的战功都将被抹去，此头将悬在城门之上。他抱起自己的脚，瞅着脚心，扑通扑通乱跳的心忽然平静下来。

感谢天神阿布凯恩都里，这是天神的旨意，让他的脚备受折磨，红肿连片，掩盖住了痣的红色，也感谢弟弟不知道他脚上的秘密，否则泄露天机，小命也不保了。天神让他搁置仇恨，交好李成梁，才会有岳丈倾囊而出。

从抚顺到广宁，东西拉得实在太多，走了许多天，又逢雨天泥泞，牲口累得不行，下鞭子甩都催不动，努尔哈赤只好跳下车，牵着牲口，泥泞时推着车沿，一路走下去，直至把脚走肿，满脚都是血色，甚至是血泡，红痣被彻底掩藏住了，就连心细如发的李成梁也没发现。

摸着自己的脚，默默数着被红肿藏匿住的北斗七星，努尔哈赤心里重复弟弟的话，九五之尊。

第二章　扯

天地初开，人间没有病也没有死。地狱之神耶路里从地心里吸足能量，钻了出来，霎时，地动山摇，洪水滔天，天地一片混浊。耶路里一边寻找天神复仇，一边向大地播撒疾病、罪恶和死亡。转瞬间，世间万物一片凋零，茫茫大地人兽皆无。

阿布凯恩都里又一次与耶路里鏖战，他要拯救世间万物，他要救危难于水火之中。前来助战的善神死得太多了，天神势单力孤，想要汲取更多的能量，必须飞到九天之上，那里离太阳最近，太阳将赐予他无穷的力量。地狱神紧追不放，一爪子抓住天神的胯下，撕扯下天神的披身柳叶，扯掉了天神身上的泥土。

天神一飞冲上九天，地狱神追赶不上，害怕太阳照化他的黑心，又一次钻进地母神讷妈妈的怀里，藏在地心深处。

柳叶落在滔滔的洪水中，大如一叶扁舟，泥土落在柳叶之上，变成了男人。柳叶载着男人进了半淹在水里的山洞，变成一个女人，与男人交媾，生下了绵延不息的后代。这些后代就是女真人的先祖，他们皆是天神之子。

　　遍地洪水，人们没有食物，天神站在海里，捉来大鱼，举
到天上，让太阳烤熟，递到山洞口，让他的子孙度过饥荒。

——萨满传说

四

　　转眼间，兄弟俩在总兵大人府待了九年，黑暗的九年间，兄弟俩抱团取暖，挨过了一个又一个冬天。

　　九年间发生了太多事情，最初跟随兄弟俩四处征战的女真战俘被驱赶到前线，前赴后继地死于和蒙古部落的厮杀，剩下的几十个，都是战神般的勇士。一批又一批女真部落的战俘又补充进来，继续充当人体盾牌，冲杀在明军的前边，深陷于蒙古部落的弯刀铁马中，杀得血流成河，直至再次击败土蛮部，蒙古诸部才渐渐偃旗息鼓，顺降纳贡。

　　不知不觉中，兄弟俩已经成为女真战俘心目中的统帅，跟随他们无往不胜。

　　九年间，哥哥的长女、长子先后出生，舒尔哈齐也年满二十岁了，可还是光棍一条。没办法，哥哥战功显赫，李成梁总是以恩赐的方式把哥哥放回家，爱新觉罗家族必须有人留下做人质。阿玛求了几次，想让舒尔哈齐回家成亲，却被李成梁回绝了，舒尔哈齐会侍候人，总兵大人离不开他。

　　为此，舒尔哈齐还有些忌妒哥哥，金钱美女哥哥都有了。

　　弟弟不会知道，哥哥每一次回去，表面上是儿女情长，事实上却在谋划大事。他设法秘密会见那克出阿台，帮他出主意，为他筹兵器，寻找替郭罗玛法报仇的机会。与那克出秘密交往的地方，就是岳丈家的当铺，当铺记在岳丈的名下，实际的东家却是哥哥，在出出入入的客官中，常常混入那克出的手下，在不知不觉中完成了与那克出的沟通。

　　阿台与阿海的联盟越来越牢固，两部落的名声逐渐远扬，古勒寨再度成为建州女真最强部落。遗憾的是，阿台没忍住，与阿海携手，带着

精兵强将远袭海西女真。出现在哈达部时，害死王杲的部落首领王台吓得面如死灰，居然一命呜呼，其子怯弱，不战而逃。若不是李成梁率兵赶到，哈达部便不复存在了。

阿台、阿海与李成梁大战一场，虽说死伤不少，总归摆脱了纠缠，沿小路快速返回，重归险峻的古勒寨和莽子寨。

此仗过后，阿台再次进入李成梁的视野，成为其眼中钉。

春节，广宁城挂满了灯笼，红灯笼在雪地里格外耀眼，鞭炮声此起彼伏，城里城外一片祥和。

新年过后，李成梁家来了个新仆役，是乌拉部首领布占泰送来的。布占泰挑遍海西女真诸部，选中了扎海钻塞家七岁的格格阿颜觉罗氏，送到李府当丫鬟。

这是个机灵古怪的小丫头，灵秀的一双眼睛，顾盼生辉。布占泰早就探听好了，李太师嘴上没说，心里早对他的男仆役不满了，虽说尽心尽力，但手大心粗，侍候不到点子上。李府仆役上千，找个贴身侍从，咳嗽一声就够了，只是碍于爱新觉罗家族的面子，没有换人。

布占泰特意把千挑万选出来的阿颜觉罗氏送到中原，拜名医，学绝技。手劲儿不足，名医给她做了个犀牛角的扳指儿，点刮揉挖搓，样样具备，能刮净脚心沙砾，按通三阳三阴经络。

刚进李府，这个野蛮的小丫头给总兵大人按摩脚时，根本不瞅大人的眼色，犀牛角扳指儿按下去，这个身经百战的老总兵居然疼得龇牙咧嘴，连吸冷气，一张银盘般的大脸，涨成了初升的太阳，随后汗如落雨。

总兵大人刚想抽剑杀了这个让他疼得要死的丫头，小丫头吓得立马松开了扳指儿。一股奇妙的感觉突然涌上来，李成梁感觉到他的脚轻得像踩在云朵上，神清气爽得能上天宫了。他长长地"哦"了声，静静地躺下，闭着眼睛，享受高耸入云的感觉。

小丫头按得更狠了，总兵大人痛苦的呻吟与愉悦的表情交织在一起。

　　有了真丫头，舒尔哈齐这个假丫头得到了解脱，何况他那双大手，大如蒲扇，已经点不准穴位了。他便给李成梁松肩捶背揉脑袋，让总兵大人彻底解除疲劳。一上一下，一重一柔，配合得恰当得体，喜得李成梁夸奖两人，有你俩服侍，飘然欲仙了。

　　正月末了，忽然有一段时间，李成梁放着"神仙"不当，踪影皆无。偌大的李府和总兵府人去院空，只剩下家眷仆役和少数的兵丁。走出院外，除了城门，满城的士卒也不见了踪影，街上空荡得很。

　　主人不在，闲得没事，阿颜觉罗氏边给舒尔哈齐揉脚，边调皮地瞅舒尔哈齐的表情。开始的时候，舒尔哈齐还摆出李成梁才会有的傲慢，可一个扳指儿按下去，他就变成了一只猴子，跳起了多高。刚想责骂，突然感觉到一股麻酥酥的热流扑上心头，怒恐惊喜瞬间拧在他的脸上，随后便苦苦哀求小丫头，接着给他按。

　　小丫头不依不饶，让他学猪学狗学驴，他偏偏学虎学豹学鹿，奔跑得满院尘土飞扬。两个人讨价还价了一番，最终允许舒尔哈齐学马，当两条腿的马，小丫头骑在他的肩膀上，跑遍广宁城。

　　守城门的老兵哪儿见过这阵势，目瞪口呆地瞅着，男女授受不亲，大男人和小丫头也不行啊，真是蛮蒙未开的野人。

　　玩够了，小丫头抓起舒尔哈齐的辫子，当作马鞭，把他赶回李府，这才肯让舒尔哈齐舒服地躺在炕上，让他也当了一把神仙。小丫头没有用扳指儿，用暖烘烘的一双小手揉着，揉得舒尔哈齐心猿意马，若不是因为丫头太小，他早就把她抱进怀里了。

　　望着小丫头秋水般的眼睛，舒尔哈齐问，你长大了干啥？

　　小丫头摇头。

　　舒尔哈齐说，猜猜我想让你干啥？

　　小丫头说，当你的福晋。

　　舒尔哈齐说，当真？

　　小丫头说，向地母神讷妈妈发誓。

舒尔哈齐重复道，向地母神讷妈妈发誓。

一个二十岁的男人，和一个只有七岁的女娃，就这样开始了他们游戏般的初恋。就连舒尔哈齐自己都没想到，若干年后，他对那个小女孩深恋到了刻骨铭心的程度，甚至不惜与手足情深的哥哥翻脸。

广宁城的安静，令努尔哈赤惶恐不安，更不安的是蒙古战俘营空了。城空，意味着一场大战，而每一次大战，都少不了他和弟弟充当马前卒，凭啥将他们留在城里不去参战？只有一种可能，恐怕是打女真人去了，若是还带上他们兄弟二人，怕他们临阵倒戈。

看着弟弟和小丫头开心地游戏，他甚至骂了弟弟一句，没心没肺。

没多久，李成梁带着部众返回广宁城，队伍满是疲惫，看样子，即使是场胜仗，也是相当惨烈。

那一天，李成梁第一次没让舒尔哈齐捶背洗脚，而是找来一匹大青马，送给兄弟二人，告诉他们当人质的日子结束了，回家吧。

当了九年人质，冷不丁获得自由，兄弟俩还有些不习惯。舒尔哈齐捧着小丫头的脸，两个人哭得像泪人。努尔哈赤觉得自己像被缚的雄鹰，绳索放开了，却不会扇动翅膀。待久了，居然忘记了广宁城是他们的狼窝虎穴。

既然李成梁肯放，还不赶快走，等到李成梁这个老狐狸反悔了，一切都晚了。努尔哈赤猛醒过来，拉着弟弟，飞身上马，快马加鞭离开。

旷野宽广，野苇低垂，正是雪融冰化的季节，柳树枝返青，黑松针挺翠，天上的大雁嘎嘎地叫着，一路北飞。

过了龙抬头，春天还远吗？努尔哈赤想。

一口气跑进打虎山，转进山坳，平坦的旷野便被甩掉，有山的遮掩，谁也看不到他们的身影了。在山里转了一圈，天已漆黑，兄弟俩才放心地下了马，燃起篝火，依在一起，相互取暖。

透过篝火，哥哥的眼光看到的却是一望无际的烈焰，与九年前古勒寨的毫无二致，一种不祥的预感弥漫全身，他觉得，古勒寨又出事了，帮那克出复建古勒寨，可能是帮了倒忙。上一次郭罗玛法惨遭厄运，难道这一次是玛法和阿玛？通常的道理，李成梁不需要他俩当人质了，还会向爱新觉罗家族索要新人质。将他俩放走，没人接替，这里边肯定有问题。

只有一种可能，玛法和阿玛不在了，李成梁不再需要爱新觉罗家族的人质，家族中有没有人质，对李成梁来说，没有意义了。

若真的是这个原因释放了他和弟弟，他会让李成梁尝一尝女真的巴图鲁（英雄）是个啥样子。他扳过弟弟的肩膀，对弟弟说，族群里的人问咱，怎么出来的，你怎么说？

弟弟瞅着哥哥的眼睛，疑惑地说，能怎么说，太师放的？

哥哥揪着弟弟的耳朵，揪得弟弟嗷嗷直叫。哥哥说，让你看看我的脚，再教你怎么说话。

努尔哈赤脱下靴子，将脚心凑到篝火旁，让弟弟睁大眼睛看。弟弟忽然发现，哥哥的脚心有七颗红痣，北斗七星般排布。

弟弟惊叫一声，哥，啥时长出的痣？随后，他脱下自己的两只靴子，让哥哥看脚心是不是也有红痣。

哥哥暗自笑了两声，心里说，傻弟弟，九五之尊哪能有两个。

弟弟又惊又喜，不知怎样才好了，捧着哥哥的脚揉了起来。

哥哥把脚抽回来，他不希望弟弟沦落到只会给人洗脚揉脚，即使自己是九五之尊也不行，他需要的是上战场的弟弟，是战无不胜的巴图鲁。他搂着弟弟的肩头，教他回到族群里怎么说话。他教给弟弟的是一段故事，故事与李成梁一个争风吃醋的小妾有关。

李成梁那个爱妾，美貌善良温顺，对仆役下人体贴关怀备至，太师府上下，无人不夸。二月二那天，爱妾给太师洗龙头洗龙脚，太师抬起脚，向爱妾显摆，能当上总兵，全凭脚上的三颗红痣。

爱妾说，咱家书童努尔哈赤，脚上长了七颗红痣。太师一听，大惊，顾不上穿鞋，喊人进来，马上打木笼囚车，明早押解一个囚徒进京。

太师对爱妾说，怪不得皇上下旨，紫微星下降，东北有天子象，谕我严密缉捕。

总兵忙着给皇上写奏疏，爱妾呆愣愣不知所措，她知道惹祸了，平素里她最喜欢努尔哈赤了，就因为多一句嘴，要了人家性命，实在是罪过。左思右想之后，她差掌门侍从牵来大青马，送给他们，让努尔哈赤赶紧逃命。

就这样，努尔哈赤带着弟弟还有一条狗，逃出了总兵府。

太师得知是爱妾给通风报信，放跑了皇上想要缉拿的人，认为他们之间有私情，赐下白绫，令其自尽。死后，还脱光衣服，打下四十大板，才允许下葬。

太师没有善罢甘休，派出大队人马，到处追杀，直至发现了他们的踪影，万箭齐发，射死了大青马。努尔哈赤只好徒步奔逃，眼看着追兵要赶上了，突然发现身边有棵空心树，便钻进了树洞中。这时，漫天遍野的乌鸦飞来，栖在树上，遮住了树洞。

追兵看到一树乌鸦，不会想到树里有人，继续搜寻。努尔哈赤从树里出来，一头钻进了一望无际的芦苇荡，在芦苇的掩护下，继续前行。

一路奔逃，太累了，努尔哈赤倒在芦苇丛中，酣然入梦。追兵找不到人，认定人就藏在芦苇荡里，于是顺风纵火，遍地烧荒，料定你难逃大火。

努尔哈赤一觉睡下，对周边的大火浑然不觉。这时，跟随他的那条狗跑到河边，浸湿全身，然后跑回来，在努尔哈赤身边打滚儿，弄湿了周边的芦苇。

大火从努尔哈赤身边绕过，那条浑身湿漉漉的狗，却连累带冻死在了他的身边。努尔哈赤醒来，举目四望，视野之内，一片灰烬，一切全都明白了，是义犬救了他一条命。

故事讲完了，火焰能戳穿最深沉的黑夜，却无法戳穿一个最简单的真相，李成梁小妾的死，从此披上了凤凰的外衣。

篝火绕着崖壁围成半圈，兄弟俩砍了足够的柴，不断往里续，火越烧越旺。夜宿打虎山是危险的事情，此山素以虎多著称，非英雄好汉不敢滞留。野兽可能对他们造成伤害，哥儿俩不会放松警惕，在火的包围中，依崖而坐。

虎多行人稀，努尔哈赤反倒觉得安全了，女真人常常在深山野林中与野兽为邻，知道如何对付。比野兽更可怕的是人面兽心的总兵大人。他相信，李成梁早晚会明白，放走他们兄弟，就是放虎归山。

努尔哈赤编出这段故事，明确告诉族人，他们不是李成梁放出来的，而是逃出来的。李成梁是压迫女真人的敌人，他在向族人宣誓，爱新觉罗的家需要他当，建州女真的主需要他来做。他是天神阿布凯恩都里的儿子，他要带着所有女真部落，挑战邪恶之神耶路里。

毋庸讳言，这个耶路里暗指李成梁。

这个故事，努尔哈赤讲了三遍，也让弟弟重复了三遍，直到再也挑不出毛病，连自己都相信了，才肯罢休。

沉浸在虚构的故事里，兄弟俩渐渐进入梦乡，梦里故事成了真的，天神阿布凯恩都里走进努尔哈赤的梦，称赞道，这个故事完美无缺。等到天神离开时，他突然看到，天神的左右手上分别坐着玛法和阿玛。他打了个哆嗦，天神的手上，只能坐着上了天堂的人，难道他们真的遭到了劫难？

努尔哈赤一下子从噩梦中惊醒，睁眼一看，篝火像忠诚的卫士，精神抖擞地燃了一整夜，直到东方日出，才渐渐熄灭。

日光剥光了所有的阴霾，照进他的心，告诉他一切都将开始，一切也都将过去。

哥儿俩跨上大青马，迎着朝阳，起程了。

从总兵府出来，哥儿俩身无分文，总兵府不会给仆役发一毫银子，哪怕仆役是杀敌无数的勇士。总兵大人嗜财如命，莫说是日常用度，即使是纳小妾，娶儿媳，照例一毛不拔，银子都是别人掏。何况被鄙视为"鞑子"的女真各部落了，即便纳贡无数，太师也是泰然受之，没有赏赐，稳当貔貅。这次舍给哥儿俩一匹马，真是太阳从西边出来了。

哪个部落不害怕刀兵相见？太师执掌生杀大权。

春风拂过，辽阔的辽河平原，遍地沼泽，百里不见人烟，若是没有那匹大青马，兄弟俩还不知怎么跋涉出来。渡过辽河时，兄弟俩掏不出银子，摆渡人不让他们走，舒尔哈齐想手刃了固执的艄公，倒是哥哥慷慨，将大青马白送给人家。

艄公还算有良心，将一袋子风干牛肉干、一摞千层煎饼、一个装满箭矢的箭囊送给了努尔哈赤。这让哥儿俩很感动，看样子，底层的汉人没把他俩当成"鞑子"。努尔哈赤在艄公家寻了个嘎拉哈（牲畜的后膝盖骨），用刀尖刻下了几个符号，权当信物，若有他日，定当厚报。

弃河而走，沼泽不再是无边无际，可绕行舒缓的山路，即便无马也能畅行。

离沈阳卫越来越近了，过了沈阳，便是抚顺城，阔别十五年的家越来越近了。此刻，兄弟俩的心里既忐忑又酸楚，不知玛法和阿玛是否安泰，也没弄清李成梁释放他俩的真实意图。

虽说一路上打听女真人的事情，可一眼望过去，不见人烟，走了许久才遇到烟村四五家。村落里的人，去趟邻村都需要大半天，百里开外的事情全然不知，对女真人的事情如同闻听爪哇国，更甭说知道玛法觉昌安、阿玛塔克世是谁了。

入了沈阳，才从街谈巷议中听到，官兵大捷，攻下女真人的山寨，杀死女真人两千多。详问杀死了谁，人们面面相觑，莫衷一是，甚至哪个寨子、寨主是谁都不知道。

急急地往回赶，到了抚顺才获知准确的答案。岳丈告诉他，你的玛法与阿玛双双亡于古勒寨，明军攻破山寨，无人幸免。福晋佟佳氏得知丈夫安然无恙归来，悲喜交加，领着五岁的长女，抱着两岁的长子，从家里赶来，佐证了事实。

自己的预感，天神的预告，居然与现实一模一样，玛法与阿玛果真死于非命。

努尔哈赤的脸上没有悲伤，没有仇恨，平静得如同俯视大地的太阳。他领着弟弟若无其事地走在大街上，热情地与乡邻打招呼，安稳地迈进自己经营的当铺。他的内心却在愤懑、纠结与自责，没有自己的暗中支持，那克出不可能走上复仇之路，古勒寨不可能有第二次灭顶之灾，玛法、阿玛和额云也不会死于非命。

这么多生命为他付出，他一定要给他们一个说法。

当铺里收藏着十四副铠甲，当年明军边吏耍无赖，把铠甲送到当铺，努尔哈赤明知是死当，换走的银子会肉包子打狗，他佯装委屈地收下，却不动声色地收藏起来。现在，这批铠甲该发挥作用了。清理铠甲的弟弟忽然间从仓库里跑过来，告诉哥哥，铠甲有残有破，只能凑上十三副。残破的铠甲十分陈旧，显然是当初边吏滥竽充数混进来的，冒领了银子。

这些已经不重要了，他让弟弟将这些铠甲伪装起来，装上马车，连夜运到赫图阿拉，声称是玛法和阿玛遗留下来的，和佟家无关，和哥哥也无关，就是爱新觉罗家族的遗物。努尔哈赤早把隐患想到了前边，一旦有人证实铠甲是从抚顺运过去的，那就有造反之嫌，若是继承祖父遗物，则另当别论。

没有时间悲伤，努尔哈赤谋划的是大局。

五

整个事件渐渐在兄弟俩的视野里清晰起来。

正如努尔哈赤的猜测，古勒寨的死灰复燃已成燎原之势，李成梁坐卧不安，唯恐阿台在建州女真中一家独大，那样的话，他就难以控制辽东了。祸事起源于图伦城主尼堪外兰，他也有独断建州女真之意，惧怕阿台崛起，怂恿李成梁发兵。

两人一拍即合，李成梁率广宁兵，将古勒寨和莽子寨团团围住，尼堪外兰心甘情愿充当马前卒，带着本部人马打前阵。

古勒寨不再是九年前了，依山据险，寨墙高筑，还增加了防备火攻和炮攻的设施，以防九年前的悲剧重演。

激战了两昼夜，甚至莽子寨破了，阿海阵亡了，失去了掎角，古勒寨依然完好无损。

尽管如此，仍是一场不对等的战事，几万人对千余人。玛法与阿玛心急如焚，他们清楚得很，即使不打，困也能把寨子困死。额云是他们送给阿台的，那是家族中最善解人意的格格，是玛法最喜爱的孙女，也是他的心头肉，当初家族里的人都反对把她嫁给阿台，是他们父子硬给送去的，以赎当初破寨之过。现在出事了，他们父子有责任把额云救出来。

玛法和阿玛火急火燎地从赫图阿拉赶来，想阻止这场战事，劝说阿台投降，一个想救出孙女，一个想救出侄女。

李成梁当然愿意父子二人当说客了，攻城者攻心为上，兵不血刃，方显统帅高明。父子二人只顾救人，并未想到李成梁使用的是连环计，故意放他们入寨，借此重新谋划建州女真的格局。阿台降与不降，结局都是一样，一勺烩了，灭了阿台，也削弱了爱新觉罗家族的势力。此时的李成梁，早已忘了塔克世与自己是歃血为盟的兄弟。

尽管谁都清楚大势已去，可杀父之仇不共戴天，说破了嘴唇也没有用，阿台拒绝投降，拒绝与李成梁同流合污，更是拒绝玛法将额云带出古勒寨，那是他的福晋，爱新觉罗家族没有资格干涉他的家事。

一轮又一轮的攻寨被击溃，阿台居然还敢冲出寨门，把围寨的广宁兵杀得七零八落。若不是广宁兵多如潮涌，阿台或许还能突围出去。

古勒寨久攻不克，广宁兵死伤惨重，李成梁大为恼火，拿尼堪外兰是问，朝廷替你兴师动众，现在是劳兵损将，再不破寨，拿你的人头抵罪。

　　有人拿出绳索，准备将尼堪外兰捆绑起来。受到责备的尼堪外兰发下毒誓，城不破，不回还。他只身跑到寨门外，对着寨门楼高喊，太师有令，罪在阿台，与旁人无关，谁杀了阿台，谁当古勒寨城主。

　　这话果然有诱惑力，阿台原以为寨中所有人对他都是忠心耿耿，谁料到真的有人想当城主，取而代之，趁阿台不备，一刀刺死了阿台，拖着阿台的尸首，向城下喊，我是城主了，开门投降。

　　古勒寨人信以为真，长舒一口气，总算避免了一场灾祸，寨门大开，老幼妇孺皆出城迎接广宁兵。然而，广宁兵却乘势而入，闯进寨中，顺风点火，大开杀戒，可惜寨中两千余人，无一幸免。玛法死于火焚，阿玛死于刀下，就连出寨迎接手无寸铁的妇孺，也被广宁兵屠光。

　　大火烧了三天三夜，石头都烧酥了，古勒寨彻底坍塌，没人能够修复。

　　跟在李成梁身边九年，别的没学会，运筹帷幄，努尔哈赤已烂熟于心，甚至每次出征，他心中对战事的推演，居然和李成梁的实战不谋而合，只是他不肯说出来。女真人屡反屡败，原因何在？少谋寡断，鲁莽行事。九年前古勒寨兄弟二人被俘，也是兵荒马乱，李成梁能从乱军之中及时分辨出素未谋面的他们，现在怎么就辨不出歃血为盟的阿玛与玛法了呢？

　　误杀？朗朗乾坤，光天化日，已是投降之城，还如此滥杀，如何说得通？何况玛法与阿玛是替朝廷出面，说服阿台投降，否则，就凭尼堪外兰的三言两语，能骗开寨门？姑且不论玛法与阿玛是否有功，最起码也不应该被虐杀于此。

　　只有一个说不出的理由，李成梁害怕阿台败兵之后爱新觉罗家族一家独大，更怕阿台旧部归属赫图阿拉，难以掌控，故意为之。

　　努尔哈赤恨死了李成梁，生命中最重要的五个亲人，相继死于李成梁之手，可他人单势孤，莫说与李成梁抗衡，就连说一个"不"字，也有可能惹来杀身之祸。他只有一个选择，忍，忍到忍无可忍之时。

对于李成梁来说，杀死他们兄弟，如同踩死一只臭虫般容易，凭什么故意放他俩回来，这里面意味深长啊。李成梁从来没把女真人当成人，不想让他俩死，必当棋子用。

没多久，这种意图就显露了出来，朝廷因尼堪外兰剿灭古勒寨叛乱有功，加封他为建州女真诸部的首领，还帮助他筑建了一个新城寨——嘉板城。建州女真诸部见爱新觉罗家族大势已去，纷纷归顺尼堪外兰。这个从前归属在玛法觉昌安手下，言听计从的小城主，一跃成了建州女真的新统领。

正如李成梁设计的那样，努尔哈赤虽然暴跳如雷，对朝廷却无可奈何，只能迁怒于尼堪外兰，向总兵府要人，拿尼堪外兰的人头祭奠玛法和阿玛。人，李成梁是不会交的，那是他的筹码，但爱新觉罗家族，也是他的筹码，同样不能忽略。力量完全倾斜一边，也不利于他的平衡术。

既然承认了误杀，该有的补偿，朝廷不会忽略。李成梁派人隆重地将玛法和阿玛的遗体送回，敕书三十道、战马三十匹赐予努尔哈赤，并着其袭任玛法的建州左卫指挥使。

虽说官职是虚的，没有实际内容，努尔哈赤对这一切照收不误，在感谢朝廷的同时，不依不饶地要求朝廷惩办凶手尼堪外兰，若是朝廷不肯帮忙，他可自行惩凶。三十匹战马送到了，让人意想不到的是，陪着战马一块儿送来的，还有三十个女真战俘，这是李成梁一笔特殊的礼物，也是意味深长的礼物，这些战俘曾与他们兄弟俩一块儿出生入死，个顶个是身经百战的巴图鲁。

朝廷的置之不理，就是最大的默许，努尔哈赤抢占了师出有名的制高点，不再向朝廷讨要说法。

一场局已经做成，李成梁李太师端坐在太师椅上，闭目养神，享受着小丫头阿颜觉罗氏的服侍，脑海里浮现出爱新觉罗家族兄弟俩的面孔，他心中暗想，你们斗吧，我高枕无忧矣。

　　草长莺飞时节，辽河平原沼泽遍地，芦苇茂盛，广宁城与长白山之间，被河泽彻底阻隔。回到了阔别十五年的赫图阿拉城，努尔哈赤感到既亲切又伤感。继母丧失了阿玛，由飞扬跋扈变成了低眉顺眼。尽管从前积攒了许多恩怨，此时兄弟俩全然冰释，以讷讷的身份奉之。

　　山城里剩下的人太少了，努尔哈赤不想伤害任何一个人。举目望去，加上李成梁赐予的勇士，青壮年士卒不到百人，就连玛法五个手足兄弟的子孙，也弃了赫图阿拉，投奔图伦城，归顺了尼堪外兰，还对神立誓，杀死努尔哈赤。

　　留在赫图阿拉城的是一堆女人和孩子，她们是玛法与阿玛的侧福晋，阿哥与格格倒是不少，大多是未成年，需要他去供养。好在岳丈底子厚，又很慷慨，接济赫图阿拉还不成问题。

　　十三副铠甲，三十匹战马，百八十个勇士，却不妨碍练兵。

　　哥哥带人练兵的时候，弟弟在山城里到处讲故事，讲七个红痣是九五之尊，讲李成梁爱妾义释哥哥，讲大青马、乌鸦、大黄狗忠心护主，讲天神阿布凯恩都里赐予哥哥神的力量。讲得山城里的人热血沸腾，仿佛新的汗王已经降临到他们身旁。

　　凋零的赫图阿拉城，渐渐地恢复了生机。

　　练兵百日，便开始了攻打图伦城堡的征程。与赫图阿拉最近的萨尔浒城有两个城主，年少时，便与努尔哈赤歃血为盟。女真人的城寨之争，不会孤立行动，都会争取盟友。此次征战，努尔哈赤与萨尔浒城城主共同盟誓，一起去征讨尼堪外兰。

　　没想到，兵到图伦城下，萨尔浒城城主临阵背约不赴。

　　百八十个勇士打下一座城堡，谁都觉得异想天开，尼堪外兰在城堡之上笑话他，别做鸡蛋撞石头的傻事。

　　努尔哈赤冷峻地瞅着城堡之上的尼堪外兰，莫说身后有百八十名久经沙场的勇士，就算他们兄弟俩身后空无一人，他也能借山林树木为兵。哪怕所有人都怯阵而去，只要他们兄弟俩在，复仇之路就不会断。

兄弟同心，其利断金。

刀枪未动，面对城堡之上的仇人，努尔哈赤是先打的心理战，咒骂尼堪外兰已不是女真人的种了，尼堪是汉人的意思，外兰就是汉人的名字，你他娘的都是汉人了，有啥资格当建州女真的首领？

一句话问得掷地有声，胜过千百万箭矢，是呀，一个汉人的狗腿子，当啥女真人的家？

接下来努尔哈赤讲的故事，胜似攻城的火炮。作为李成梁仆役的努尔哈赤，亲眼看到尼堪外兰癞皮狗一般，从大门口爬进总兵府的大堂，把从部族盘剥来的好东西都送进了太师府，带去五十多匹好马，上百斤人参，数十张貂皮，几十架鹿茸，不但没得到一两银子、一块布条的赏赐，甚至连一顿饭都混不回来，住的是牲口棚子。

这等奴颜婢膝，丢尽了女真人的脸。

心理战果然奏效，女真人认为灵魂是永生的，没人计较肉体的消亡，宁肯战死，决不受辱。城堡之上，议论纷纷。尤其是爱新觉罗家族里的人，更加惭愧，感到了盟誓的耻辱，一味地强调，神没有接纳他们的誓言，放弃了刀兵相见。

弟弟瞅见了战机，带着从广宁城返回的女真勇士率先攻城。努尔哈赤只是对勇士们做了几个简单的手势，他们便心领神会，像从前打蒙古人那样，相互掩护，包抄而上。

谁也没能想到，几十个人居然能一鼓作气爬上云梯。尼堪外兰的死党想去推滚木礌石，却被努尔哈赤百步穿杨的箭矢命中咽喉。

舒尔哈齐大刀所指之处，士卒纷纷丢下刀剑，乖乖归顺，谁也不会想到，几十名勇士居然俘虏了近千名图伦堡的士卒。

尼堪外兰露出了怯弱的本质，没敢与兄弟二人交锋，带着一家老小，弃城而走，奔向了朝廷赐予的嘉板城。

携家带小，大小车辆，那是一堆累赘，没法跑得快，尼堪外兰就在视野里，舒尔哈齐完全有能力追赶上去，杀掉这个仇人。哥哥却拦住了他，这个仇人还有很多用途，杀死他很容易，可复仇的理由就不存在了，放他一马，这条丧家犬跑到哪里，哪里就是爱新觉罗家族的地盘。

舒尔哈齐恍然大悟。

六

痛打落水狗的游戏就这样开始了。

努尔哈赤追杀尼堪外兰的过程，就是蚕食建州女真的过程，同样，也是试探李成梁的过程，他要把握好这个分寸，既不能惹恼了李成梁，还要压得尼堪外兰惶惶不可终日。

征讨是个艰难的过程，毕竟建州三卫多数部落归顺了尼堪外兰，甚至成了他的铁杆老巢。尼堪外兰不与努尔哈赤交锋，是在回避一个事实——他是古勒寨之祸的罪魁祸首，他到处宣扬，爱新觉罗家族的父子不是他杀的，是广宁兵干的，想报仇找朝廷去，找汉人去。

尼堪外兰不是没有一点儿反抗能力，他极力想爬出道德的谷底，设法把明军搅进来，把努尔哈赤的复仇之火引向朝廷，最终把赫图阿拉演绎成古勒寨。

这种企图，岂能瞒过李成梁的眼睛，对于尼堪外兰的不敢承担，他格外恼火：给了你建州女真最高首领的地位，给了你充足的地盘，让你承担下杀人屠寨之过，谁敢把你怎样？尼堪外兰越是推卸责任，李成梁越是纵容努尔哈赤，甚至丢下一毛不拔的习惯，以盟叔的身份回馈礼物。

这只老貔貅，终于在努尔哈赤身上屙出了几个金蛋蛋。

追杀与复仇，不过是借口，兄弟俩大肆渲染尼堪外兰是凶手，就是借此说事。女真人壮烈而死，是荣耀，魂灵会与天神同在，不会背着仇恨走。不依不饶地追杀，就是别有所图，不管尼堪外兰用何种手段引诱，不把广宁兵当仇人，这是底线，努尔哈赤就是要让李成梁清楚地看到，他毫不动摇地剑指尼堪外兰。

领着大队人马，沿着蜿蜒的山路，走向赫图阿拉。图伦堡不战而降的士卒被带了回来，家族中背叛的人马也纷纷回归。人马多了，秩序却乱了。毕竟离开了十五年，家族的人对他们兄弟已经陌生，回来就统领全族，那些长辈不服，根本不拿小字辈努尔哈赤的禁令当回事，乱哄哄地到图伦堡降过来的人中牵牲口，抢东西，还把身体强壮的拉到家里当阿哈（奴仆）。

一时间，赫图阿拉被他们闹得乌烟瘴气，再不严加管束，散漫下去，就会出大事。努尔哈赤虎下脸，该打的打，该罚的罚，该杀的杀，不惜长辈再次背他而走，也不怕和家族的人结仇结怨。

一番下马威过后，果然都害怕了，没人想到，一个二十几岁的小伙子，杀伐决断，让人胆战心惊。接下来，努尔哈赤按女真人的习惯，参照李成梁的带兵模式，每三百人编一牛录，每个牛录设一额真（首领）。

一时间，赫图阿拉旌旗猎猎，八旗规制初现端倪。

至于劳苦功高的弟弟舒尔哈齐，给个额真是远远不够的。十几年来生死与共，必须与弟弟牵手坐大堂，平起平坐，一块儿称贝勒。他还让岳丈从显赫的佟佳氏中寻找最出色的女子，嫁与弟弟当弟弟的嫡福晋，大张旗鼓地操办婚事。

弟弟是他的影子，弟弟也是他一系列传说唯一的见证人。

三个月过后，赫图阿拉城已今非昔比，恢复了玛法和阿玛在世时的样子，人欢马叫，人丁兴旺。舒尔哈齐带着异母兄穆尔哈齐、同母弟雅尔哈齐等家族成员，夯基凿岩，把山城筑得更加牢固。

古勒寨两次被破，是努尔哈赤难以释怀的伤痛，他要让赫图阿拉城的人心凝聚得铁桶一般，城墙牢固得钢铸的一样。每天巡视城堡，努尔哈赤心中的自豪感越来越强。整个城堡，两面近水，三面峭崖，平地兀凸，冈顶平展，是个鬼斧神工的城寨。加上弟弟率领着族群和归顺过来的士卒日夜筑城，山城已固若金汤。

他多次在心中扮演李成梁，假设种种攻寨方式，推演种种可能，堵塞住每一个漏洞，谋划着应对十万大军攻城的策略。

三个月，尼堪外兰也没闲着，躲在嘉板城，也在练兵，这座城是朝廷给的，你敢打，那就是造反，总兵府会像灭古勒寨一样，灭了你的赫图阿拉。

努尔哈赤偏偏不信邪，继续向明廷边将施压，一定要惩罚尼堪外兰，将这个出卖朝廷忠臣的恶魔交给建州女真处置。李成梁才懒得管这些烂事呢，没有争端，怎能分而治之，对努尔哈赤的要求置之不理。

没有态度，就是态度。出师有名，努尔哈赤凭借道义上的优势，兵发嘉板城。

这是场事先张扬的攻城战，不像攻取图伦城，一举突袭。张扬，是试探李成梁，假如李成梁制止，他会立刻罢兵。同时，他也在试探萨尔浒部的两个首领，我不计背盟的前嫌，继续与你携手，谋取嘉板城。

虚虚实实，兵马未行，先打心理战，努尔哈赤明确告诉尼堪外兰，又要打你了。上一次，几十个人打你上千人，这一次我是上千人打你几百人，看你如何应对。

萨尔浒部的两个首领打着自己的小算盘，上一次背盟，是觉得努尔哈赤势单力孤，没有取胜的可能；这一次背盟，怕得罪李成梁，那是朝廷赐给尼堪外兰的地盘。结盟不过是名义上的，真的弄成唇齿相依，那就麻烦了，与古勒寨成为掎角的阿海就是血的教训，先让朝廷给剿灭了。目光短浅的萨尔浒部首领，哪里读得懂此战的玄妙，发兵征讨之前，慌忙给尼堪外兰报了信。

这正是努尔哈赤想要的结果，设法让别人欠下他的，掉进道德的低谷。

和图伦城一样，尼堪外兰白练兵了，没敢选择决战，又一次弃城而逃。本来，实力增强的舒尔哈齐带着本部人马，想施展一下身手，没想到，又是一次兵不血刃。

尼堪外兰逃跑的路径，努尔哈赤早就判断准了，他与弟弟兵分两路，设伏在草木茂密的隘口。就像曹操败走华容道，关羽让路一般，努尔哈赤明明能够截杀，却偏偏放他跑出一箭地，然后拈弓在手，一箭射掉尼堪外兰的头盔。

惊上加惊，尼堪外兰彻底成了惊弓之鸟，急促催马，真的跑成了丢盔弃甲。

努尔哈赤随后率军追击，尼堪外兰把明军当成救命的稻草，径直跑到抚顺城外的河口台，企图将战火引到明军身上。守台明军早已收到李成梁的军令，所有州城卫所，不得介入女真人的纷争，不让尼堪外兰登台。

努尔哈赤立刻止步，退避三舍，安营扎寨，不与官兵对垒，不把话柄留给官兵，这是他对自己的警告，绝不能重蹈古勒寨的覆辙。

当夜，驻扎在河口台下尼堪外兰的部下抛弃了原主子，投奔了努尔哈赤。努尔哈赤故意篝火通明，大摆筵席，奖赏投奔之人。孤家寡人的尼堪外兰，得不到台上明军的庇护，只身逃往鹅尔珲城。

望着尼堪外兰的背影，努尔哈赤心中窃喜，又一座城将要收入囊中了。

给了萨尔浒部两次机会，收获的都是背叛。

盟友就该是相互信任与支撑，今后还要和众多部落结盟，任其背叛下去，还会有更多的部落效仿。努尔哈赤要教训一番萨尔浒部，让他们彻底臣服。当然，教训的方式有多种，不一定非得攻城拔寨。

尽管屡遭欺骗，努尔哈赤貌似不以为然，仍将该部当成盟友。没多久，机会来了，萨尔浒部想攻取浑河部的巴尔达城，约努尔哈赤共同攻取。兵临城下时，努尔哈赤让萨尔浒部率先攻城。萨尔浒部不想损兵折将，不肯先攻，想让努尔哈赤当冤大头。

努尔哈赤假装同意，由弟弟率部率先攻城，只是弟弟的兵器不足，铠甲不够，能不能先借给他们，攻下城池后，兵器照还，缴获之物，双方各半。

萨尔浒部的两个首领不知是计，真的将武器交了出来。努尔哈赤立刻翻脸，轻易地将赤手空拳的两个首领斩杀在地，擒获所属部下。拿下巴尔达城之后，迅速移师，攻下萨尔浒城。一仗获双城，苏子河畔各部落，尽收爱新觉罗家族囊中。

与哥哥一块儿继续攻城拔寨，舒尔哈齐感到特别爽，哥哥总是算计在各个城主的前边，杀得对方人仰马翻，纷纷献城投降。

爱新觉罗家族的势力已经无可阻挡了，归顺纳贡者无数。

冬天到来了，努尔哈赤突然停止了征战。

千里冰封之时，河泽已成坚固的一马平川。努尔哈赤深知，这正是李成梁用兵之时，他对女真各部族的征战大多选在冬季。冬季，粮秣辎重运输顺畅，便于骑兵远程奔袭，况且冬季天干物燥，女真部落的城寨大多为木头搭就，寨中树木颇多，利于火炮进攻，动不动就会被弄成火烧连营。

冬天也意味着年关将至，必须送份厚礼给李成梁，既能疏通打点，也能探探口风。谁去送礼最合适？当然是舒尔哈齐了，服侍太师九个年头，比亲儿子都孝顺了。

去广宁城送礼，舒尔哈齐求之不得，尽管他也是快当阿玛的人了，可对小丫头阿颜觉罗氏还是念念不忘。

舒尔哈齐赶着送礼的车队，浩浩荡荡地进了广宁城，礼品大到熊鹿虎狍，小到珍珠玛瑙，更甭说长白山上三件宝——人参、貂皮、乌拉草了。

李成梁一改平常的傲慢，端正官服，带足随从，迎出总兵府门，让手下人卸下高高的门槛，迎请车队入府。这等礼节，恐怕建州女真左右两个指挥使加在一起也没享受过。

见面的一瞬间，虽说舒尔哈齐又产生了卑躬屈膝地给太师洗脚的感觉，可他很快就挺直了腰身，如今手下有兵有将，不再是仆役了，不能如尼堪外兰一般卑贱，况且，我哥脚下七颗红痣呢，你才三颗。这么一想，他的腰杆自然直了。

那一晚，李成梁既把舒尔哈齐当成尊贵的客人，也把他当成远归的儿子，还把两个儿子李如松和李如柏唤来，让他们与他结成金兰，认下这个弟弟，一块儿推杯换盏，喝得酩酊大醉。

扶着舒尔哈齐回房歇息的居然是小丫头阿颜觉罗氏，总兵大人真是太善解人意了，把贴身服侍自己的小丫头送给了他。

躺在烧得暖烘烘的土炕上，一边喝着醒酒汤，一边享受着小丫头的洗脚与按摩，舒尔哈齐舒服极了，难怪李成梁那么喜欢洗脚按脚，原来揉脚能把人揉成神仙。就这样，舒尔哈齐疼且快乐着，享受着小丫头的服侍，直到按得他一身透汗，头发丝都散发出了酒气，他才一梦入仙境，当了一夜的神仙。

阳光照亮窗棂时，舒尔哈齐忽然从仙界掉落人间，他醒了。翻过身来一看，小丫头阿颜觉罗氏躺在他身旁，和衣而睡。阳光透过窗户纸照射进来，柔和地落在小丫头的脸上，那是张鸭蛋形红扑扑的脸，长睫毛，高鼻梁，红嘴唇，胸脯还没鼓呢，就显现了美人的坯子。

舒尔哈齐情不自禁地将这个野蛮的小丫头抱进怀里。小丫头揉开惺忪的眼睛，看了眼舒尔哈齐，居然露出了羞涩的一笑。舒尔哈齐将小丫头紧紧抱在胸前，亲向了那张樱桃般的小嘴，他恨不得把小丫头抱进自己的身体里，把那张嘴吮化了，整个小人儿都融进他的血液里。

许久，舒尔哈齐说，等你再长大一些，我纳你为福晋。

小丫头用力点头。

三年过后，是万历十四年。尼堪外兰被追成了丧家犬，影响力越来越小，很多部落不但不肯听他的调遣，甚至纷纷自治。如果想取尼堪外兰的性命，不用出兵，用每年送给李成梁的一车礼物，就能换来那颗人头。

努尔哈赤却从不悬赏，甚至有人想递投名状，问尼堪外兰的人头能换来多少赏赐。他连一抔土都舍不得，依然以手刃仇人的名义，以归附过尼堪外兰为借口，领兵征讨，冲锋在前，接二连三进攻尼堪外兰曾经的盟友。就这样，兆佳城、马尔敦寨、齐吉塔城，以及界凡、哲陈、安土瓜尔佳、浑河等部被一一攻克。

清除了所有的外围，矛头直指尼堪外兰最后的蜗居地——鹅尔珲城。和从前一样，尼堪外兰听说大军将至，又一次选择弃城而逃。和从前不一样的是，尼堪外兰找了替身，戴上他的毡笠，身披他的青棉甲，裹挟在四十多个假扮的难民中，从城中逃出，吸引住了努尔哈赤的视线。

努尔哈赤催马便追。弟弟分辨出了，那是假货，不值得追杀。额真与士卒们也认出了，那是个冒牌的，没怎么当回事，没有跟随追赶。努尔哈赤岂能不知道是假货，如果不追，借追杀尼堪外兰之名壮大爱新觉罗家族一事便会被各部落坐实，落下不好辩解的把柄。何况，不追杀假的就不可能放跑真的，他要逼真的尼堪外兰到建州女真最后一个部落——鸭绿江部寻求庇护。

伪装的难民露出了真面目，抽出了藏起来的弓箭。被努尔哈赤追杀了这么久，尼堪外兰也学会了诈术，收留死士，寻找替身，将努尔哈赤引向歧途。一场弓箭战就这样突如其来，一个人对四十个人。

努尔哈赤猿猴一样躲闪齐发的箭矢，迎箭而上，尽管身中数矢，甚至箭贯肩胛，依然鏖战不止。他箭无虚发，连续射杀八人，斩首一人，直至擒获了假尼堪外兰。

看到努尔哈赤血流如注，直至染红了战靴，弟弟万般心疼，让众人弯弓搭箭，万箭攒身，射死这个假冒的畜生。努尔哈赤立刻制止，虽说是假的尼堪外兰，可对主人的忠心却是真的，勇敢机智，箭法高超，也是无人匹敌，非但不让弟弟杀他，还授予牛录额真，令其效命爱新觉罗家族。

假尼堪外兰大恸，对天盟誓，誓死忠于爱新觉罗氏。

金蝉脱壳的尼堪外兰，并没像努尔哈赤期待的那样，逃向鸭绿江部，而是逆向而走，折身向西，直奔抚顺城。

占据了鹅尔珲城，获得尼堪外兰的行踪，努尔哈赤必须策马追赶了。一直追到了抚顺城下，便看到了城墙外的尼堪外兰，急得如热锅上的蚂蚁，正围着城墙打转，见到努尔哈赤追来，高喊有贼寇追赶，想得到明军的保护。

努尔哈赤立即叫停追兵，抚顺城有明军重兵把守，只能远处观望，即使有再多的理由，也不能兵临城下。

抚顺城门紧紧关闭，没人肯为尼堪外兰打开，守城的游击李永芳得到总兵大人的密令，不干涉女真人内部的纷争。不干涉就等于放弃了尼堪外兰这个筹码，李成梁厌倦了尼堪外兰的无能，把整个建州女真都给了他，却一个城堡都守不住。

李成梁也是痛心疾首，他只看到了尼堪外兰的顺从，却没想到其领地会迅速土崩瓦解。不过，这是枚弃子，无所谓，他给努尔哈赤找来了新的对手，这个预备对手他已经培养了十年，那便是海西女真乌拉部的布占泰。

这才是真的对手，只是从未出现在努尔哈赤的视野中。

尼堪外兰已经没用了，抚顺城里的李永芳向城外射来一支响箭，响箭上夹着一封书信，信上明确告诉努尔哈赤，他们不管女真人的事。

连续三年替哥哥到广宁城纳贡，连舒尔哈齐自己都相信，尼堪外兰就是杀死玛法与阿玛的凶手，看到信中内容，得知明军并无恶意，派出四十余名兵将，直奔城下。

见追兵将至，尼堪外兰急切地恳求城上明军，放下云梯，快来救他。他身携百宝箱，金银珠宝无数，只要能救他进城，百宝箱如数奉上。一条绳索从城上甩下，示意将百宝箱拴牢。云梯也从城上顺下来，直抵尼堪外兰头顶。

然而，百宝箱进了城，云梯却吊在尼堪外兰头顶不动，他跳起来，想抓住，刚刚触碰到，却攥不到手。追兵只离他几步之遥，努尔哈赤盼望着明军能把尼堪外兰拉上去，那样的话，即使撤兵，不与抚顺城的明军发生冲突，却又把理抓到了手里。

可是城上的明军不遂努尔哈赤的心愿，把云梯拉了上去。尼堪外兰绝望的双手伸在空中，久久不肯落下。

追兵赶到，他们完全不懂得努尔哈赤心中所想，手起刀落，砍掉了尼堪外兰的脑袋。

尼堪外兰的一腔热血喷出，溅上了城上明军士兵的身体，可怜他对朝廷一片忠心，朝廷却不肯派一兵一卒帮他。他的身子紧紧地贴在城墙上，高举的双手死死地抠进城墙的缝隙里，指甲都抠碎了。

一刀落下，努尔哈赤心里咯噔一下子，完了，复仇的口号被属下当真，征战的理由也被一刀斩断了。

又是一场完美的胜仗。回去的路上，努尔哈赤却郁郁寡欢，打不起精神，不是因为受伤，而是担忧以后怎么办。杀死了尼堪外兰，除了几个冥顽的部落，分裂了两百多年的建州女真诸部基本上统一了，李成梁分而治之的谋略被打破了。从此以后，他就是出头的椽子，昔日的古勒寨之祸，就有可能轮到赫图阿拉城，李成梁会重新捡起屠刀，直指爱新觉罗家族。

必须立刻化解掉。

努尔哈赤已经想好了主意，立即修书一封，上奏朝廷，感谢朝廷帮助爱新觉罗家族剿灭仇人，不管怎么说，尼堪外兰死于抚顺城明军的见死不救；释放所有追随过尼堪外兰的被俘汉人，并给予牛畜，使其安家立业；历数所征部落首领劫掠扰民、助纣为虐的劣行，把征战解释为替天行道，替朝廷保一方平安。

西北的天空卷起乌云，凉风骤起。伏天里，长白山余脉就是这样，方才是艳阳高照，炽热如烤，突然却乌云翻卷，没有预兆便会暴雨如注。有士卒给努尔哈赤披上蓑衣，他断然拒绝，就让暴雨浇着，甚至不惧伤口会被感染，率领大家赶回赫图阿拉。

大雨让他的头脑更加清醒，他在思考，与李成梁的斗智斗勇即将开始，未来的日子里，和李成梁翻脸，可能会像翻书一样快。若是那一天真的来了，就意味着向朝廷宣战。赫图阿拉城的兵卒加在一起才几千人，莫说和朝廷打，就是和广宁兵打，也是脆如薄纸。

现在，他最需要的是韬光养晦，不与朝廷作对，他要另辟蹊径，不让李成梁打他的主意。

回到赫图阿拉，拿着尼堪外兰的人头，隆重地祭奠一番玛法和阿玛，努尔哈赤便"一病不起"，宣称被暴雨浇坏，箭伤发作，高烧不退，传言传到李成梁耳朵里时，就成了命悬一线。

这很好，努尔哈赤期待这样的坏谣言，索性收缩战线，闭门不出。

缺少武力的威慑，又听闻努尔哈赤久病不起，归降的部落有的反叛了，有的和李成梁暗通曲幽。舒尔哈齐想去围剿，努尔哈赤不许，小泥鳅掀不起大浪头。

不久朝廷传来旨意，岁输银八百两，蟒缎十五匹，奖励其爱边护民。努尔哈赤总算舒了一口气。

中秋过后，赫图阿拉城下肥沃的苏子河谷，高粱苞米谷子黄豆绿豆黑豆红豆长势喜人，兵丁与族人一齐动手，将丰收在望的庄稼全部收进城中的场院，晾晒打场后归入仓廪。忙完庄稼活儿，天已飘起雪花，族人与兵丁分头策马入林，猎取野兽，制成肉干。女人与孩子采撷山珍干果和草药，老人们划桨摇橹撑篙，下河入湖捕鱼，腌成咸鱼。

赫图阿拉城沉浸在冬储的劳作中。

除掉尼堪外兰的第一个冬天，努尔哈赤完全不是弟弟看到的那样松懈与慵懒，储备这么多东西，全是备战所需。从哥哥嘴里说出的，却是给总兵大人筹备厚物，还将让弟弟亲自送至广宁。

祭过天神地母风雨雷电诸神，拜过乌鸦鹰熊豹鹿等神灵，老萨满迈进了新修的大堂子，面对祖宗匣子，开始为三魂和祖先的魂灵祈祷。各种祭祀完毕，才欢天喜地过大年，热热闹闹地闹正月。努尔哈赤却把闹正月改成了筑赫图阿拉城，拆下木头寨门，砌上石头城墙，城门楼砖石垒上去，宽大的城墙，留出躲避火炮轰击的掩体。

三面峭壁虽说是天险，比城墙高上数十倍，也片刻麻痹不得，兵卒用绳索悬于峭壁之上，凿平凸起之处，打平凹陷之地，绝不给敌人留下攀登余地。即使如此，依然在围绕赫图阿拉山城的苏子河畔筑起彼此相望的高台，台上派兵日夜驻守，防备有人偷袭。

筑牢了自己家的后院，努尔哈赤把眼光放到了李成梁的后院，他不会让李成梁的后院消停，想方设法让李成梁后院起火。

李成梁的后院，就是朝廷，只要朝廷不相信他，这把火就烧对了。努尔哈赤把探子派到京城，触角伸进宫廷，收买到可靠的太监，皇帝的话，大臣们还不知道呢，努尔哈赤就知道了。

得知朝廷正在清算张居正，流放了驻守长城的戚继光，怀疑起了辽东的李成梁，努尔哈赤笑了，机会难得，给李成梁再凑个份子，他立刻启动潜伏在边吏中的汉人内应，把李成梁杀良冒功、贪赃枉法的罪证提供给御史张鹤鸣。

御史果然不依不饶，奏表皇上，言之凿凿地弹劾起了李成梁。

努尔哈赤这才安下心来，李成梁疲于奔命地为自己辩解，哪还有闲心琢磨他。一丝得意爬上努尔哈赤的眉梢，这就是以其人之道，还治其人之身。

春雪消融之际，努尔哈赤修起了楼台亭阁，派出一个又一个媒人，将更多部落首领的姊妹或格格纳为自己或弟弟的福晋，摆出了一副骄淫享乐的样子。除了忍无可忍地攻下了反叛的巴尔达城，基本上全年兵马未动。

朝廷里皇帝与文官集团争斗不止，惹得皇帝干脆罢朝，一时间弹劾之风盛行。辽东的督抚、监司攥住了李成梁的罪证，火上浇油，弹劾的奏章一份接着一份。只是阁部的官员按下不报，阁老申时行很清醒，辽东边患扑朔迷离，一旦有变，岂不是自毁长城。

李成梁陷于朝堂的争斗之中，被弄得焦头烂额，天天提心吊胆，唯恐圣旨下来，皇帝要走了他的脑袋。既然弹劾奏报不上去，素与李成梁不睦的蓟辽总督、辽东巡抚等人，改变方式，以努酋（努尔哈赤的简称）能制东夷为名，递上奏疏，请求皇上封赏，以此抵销李成梁武治辽东之功。

努尔哈赤像只脱壳的螃蟹，成功地躲过了成长期最软弱的时候，他一面引而不发，一面继续秣马厉兵，等待着真正复仇的机会。朝廷却被假象蒙蔽，或者是只认蒙古部落为患，李成梁越是请剿女真，朝廷越是不许，还倍加安抚。万历皇帝下旨，授予努尔哈赤都督金事之职，不但承认了建州女真最高首领的地位，还让他一跃凌驾于女真诸夷之上。

第二年春，皇帝下诏，许努尔哈赤进京朝贡，除了大加宴赏，还送给他一份大礼，特意为建州女真解禁关闭了十五年的贡市。这份大礼，让建州女真的贸易不仅遍及辽东汉蒙各族，还拓展到了江南，甚至朝鲜、日本，财富骤然猛增。

两年后，也就是万历十九年正月，李成梁成功策划了海西女真叶赫、哈达、辉发三部与建州女真的摩擦。不料，没等战事起来，朝廷就罢免了李成梁，将他唤回京城，只留宁远伯这个虚职，颐养天年。

努尔哈赤在和李成梁的较劲中，不战而胜。

第三章　木

　　天神阿布凯恩都里把宇宙分为三界九层。上界是天界，天界分三层，分别住着各路神仙、动植物大神、祖先英雄神。中界是人界，是人类、动物、植物和弱小精灵共同生息的地方。下界是地界，也分三层，地神、魔鬼、恶煞栖止的地方。

　　三界划定，神人魔应各居其所，但谁都想居住在天上，成为神仙，可通天桥只有一座，人们纷纷往天上爬，就连作恶多端的人也想成为神仙。耶路里趁机霸占了通天桥，把善良的人推下桥去，送进地狱，把邪恶的人推上天堂，从此搞乱了天上人间。

　　天神阿布凯恩都里与地狱之神耶路里的战争又开始了，打得天昏地暗，万物生灵都惨遭戕害。天神的本意是给人间的巴图鲁留下一条通天的路，谁料到人间欲望太多，都想成仙做神，加上地狱之神助纣为虐，通天桥变味了。

　　盛怒之下，天神用霹雳击毁了通天桥，把地狱之神压回大地的深处。

　　众多的人滞留在天上，成不了神，变不了仙，孤魂到处飘移。火神将他们一个个抓来，钉在天上，变成了不能动弹的星星。阿布凯恩都里寻找到一棵最大最高的树，让人们顺着树一个一个地滑回了人间，劝人们过好耕种渔猎的日子，繁衍好自己的子孙。有什么事，可以通过大树告诉天神，天神弯弯腰，就听到了。

大树只有一棵，人们想和天神说的话很多。于是人们从森林砍来最直最高的松木干，留出九层枝叶，象征九层世界，扛到自己家的堂子前，做成索伦杆子，杆子尖上涂上鲜血，祭斗里装满五谷杂粮，还有动物的内脏，高高地立起来，招徕天神的使者乌鸦，以此祭拜天神，祈求天神眷佑。

——萨满传说

七

舒尔哈齐永远不会知道，万历二十年对于建州女真意味着什么。

大旱蔓延漠南草原，赤地千里，饿死牛羊无数。严寒扫荡长白山脉，冰封万物，猎物难觅。即使是富饶的松花江、浑江、苏子河流域，也是粮歉牧疏猎物稀少，女真各部落能收仓入廪聊以果腹就不错了。比起千里之外荒凉的草原，隔海相望冰封雪裹的岛国，这里就是成仙的通天桥了。

没有人懂得，小冰河期正在逼近，食物急遽短缺，人类在劫难逃。

一双觊觎的眼睛隔着万水千山，落到了这里。一场亘古少有的大碰撞即将爆发。

舒尔哈齐对这些与己无关的事情不感兴趣，在他的心目中，李成梁怆然离开广宁，是比天大的事情。他无法像哥哥那样，既能掩饰成功的喜悦，又把深邃的目光投向远方。对于李成梁被罢免，他先是惊喜，后是空落，最终怅然若失。对于从小缺少父爱的舒尔哈齐来说，李成梁倒是比阿玛更像父亲。

当然，阿颜觉罗氏随李成梁入京，也让他郁闷，这个令他日思夜想的小丫头，或许今生无缘再见。

努尔哈赤眯缝着小眼睛，目光跳过弟弟的儿女情长，跳过高山，跳过大海，跳到了无人企及、比遥远还远的地方。他灵敏的鼻子已经嗅到了海峡对面的火药味，那儿便是日本。

他从日本商人那里获悉，有个武将叫丰臣秀吉，像他统一了建州女真一般，把四分五裂的岛国统一了，还把手伸向了党争不休的朝鲜。这是努尔哈赤不可原谅的，因为他也把眼光盯在了那里，统一的建州女真，最危险的敌人不是其他的女真部落，而是大明王朝和朝鲜王国，在他们的夹缝中生存，才是真正的忧患，两百多年了，王朝和王国让他们吃尽了苦头，动不动就联合起来，占据你的土地，灭了你的城寨，杀了你的勇士，还逼迫你倾尽所有，年年纳贡。

假若日本吞并朝鲜，女真人将直接裸露给一个更强大的敌人，会比蒙古灭金、宋还要可怕。夹缝中还能求得左右逢源呢，日本人来了，连夹缝都不会给了。想生存就要跳出夹缝，寻求更广阔的生存空间，那就是左抱朝廷右拉朝鲜，兴正义之师，渡江过去，对倭作战，报效大明王朝。

只要去成了朝鲜，建州与朝鲜就是一体了，进退自如。仗不打完，朝廷的兵饷就不敢中断，拿朝廷的钱，打自己的仗，把王朝和王国都攥在自己的手心，何乐而不为？假若不允，朝廷就必须直接出兵了，藩属国被灭，打的就是宗主国的脸。

战事若起，绝不会是朝廷想的那么简单，打了几仗，便能撵回日本人。不足二十万的日本兵，不到一个月就让几百万人口的朝鲜"金瓯丧尽，八道尽失，几近灭国"，领兵的丰臣秀吉那是何等的狡猾，恐怕整个辽东的兵力都调过去，也不一定够用。朝廷的兵抽空了，如何干涉女真部落间的纠葛？从这个角度看，丰臣秀吉这个耶路里，反倒成全了建州女真。

这是天神送来的礼物，错过了，就收不到了。

努尔哈赤一方面渴望与高手过招，对决丰臣秀吉；另一方面，不输礼节，喊出了替朝廷出兵，又一次站上了道德的制高点。

赋闲在京的李成梁并没闲着，跃跃欲试还想领兵挂帅，皇帝不允，他便上疏，向皇帝举荐努尔哈赤，像奴役女真人打蒙古人一样，让女真人打头阵，借刀杀人，以此消除东夷之患。

听说哥哥要抗倭入朝，舒尔哈齐跳了起来，兵马不过几千，居然去打几十万的倭兵，哥哥是不是疯了。从小到大，弟弟对哥哥言听计从，唯有这次，与哥哥爆发了不可调和的争吵。

不是弟弟胆小，朝鲜立国两百年，兵精粮足，被打得稀里哗啦。若是朝鲜弱，不足以匹敌，大明王朝不小吧，几伙倭寇，几个倭国的败将，就搅乱了朝廷半壁江山，若不是起用了戚继光，说不准大明王朝肥沃的江南之地尽归倭人。建州女真这点儿兵马，禁得起折腾吗？要去你去，我替你看家。

对于弟弟的担忧，努尔哈赤嗤之以鼻，他不是盲目折腾，鸭绿江畔建州女真与倭兵有过一场遭遇战，虽说未分胜负，却也摸到了底细。况且，他的一个牛录，专门吸纳和倭兵打仗多年的义乌兵，还有战败逃过来的朝鲜人。他研究透了倭人的战法，已经有了应对之策。

弟弟的质疑，让他很恼火，更不允许弟弟有留下自己的兵固守老巢的想法，拳头攥起来，才有力量。他大骂弟弟鼠目寸光，一旦挂帅出征，朝廷一纸令下，作为都督佥事，他有权调遣海西女真四部的精兵强将，届时，女真各部将不战而统一，这是天赐良机。况且向来有女真满万不可敌之说。

弟弟不服，也是暴跳如雷，别做蛇吞象的美梦了，若是全军覆没，建州就不会存在，女真人将会灭种。

当着众牛录额真的面，努尔哈赤抡起巴掌，一个响亮的耳光打在弟弟的脸上，争吵戛然而止。

戛然而止的还有建州女真抗倭援朝一事，朝廷对此置之不理，直接派李成梁的儿子李如松领兵去了朝鲜。原因是朝鲜李氏王朝认为努尔哈赤"假名征倭，阳示助顺之形，阴怀吞噬之计，若遂其愿，祸在不测"。

被人看穿了，努尔哈赤的计谋落空。

辽东的事情没有李成梁，一切都失控了。

叶赫部也想统一女真各部，趁着朝廷陷入抗倭援朝的泥潭，努尔哈赤羽翼未丰，先下手为强，联合海西女真其他三部，还有蒙古科尔沁部、锡伯部等九部联军三万多人，以虎扑麋鹿之势，直逼赫图阿拉，企图一举压垮建州女真。

叶赫气势汹汹而来，大战一触即发，朝廷既无调解之兵，又无弹压之力，只能作壁上观。

激怒海西女真来攻，已经实现了努尔哈赤的战略意图。若是主动攻击海西女真四部，朝廷肯定会指责他挑起事端。这下可好，海西女真打上门来了，连朝廷封赏的都督佥事的地盘都敢劫掠入侵，孰是孰非一目了然。

至于仗怎么打，努尔哈赤已了然于胸。那些奇思妙想的战术战法，在李成梁麾下时就一次一次地积攒出来了，年年替李成梁趟尸山蹚血海，早就磨砺出了实战经验。现在，把战争的谋略用在部落的冲突上，还不是易如反掌。

知己知彼，百战不殆，至于敌情，他早就派出细作，将九部联军的每一家摸得个底朝天。刚有交锋，努尔哈赤便让手下沿着山林，一路败逃，故意将联军引到古勒山。小时候，跟郭罗玛法踏遍了山上的每条沟每道坎，在此排兵布阵，努尔哈赤信手拈来，山石和树木都被他变成了伏兵，只等着联军到来了。

双方对垒在古勒山下。

入夜，九部联军驻扎苏子河北岸，举火煮饭，密如星斗。望着对岸，士卒皆有惊惧之色，显而易见，这种大军压境的阵势，建州女真从未见过，有些不战自危了。

丧失作战斗志，比打了一场败仗还可怕。临战之时，古勒山上满山火把，与敌人隔河相望的苏子河畔，众牛录额真与士卒齐聚，努尔哈赤焚香祭天，仪式庄重盛大。

宣告祭文之后，努尔哈赤走下祭台，与弟弟舒尔哈齐携手坐在额真中间，沉静而安稳，一副胸有成竹的样子。

接下来是请出赫图阿拉城里的那个老得该有几百岁的大萨满，祭天请神，他要让士卒都清楚，奋勇杀敌，是天神的旨意。

大萨满戴上熠熠闪光的神帽，帽顶是一只振翅起飞的神鹰，走向香烟缭绕的七星斗状的祭台。虽说大萨满浑身是皮，老得不成样子，走一步都需要八个人搀扶，可一上祭台，就来了神，鹿一样灵巧，鹰一般轻灵。他摇起腰铃，击鼓吟唱，恭请天神阿布凯恩都里的使者鹰神降临：

> 七星斗立在高空
>
> 七星闪光请我临降
>
> 我是受天之托
>
> 带着阳光的神主
>
> 展开神翅蔽日月
>
> 神风呼啸而来
>
> 山谷村寨都在抖动
>
> 我旋了九个云图
>
> 又长鸣了九声
>
> 神鬼皆惊遁
>
> 众神退后
>
> 神武的披金光的神鹰
>
> 我来了

大萨满吟唱完，舞起了神帽上的彩色飘带，转起了弥罗（快速旋转），神裙飘飞，神帽闪光。忽然一束光亮停在努尔哈赤的脸上，久久不肯离去。

大萨满突然停止了弥罗，手指一甩，定定地指向了努尔哈赤，一动不动。所有人的眼光都跟随过去，人们惊奇地发现，人群之中，唯有努尔哈赤的脸上盈满月亮般的光环，光环之上挺拔出一柄利剑，直冲云霄。

大萨满继续唱道：

> 你能在峭壁上飞旋
> 神风荡野
> 你神明的火眼能在密林中
> 看穿千里
> 防备着歹徒的坑陷
> 你向着我们部落的房子
> 展翅飞来
> 你是合族永世的神主

那束光芒就这样一直照耀在努尔哈赤的脸上，众牛录额真惊奇不已，无不相信，天神已经附在努尔哈赤的身上，神的旨意明确无误，大获全胜这是天意。

他们全都匍匐在地，冲着努尔哈赤高呼，我主神明。

祭祀过后，努尔哈赤回到大帐，酣然大睡，不论福晋怎么担心，孩子们多么害怕，舒尔哈齐怎样摇晃，部族之人怎么惶恐，他就是装成沉睡不醒，顶多说一句，天神助我，大局已定，勿忧。

这是建州女真与海西女真第一次较量，也是女真部族间真正的战争，他能沉静如水，便是所有将士的定盘星。

第二天一早，烽烟四起，杀声如潮，漫山遍野都是联军。努尔哈赤却岿然不动，战场的主动权牢牢掌控在他的手中。舒尔哈齐按照哥哥的部署，率众额真或攻或守，所向披靡。树木替他们发射暗弩，藤条甩成长鞭，痛击来犯之敌，山石滚木都成了勇往直前的巴图鲁，每名士卒都如同统领三军。

天刚过午，战事便见分晓，联军首领叶赫部贝勒布塞被舒尔哈齐的大刀劈成两半，一半还给了叶赫部，另一半当成战利品，展示在战场的上空，既鼓舞士气，又威慑敌人。乌拉部贝勒之弟布占泰陷入混乱之中，居然被建州女真无名小卒擒获。联军成了无头的苍蝇，秋风扫落叶一般四散而逃。

日落时，已斩杀联军四千，获战马三千，铠甲千余。其他部落贝勒无心恋战，望风而逃。

听说布占泰被俘，舒尔哈齐坐不住了，生怕哥哥忍不住，一时性起杀了。阿颜觉罗氏就是布占泰送给李成梁的厚礼，李成梁被罢免了，阿颜觉罗氏也应该获得自由了。他渴望布占泰做主，索回小丫头阿颜觉罗氏，赐予他做福晋。假如布占泰死了，小丫头这根线就断了。

舒尔哈齐闯进大帐，迫不及待说情，免了布占泰的死罪。本来，布占泰是活不成的，俘获他的士卒嫌押解费劲儿，想一刀结果了他，拎着人头走，他高呼着，我是乌拉部的首领，领我去见你们的大贝勒，必有重赏。一番话说动了士卒，布占泰便被押进努尔哈赤的大帐。

即使舒尔哈齐不来说情，哥哥也不会杀了布占泰，布占泰说自己是赎货，确实如此，他便是掌控乌拉部的筹码，留着比杀了用处更大。保命心切的布占泰，居然发下毒誓，把叶赫部许给他的美女东哥让给努尔哈赤。东哥的美，在女真各部到处传颂，各部落首领趋之若鹜，她的阿玛，就是被舒尔哈齐劈成两半的布塞。

布塞曾自豪地宣称，非世间第一的巴图鲁，东哥不嫁。一时间，"娶东哥"成了天下第一巴图鲁的代称。布塞把东哥许给布占泰，并不是承认他是天下第一巴图鲁，而是结盟乌拉部，共同出兵攻打建州部的交换条件。

此时的布占泰急不可耐地让出东哥，除了保命之外，更是奉承，只有努尔哈赤才配得上天下第一。

努尔哈赤饶过布占泰，并不是贪图美女东哥，吞并海西女真，统一所有女真部落，重建大金国，需要的是人心所向。他扶起布占泰，为其松绑，赏赐猞猁狲裘，将他恩养起来。

九部联军土崩瓦解，联军之间的友谊也随之分崩离析，纷纷与叶赫部反目成仇，海西女真陷入混战。

又是天赐良机，舒尔哈齐跟随哥哥开始反攻，砍大树一般，征抚海西女真各部，一路招降纳顺，攻陷哈达，打下辉发，俘虏了他们贝勒，让他们臣服之后，归还了城堡，将贝勒押回建州，与乌拉部的布占泰一起恩养在赫图阿拉，充当人质。

只是复仇，没有占据各个部落的城寨，即使朝廷想怪罪，理由也不充足，况且各部落的敕书，都是自愿奉献给建州女真的。皇帝有过金口玉言，敕书就是领地的凭证，谁持有敕书，谁就是这方领地的主人。

八

抗倭援朝一打就是七年，火炮火枪火铳打得半岛一片火海，朝廷、朝鲜、日本三方消耗得精疲力竭。丰臣秀吉承受不住接二连三的失败，一命呜呼，日本重新陷入军阀混战，无力赖在朝鲜，撤回本岛。战争结束后，朝鲜地荒人稀，疮痍满目，莫说是拿起刀枪的男人，就是耕种的男人，也少得可怜。朝廷"丧师数十万，糜饷数百万"，张居正替皇帝攒下的丰厚帑库已消耗殆尽，再想补充内府，必须加征饷银。

万历皇帝迫不及待地想让帑库丰盈起来，征饷之风盛起，一时间，民怨沸腾。

七年间，建州女真四周皆为战略真空，努尔哈赤可以任意征讨，尽管如此，他却不想给朝廷留下口实。古勒山大捷，辉发、乌拉归顺，叶赫联姻，已经让他足够强大了，不必急于出兵，仍须韬光养晦。即使朝廷的辽东防务空空如也，他也不去碰汉民一寸土地，劫掠一分财富，不让朝廷感觉出落井下石，还两次派弟弟进京朝贡，自愿担当朝廷的后方。给朝廷的感觉，他是顺从的夷部。与此同时，结盟蒙古诸部，嫁出格格给他们的首领，纳娶他们的女儿或妹妹为福晋。

建州女真成了抗倭援朝战争中唯一的受益者，除了各部落纳贡，贸易更加繁荣，八方银两源源不断，四面谷粟滚滚而来，麾下兵卒朝鲜人、蒙古人、汉人能人齐聚，各牛录额真从兵卒中优中选优，挑选出近百名勇士，训练成无人匹敌的巴牙喇（战神），培养孤军作战的本事，百万大军中取敌人首级如探囊取物。

朝鲜派来使团拜访，行起了跪拜之礼，仅次于拜见明朝皇帝。而且是拜完努尔哈赤，立刻就去拜访二都督舒尔哈齐，恐怕得罪任何一方。他们知道，战后的朝鲜，抵抗能力几乎是一张白纸，打下朝鲜，建州女真派出一个额真，一场示威便足够了。

蒙古各部落也来了，是一支接一支的送亲迎亲队伍，以与爱新觉罗家族结亲为荣，奉建州女真为宗主之位，上贡之物，兄弟俩不分伯仲。

在朝廷得宠，在朝鲜国得势，在蒙古诸部中得利，在礼遇上与哥哥并驾齐驱，舒尔哈齐有点儿飘飘然了，甚至在与诸额真商议事情的大帐里，他的椅子要与哥哥对面而置，以足够的规格显示出与哥哥几近平分秋色。

舒尔哈齐认为，是他挽救了建州女真，除了统一建州、征讨海西功不可没，更重要的是制止了哥哥出兵朝鲜，朝廷听了他的谏言，没有派他们去，建州女真逃过了灭顶之灾。

哥哥怒不可遏，踢翻了议事的桌椅，就差拔剑相对了。弟弟这番话，是没有依据的假设，是对他战略思考的蔑视。他骂着弟弟，坐井观天，毫无远见，闭上你的臭嘴。随后，他再次向众牛录额真陈述出兵的理由，建州女真是从朝鲜归回朝廷的，两族虽苦苦相逼过，但也是血脉相连，若是去了，从国王到战将，都能接受他的调遣，他可以指挥上百万人，打一场像样的战役，让朝鲜的战将个个成为露梁海战的李舜臣，别说是打七年，一年就够了。

谁是李舜臣，舒尔哈齐不知道，也不想知道，他只想阐述一个道理，不去朝鲜，就是没上刀山，没下火海。

一番吼叫过后，哥哥指着弟弟的鼻子说，若是咱们入朝抗倭，早就打过朝鲜海峡，平定东瀛了，现在的你，该在那里称王为汗了，再敢说怯战丧气的话，我直接送你到永陵，陪伴阿玛。

哥哥不是说着玩的，敢说就敢做。

舒尔哈齐虽说没有反驳，心里却不服，朝廷举全国之力，耗尽钱粮，十几万将士埋葬异国他乡，凭建州女真八千子弟，游弋于三方之间，岂不是被剁成肉馅儿，碾成齑粉？脚踩七颗红痣，身登九五之尊，只是个传说，是我说给别人听的，你也拿这个骗弟弟？

兄弟间天衣无缝的友谊，就这样扯开了一道裂痕。

万历二十九年，李成梁官复原职时，已七十有六。

十年间，辽东总兵走马灯似的换，干了一年半载，不是难堪重任，就是毫无起色被朝廷免了，唯有子承父业的李如松没遭责难，却殉职于任上。那是三年前，被打压得快要分崩离析的土蛮部，趁着明廷忙于朝鲜战争，野蛮生长，卷土重来，进入辽东腹地，到处劫掠。

打赢了抗倭援朝战争，刚刚渡江回来，李如松便被朝廷任命为辽东总兵。他太渴望一战定乾坤了，采用了父亲的老办法，率三千辽东铁骑，深入草原腹地，直捣土蛮部老巢。然而，刚刚酣战归来的队伍，长途奔袭，已显出疲惫之师的窘态，中了埋伏之后，无法像从前那样，冲杀得如同虎狼。李如松没能抵挡住土蛮部的攻击，出师未捷身先死，让李成梁饱尝老年丧子之痛。

于是，朝廷思来想去，还是派李成梁回到广宁城，主持公祭。

努尔哈赤目睹七十三岁的李成梁还是那么英毅骁健，儿子死了都没让他弯下腰，祭奠仪式打理得有条不紊，好像死的是别人的儿子。最悲不过白发人送黑发人，如此从容，实属罕见，努尔哈赤预感到堂堂王朝，已无能臣，辽东总兵的位置，将会虚位以待。

于是，他便怂恿弟弟，把弟弟十二岁的次女额恩哲格格送到李府，给李如柏做妾，让爱新觉罗家族与李家结秦晋之好。

与李家结亲，舒尔哈齐梦寐以求，爱新觉罗家族以姻亲联络了海西女真、漠南蒙古各个部落，唯一欠缺的就是李家。就是委屈了格格，这么小，嫁给了大她快四十岁的男人。可兄弟俩已经无女可嫁了，十二岁不小了，再长两年就成人了。

果然，李如松之后，又是三番五次换总兵，甚至频繁到了半年一换的程度。忽然有一天，朝廷明白了，还是李成梁说得对，辽东的心腹之患，只有建州女真，努尔哈赤既称臣又称雄，纵容下去，就是养虎为患，等他有了不臣之心，那就麻烦了。

然而，一切已晚了，十年间，建州女真已羽翼丰满，再想削弱这股势力，已非凡人所能，朝野上下，居然没选出人来，最终不二人选又落回到李成梁头上，还奉承其为辽东磐石。

一个七十六岁老人，早已力不从心，即使是磐石，也已风化，况且建州女真一家独大的势头，已经无法阻挡。若是当初朝廷听他的，继续分而治之，把努尔哈赤弄到朝鲜，像当年打蒙古部落那样，处处让他们打头阵，还可以借倭兵之手削弱他的力量。三年前，大儿子尸骨未寒时，朝廷让他重掌辽东，悲愤还能给他增添几分勇气，借刀杀人也能理直气壮。现在，时过境迁，主动权已经攥在了人家的手里，再像从前那样随意调遣，绝无可能。

当年打古勒寨那样的环境不复存在，况且努尔哈赤没给朝廷留下任何把柄，而建州女真已成铁板一块，无懈可击。若是强行征剿，只会适得其反，毁了自己一生战无不胜的英名。想削弱建州女真，不可能一蹴而就，还是老办法管用，把女真和蒙古各部的水给搅浑了，制造摩擦，相互掣肘，最后各个击破。

所以，重新回到广宁总兵府的李成梁，第一张牌不是打仗，而是打亲情，盛情款待爱新觉罗家族的两个义子。除了回馈重礼，还送给舒尔哈齐一个惊喜——小丫头阿颜觉罗氏。

十年过去了，小丫头早就出落成水灵灵的格格，再等下去，阿颜觉罗氏将会容颜不再了。李成梁终于等来了机会，像把貂蝉送给董卓，把王昭君送给呼韩邪一般，把阿颜觉罗氏送给了舒尔哈齐。

这桩婚事，努尔哈赤总是觉得蹊跷，别看弟弟已经纳娶了十多个福晋，多一个少一个也不差什么，可阿颜觉罗氏身份特殊，她是李成梁和布占泰的利益共同体。留在弟弟身边，就是留下两股势力，随时可能左右弟弟，这个恩赐难说是福是祸，应该立刻推掉。

可如获至宝的弟弟已经鬼迷心窍了，宁可不要哥哥，也不舍弃美人，最大的让步是让阿颜觉罗氏成为他唯一的庶福晋。

布占泰与李成梁结盟，就是两把钢刀插进努尔哈赤的左右，这是他最担心的，可这种担心偏偏成了现实。

布占泰是爱新觉罗家族最纠结的人，恩养了三年，也欺骗了他们三年，骗走了兄弟俩三个掌上明珠——格格，骗去了建州女真大量财富，五次联姻，七次结盟，双方的骨血都融到了一起，打折了骨头还连着筋呢。

本以为乌拉部已融入建州女真，成为不可分割的一部分。然而，李成梁回来了，翅膀硬了的乌拉部突然露出了喂不熟的本色，与李成梁一拍即合，求得朝廷支持，结盟叶赫，扼制建州，称雄女真。

这种事情，怪不得别人。非要怪的话，努尔哈赤应该怪罪弟弟，是弟弟偏袒了布占泰，才给建州女真惹来无尽的麻烦。

五年前，俯首帖耳、言听计从的布占泰，比越王勾践待在吴国还老实，死心塌地地待在赫图阿拉，享受恩养享受得和刘禅一般乐不思蜀，彻底取得了兄弟俩的信任，让他们放松了警惕。恩养布占泰的四年间，乌拉部像只乖巧的驯鹿，没有任何反叛的迹象，频频示好纳贡，还把布占泰最漂亮的妹妹乌拉那拉氏送过来，嫁给舒尔哈齐。

舒尔哈齐认为，没必要再恩养下去了，把布占泰放回去执掌乌拉部，也少了将来的征战之苦。虽说哥哥不同意，表示再留一段日子品一品，无奈弟弟苦苦相求，也不能因为一个人质和弟弟闹翻了脸。

就这样，一支护送布占泰的队伍从赫图阿拉城不疾不徐地走出，沿着山路，蜿蜒走向西北，舒尔哈齐成为护送大使。

布占泰请求回归，事先是有预谋的。他这个人质可没白当，学会了努尔哈赤的隐忍与顽强，也懂得了什么叫谋略。表面上看，让二都督舒尔哈齐带兵护送他回去，是给他面子，实际上带来的却是保护神，他早在暗中与乌拉城里的心腹谋划好了，策动一场政变，设法引诱哥哥——乌拉部的贝勒满泰夜入民宅，然后唆使额其克（叔叔）以奸淫民妇为由，斩杀哥哥，再由额其克取而代之。

谋划得逞后，布占泰急速赶回乌拉部，借建州女真之手，平息额其克的"叛乱"，替哥哥平反。

舒尔哈齐不会料到此行是一场阴谋，不由自主地卷入了乌拉部的纷争，成了屠杀额其克的刽子手，布占泰顺理成章取代了哥哥，当上了乌拉部的贝勒。

舒尔哈齐并不觉得被利用了，反倒以扶持布占泰的功臣自居。

祸根便这样埋下了。

李成梁复职时，并没急着打乌拉这张牌，底牌还要留在最后。既然亲如一家了，就把亲情牌打出去。第一件事就是把努尔哈赤兄弟俩请到府上，叙旧。说起从前的往事，李成梁泪眼婆娑，一宗宗一件件说起李如松与他们兄弟间如何同生死共患难，同仇敌忾，杀土蛮的往事。

如此肝肠寸断的哭诉，李成梁无非是想让兄弟俩披挂上阵，替义父出征，为盟兄报仇。如此简单的借刀杀人伎俩，怎能瞒过努尔哈赤的眼睛，不过是以东夷制西蛮，挑起建州女真与蒙古部落的战争罢了。

努尔哈赤沉默不语，若论仇恨，杀我玛法，害我阿玛，就不是仇恨啦？他不去计较，是要计较更大的利益。

尽管识破了，他也要答应，谁都知道，漠南蒙古部落纷争再起，没能力威胁辽东了。李成梁复出，明摆着剑指建州女真。把柄不能落到李成梁的手中，听李成梁的话，就是听朝廷的话，出征土蛮部，这是总兵大人的命令，义不容辞。

任何承诺都是有代价的，不再是主仆关系，也没必要赴汤蹈火。替义父出征，努尔哈赤是有条件的，西征土蛮，建州女真必须倾巢而出，赫图阿拉就成了裸城，软弱得如同豆腐一般，不堪一击。若想让他一心一意征战，没有后顾之忧，明军必须撤出宽甸六镇。待到凯旋后，明军可复归原位。

这一条件，软中带硬，直中要害，李成梁是真想替子报仇，还是借口，一试便知。努尔哈赤一脚把球踢了回去，让李成梁选择。

李成梁想的是，你们两败俱伤了，收回宽甸六镇，还不易如反掌？便假戏真做，与努尔哈赤击掌为誓。

漫长的剿抚蒙古诸部就这样开始了。

许多事情就是这样惊人的相似，如同当年追杀尼堪外兰，努尔哈赤以为义兄报仇的名义，纵横在草原上，追杀土蛮部，借机征服漠南诸部，联姻科尔沁部，会盟喀尔喀，把昔日的冤家变成了生死兄弟，还把好几个部落的首领纳为自己的额真。

李成梁本想削弱努尔哈赤，事与愿违，却让建州女真星火燎原，把势力扩张到蒙古诸部去了。复出的李成梁本来就没几张牌可打，就这样一张一张地打光了，只好掏出最后一张王牌——乌拉部。

这是一张险牌，如果失败了，朝廷与建州女真就会直接爆发战争。他晚节不保不说，还会留下千刀万剐之祸。

李成梁不想看到那一天，堡垒还需从内部攻破，他要牢牢地拢住舒尔哈齐，壮大乌拉部。

布占泰与努尔哈赤间的矛盾越来越尖锐了，这是舒尔哈齐最焦虑的事情。毕竟，两个女儿嫁给了布占泰，他自己又娶了布占泰的妹妹，还娶了他最喜欢的阿颜觉罗氏。所以，在哥哥与布占泰的冲突中，他习惯性地给布占泰解围。

哥哥指着鼻子骂他为虎作伥，他都不以为然。

建州女真已经强大到就差朝鲜和蒙古各部族俯首称臣了，可会盟与征战，还像他们日常的渔猎一般频繁，舒尔哈齐有些厌倦了，反正四周已经平定，只要与朝廷和乌拉部相安无事，天下就太平了，他想过舒适的生活，像李成梁那样当个老太师。

然而，布占泰却不是这个想法，古勒山大战，成为俘虏，那是耻辱，恩养的日子虽说衣食无忧，却也度日如年，他时刻想把恩养的礼遇还回去，即使爱新觉罗家族把所有的格格都嫁给他，也改变不了他要恩养努尔哈赤的决心。所以，他倚靠李成梁，结盟叶赫部，拉拢蒙古诸部，策反降了建州女真的部落，经常让舒尔哈齐左右为难。

努尔哈赤早就窥透了布占泰的内心，真正的降服是弃城献兵，纳入建州女真的固山（八旗的前身，比牛录高一等级），当个饱食终日的贝勒爷，否则，送来多少女人，奉上多少贡品，也是骗人。

比猎犬警惕性还要高的努尔哈赤，嗅出了弟弟身上异样的气息，弟弟的执拗与任性，早晚会诱发兄弟间的分裂。把广袤的辽东大地纳入麾下，让所有的女真人只认他一个大汗，是他出征唯一的目标。

弟弟不爱出征，安居一隅保存实力的想法，就是他的天敌。倘若有一天弟弟与布占泰结成同盟，好不容易才聚拢起来的女真各部会即刻分崩，谁都可能称王称汗，谁都敢与他分庭抗礼。若是别人，有这种迹象，哪怕是自己儿子，他也早就快刀斩乱麻，痛下杀手，免生后患。可对弟弟，他下不了手，不断地迁就，忍让。

他可以像砍大树一样，一斧子接一斧子地砍乌拉部，让布占泰举步维艰，哪怕布占泰拿爱新觉罗家的格格要挟也毫无用处。他不可能像玛法那样软弱，为救额云，冒死踏入古勒城。嫁出去的女，泼出去的水，爱新觉罗家的格格，生来就该是结盟的牺牲品。然而，弟弟与格格不同，那是唯一和自己出生入死的人，只有善待功臣，方能笼络住患难与共的额真与贝勒。他已经接二连三地原谅了弟弟，可弟弟依然觉得亏欠他很多。

兄弟间真正的翻脸缘于蜚悠城，那一次努尔哈赤是伤透了心。

蜚悠城主因布占泰"苦虐太甚",来降建州女真。努尔哈赤派长子褚英、次子代善与弟弟舒尔哈齐携兵三千,前去收编。舒尔哈齐不愿意去,乌拉部失去蜚悠城,等于麋鹿失去了犄角,狗熊失去了利爪,脖子落在了建州女真的弯臂里,只要人家一用劲儿,随时有可能被扼死。一个部落,双方的利害所在,肯定要爆发一场你死我活的激战。

舒尔哈齐不想得罪自己多重姻亲布占泰,更不想战争发生在自己的眼前,可他又无法违逆哥哥的命令,唯一的办法就是让这场仗打不成。行军途中,他满腹狐疑地说,帅旗上有淡淡的幽光,是不祥之兆,赶快罢兵。

褚英和代善心中早就有数,阿玛交代过,蜚悠城是建州女真的发祥地,重新收回,理所应当,况且有此城为依托,对乌拉部形成半包围的态势,也牵涉今后能否北上东下,进入乌苏里江、黑龙江流域,顺利将野人女真纳入麾下。这些战略意图,弟弟不想听到,努尔哈赤也懒得和弟弟讲了。

正是因为两个阿哥清楚地知道他们的额其克(叔叔)可能有二心,所以,对舒尔哈齐的不祥之言不理不睬。队伍继续借道朝鲜,绕过图们江,直入蜚悠城,护送城寨五百余丁搬迁至赫图阿拉。

布占泰闻讯,率万余众,潜伏于他们的必经之路——图们江右岸的乌碣岩,准备突然袭击。

对于战场的选择,布占泰煞费苦心,努尔哈赤不会想到,他会把战场设在朝鲜,况且乌碣岩山高林密,利于埋伏。他早就侦察好了,建州兵不过三千,一万对三千,还占据有利地形,双方的第一场大仗,乌拉占据绝对优势。

布占泰有信心,凭此一仗,取悦朝廷,削弱努尔哈赤,让所有的女真人臣服于他。

进入了事先设好的伏击圈,两军刚一对垒,舒尔哈齐便把自己的五百人马带到一边,袖手旁观,以图不伤亲情。

双方的兵力一下子变成了四比一,而且褚英处于谷底,地形劣势,局势变得更加危急。布占泰觉得胜券在握了，难免喜形于色。

本该是一边倒的战事，没料到褚英与代善带来的可不是一般的兵，努尔哈赤把巴牙喇都给了两个阿哥，其勇猛之气不逊他们的父辈。尤其是代善，箭雨礌石仿佛对他不起作用，率军抢占山头，冲入十倍于己的敌阵中，直扑敌军主将，抓住头盔，割其头颅。

主将被斩，军心大乱，万余之众，丢盔弃甲，背向而驰，人马相踏，死伤无数。布占泰难控局势，被人流裹挟着，直至退回乌拉本部。

褚英和代善带着蜚悠城的五百余丁，还有乌拉部的俘虏和战利品，得胜归来。

习惯于以寡胜多的努尔哈赤，并不觉得此役是多大的胜利，仿佛是意料之中的事情，该赏的赏了，该罚的，他也不会含糊。此役本该生擒布占泰，最后一斧子把乌拉部这棵大树砍倒，可弟弟却坐山观虎斗，痛失良机，他没有理由不拿弟弟是问了。

按固山规制，努尔哈赤以临阵脱逃之罪，欲斩弟弟手下两位部将，借机砍断弟弟的左膀右臂，同时也斩断弟弟与他并驾称汗的野心。舒尔哈齐哪儿受得了这种委屈，高喊不服，大有决战之势，誓死保卫自己的部将。

规矩立在这儿了，谁有理谁理亏心知肚明，努尔哈赤不想在大胜之时生出内乱，退了一步，算是给足了弟弟面子，暂时饶过两位部将，代价是罚金和削夺兵权。

一向在赫图阿拉城一呼百应的舒尔哈齐，突然间呼而不应了。城中的额真有意绕开他走，崇尚巴图鲁的建州女真人，对舒尔哈齐的怯战显露了鄙夷。

难怪哥哥敢放出抗倭援朝的大话，他没有想到，下一代的阿哥，勇敢与善战已经超过了他们。

尽管他对哥哥生出了敬意，也有了甘拜下风的念头，可这无法取代备受冷落、有名无实的尴尬、难堪与窘迫。从前，来了客人，对兄弟两人都是双重拜见，现在，拜见的礼仪活生生被哥哥剥夺了，居然没有一个额真跳出来替他说话，亲生的二儿子阿敏，居然也站在了哥哥的阵营，学会了缄默不语。

既然如此，索性与哥哥分家，带着自己的人马，另寻出路。哥哥挽留不住，任由他去，只是警告，不是分家，是分兵把守，若敢分庭抗礼，将会是人神共愤，万劫不复。为此，努尔哈赤把最会打仗的二阿哥阿敏、最聪慧的六阿哥济尔哈朗留下，充当人质，以防不测。

尽管依依不舍，舒尔哈齐还是领着大阿哥和三阿哥，携家带口，离开赫图阿拉，出走黑扯木，伐木造屋，另辟大营。既然十三副铠甲能打天下，就不怕从头再来。何况西有辽东总兵李成梁的保护，东有乌拉部相互支撑，身旁仍有兵将千余人，何愁不能东山再起，立地为汗。

建造黑扯木大营时，李成梁和布占泰分别送来财物，派来人手。大营建成时，李成梁不顾年老体迈，亲自拜访，把皇封建州左卫指挥使的圣旨送来。在朝廷的眼里，兄弟俩的地位不是从属，依然是并驾齐驱。

大营中间最大的木刻楞，就是舒尔哈齐的新家，他在家里盛情款待了李成梁，门的两旁，特意刻下"迹处青山，身居绿林"的对联，以示对汉文化的敬仰，还有占据一方、自在为王的心态。

木刻楞的黑扯木大营，虽说不如赫图阿拉那样据山而建，易守难攻，却也不乏规整威严。舒尔哈齐被十余个福晋簇拥着，抱着阿颜觉罗氏，过起了自己舒心的小日子。他似乎忘记了，自己也是这辽阔大地上的一枚棋子，命运的方向怎么走，不是他自己说了算的。

九

万历三十六年春，赫图阿拉已经被女真人称为王城了，努尔哈赤也被各部落尊称为淑勒昆都伦汗（值得恭敬的王）。

李成梁封锁消息，把这一切瞒得死死的，不敢让朝廷知道。分而治之的战术，他用了几十年，屡试不爽，唯有对努尔哈赤，屡试屡败。本想算计努尔哈赤，让建州女真和蒙古各部消耗殆尽，没料到偷鸡不成反蚀米。努尔哈赤以追剿土蛮部为名，故技重演，深入漠南腹地，征抚并用，反倒如虎添翼了。拱手让出的宽甸六镇，最终覆水难收，成了他一生中最大的败笔。

纸包不住火，京城言官闻讯哗然，弹劾他的奏章雪片一般。对于一个八十三岁的老人来说，不在乎谁弹劾他了，反正与建州女真的这场仗，他不想打，也打不动了，谁替代他，无所谓。唯一遗憾的是，他文火炖肥羊般炖出的离间计，没机会享用了。努尔哈赤兄弟间的裂痕，是他亲手而为，朝廷却不给他时间继续煽风点火，火上浇油，让裂痕变成无法挽回的内讧。

他最想做的，是坐镇广宁，目睹兄弟俩反目成仇，大打出手，战火在建州女真间重燃。

可是，这一天，他永远不会看到了，皇帝又一次罢免了他。李成梁怅然之后，感到无比的轻松，总算全身而退了。凭他对努尔哈赤的了解，或许等不到他们兄弟残杀的那一天，战火就会烧到广宁铁骑的身上。可广宁铁骑还是从前那个铁骑吗？抗倭援朝，损兵折将，元气大伤，虎狼之威早已经不在，李如松之死已经露出破绽，假如战争不可避免，他没有打败建州女真的把握。或许绥靖是最好的策略，与其冒险，不如拖延下去，免得一世英名尽损，李氏家族满门尽殁。大明王朝不容失败者，更不缺冤死鬼，戚继光便是李成梁的前车之鉴，见好就收吧。

终于将那老家伙熬走了，三十四年间，所有的苦辣酸甜，都和这个老家伙相关。没有这个老家伙，建州女真没有今天，他让他们痛苦，也让他们痛快。他狮子口大开，快要吸尽他们的财富，可他又给你打开一扇窗户，让你尽情驰骋。

这个让人又爱又恨的老家伙！

世间少了李成梁这样的狡猾对手，努尔哈赤顿感轻松，他渴望下一个对手更强，只有与强手过招，自己才会更强大。

大明王朝不会给努尔哈赤更多的时间，与朝廷翻脸是早晚的事，他片刻不停地操练兵马，整肃队伍。

检阅众固山操练的那天，天也奉迎努尔哈赤，晴得透彻，苏子河被天染得湛蓝。他站在汗宫大衙门前，俯视着赫图阿拉城，诸贝勒与士卒们扛着红黄蓝白四色大旗，风驰电掣般骑马射箭。山冈上的树林里，鸟飞鹿走，尘土飞扬。练兵场上杀声响亮，直冲云霄。

此时此刻，王城西两百里外的黑扯木，却是黑云密布，风疾雨骤，虬状闪电翻滚进幽深的森林，贯穿天地。士卒们身着蓑衣，手持长矛，站立在寨门之外，瑟瑟发抖。

同为建州女真，却是天地两重。李成梁的去职，让舒尔哈齐的心情也像这阴雨天，他知道，哥哥不会对他的离开坐视不管，蜚悠城五百个兵丁，哥哥都会拼命相争，何况他带走了千名勇士，只是他不知道哥哥将采用何种手段。

这时的黑扯木大营已建成一年有余，大营与王城之间，除了礼尚往来，没有了其他的关系，反倒是与布占泰来往不断，只是布占泰元气大伤之后，不敢颐指气使了，也没敢张嘴和舒尔哈齐商量如何抗衡努尔哈赤，能维持现状，不被吃掉就不错了。

黑扯木大寨，西接铁岭卫，东临原始森林，前绕河流，背倚山冈，木栅栏圈出了一片木刻楞。后侧的一座木刻楞里，木柴噼噼啪啪烧着，舒尔哈齐的庶福晋阿颜觉罗氏躺在土炕上，捧着大肚子，疼得狼一般嗥叫。

侍女顶着铜盆，头顶响着春雷，下着密雨，奔向木屋群落中最大的木刻楞虎将营，一路高呼，要生了，阿颜觉罗氏要生了。

不算夭折的，这是舒尔哈齐第二十一个孩子，不算临幸，他有十一个福晋。作为建州女真部落的首领，家里添人进口，平常得像只马驹的落生。马驹两年后即可成为战马，儿子成为战将，尚需十几年。

直至侍女说出是难产，舒尔哈齐才从虎皮躺椅上腾地坐起。他不在乎多一个孩子，他在乎的是阿颜觉罗氏的安危，因为喜欢才娶，她是他的唯一，况且她又是自己联结李氏家族与乌拉部的纽带。李成梁倒了，势力依然雄踞辽东，布占泰败了，依然独据海西女真。既然离开了哥哥，他就不能离开联盟了。

舒尔哈齐顾不上披蓑衣，箭一般射进雨幕里。乌云把天地混淆在一起，炸雷把人神搅得惊恐不安，世界在舒尔哈齐的视野里，晦暗而又混沌。忽然间，一道闪电，像一株巨大的树从天而降，在木刻楞上落地生根。闪电中，他看到天神阿布凯恩都里站立在天地之间，弓下腰身，平静地将一个孩子送入木刻楞。舒尔哈齐怔了一下。

炸雷滚滚，悠远不散，一个婴儿的哭声刺破雷声，嘹亮地响彻天宇，乌云即刻恐惧地躲开，天裂开一道缝隙，播下缕缕金黄。

雨停了。

舒尔哈齐突然醒悟过来，跪倒在木刻楞旁，口中诵道，天神哪，感谢你赐予我能取代淑勒昆都伦汗的儿子。

雷声渐远，变成了驱赶乌云的鞭子，转瞬间，天上的云四分五裂，阳光伸出巨大的手，把破碎的云拨到了天边。

孩子的哭声更响，天雷一般，越过山川森林沼泽草地，向辽阔的女真各部落宣示他的存在。

舒尔哈齐依然仰望天空，寻觅天神的身影。孩子的哭声突然长了翅膀，不再停留在木刻楞里，像只会跑的人参娃娃，捉摸不定，满天飞翔。他不能让孩子飞走，立刻钻入木刻楞，把孩子抱入怀里，随口叫出瑙岱（会飞的人参），把它赐予最小的阿哥。

大地吸足了雨水，小草疯长。

不满周岁的瑙岱，刚会迈步，便跑得风一般快；刚会端饭碗，就能掰开两只正在顶架的小公羊，"咿呀呀"地叫几声，满山谷回荡他的声音。舒尔哈齐喜欢得不得了，时常抱着他，骑上战马，穿梭在山林间。这是天神阿布凯恩都里赐予他的孩子，天生的神力与英武，将来要做女真各部的大汗。

春雪还未消融，河水先活过来了，哗啦啦地在冰雪下流，没过多久，银色的原野里便洇出了一道弯弯曲曲的河，绕着白桦林与落叶松林，黑亮亮地流向远方。这时节，黑扯木冬藏的狍子、麋鹿、野猪吃光了，腌渍的酸菜吃没了；鱼要产卵了，不能捕，野猪野鹿野狍子快要下崽了，不许猎，天神会惩罚他们的；山菜、树嫩叶还没长出来，大营里的伙食只剩下高粱和黍米，还有去年晾干的木耳、蘑菇和咸鱼。好吃的萨其马，风干的牛羊肉，不能动，那是军粮，打仗的时候，背起来就走。

留在王城时，舒尔哈齐从未操心过兵马钱粮，现在，他备受食物短缺的困扰。

王城派人来了，赶来了几百只羊，虽说啃了一冬的干草，瘦得瘪腔瘪肚，青黄不接的时节，这是一份厚礼，待到甸子上的草长起来，又是一群肥羊。兄弟俩翻脸之后，王城首次派来信使，沟通情感。

结束了冰封雪冻，到了给朝廷进贡的时节，努尔哈赤想起了弟弟。王朝定下的规矩，夷邦朝贡，必须是部族的首领，以表前去沐浴天恩。女真各部战事未休，叶赫部与乌拉部还在觊觎建州，努尔哈赤担心离开之后，他们会卷土重来，请求弟弟以部族首领的身份去京城朝觐。

如果成行，这是舒尔哈齐第四次朝觐。几百只羊挡住了舒尔哈齐的视线，他没觉出这次与以往有何不同，他向往着京城的繁华，建筑的恢宏，衣着的华丽，食物的精细。还有万历皇上的赏赐，出奇的大方，金银绸缎，不胜其美，相比而言，他们上贡的人参、鹿茸、貂皮，尽管珍贵，还是粗陋了些，幸好没把满洲四宝中的乌拉草带去，否则会被明廷的皇帝笑话。

前往京城路途遥远，需要奔波三个月，舒尔哈齐认为，能与朱姓皇子一样成为一隅之王，也算是一生中的幸事，便不觉其远了。他这个猛虎一般勇猛的人（舒尔哈齐的汉译意），已厌倦血腥的征杀，渴望在大明王朝的羽翼下，过着安宁的生活。

王城派来的人，一口一声只称舒尔哈齐为尊敬的主人，他在等待回复王命。终究有了出头露脸的机会，舒尔哈齐没有多想，爽快地答应了，朝觐京都。

话未落地，被舒尔哈齐昵称为爱新觉罗·四十五（女真人习俗，孩子出生时，父亲的年龄即为孩子的乳名）的瑙岱，一只陀螺般跑过来，两眼里的泪喷泉般涌出，嗓子里喊出了比海东青还要嘹亮的声音，阿玛！

阿玛的腿被瑙岱抱住，牢固得像一条蟒蛇，甩都甩不开。舒尔哈齐还是用老虎爪子般坚硬的手，掰开了儿子的手臂，带着十几名随从，驮着哥哥送过来的贡品，飞身上马，向着大明王朝的国都扬鞭而去。

他已经被荤油蒙了心，非去不可了，没在乎儿子的眼泪，更没有想到，儿子那双能洞察未来的眼睛，已经看到阿玛走上了一条不归之路。

＋

陪舒尔哈齐一同策马进京的是比他还要大的女婿——李如柏。舒尔哈齐很满意这桩婚姻，自己最漂亮、最懂事的二格格，已经让他名副其实地和李家亲如一家了。不管怎么说，普天之下，莫非王土，率土之滨，莫非王臣，这些都是离任的老太师李成梁说给他的，他听出了很多滋味，渐渐地疏远了哥哥。

舒尔哈齐越山岭，过沼泽，穿辽西走廊。一路上，看着汉人耕田种地，饲养禽畜，闲暇时书声琅琅，户户安居乐业，便心生感慨。女真人四季奔波，渔猎不止，饥饱不定，且行为粗鲁，冥顽不化，该学学北魏孝文帝了。

他已经被农耕文明深深吸引，京都的恢宏与物品的精细，不时浮现在他的脑海里，他根本没有意识到，此时此刻，家里后院已经起火。

瑙岱的哭号是从早晨开始的，阳光透过森林，射出金灿灿的光芒，仍无法止住他闭着眼睛号啕，哭得站在索伦杆上的乌鸦忘记了吃食，惊悚地岔开翅膀，张望了一番，毅然飞走了。

讷讷阿颜觉罗氏抚着他的头，一个劲儿地喊，魂来，魂来。

魂没有丢，何须招魂？瑙岱的哭声凄厉得像丢掉了配偶的山狸子，搅得大营里的人坐卧不安，咒骂他是丧门星。他们没有意识到，一个更让他们坐卧不安的人马上就要来了。

直到汗王努尔哈赤骑着赤兔马闯进黑扯木大营，勒住缰绳，马抬起的前蹄快要蹬上高耸的索伦杆时，瑙岱的哭声才骤然而止，始终闭合的眼睛突然睁开，盯着老汗王的身影，不错眼珠地追随下去。

汗王所带亲兵不足百人，若是大阿哥阿尔通阿、三阿哥扎萨克图跳起来反抗，汗王的命或许就交待了在了黑扯木。奇怪的是，他俩明知汗王的突然造访不怀好意，却像老母鸡遇到了黄鼠狼，吓得不敢动弹。

整个黑扯木大营，只有一个女人站了出来，手持大刀，拦在努尔哈赤面前，声称，想要带走大营的人，除非你打败我。这个敢在汗王面前耍大刀的女人，便是阿颜觉罗氏。努尔哈赤冷冷一笑，拉满大弓，利箭带着一腔怒火，直射阿颜觉罗氏的腋下。她趔趄几步，滑向了木刻楞，利箭便将她的衣服钉在了那里。接下来又是几箭，两个腋下还有发髻全被利箭钉住，她想挣扎，却动弹不得。每支利箭都紧贴着她的皮肉，却丝毫未伤，这等箭法，谁敢与汗王争锋？

带走，努尔哈赤说。

就这样，黑扯木所有的部将士卒和家眷跟随着汗王，赶往王城。身后一把大火，熊熊燃烧，走出了上百里，依然能看到火光，显而易见，大营被烧得精光。

按照固山规制，王城里举办了庄严肃穆的审判。

两个阿哥在劫难逃，好歹保住了全尸，汗王下令，弓弦勒死。跟随他们的部将就没那么幸运了，吊在大树上，活活烧死。汗王余怒未消，索性要绝了后患，处死阿敏。

毕竟，瑙岱的二阿哥阿敏没有跟随阿玛移兵黑扯木，他奉王命四处征战，破乌拉部宜罕山城，又建奇功。汗王最为倚重的儿子皇太极苦苦相劝，用汉人一将难求的道理，说服了父汗，总算留下阿敏一命。

王城的葬礼，烦琐而又隆重，汗王没有把两个阿哥当成叛逆，按照贝勒的规格安葬。老萨满敲手鼓，晃腰铃，护送亡灵走东边的岔道，那是一条勇士的路。葬礼上没有悲伤，就连大阿哥的生母，舒尔哈齐的嫡福晋佟佳氏，也没流下一滴泪。

在女真人的习俗里，王城大萨满超度的葬礼，意味着灵魂不灭，是个载歌载舞欢庆的仪式。

老得不知活了几百岁的大萨满，浑身无肉，皮的皱褶布衫一样裹着骨头，尤其是下颏，稀松的皮，垂成了一面大扇子，在舞蹈时甩来甩去。没人能看见大萨满的眼睛，他的眼睛被皮遮住，可他的眼光却能透过皮，看见所有的人。

随着腰铃的节奏，瑙岱无师自通地舞起来，扭动得和大萨满一个模样。萨满是通天之神，王城仅有一位。大萨满怕黄毛小孩亵渎了神灵，敞开胸怀，把瑙岱裹进他松弛的肉皮里。

仪式的最后，是火葬，油松木杵，将两位阿哥的遗体高高托起，让他们的灵魂接天连地。大火过后，木炭银白色的灰很快被风旋走，两副完整的骨架清晰地躺在灰烬中。

瓦瓮已经准备妥当，随手往里捡入骨殖，几个额真为两个阿哥的头盖骨争执起来。勇士的头骨，吸附着逝者的勇气，做成酒碗，喝下去的将是英勇无敌的壮胆酒。

两个力气大的额真获取了胜利，锯开眉骨之上的头盖骨时，瑙岱分明听到了两个阿哥一个劲儿地喊，疼啊，疼啊。

瑙岱怔了下，被处死的时刻，两位阿哥圆睁怒目，不求饶，也不喊疼，灵魂怎么突然喊起了疼？天神阿布凯恩都里弯下谁也看不见的身躯，趴在他的耳旁，悄悄告诉他，勇敢是女真人的魂儿，你阿哥的魂儿正被他俩吸走。

就在那一瞬间，幼小的瑙岱已经长成。

余下的日子里，瑠岱跟随汗王的福晋一起生活，他成了汗王的儿子。最受阿玛舒尔哈齐宠爱的讷讷，被汗王贬为庶人，失去了对儿女的抚养权。

舒尔哈齐朝贡回来，黑扯木已成灰烬，家人与士卒踪影皆无，朝廷刚刚封赏的敕书成了一纸空文。

对于努尔哈赤来说，皇帝的敕书只是包装，用的时候可以拿出来，彰显一下皇命难违。敕书不够的时候，还可以勒令其他部落奉上，向朝廷证明只是各部落间的分与合，没有危及朝廷的利益。不需要的时候，那就是废纸一张，擦屁股都嫌硬，顶多是当成引柴烧的纸。白山黑水之间，敕书不过是争来夺去的由头，最终还是凭实力说话。

舒尔哈齐成了无立锥之地的孤家寡人，无论是栖身铁岭卫还是乌拉，都是寄人篱下。他的身上突然失去了首领的光环，犹豫再三，还是听从了儿子阿敏的劝说，回到了王城，向哥哥服软，以求宽宥。

汗王的宽宥是有限度的，亲兄弟也不行，严密的固山规制，已经将弟弟列入叛逆的惩罚范畴。努尔哈赤借此机会，对所有心怀二心的人以儆效尤。

汗王早就给他的猛虎弟弟准备好了新"家"，面积比一小炕还小的四面围墙里面，先丢下乌拉草和被褥，再丢下戴着手铐的活人——舒尔哈齐，然后，顶上搭檩摆椽，压上秫秸，覆上黏土，便建好了人圈。

人圈只留两个孔洞，一个送饭菜，一个接屎尿。

舒尔哈齐感到屈辱无比，成天喊着放他出去，他要带兵打仗，猛虎不能关在笼子里。哥哥却认为仁至义尽，违抗规制，论罪当斩，留他一命，念的是旧日之功，兄弟之情。

幽禁了两年，舒尔哈齐快要不会说话了，只剩下虎一般的咆哮。

此时的瑠岱，已经剃了头，梳上辫子，像王城里的一匹小马驹，到处奔跑玩耍，发现守卫的旗丁松懈时，便跑到孔洞旁，向漆黑的里边喊，阿玛。

阿玛的白胡子先从孔洞里伸出来，然后才是一双混浊的黄眼睛，接下来便是暴躁的吼叫，双手从孔洞里弹射而出，在空中狂抓。那双手，已经不像人手，长而尖锐的指甲，虎爪一般，孔洞四周的石头被挠出了一道道深深的沟痕。

被罚做苦役的讷讷，趁人不备，常偷偷过来，与儿子亲近，指着远处的人圈，悄悄告诉他，那是你阿玛。所以，在璐岱的印象中，那幢无门无窗的房子，就是阿玛的象征。

人圈奇臭无比，让人无法忍受，每一次，璐岱只喊过一声阿玛，掉头就跑，除了怕守卫的旗丁追赶，也无法承受那种气味，更无法接受里面关着的野兽是自己的阿玛。尽管他知道，汗王不是他亲阿玛，可汗王总是欢喜地抱着他，亲他的脸，叫他小阿哥。有时，他也犯糊涂，到底谁是阿玛？

毕竟，他只有三岁。

这段日子，汗王又忙碌起来，挑老山参，寻幼貂皮，割最嫩的鹿茸，找驯服得最听话的海东青，他要去朝廷上贡，亲眼看一看明廷的皇帝到底长着什么样儿，若是没生出龙角，金銮殿也不是他一个人坐的，大金朝的皇帝完颜亮又不是没坐过。现在的汗王又有了新的欲望，收复中都，问鼎中原，匡扶大金国。

几度征讨，乌拉部已名存实亡，布占泰逃到叶赫部，给努尔哈赤征讨留下了口实。没有盟友的叶赫部，外强中干，掀不起大浪了。况且下一代的四大贝勒，身经百战，均可独当一面。王城的四梁八柱已经立稳，广袤的辽东大地无忧虑矣，他可以放心地赴京。汗王唯一不放心的，是人圈里的"野兽"，那是受过明廷皇封的，一旦逃出，完全有理由替代他，重新成为首领。

幼小的璐岱并不知晓，此次汗王亲自朝贡，几近于慷慨赴死，朝廷里被他收买的太监已经传书过来，有大臣上言：

> 奴酋狡悍已非一日，包藏祸心，狡焉思逞，情形以著，变态已彰……中国无事，必不轻动，一旦有事，为祸者必为此人也。

不可能再让弟弟替他奔赴皇城了，若不如期进贡，造反之心昭然若揭，必须让万历皇帝打消顾虑。此时，汗王并不急于出发，闭目端坐在汗帐里，守在两盏灯笼下，一动不动，他在思考，如何把最后的隐患排除掉。

一个囚禁在人圈里的人，努尔哈赤使一个眼神，或者放一个屁，就能处置掉。然而，他没有选择赐死、谋杀，或者是饿死，他要直面弟弟，让弟弟心悦诚服地离开这个世界。

兄弟俩最后一次见面，是在一个阳光明媚的正午。

滴酒不沾的汗王，忽然让部下抱来两大坛子烈酒，他拎着一个马扎，缓缓走向人圈。身后跟随的两个旗丁，一人手里托着两条煮烂了的狍子腿，一人抱拿两个酒坛子，头上顶着酒碗。

哥哥的到来，令舒尔哈齐热泪盈眶，仿佛时光倒流，所有失去的，一瞬间全回来了。他结结巴巴地喊过一声阿哥，憋了两年的话，火山爆发一般全喷发了出来。

汗王把马扎放在人圈两个孔洞中间，坐了下来，一双炯炯有神的小眼睛瞅着两个孔洞。他端起了平生从未端过的酒碗，平静地说，哥陪你喝酒吃肉聊天吧。

舒尔哈齐的第二声，没敢喊哥，而是叫了声汗王。事实证明，与哥哥离心，是他一生中最大的错误。他以为积蓄许久的力量，足可以与哥哥平分秋色，可事到临头，是那么的不堪一击，哥哥只是略施小计，他便一败涂地。两年多了，哥哥对他不理不睬，趁着哥哥来了，他赶快俯首称臣，再赴沙场，好将功补过。

汗王没给他这个机会，明确地告诉弟弟，天神阿布凯恩都里还会赐予他们一个大金国，新的国度将不会容纳任何一个懦夫。

舒尔哈齐不认为自己是懦夫，也不怜惜自己这条贱命，他为的是建州女真和爱新觉罗家族，他和哥哥的根本分歧就是从来没想过和朝廷翻脸，也害怕哥哥与朝廷翻脸。恢复大金意味什么？那就是与整个大明王朝为敌。他用膝盖当脚走，爬到孔洞前，把脸贴上去，努力让阳光映到他的脸上，和哥哥的眼睛对视着。他劝说道，汗王啊，咱仅有两万旗兵，封王割地就够了，一个王朝两亿多人，不能和他们作对呀，况且女真各部不稳，李氏朝鲜、蒙古各部心怀鬼胎，咱们是前有狼后有虎，这是天大的风险，不能冒。

汗王并不瞅弟弟焦灼的眼神，掂量一下自己手中的狍子腿，咽下了平生第一口酒。猛烈地咳嗽过后，他狠狠地咬了几大口肉，直到把骨头上的肉啃个精光，才把干净得狗都不啃的骨头甩了出去，眼睛一眨不眨地对弟弟说，这就是我们的敌人，不是他们把我们吃光，就是我们被他们吃光，畏惧战争，贪图安宁，只有一种结果，土崩瓦解。

舒尔哈齐泪流满面，汗王，保护好咱们的部族，不要以卵击石，我们禁不起古勒寨那样的屠杀。

汗王抬头望了眼天，天湛蓝，所有的云彩都躲到了地平线的边缘。天神已经告诉了他，敌人已经躲在天边，女真人的疆域就在铁蹄之下，黄河都拦不住。

舒尔哈齐绝望了，哥哥的野心天地都装不下。

十一

这是谁也说服不了谁的相见，凭着对哥哥的了解，汗王绝不会做徒劳无益的事情。在人圈里圈了他两年，突然来访，一改滴酒不沾的誓言，舒尔哈齐突然明白，自己的大限到了。舒尔哈齐不怕死，他只想死个明白。

天神的坐骑老了，让我去当阿布凯恩都里的侍从吧。舒尔哈齐说。

哥哥没有回答，已经泪流满面，只是说了一句，哥要陪你喝三天酒。

舒尔哈齐说，把黑扯木烧过的树桩子给我拉一车，我要拿它们当褥子。

努尔哈赤抹了一把泪水，对弟弟说，我要去明廷的都城朝贡，生死未卜，褚英、代善谁能替我？

一切都清楚了，哥哥最不放心的还是自己，舒尔哈齐闭上了眼睛，命中注定，他一生要服侍别人，活着时，是李成梁，死了后，是天神。

既然汗王是天命之人，谁是真命天子，还不是上天注定？舒尔哈齐没提任何一位阿哥的名字。

不胜酒力的哥哥，一醉三天，三天来，舒尔哈齐的手伸出人圈，一直和哥哥抓在一起，尖锐的指甲将哥哥的胳膊划出了道道血痕。两个旗丁一直服侍在汗王身旁，给他的身下铺虎皮褥子，盖貂皮大衣，喂醒酒高汤。

酒醒之后的努尔哈赤，瞅都没瞅弟弟，骑上战马，离开人圈，带着朝贡的大小车辆，扬长而去。

黑扯木烧焦的黑树桩被旗丁伐来，接连不断地递进人圈里。一坛子接一坛子的酒，被抱到人圈前，舒尔哈齐一碗接一碗地喝下去，喝得个翻江倒海。

舒尔哈齐又不会说话了，继续用虎啸表达他的情感。

不知何时，人圈里的虎啸停息下来，看守的旗丁，端着酒碗，不知所措地向里边张望。瑙岱再一次走过去，白胡子没有伸出来，阿玛阿玛地叫几声，没有回应。他把眼睛贴在孔洞向里看，一片漆黑，什么也看不到。

瑙岱觉得很奇怪，原本臭气熏天的人圈，怎么不臭了，还有一股奇异的香气？他接二连三地嗅着，要把气味吸足，存到肚子里。

旗丁告诉他，你阿玛醉了，不会搭理你了。

　　夜晚来临，那股奇异的香味越来越浓，弥散到整个赫图阿拉王城。在这迷人的香味里，瑙岱陷入了更深沉的睡梦中，梦里，他看到天神阿布凯恩都里，天神告诉他，你阿玛薨了。

　　瑙岱猛然惊醒，一骨碌爬起来，旋风一般跑向人圈，一路上的哭号之声如同疾风暴雨，搅得整个王城鸡鸣狗叫牛吼马嘶，睡眼惺忪的人们咒骂瑙岱，发了瘟灾，不让人好好睡觉。

　　旗丁点起灯笼，照耀一个孔洞，瑙岱把眼睛贴上另一个孔洞，向里边张望。里边的阿玛彻底地打开了自己，仰面朝天躺在黢黑的树桩上。

　　瑙岱接二连三地喊着，阿玛！阿玛！声音气壮山河。

　　香气更加浓郁，浓得幽禁的小屋再也盛不下了。忽然间，一股气浪从人圈里冲天而起，伴随瑙岱的喊声，屋顶被冲开了，檩子椽子四散分离，秫秸也分崩离析，王城的上空到处飞舞着碎末儿。仿佛被天神拎住了头顶的辫子，瑙岱一下子被这股气浪冲走老远。

　　一团大火突然间从人圈里升腾而起，瞬间燃烧成一轮鲜红的太阳，那股醉人的香味被大火吞噬而去，只剩下一片焦煳。

　　人圈不复存在，只剩下四面黑黢黢的墙，两个孔洞被彻底掏开，墙也坍塌下去了一大截。瑙岱的阿玛不再是从前的阿玛，只剩下白骨一堆，平静地躺在灰烬之中，残余的香味正被白骨吸去，直到一丝不剩。

　　所有人的眼睛都被这奇异的情景吸引住了，围在不复存在的人圈旁垂头肃立。天上一道白光倏然而逝，瑙岱看到阿玛的灵魂跟随着天神阿布凯恩都里的脚步，迈向了天庭。

　　二阿哥阿敏最先跳进了人圈，六阿哥济尔哈朗像丢一只小羊一般，将瑙岱扔进阿敏的怀里，随后也跳进了人圈。哥仨一同捡拾阿玛的骨殖，装入瓮中。

　　阿玛的勇猛不亚于汗王，谁都想从阿玛的灵魂里汲取力量。有二阿哥阿敏在，没有哪个额真敢觊觎阿玛的头盖骨。

　　除了天神阿布凯恩都里，人间还没有谁有资格拿走阿玛的头盖骨做酒碗，汗王也不可以。

老得不能再老的大萨满，带着一群小萨满，盛装起舞，小小的瑙岱也跟随其中。王城的上空回荡着老萨满唱给天神阿布凯恩都里的歌：

召唤一声吧

阿布凯恩都里

您的所有幸存者

将从忧郁和黑夜的伤痛中站立

刀刃再次指向胸脯

血泼洒似燃烧的烈酒

头颅和黎明同时被染红

神勇的舒尔哈齐

你将永远和天神在一起

此时的努尔哈赤，跪在皇宫，山呼万岁地递交贡品。然而皇上并未上殿，只派个太监收礼纳贡。

走出压抑得让人喘不过气来的紫禁城，不等回到驿站领皇上的赏赐，努尔哈赤便快马加鞭地跑出京城。

有太监悄悄告诉他，皇帝受了熊廷弼等人的蛊惑，想把他扣留在京。

千里赤兔马载着努尔哈赤飞一般奔跑，把天上的飞鸽都远远甩在后边。从皇城到辽东，漫漫长途中，一个影子在自由自在地飞驰。

那便是王的背影。

WANGDEBEIYING

第二部

东哥不是哥

第一章　情窦初开

重峦叠嶂的长白山东北部，有座布库里山，山下有一个清澈透明的湖，叫布尔瑚里湖，湖水碧蓝清凉。盛夏，湖边野花烂漫，彩蝶飞舞，鸾凤和鸣，百鸟交唱，蓝天白云和起伏叠嶂的山峦，倒映在水中，如梦似幻。

这幅美丽的图卷，引来三位仙女，她们从天而降，驻足湖边。仙女是大姐恩古伦，二姐正古伦，三妹佛库伦。三姐妹走近湖边，只见水中有天，彩云飘飘，鸟飞蝶舞，这比清静的天宫美多了。三位仙女的身影倒映在湖中，娇滴的脸蛋，婀娜多姿的身影，在绿树红花的衬托下，显得格外靓丽。三姐妹兴奋地脱掉衣服跳入碧水之中，尽情地享受大自然呈献给她们的一切。三姐妹同在湖中嬉戏打闹，顿时平静如镜的湖水水花四溅，碧波荡漾，湖中不断传出她们的欢声笑语。

三姐妹嬉戏多时，已感疲劳，上岸更衣。一只神鹊飞来，嘴衔一颗红果，置于三妹佛库伦的衣裙上，腾空而飞。佛库伦拾起鲜艳的红果，爱不释手，放在地上怕弄脏，攥在手里又无法穿衣，于是她便把红果含到口中。不料，红果顺势滑进她的腹内，她即感受孕，腹重如山，不论怎样用力，都不能随两位姐姐一同起飞，忙问姐姐，怎么办？

大姐和二姐摸着三妹的肚子，安慰着说，这是天授妊娠于你，等你生产以后，身子轻了再回去吧。言罢，告别三妹，飘然升天。

两个姐姐走了，佛库伦留在湖边，不知过了多久，佛库伦生下一个男孩。孩子落地就能说话，几天就长成一个身强体壮、面目清秀的少年郎。佛库伦给自己的儿子取名布库里雍顺，姓爱新觉罗。

有一天，佛库伦为儿子做了一只木船，让他坐在上边，然后拉起他的手说，儿啊，你是天神的后裔，天意让我生下你，你的责任就是去平息暴乱，安邦定国。孩子，你一定要完成上天交给你的重任。说完便松开布库里雍顺的手，把船推向水中，小船载着布库里雍顺顺流而下，佛库伦则凌空而起，返回天庭。

——萨满传说

一

东哥第一次听佛库伦的故事，是万历二十年，在苏子河畔，那年她十岁。

风漫过长白山脉，舒缓地落在赫图阿拉山城之下。山城环绕的苏子河清澈宽阔，河水波轻浪缓，轻拍堤岸，节奏均匀的啪啪声，如同少男少女无休无止的亲吻。东哥端坐在大石头上，手牵夏日翠柳，歪着头，听七岁的阿敏讲佛库伦。阿敏坐在树桩上，比东哥矮了一头，他把手撂到东哥的膝盖上，无限陶醉地讲述爱新觉罗始祖的诞生。

讲到佛库伦吞下红果，肚子骤然隆起时，东哥的脸红了下，突然又诡秘地笑了。阿敏没有注意到东哥的瞬间表情，一如既往地讲佛库伦身子沉得飞不回天庭。东哥咯咯地笑，问道，红果长啥样？像牛羊的本本吗?

阿敏想到了公牛公羊肚子下平时深藏不露那东西,一时语塞。

恰好孟古哲哲挺着大肚子走出山城,走下山岗,走到河边,喊他俩回去吃饭。两个孩子瞅着孟古哲哲快要撑破的肚皮,不约而同地笑了。他们都想到了佛库伦。

孟古哲哲是东哥的姑爸爸(姑姑),也是阿敏的阿牟(伯母),当然,最重要的身份是努尔哈赤的侧福晋(妾),肚子里的孩子,便是日后经天纬地的皇太极。

孟古哲哲慢慢腾腾往下走,阿敏仰起脸,凝视着东哥,突然说了句,你就是佛库伦,仙女一样美,嫁到爱新觉罗家吧。

东哥的脸红成了芍药,女真各部落的女孩,十岁就谈婚论嫁了,男女之事懵懵懂懂地知道了些,她突然说了句刺痛阿敏一辈子的话,爱新觉罗家族是野种。

那时,阿敏对野种还不大懂,只知道不是好话,刚想刨根问底,孟古哲哲已经到了他们身旁。孟古哲哲左手牵着东哥,右手牵着阿敏,走出河畔,身后鲜嫩的水草上,留下一大两小三双脚印。

阿敏踩着嫩草,欢快地转圈,嘴里喊着,东哥。东哥扭过头,隔着孟古哲哲看阿敏。阿敏的眼光却深深地留在身后。东哥明白了,咯咯地笑出了声。在女真语中,东哥就是河边鲜嫩水草的意思,以东哥为名,就是赞美好看的女人是水做的。

两个孩子拉着孟古哲哲的手,蹦蹦跳跳欢笑着,一路上阿敏边薅着脚下的嫩水草边喊,东哥。

三个人拾级而上,爬入山城,走进城中木栅栏围出的内城,来到了努尔哈赤的大殿外,静静地等候。

已经晌午歪了,阳光泼辣,地白影短,知了鸣叫。八大碗的香味从偏殿飘来,一阵阵袭入阿敏和东哥的鼻子,他们馋得流出了涎水。也难怪,灾荒之年,莫说是平常人家,就是辽东大地的贵族贝勒都节衣缩食了。闻到这么丰盛的八大碗，别说是人，苍蝇都喜笑颜开了，前赴后继往饭桌上扑。包衣阿哈（家仆）们拿着马尾巴扎成的蝇甩子，及时地消灭了那些胆大妄为的苍蝇。

阿敏看到，端庄俊秀的东哥，舌头也在舔嘴唇。

宴会早就该在大殿旁的偏殿举行了，努尔哈赤招待的是他叔伯大舅哥，来自叶赫部的二贝勒布塞。东哥是叶赫女孩，陪着阿玛布塞从叶赫城出发，一路跋山涉水，抵达赫图阿拉。

大殿里，男人们宁肯饿着肚子，仍无休止地吵嚷。

争吵的内容很复杂，有建州与叶赫的恩怨与情仇，有与乌拉、哈达、辉发等部的亲疏远近和纠结。这些是非都是表面上的，而核心的争执是谁为辽东大地上的主人。大明王朝深陷朝鲜的抗倭战争，不能自拔，天赐女真各部一个机会，女真本来是一体的，何不趁此统一，共立一个汗王。

努尔哈赤当然赞成，既然大家都有这个意愿，那就共同拥戴建州女真吧。

布塞立马就翻脸了，海西、野人女真各部，以及相邻的蒙古部落、锡伯部落，都愿尊崇叶赫部的大贝勒那林布禄为汗，叶赫统领女真，已是大势所趋，唯独妹夫自不量力，分庭抗礼，也想成为大家共有的汗。布塞把桌子拍成了雷声，吼声震天动地，痴心妄想！

那林布禄和布塞是堂兄弟，两个人子承父业，共同执掌着叶赫部，二贝勒布塞对大贝勒那林布禄言听计从，任何事情都是同仇敌忾，冲锋陷阵毫不含糊，一文一武，相得益彰，迅速恢复了叶赫部的元气。这一次，他受大贝勒之托，出使建州女真，逼努尔哈赤臣服就范。

努尔哈赤更是怒不可遏，叶赫部能有今天，那是建州女真替他们周旋。四年前，李成梁和哈达部贝勒歹商共同设计，以互市为名，把他们二人的阿玛诓出防守坚固的叶赫城，骗至开原城外，突然伏击，两千多人的首级被李成梁割走报功，四千多头牛羊成了明军的战利品。眼看着叶赫部要毁于一旦，是努尔哈赤说服了李成梁，要保持女真各部的平衡，才留给了他们喘息机会。三年前，他们或出于感恩，或出于联盟，把叶赫部最出色的格格——那林布禄的妹妹孟古哲哲嫁了过来。

然而，恢复了元气的叶赫部，翻脸比翻书还快，马上以主人的姿态让建州女真臣服。努尔哈赤气得快要把眼眶瞪裂，大骂叶赫忘恩负义，锱铢必较，不让你们付出代价，苏子河倒流回长白山。

布塞怔了片刻，他知道，努尔哈赤认定的事，会穷追不舍，不依不饶，就像当年统一建州时对付尼堪外兰。他担心努尔哈赤一不做，二不休，索性扣留他们当人质，便退而求其次，既然不肯跪地称汗，那就割地求和，让努尔哈赤把建州临近叶赫的额儿泯、架孔木二地选择一处，割让出来，否则，叶赫部将统领女真各部共同讨伐，让建州部彻底消失。

面对毫不掩饰的恫吓，努尔哈赤回敬得更加坚决，举刀劈下，谈判的桌子瞬间一分为二。他厉声道，昔日我父被大明误杀，与敕书、送马匹、还尸首、受册封，汝父亦被大明所杀，头示众、尸荒弃，汝去索取否？如此胆怯，何以为汗？

一语说到布塞痛处，谈判的结局是暴跳如雷，怒目相视，剑拔弩张。莫说是招待午宴，就连亲情都被扯断了，努尔哈赤下令，驱逐布塞一行人，建州境内不许任何人提供他们吃食，饿死这些贪心不足的畜生。

大殿的门突然打开，布塞一行人连同被砍坏的桌子，一起被扫地出门。

爱根（丈夫）和哥哥翻了脸，最难受的是孟古哲哲，她费尽心思，准备了丰盛的八大碗，就想让亲人们和和气气地说话吃饭喝酒。她本想上前去劝说，谈不拢也要吃口饭再走，这不是爱新觉罗家族的待客之道。不料，肚子里的孩子却不替她做主，狠命地蹬踹，她疼得蹲了下去，居然靠在七岁阿敏的肩头才能稳住。

东哥不甘心阿玛受辱，逆着人缝，钻了过去。她立在努尔哈赤的对面，圆睁杏眼，微翘的鼻尖翕动着，鹅蛋形的脸烧成了红杜鹃，一排小芝麻牙咬着鲜红的嘴唇，一动不动地怒视。

面对着垂髫覆额、弱眼横波、美若天仙的小格格，努尔哈赤突然间转怒为笑。东哥指着努尔哈赤的刀，质问着，那是砍人的，砍什么桌子，砍我呀。

说着，东哥一跃而起，双手攥住了努尔哈赤唇上的八字胡，悬空了身子。

努尔哈赤怔了下，这个叶赫部的小格格真厉害，丝毫不让须眉，让他长见识了。他用力甩起头，将东哥凭空甩了一圈。可东哥的手那样有力，牢牢地攥住胡子。

阿敏害怕了，喊了句东哥，伸出一双小胳膊，似乎准备随时接住空中跌落下的东哥。孟古哲哲捂着怦怦乱跳的心，她不敢上前，害怕一旦东哥脱了手，摔到她肚子上，后果就不堪设想了，爱新觉罗家族每一个隆起的肚子，都是建州女真的希望，她不想顾此失彼。

谁都认为东哥准会被甩出去，只有努尔哈赤丝毫没有这种感觉，他觉得是仙女落到他的嘴唇上，轻得像根羽毛，柔得像朵羊绒，暖得像个火炉，他有了一种和东哥一块飞翔的感觉。他的胡须没有被拽疼，反倒涌出一种舒畅，舒畅得张开了双翅，飘然欲仙。

他闭上了眼睛，随着身体的旋转，他觉得自己越变越小，小得像一只红果，而东哥在他的心目中越变越大，变成了仙女佛库伦，一口将他吞下。

努尔哈赤突然收住了脚步，他不需要这种感觉，这是丧失自我的感觉，他是驾驭仙女的天神，怎能让仙女吞掉呢。他睁开了眼睛，东哥又回到了现实，胡须突然感觉到了重量。他不想把东哥甩出去，更害怕把东哥摔伤了，顺势把东哥抱在怀里，两张脸近得几乎贴在一起，呼吸着对方的呼吸，感受着对方的心跳，凝视着对方的眼睛。

布塞突然收住了狼狈的步伐，虽说他的女儿还未长开，可两年前就有人称她为女真第一美女了，努尔哈赤盯向女儿的眼光足以证明，这次带东哥来十分正确，事情会在他女儿身上出现转机。

偏殿的房顶上，突然传来了老萨满的声音。谁也不知道，这个肚皮比马褂还松，老得不能再老的老萨满，是怎样爬上去的。老萨满咳嗽了一声，嗓子里像是堆了好几十年的痰，他呼哧带喘地说，哈哈纳扎青吐血了。

哈哈纳扎青是努尔哈赤的大福晋，她的身体该是和建州的属地同样重要。努尔哈赤丢下东哥，向孟古哲哲摆摆手，扬长而去。

不言自明，努尔哈赤收回了成命，不再驱赶布塞一行，留下来，与爱新觉罗家族的男人们共进午餐。布塞的脸上露出了一丝微笑，只要努尔哈赤让出第一步，就能让出第二步、第三步。他怜爱地瞅了眼东哥，牵着她的手，大踏步走进偏厦。

布塞视这顿午餐为战利品。

阿敏看着东哥被她阿玛领走，有一点儿失落，他觉得，东哥不该丢弃他。阿敏没有进偏厦吃八大碗，家族中没有娶亲的人不被视为男子汉，不能上桌，只能站在地上，吃大人用筷子夹给他们的食物，或者在厨房端着碗站着吃。他觉得自己长大了，不喜欢在夹缝中吃饭的感觉，也不想讨饭般守在厨房，盯着阿牟其（伯父）努尔哈赤宽大的后背，快活得小狗般蹦蹦跳跳追了上去。

努尔哈赤问，怎么不去吃八大碗？

阿敏答，阿牟吐血了，我去给她擦。

这么小就懂得心疼人了，努尔哈赤很感动，抱起侄子，如同抱起自己当年的大阿哥褚英，快步走向内城。

老萨满老得步履蹒跚，本该没人扶着，一步也迈不动。不知何故，此刻他身上松弛的皮，像生出的斗篷，蝙蝠一般从偏厦飞下，紧紧地跟随在努尔哈赤身后。老萨满的上眼皮快耷拉下了半张脸，却挡不住他的视线，他啥都能看见，他说，托我主的洪福，大福晋安然无恙。

努尔哈赤怔住了，满脸狐疑，问道，没病说什么吐血？

老萨满忙施礼赔罪，此女可兴天下，亦可亡天下。

努尔哈赤问，哪个女人？

老萨满说，叶赫那拉布喜娅玛拉。

努尔哈赤"哦"了声，停下步子。

这么长的名字，阿敏听糊涂了，问了句，谁？

老萨满摸了下阿敏的脑袋，告诉他，东哥。

阿敏若有所思地重复了一句，东哥。

接下来，他们的步子就舒缓多了，从容地来到大榆树下，坐在树荫里。树旁有口井，丝丝凉意从井底冒出，携走了夏日的酷热。老萨满指着井说，不管是天上云还是井里水，萨满都是相通的，东哥出生的时候，叶赫部的萨满说过这句话。

阿敏瞅了眼努尔哈赤，插过一句话，阿牟其娶了她，就能兴天下。

努尔哈赤虽然面如静水，但侄子的话还是在他心底溅起了涟漪，谁不想抱得美人归，尽管东哥还小，美人的坯子已暴露无遗。叶赫出美女，此话不假，孟古哲哲不也是个大美女吗？

老萨满通着天神呢，人的心哪能瞒得住他。他的眼皮突然收缩了上去，眼里闪出一道寒光，凌厉地看着努尔哈赤，问道，可知歹商否？

努尔哈赤睁大了细长的眼睛，瞅着老萨满，歹商的事，早在女真各部传开了。

海西女真哈达部的贝勒歹商，与李成梁暗通款曲，合谋将叶赫部的前任两个贝勒——那林布禄和布塞的父亲伏杀。杀父之仇，让叶赫部的继任两个贝勒那林布禄和布塞恨之入骨，又毫无办法，只能收藏锋芒，养精蓄锐。

直至去年，机会终于成熟，那林布禄与哈达部的孟格布禄秘密歃血为盟，设计除掉哈达的贝勒歹商，扶植孟格布禄当贝勒，主宰哈达。计谋定好后，那林布禄和布塞装成臣服的姿态，取悦于歹商，布塞还答应，把自己的格格东哥许配给他。

歹商是见过东哥的，才九岁，就美得让人销魂，他信以为真，带着丰厚的聘礼，兴高采烈地去迎亲，哪知道那林布禄和布塞早就设好了圈套，迎亲的路上骤然伏击，额其克孟格布禄又在背后插了一刀，歹商中箭身亡。

孟格布禄虽然攫取了哈达部贝勒的位置，却用很大力气平息内讧，消除歹商的残余势力。叶赫部趁机介入哈达事务，把住了哈达部的命脉，重振了叶赫部。现在，李成梁去职，大明王朝陷于朝鲜战争，失去了对辽东大地的约束，叶赫部如愿以偿成了海西女真扈伦四部的盟主。

东哥的第一次婚姻，就成了权谋的牺牲品，老萨满太担心努尔哈赤会成为第二个歹商。

努尔哈赤摸着自己的胡须，仿佛东哥仍然吊在那里，诡秘地一笑，我自有分寸。

招待的宴会没有因为努尔哈赤的缺席慢待了叶赫部的客人，孟古哲哲请出了二都督舒尔哈齐。舒尔哈齐刚进来时，没有主人的宴会已经乱哄哄地开始了，没人瞅他，甚至没人让座。布塞一行人，解恨似的咬着大块的肉，像是去咬掉建州女真的城堡。

舒尔哈齐拍着桌子，把八大碗里的汤都震出来了，他大声嚷嚷，还有没有规矩，叶赫部是群野猪吗？

布塞反客为主，毫不相让，你家酋长扬长而去，这是待客之道吗？是你们爱新觉罗家先无礼。

舒尔哈齐不爱听酋长之称，酋长不但离汗王相去甚远，甚至还不如一个贝勒，他立刻回敬，你是海西女真叶赫部的二贝勒，我是建州女真的二都督，都督是大明皇帝封赏的，你们的贝勒不过是自封的，我来陪你，已经是高抬你了，想让我家大都督陪你，容易呀，你家大贝勒那林布禄亲自来。

幸亏有孟古哲哲左右逢源地劝说，布塞给了妹妹面子，很不情愿地给舒尔哈齐挤出个主人的位置。

局面僵持，端起酒杯是很尴尬的，舒尔哈齐从孟古哲哲隆起的肚皮说起，论起了两家血脉相连的友谊，很快就把气氛调节过来。喝酒的时候，只说亲情，不谈部落里的事。一杯接一杯的酒敬下去，冷脸慢慢地变成了热脸，最终推杯换盏，把酒言欢，痛快地喝了下去。酒确实是好东西，谈判时所有的不悦，顺着酒流没了。最终，他们勾肩搭背，猜拳吆喝，喝得个天翻地覆。

虽说气氛融洽了，但酒场也是男人的战场，布塞海量，舒尔哈齐也是斗酒，叶赫和建州两个二号男人，谁也不服谁，推杯换盏地比拼下去。眼见得布塞喝不动了，灵巧的东哥跑进厨房，掏出一把干酸枣，又抓出一把葛花根，熬了一大碗汤，端给了她阿玛。

喝下一碗解酒汤，布塞来了精神，再接再厉与舒尔哈齐拼酒。舒尔哈齐也想像布塞那样，身旁站个贴心的孩子，他连喊了几声阿敏，没人答应，骂了一句，又成了他阿牟其的跟屁虫。酒后吐真言，布塞从这话里闻出了另一种味道，建州女真的兄弟俩并不是无缝的蛋。

气氛活跃了，孟古哲哲的大肚皮依然在话题里，她佯装羞涩地悄悄离席，大福晋吐血了，她还在谈笑风生地陪哥哥，陪二都督，会被人诟病，既然嫁到了爱新觉罗家，建州女真就是她的归宿，哥哥再亲也不再是一家人了，何况还是堂哥。

孟古哲哲扭着笨重的身子，去了大福晋那里。见大福晋安然无恙，怔了下，随即她屈膝请安，道了万福，询问一句吃过没有，有啥需要服侍的。大福晋更关心的是孟古哲哲肚里的孩子，忙说，算了算了，快回你屋歇息吧。

走回自己屋子的途中，肚子里的孩子又活跃起来，踹疼了她，她倚墙靠了会儿。这时，阿敏跑过来，把孟古哲哲引领到大榆树下，努尔哈赤搀扶着孟古哲哲坐下。老萨满的眼光隔着眼皮盯在孟古哲哲肚皮上，突然跪下了。努尔哈赤怔了下，老萨满通着天神呢，跪天跪地，从来不给人下跪，这是为何？

老萨满的眼光在眼皮里撩了下阿敏，一言不发。

阿敏以为老萨满老得站不住了，忙着去扶。

老萨满说，恭喜我主，福晋肚里的是阿哥。

孟古哲哲瞅了眼努尔哈赤，骄傲地说，当然，你的儿子，还没出生呢，就驰骋沙场了。

努尔哈赤会意地一笑。

酒足饭饱，车马安顿停当，布塞就要返回了。二都督舒尔哈齐却无法起身送布塞，酒场上他败了，醉得一塌糊涂。

东哥却不肯走，飞跑出去，高低要见姑爸爸，和姑爸爸肚里的孩子说话。布塞也就任由她去了，酒喝得再多，他也要端足架子，既然话不投机，坚决不向妹夫努尔哈赤辞行。

东哥像只小燕子，轻盈地飞进来，抱着孟古哲哲的肚子，侧耳倾听，小手变换着角度摸肚子，好像在分辨哪儿是胳膊哪儿是腿。肚子里的孩子也挺配合，东哥的手指点在哪儿，脚就隔着肚皮踹到哪儿。

爱抚了一番孟古哲哲的肚皮，东哥面对着努尔哈赤，忽然变得一本正经起来，一双杏眼小鹿一般忽闪着，一只小手指点江山般比画着，她说，你那肚子里孩子比你强，懂得和别人配合，不像你一意孤行，不过，你还算个讲究人，八大碗碗碗精华，猪肉、鹿肉、羊肉一样不缺，吃没了还能往上添，还有，我还挺佩服你，海西女真还有蒙古部落的贝勒们，见到我阿玛都毕恭毕敬，只有你不怕他，你是个真正的巴图鲁，我这辈子最佩服的男人。

努尔哈赤笑了，你这辈子才几岁。

东哥认真地说，不是几岁，是十岁，我一年见了十几个贝勒，他们个个鼠目寸光，谁都不如你。

孟古哲哲看了眼努尔哈赤，笑着说，东哥真的长大了，会评价男人了。

东哥说，当然了，你的男人就是个丑男人，两个眼睛没有我一个大呢。

努尔哈赤故意眯缝起了眼睛，眼睛显得更小了。

东哥说，别作怪态，我又没嫌你丑，我在担心，弟弟会不会像你一样丑。

努尔哈赤说，只要是巴图鲁，就能征服天下最美的美女。

东哥的脸红了，娇羞地说，我还是天下最美的美女呢。

孟古哲哲开心地笑了，我们家东哥自己会选男人了。

东哥羞涩地回敬着姑爸爸，可惜，被你先抢走了。

努尔哈赤笑成了孩子，快活地抱起了东哥。

二

一场接一场的秋霜打过来，长白山的秋梨还在青愣，就被霜打蔫了，榛子刚刚变黄，不等果仁撑满硬壳，就瘪了下去。依恋冬天的长白山，天刚变脸就急不可待地扯来白雪，覆盖在身上，弄得许多作物不待成熟就谢了。好在沟沟岔岔里的庄稼种得早，已经收割，红高粱、黄谷子堆在场院里，还未来得及碾压，大地就披上了银装。

仿佛一夜之间，苏子河浮满了黄的、红的、绿的落叶，浩浩荡荡流淌下去。这些年总是这样，秋天短得像兔子的尾巴，没等把扇凉风的蒲扇收起来，就得劈柴火、烧炉子取暖了。

火炉嗡嗡地响，炉膛映红了整个屋子，不但驱走了深夜的黑，也驱走了深秋的寒，大锅里的水被烧得云腾雾绕，屋里又回到了夏天。接生婆有的舀热水，有的端铜盆，有的烫剪刀，更多的人则握着孟古哲哲的手，揉着她的肚子，托着她的腰，搬着她的腿。

孟古哲哲是后半夜觉得阵痛，折腾了半宿，孩子还没生出来，她难产了。

阿敏是个懂事的孩子，关心部族里发生的每一件事情，家族里的人都睡了，只有他忠诚的小狗一般，守在孟古哲哲的屋外，时刻等待给阿牟其报信儿。直到屋里传出孟古哲哲虚弱的声音，快去找大都督。

不等有人出来传信儿，阿敏像只轻巧的猫头鹰，箭一般射进黑夜里，从大福晋的屋子里唤出了阿牟其。他没有跟在阿牟其的身后，身子一趔，拐到了老萨满的家。这时的老萨满，早已戴好了鹰帽，系好了腰铃，持鼓而立，像准备出征的战士，不等阿敏说话，鼓槌儿向着孟古哲哲居住的屋子一指，起身出发。

孟古哲哲攥着努尔哈赤的手，有气无力地说，孩子是个勇士，他有力气，可我没力气生他了，取把刀，割开我的肚子，把他取出来！

努尔哈赤不允，割开肚子，他的孟古哲哲就会死的，孩子大人他都舍不得。他对接生婆吼着，不管想啥办法，必须保住孟古哲哲平安生产。

孟古哲哲眼里含着泪，求努尔哈赤快决断，她宁可为爱新觉罗家族去死。努尔哈赤攥着孟古哲哲的手，似乎要赐予她力量。孟古哲哲无力地摇摇头，眼角流下一行泪水，低声说道，娶了东哥吧，咱们和叶赫部的亲情不能断，这孩子心气高，是把好手，能助你兴天下。

努尔哈赤丢下孟古哲哲的手，转身冲到门口，推开屋门，冲着夜空怒吼，老萨满，你替我乞求天神，保佑他们母子平安。

刹那，对面的房顶上亮起一双火把，阿敏把火把举过头顶。火光中，老萨满舞起腰铃，击打神鼓，嘴里念念有词，向天神祈祷。鼓声和腰铃，把赫图阿拉内城和外城的人都惊醒了，许多人家都派人来，跟随老萨满的舞姿，在孟古哲哲屋外的街巷里跳了起来，与老萨满一道请天神赐予孟古哲哲力量，给爱新觉罗家族再添一个巴图鲁。

天色被老萨满的祈祷搅动了，天明之时，满天的乌云在旋转飞扬，雨滴混杂着雪粒胡乱地刮着人们的脸。阿敏没有熄灭手中的火把，随着老萨满的舞步和节拍，依然如故与阿牟其的子民们一起跳萨满舞，无数次乞求天神阿布凯恩都里赐予孟古哲哲力量。

或许老萨满的召唤感动了天神，或许是孩子的阿玛赐予了动力，午后的时光，本来精疲力竭的孟古哲哲，突然间惊天动地大叫一声。天上的云被这声音吓跑了，太阳从云缝间耀眼地跃出，照耀在山城，长白山里百兽齐吼，山雀齐鸣。那一刻，孩子的头突然拱出生命之门，与太阳一道来到爱新觉罗的家。

孩子的脸太阳一样红，哭声比神鹰还要清脆。

努尔哈赤托起自己的第八个小阿哥，迎着太阳，举过头顶，欣然起名——黄台吉。这本是贵族或者是贝勒才会有的身份，孟古哲哲的儿子一出生便拥有了。

生产的那一瞬间，孟古哲哲一下子昏厥过去，是孩子的哭声唤醒了她，她忘记了疲惫与疼痛。不用横刀切腹取子，也不必担心在九泉之下无人照顾她的儿子了，她会伴随儿子一块成长，孟古哲哲流下了幸福的泪。

孟古哲哲生了孩子，需要有人向叶赫城报喜。派谁去送信儿呢，努尔哈赤纠结了一番，身份低的人去，孟古哲哲的哥哥那林布禄大贝勒会挑礼，派弟弟舒尔哈齐或者是长子褚英、次子代善去，又抬举了他们。思来想去，努尔哈赤把眼光盯在了阿敏的身上。七岁，已经不小了，在建州女真中，换了乳牙，就是男人，该拉弓射箭骑马杀敌了，当个信使，磨炼一番。

尽管老萨满步履蹒跚，骑在马背上，照样能风驰电掣，他是努尔哈赤最信赖的人，老萨满通着天神阿布凯恩都里，有天神护着，能保佑阿敏安然无虞。于是，一老一小骑着两匹快马，从赫图阿拉出发，一路跋山涉水，直奔叶赫城。

快马加鞭，跋涉了两天，浑圆的大日落下时，他们赶到了叶赫河畔，河对岸百丈之外，就是依山而建的叶赫西城，余晖中，山城被涂上了古铜的颜色。西城逶迤三里之外，隔着一道沟壑，便可见另一座依险而建的叶赫东城。两座山城如一对犄角，任何胆敢来犯之敌，都会被犄角挑死。大贝勒那林布禄据守西城，二贝勒布塞屯兵东城。叶赫双雄的势力已经西扩蒙古诸部落，东挟海西女真扈伦四部的其他三部，北部散落的海东、野人等女真诸部，早就唯唯诺诺了。

难怪李成梁不去攻城，骗出两个老贝勒，半路伏杀。叶赫城的险峻超过赫图阿拉，想要占领这两座城堡，即使尸体摆上了城墙，也不一定攻破。这一点，就连七岁的阿敏都看明白了，李成梁怎能不懂，他舍不得手下的将士血流成河。李成梁在位时，不断地在建州、叶赫、哈达、乌拉之间挑拨离间，每一股力量必须依靠他才能生存。如今李成梁去职，朝廷式微，谁来主导新的平衡，每一件小事都可能演变成撼动大局的大事。

所以，努尔哈赤总是叮嘱，哪怕是放个屁，也要站在道义的山顶，绝不能理亏。

一老一小跳下马，伫立在河边，等待着摆渡的船只。可是，天冷人稀，河岸上的水泡子都结了冰碴儿，艄公嫌冻手，不愿意守在渡口，阿敏吆喝的声音再响亮也无人应答。老萨满通着神呢，这点儿小事能难住他吗，隔着耷拉的眼皮，都能看清世界，唤人划船过来，还不易如反掌。

叶赫河畔，老萨满开始作法，他戴正鹰帽，敲起神鼓，舞动腰铃。风携带着老萨满的声音，与余晖一道跳宕在河水上，冲击上对岸，回旋进东西两座叶赫山城。山城上鸟惊鸦飞，人影绰约，有人从城中跑下，直冲河边，跳上木船，紧张地抱起双桨。

西城最高处的祭祀平台上，叶赫部的萨满也在敲神鼓，晃腰铃，告诉河对岸的老萨满，不要着急，马上过来迎接。

坐着船过来迎接的，不仅仅有叶赫萨满，还有一个小姑娘，坐在船头，穿着红得耀眼的大氅，身下是蓝莹莹的河水，背后是白皑皑的雪野，两座黑幽幽的山城是擎起姑娘的臂膀。万木萧条的时节，这一抹红色格外耀眼。

船越来越近，看到这个明眸皓齿的小姑娘，阿敏乐了，没想到，来接他的人竟然是东哥。

东哥见到阿敏，第一句话就问，姑爸爸生了吗？

阿敏说，生了，我是来报喜的。

东哥又问，是阿哥还是格格？

阿敏说，当然是阿哥了，刚出生阿牟其就给封了台吉。

东哥一点儿也没高兴，噘起小嘴问，为什么不是格格呢？

老萨满接过话茬，没有阿哥，谁来保护格格？

阿敏挺起胸脯，鹦鹉学舌，没有阿哥，谁来保护格格？

对努尔哈赤派个孩子来报喜，大贝勒那林布禄大为不快，尽管额娘一个劲儿地央求，去趟赫图阿拉，见见她的孟古哲哲，那林布禄坚决不允，既然姻亲都没把努尔哈赤拉到麾下，这门亲事已无关痛痒了。更担心的是，万一建州起了歹心，扣留额娘做人质，一切就被动了。

来而不往非礼也，既然你派个孩子来报信，我也不会用使者的礼节，就也派个孩子去支应，所以，陪阿敏的事，就交给东哥了，整个叶赫城没有其他人搭理阿敏。老萨满好不容易找到了大贝勒那林布禄，人家的回话是，想让叶赫高看你一看，除非你低下头颅，俯首称臣，把额儿泯、架孔木割出一处，作为礼物。若是不肯，把你家几个阿哥送来做人质，也未尝不可。或是干脆把孟古哲哲送回叶赫，在哪儿不能坐月子，奶孩子。

老萨满的头摇成了腰铃，松弛的大眼皮甩成了蝙蝠，他就是来报信的，不能答应那林布禄或者布塞任何要求。叶赫两贝勒一商量，既然东哥和孟古哲哲十分要好，那就成全她俩，以同样的礼节派叶赫萨满陪着东哥去建州，规格降到连阿哥都不派。

这正是东哥求之不得的，她喜欢姑爸爸，也喜欢那个让姑爸爸生小孩子的男人。她已经到了掩藏心思的年龄，不会让两个贝勒看出来。

返回赫图阿拉，是个遭罪的路程，布塞给东哥备了能烧炭火的轿车，他不想让自家的格格饱受鞍马劳顿之苦。何况叶赫萨满骑的是七杈梅花鹿，马与鹿又难以同伴相行，所以，萨满索性让七杈梅花鹿独自行走，自己陪同东哥一块儿坐进轿车里。车轱辘一步一碾轧在雪地上，咯咯吱吱地走成了牛车，返回的路程又耽搁了好多天。

阿敏不嫌慢，索性牵着马一步一个脚窝地走，只要不冻到东哥就行。

叶赫萨满陪着东哥来赫图阿拉时，刚好赶上了黄台吉满月，满山城热气腾腾，都在张罗满月酒宴。老天不合时宜冷了一个月的天气，突然又不合时宜地暖了。本是小雪的节气，漫山遍野的雪化了，汩汩流入苏子河中，鱼儿从水底翻涌上来，不懂躲避，心甘情愿地献身给鱼叉。于是，鲜美的炖鱼端上了宴席。

吃罢满月宴，喜欢够了小黄台吉，东哥张扬开鲜红的小斗篷，一只蝴蝶般飞奔在赫图阿拉城中，叶赫萨满看到，一道夏天才会有的彩虹，罩住东哥的身影，久久不肯散去。他紧张地东张西望，发现建州的老萨满没有看到这一幕，才长长地舒了一口气。

叶赫萨满知道，这道彩虹是天神赋予东哥的，只要东哥留在建州，就会时时刻刻显现出来，这就意味着，他对东哥"得此女可兴天下"的预言，是天神专门赐予努尔哈赤的。这是叶赫萨满最不想看到的，既然是只有他一人识破了天机，他必须把这个秘密藏在心中，尽早把东哥带走。建州的兴起，就意味着叶赫的衰落，这是叶赫萨满最害怕的。

正在这时，阿敏追赶上来，他片刻也不想离开东哥。叶赫萨满怕阿敏看到彩虹，故作深沉地骗阿敏，阿牟其和你阿玛又吵起来了。

阿敏信以为真，撒腿跑了出去。

虽然不懂彩虹，聪明绝顶的东哥也马上猜出叶赫萨满骗了阿敏，骂了句，你是天神的使者，撒谎折了你的神力。

叶赫萨满诡秘地一笑，回答道，为部落的兴旺，我肝脑涂地。

这时节，天已经短成了兔子尾巴，太阳一落山，彩虹自然会消失，叶赫萨满就不必担心了，任由东哥四处奔跑。

东哥不是那种疯丫头，她奔走在赫图阿拉，不为别的，那是去找努尔哈赤。女人生完孩子，最渴望两个人在身旁，一个是爱根，另一个是额娘，孟古哲哲没盼来额娘，爱根又不守在身旁，东哥担心姑爸爸会伤心。

对于努尔哈赤来说，添丁进口确实是大事，爱新觉罗家族是否兴旺，取决于男人的多少。连年不断的大旱和寒冷，谷物收获锐减，让每一个家族都面临生存危机。努尔哈赤天天忙碌着，拯救整个建州女真，帮每一座城堡和山寨渡过难关。

统一之后的建州女真，人口锐增，消耗巨大，不安顿好各项事宜，还会分崩离析。筹钱粮、筑城堡、锻铠甲、选弓臂、造刀枪、练旗兵，秣马厉兵，努尔哈赤忙得不可开交，怎能会被一个孟古哲哲绊住身子？

东哥不管这些，只要她在这儿，就得把努尔哈赤揪住，拖到孟古哲哲的身旁。终于，在一片火把之下，她发现了努尔哈赤，冲上去，不由分说，身子吊在他的胳膊上，一个劲儿地往赫图阿拉内城里拖。

努尔哈赤不急不恼，东哥却急得不行，姑爸爸的孩子哭得快上不来气了，你还不管不顾。

当初吊在八字胡上的感觉又回来了，努尔哈赤觉得，东哥身轻如燕，吊在胳膊上，缠住他身体，像给他披了件貂皮，那种暖暖的温热令他心花怒放。他趴在东哥的耳朵旁，轻轻地说了句，等你生了孩子，再这么着急行不？

东哥刹住了脚步，睁大眼睛瞅着努尔哈赤，说道，说话算数。

努尔哈赤伸出小拇指，和东哥拉在了一起，随后，大拇指又顶在了一起，那意思是谁也不准变。

看到东哥黏在努尔哈赤身上，叶赫萨满急得直跺脚，可他真的不敢冒犯努尔哈赤，只能干瞪眼地跟在身后。他担心，东哥和努尔哈赤打得火热，万一以伺候孟古哲哲为名不走了，姑侄共侍一夫，叶赫部可就要面临灭顶之灾。暂且不论"此女可兴天下"的谶语，就凭东哥对叶赫东西二城的熟稔于心，随便说几句两城防守的薄弱环节，就可能让叶赫城毁于一旦。

叶赫萨满决定，天不亮就走，大贝勒那林布禄让他来，就是让东哥完璧归赵的，他不能让东哥的心长野了。

于是，在一个风云突变、风雪交加的凌晨，冒着凛冽的寒风，东哥泣不成声地喊着姑爸爸，钻进了烧炭火的轿车，跟随着叶赫萨满骑着的七杈梅花鹿，恋恋不舍地离开了赫图阿拉。

<h1 style="text-align:center">三</h1>

东哥差不多是空着手来到赫图阿拉，两个贝勒什么礼物都没给妹妹，倒是太太（祖母）给孩子做了几套小衣服，东哥把自己养的宠物——小刺猬带来了，刺猬的肉最能催奶，她要炖给姑爸爸喝汤，把小阿哥养得胖胖的。

与两手空空的东哥相反，返回叶赫时，努尔哈赤备了一整车礼物，让阿敏陪着，送给东哥的太太，也就是孟古哲哲的额娘。灾荒之年，大家都不容易，好在建州商通四海，日子虽说紧些，比叶赫部还是阔绰多了，感谢老人家为爱新觉罗家族生了这么好的福晋。

礼物丰盛得不比当年孟古哲哲的聘礼差多少。当然，其中也含有再娶叶赫家格格的意思，只是不能这样说。

孟古哲哲的额娘望着这么多礼物，喜出望外，更让她高兴的是，女儿给她捎来一封信，表达了亲上加亲，姑侄同侍一夫的意愿。

送回了东哥，送完了礼物，阿敏的使命就算完成了，可他偏偏不肯回去。除了贪图和东哥一块坐狗爬犁，打冰杂，从叶赫山城往下滑雪，砸开冰窟窿，在叶赫河里捞鱼，没完没了地疯玩，更重要的是，他在等叶赫部的回礼，等待把东哥嫁给阿牟其的答复。

貌似疯玩，机敏的阿敏并没有闲着，玩是他的护身符，谁也不会想到七岁的孩子会有那么深的心思，满山满地疯跑，东西两座山城的地形他牢牢地记在了脑子里。他记得住阿牟其说过的每一句话，尤其是那句建州与叶赫早晚有一场对决。他早把自己当成了带兵打仗的额真，在寻找叶赫城的薄弱环节。

虽说叶赫萨满有着不输建州老萨满的神力，可他欺骗过阿敏，神的使者骗了谁，就会失去对谁的神灵。阿敏以疯玩的方式侦察东西两城，叶赫萨满如一叶障目，虽说有所狐疑，却没能识破。

这一切，没人教阿敏，在阿牟其的耳濡目染下，他把每一块能落脚的地方，都能假设成战场。十年后，阿敏成为战神级人物，其军事天赋，年幼时就养成了。

礼物摆在屋里，丰盛得令人咂舌，貂皮衣、虎皮褥、狼皮袄，成盒的人参、鹿茸，整只的猪羊，成匹的绸缎，努尔哈赤出手真是阔绰。妹妹生了孩子，他们不备贺礼，几乎空手而去，人家反倒回馈了这么多的礼物，起码输了礼数，还会嘲笑叶赫部穷，饭都吃不上了，哪儿还顾得礼尚往来。

额娘训斥着那林布禄，如此抠门儿，怎么在诸部落中树立威信？

大贝勒那林布禄瞅着二贝勒布塞，两个人面面相觑。直到大贝勒提醒了好几句，东哥，你家的东哥。二贝勒这才反过腔来，连忙称道，礼物是东哥带回来的，奴酋惦记着我家的格格呢。这么回答，收礼就不显得愧疚，还可以理直气壮。

额娘的态度很明确，既然人家有意，未尝不可，亲上加亲，联合起来，就不怕朝廷欺负了。那林布禄对额娘百般解释，朝廷自顾不暇，没有本事欺负咱了，正是统一女真人各部的好时机，辽东大地不能有两个主人，趁着建州女真羽翼未丰，先下手为强，剪灭爱新觉罗家族的势力，把建州纳入叶赫的麾下。此时奴酋送来厚礼示好求亲，那是他们胆怯了，怕我们兴兵讨伐，此时想娶东哥，那是做梦。

归根到底，叶赫部说了算的是两个贝勒，额娘只剩下一声叹息，悻悻而归。两个贝勒，虽说不像父辈那样是一奶同胞，却很明白唇亡齿寒，两人拧成了一股绳，大事小情都是商量着来。当然，商量的时候，少不了叶赫萨满。

叶赫萨满，就是叶赫的国师。

讨伐建州，不仅仅是争雄辽东的需要，更是叶赫部生存的需要。干旱的夏天和过早来到的冬天，让叶赫部的粮食瘪了，草地秃了，一些牛羊在暴风雪中冻死了，一些人家仓廪明显不足，熬过一冬，来年青黄不接时，怎么办？

其他几个部落皆是如此，唯有建州位置偏南，霜来得较晚，灾害轻，还有朝廷特意为他们放开的互市，商通海外，换得来粮食，也换得来刀剑。既然建州富有，其他各部也不能饿着，正是发起战争的好时机。

打仗需要更多的支持者，要紧的是发起合纵联盟，孤立建州部，压垮他们。想避免灭顶之灾，就得献地纳贡，俯首称臣。凭努尔哈赤的性格，让他低头是不可能的，用战争的手段解决他，可能是唯一的选择。

海西女真扈伦四部的哈达已经心悦诚服，辉发早就是叶赫部的随从，争得乌拉死心塌地的拥护是关键所在。女真各部争来争去，真正有实力的，无外乎叶赫、建州与乌拉，三大部落之间此消彼长，其他皆为附庸。笼络乌拉部，除了利诱，还需旺火加柴，那就让东哥给锦上添花。别看东哥还没发育成熟，美貌已传遍了辽东大地，许多部落的贝勒和阿哥奔赴叶赫城，只为一睹东哥的芳容。尤其是乌拉部的二贝勒布占泰，馋得对东哥早就垂涎三尺了，听说叶赫将东哥许配给歹商贝勒时，差一点儿与叶赫兵戎相见，幸亏那只是个计谋，才平息了布占泰的愤怒。

毫无疑问，东哥已经成了叶赫合纵联盟的筹码。

谁也没有想到，两个贝勒与叶赫萨满谋划的事情，被站在门外的东哥偷听到了。东哥掀开门帘，小脸蛋冻得苹果一样红，眼里闪着晶莹的泪光，气呼呼地指着三个人的鼻尖喊，我不是牲口，任你们送来送去。

布塞怒喝道，你以为你是啥，女真各部的格格，生来就是交换的，只不过比牛羊金贵而已。

东哥跺着脚喊，我的男人，姑爸爸替我选了。

那林布禄大声宣誓，叶赫部复兴了，不需要靠出卖格格结盟建州部。

东哥捂着脸哭了，跑了出去，呼啸的北风都没掩藏住哭声。她钻进太太的屋里，一头扎进太太的怀，悲恸欲绝，为努尔哈赤，更为即将要来的战争。

　　游荡在叶赫城的阿敏，寻声而来，他从东哥的哭声中，听懂了一切。他在心里无数次告诉阿牟其，立刻备战。

第二章 绝望中的等待

很久很久以前，松花江右岸的一个部落，生出一个聪明美丽的姑娘，叫抓罗格格，她很小的时候就能骑善射，专门射杀豺狼虎豹，成为远近闻名的女猎手。可是，抓罗格格从来不打鹿，还保护它们，不让任何人说鹿的坏话。她能听懂鹿的话，和它们亲密相处。

有一次，抓罗格格从山上摔下来，受了伤，被几只鹿救了下来，驮到梦幻一般鹿的家园，在林茂水美的山坳里养伤。从此，她便离开了部落，与鹿为伍。得到抓罗格格保护的鹿群越来越多，越来越大，引得远方的一个部落前来捕猎，还想将这个美丽的地方据为己有。抓罗格格率领鹿群与来犯之敌奋勇搏斗，一次又一次打败了入侵之敌，逼退了野蛮部落。

过了三年，野蛮部落卷土重来，他们挖了大量的陷阱，不惜烧毁美丽的森林，弄脏清澈的河水，鹿群再次遭到劫掠。抓罗格格带领鹿群东突西杀，最终箭尽弓折，只好离开家园，躲避到深山老林。后来，抓罗格格得到了长白神主的帮助，长出了一对神角，只要她一摸左角，就能万箭齐发，一摸右角，就能飞刀砍杀，一个人就能抵挡千军万马。

抓罗格格带着这种神力返回家园，野蛮部落一触即溃，逃回他们远方的家。从此，抓罗格格就用这种神力保护这里的人们和鹿群，人和鹿群和睦共处，人们替鹿群抵挡豺狼虎豹，鹿群把鹿茸、鹿奶奉献给人们，鹿的灵魂飞走后，还把鲜美的肉留给人们充饥解馋。

日月如梭，抓罗格格老了，老得白眉毛快要触地了，她要返回长白山。离开之前，她把神角从头上解下，留给了这里的萨满，让萨满替她保佑人们平安。因此，每当祭祀时，人们都戴上鹿角鹿帽，与萨满一起驱邪祝吉。

——萨满传说

四

万历二十一年中秋，倚河而立的古勒山，林深草密，山色黄绿相间，偶尔又夹杂几簇红叶，像是点燃的火。山下的苏子河静谧蜿蜒，按部就班地流淌，舒缓从容。山与水仿佛没有看到一场大战即将来临，依然我行我素地流淌，坦然而又自然。河的右岸，各路人马逶迤而至，平坦的河谷上，营帐遍地，到处是人喊马嘶，还有盾牌与甲胄的碰撞。

九部联军选择这个季节发兵，除了要一举剪灭建州，更重要的是建州地界的庄稼熟了。打完了仗，拉着粮食，赶着牛羊，押着阿哈（奴仆），回到部落，就能过个充实的冬天。

那林布禄和布塞率领叶赫全部兵马，整装出发，想娶东哥快要想疯了的乌拉二贝勒布占泰一马当先，叶赫部扶植起来的哈达贝勒孟格布禄亲自出马，还有锡伯部、蒙古科尔沁部等外族部落，九部联军三万兵马，声势浩大地集结在一起，长驱直入建州境内，直抵古勒山下的苏子河畔。

河的左岸，异乎寻常地静，看不到建州女真的一兵一卒，他们鸦雀无声地深藏在古勒山中。显而易见，大军压境，努尔哈赤放弃了河岸拒守的有利地形，不敢和九部联军硬碰。打下古勒山，赫图阿拉的大门就彻底敞开了，大战结束之时，就是叶赫统一女真之日，那林布禄满面春风，他觉得，这是一场毫无悬念的大战，建州的兵吓得躲进老林子里，不敢出来，只待一路杀过去，到赫图阿拉喝庆功酒了。

此时，五百里开外的叶赫城，孟古哲哲的额娘和东哥满脸愁容，一个是为女儿和不满周岁的外孙担忧，一个是为努尔哈赤的安危着急。一旦城破，谁能保证他们安然无恙？然而，叶赫的战车早就碾过一老一少两个女人的心头，驶向了建州的领地。她们只剩下抱在一起，心中默默地祈祷。

渡河本该是场血战，士卒涉河时，攻击力最弱，按照最基本的常识，努尔哈赤本该沿河布阵。然而，三万大军却是兵不血刃地登上了对岸，那林布禄觉得，建州兵真是吓破了胆，连最起码的抵抗都组织不起来。

过了河，那林布禄才发现，苏子河紧贴着古勒山崖，岸边的河滩极为狭窄，三万兵马人挤人地挨在一起，无法布阵，顿时乱了套。

那林布禄立刻疏散人马，防止建州兵趁乱袭击，指挥九路人马分头搜山前行，穿越过林海茫茫的古勒山，会师在赫图阿拉城下。

果然，山崖之上的古勒山寨有建州兵据守，虽说那里已成废墟，不过寨墙仍在，一哨建州兵搭弓射箭，向人群推下滚木礌石。布塞一马当先，带着人马率先冲上古勒山寨，站稳了第一个山头。那哨人马不过几十人马，没敢交锋，立刻往山林里溃逃，布塞没有继续追赶。

布占泰太想拥有东哥了，极力表现他结盟的诚意与勇敢，迅速地占领了古勒山寨的另一侧山头。另一哨建州兵刚出来挑战，他就迫不及待地冲上去，追入山林，消失在那林布禄的视野中。

这场大战，努尔哈赤谋划了大半年，貌似节节败退，那是在诱敌深入，据险结阵，把埋伏圈变成九部联军的坟墓。兵力相差悬殊，努尔哈赤有办法，山里的一草一木一石一崖，都变成防不胜防的存在，一旦触碰上，骤然爆发，和士卒一样有攻击力。

本来不到一万的建州兵，努尔哈赤向山林借兵，变成了百万雄师。可他最担心的是对手模仿明军，动不动使用火攻，假如九部联军放火烧山，可就前功尽弃了。所以，他必须极限示弱，麻痹那林布禄。

好在女真各部视山林为神灵，宁愿流血，也不想触犯山神。何况努尔哈赤已经把九部联军吸引进山林之间，纵火等于引火烧身。

打蛇打七寸，擒贼先擒王，努尔哈赤把眼光盯在了叶赫首领的身上，伤其贝勒一二人，彼众自溃。第一次引诱，布塞没有上当，轻易地放走了守古勒城墙的那哨人马。接连他又放出第二个诱饵，那就是爱新觉罗家族的人，抓住了，是个大筹码。于是，阿敏在一名额真和百余名巴图鲁的簇拥下，冲出山林，挑战布塞。

长了一岁的阿敏，身子壮得披上沉重的铠甲也能健步如飞，何况还骑着一匹快马。面对一个孩子的挑衅，布塞没有在意，他嘲笑建州真的没人了，孩子都成了主将，换你阿玛来，酒场上是败将，战场也是个尿将。

送到嘴里的肉不能不吃，那林布禄催促布塞率本部兵马追上去，捉住那个小兔崽子，押回来当人质。

布塞马上加鞭，率领千余人，追了上去。阿敏让巴图鲁们护住自己，先行撤退进山林。追入山林，布塞突然间像进了迷宫，建州兵或在树上，或在藤间，鬼魂般飘浮不定。浓密的山林阴森森的，抓不到建州兵真实的身影，叶赫兵不是被冷箭射死，就是被藤条打死，要么就掉入陷阱，进了蒺藜丛里就算是幸运的，起码留住了性命。

毫无疑问，布塞上当了，他想退，却找不到来时的路，慌乱之中，战马绊在了被树叶埋住的树桩上，马失前蹄，轰然摔倒，顷刻间，布塞被甩了出去，一名建州兵不错时机砍上一刀，刺伤了布塞。舒尔哈齐正想报酒桌上被喝败的一箭之仇，催马上前，大刀一挥，东哥的阿玛，可怜的叶赫二贝勒布塞，连还手的机会都没有，被一刀劈成两半。

阿玛挥刀那一刻，阿敏突然意识到那是东哥的阿玛，高喊一声，不能。可是，阿玛的刀挥得比闪电还快，即便布塞比狸猫还灵巧，也难逃此劫。

舒尔哈齐看着惊讶地瞪大眼睛的阿敏，割下一块衣袍，擦拭掉刀上的血痕，将那块衣袍丢在了布塞的身上，冷淡地对阿敏说，你阿牟其永远也娶不成东哥了，建州不容妖女。

贝勒阵亡，叶赫兵立刻成了无头的苍蝇，四处奔逃。舒尔哈齐拖起布塞的尸体，策马奔出山林，奔向古勒寨，炫耀地将布塞的尸体展示一圈。

那林布禄大惊，本来是一战定乾坤，没想到二贝勒布塞出师未捷身先死，心疼得跌下马来，霎时间，军心浮动，叶赫兵茫然无从。战至中午，又有坏消息传来，乌拉部的二贝勒布占泰被俘，两个部落的主帅一死一俘，其他六个部落害怕损兵折将，无心再战，不但裹足不前，还乱哄哄地撤回苏子河的右岸。

一场大战就这样化作鸟兽散。

阿玛出征的日子，东哥如坐针毡，不时从叶赫东城跑向西城，看望太太。太太也看得出来，东哥表面上念叨着阿玛早日凯旋，其实也在担心努尔哈赤。九部联盟，三万大军杀气腾腾地去打不足万人的建州，那是摧枯拉朽之势，建州已危如累卵，努尔哈赤危在旦夕。

太太知道东哥的心思，可她们是女人，无力阻止男人们的厮杀，更何况东哥和努尔哈赤没有婚约，大战之前，已许配给乌拉部的二贝勒布占泰。会盟时，布占泰拉着满满一车聘礼，来到了叶赫城。那林布禄信誓旦旦地宣布，布占泰是叶赫部的女婿，两家的友谊比长白山还长。

东哥没有心情丈量友谊，她的心思都在姑爸爸的部落，在她看来，和乌拉部结盟，恰恰是坏事的开端。阿玛与大贝勒想谋取建州部由来已久，只是苦于兵力不足，乌拉部迫不及待地加盟，打破了原有的平衡，与建州兵戎相见已无法避免。

对乌拉部，东哥一向瞧不起，一直在叶赫、建州、哈达部之间周旋，也经常向李成梁出卖这三个部族。从看到布占泰的第一眼起，东哥就非常厌恶，同样是小眼睛，努尔哈赤的眼光亮得像遥远的星星，炯炯有神，而布占泰呢，那点儿亮光不是盯在她的脸上，就是盯在酒杯上，鼻子豺狗般嗅着周边的气味，满脸的贪欲，哪儿有巴图鲁该有的豪情万丈。自古美女爱英雄，东哥也不例外。

太太长叹一声，命该如此。

东哥挣开太太的怀抱，执拗地说，我不。

正当祖孙两辈女人为建州部即将沦陷叹息的时候，远征的叶赫兵远远地回来了，回到了叶赫河的对岸。中秋时节，原野上顶多是芦花飞扬，可忽然间河对岸瞬间像下了场白雪，一场游移的雪，叶赫兵全军素缟，缓步行进。用不着猜测，结局已经摆在那儿了，除了两个贝勒，谁有资格全军戴孝？东哥扶着太太来到河边，战战兢兢地看着先头人马靠岸，有人跑过来，向太太跪报，二贝勒布塞阵亡。

东哥愣愣地看着河水，河水携着枯黄的落叶，打着漩儿流淌下去。她不觉得阿玛已经消失在她的生命里，此刻，她仿佛又坐在阿玛的肩头，沿着河岸一路疯跑下去。阿玛总是这样娇惯她，把自己当成战马，肩头上驮着东哥，一路飞奔。可是，突然间身下的阿玛没了，倏地一下子钻进河里，怎么喊也喊不上来，把她孤零零地丢在岸边。她想把阿玛从水中捞出，可每捞一把，都像是水中捞月，两手空空。

看着东哥丢了魂似的顺着河往下走，太太急忙追赶上去，阿玛没了，这孩子吓傻了，一脚踩空，可就没有第一美女了。她抓住东哥的胳膊，用力地拍着东哥的后背，大声喊，哭，哭出来。

东哥脑子里空白的世界渐渐被热血充满，悲伤的情绪火球般突然爆发，她终于知道慈爱的阿玛永远不会心疼她了，炸雷般的哭声立刻回荡在叶赫河上，叶赫河伸出柔弱的手，接纳着东哥的滂沱泪雨，与东哥一同哭泣。东哥折身奔向随军的叶赫萨满，两只小拳头擂鼓般砸向萨满的胸脯。

你不是能未卜先知吗？你不是告诉阿玛此战建州必亡吗？你不是说叶赫能统领天下三百年吗？你这么有本领，怎么就不能护佑住我的阿玛？

叶赫萨满的灵魂仿佛被天神阿布凯恩都里摄走了，木头般任凭东哥捶擂。

索要尸首，安葬布塞，成了叶赫与建州又一场拉锯战。尸首是灵魂的根，首领的灵魂不在，就不能庇护部落。倘若李成梁归还了那林布禄和布塞的阿玛尸首，叶赫部也不至于命运多舛，本是女真最强大的部落，沦落到靠十三副铠甲起兵的努尔哈赤都不敢碰了。

努尔哈赤不还尸首的理由很简单，朝廷杀了你们阿玛，没有归还尸首，同样，我也不会归还，除非割地赔款，俯首称臣。叶赫虽然战败，联盟也土崩瓦解，并没大伤元气，怎能听任建州摆布？

使者跑来跑去，只跑回一个结果，归还布塞一半尸首，还是看在孟古哲哲的面子上。

归还尸首那天，已是冬季，还是老萨满陪着阿敏，赶的还是给孟古哲哲额娘送厚礼的那辆马车，只不过车上再无礼物，而是一口红松棺材，里面躺着布塞的一半尸首。在老萨满熏香祷告的保护下，布塞的尸首没有生蛆，没有腐烂，半张面目清晰可辨。

车过叶赫河，随着车轱辘的碾轧，冰面颤巍巍地凹陷下去，嘎嘣嘣的冰裂声脆生生地响起，阿敏惊恐地跳下车，远远地躲避。老萨满坐在车上，依然气定神闲，唱着萨满神曲，如入仙境。

阿敏安静下来，不能让叶赫部的人看到胆怯，他挺直腰身，走回马车旁，牵着马，大踏步走向对岸。别看阿敏才八岁，拉得开成人的战弓，沉重的铠甲披在身上，依然精神抖擞，健步如飞。他要让对手看到，爱新觉罗家族的人，生来就是巴牙喇。

接灵的仪式就在叶赫河旁，东哥身披重孝，等候在河岸，任凭凛冽的寒风吹飞她的眼泪。阿敏看到，即使沉浸在极度的悲伤中，依然不能遮掩住东哥惊人的美丽，那是一种忧伤的美，别有滋味。

棺盖徐徐打开，看到阿玛一半遗体，东哥哭昏了过去。

这哪里是送还遗体，分明是羞辱，那林布禄抽出刀，想让阿敏陪葬。老萨满展开松弛的皮肤，将阿敏包裹在身体里，身体变得巨石般坚硬。

天神的使者是不能触碰的，那林布禄收回刀，抱着布塞的一半遗体，放声大哭。

叶赫萨满扛着一半木头人，走到棺材前，麻利地将布塞与一半木头人捆成一体。别看叶赫萨满不知道建州会归还布塞的左右哪半遗体，可天神已经告诉了他。在使者奔走在叶赫与建州之间的时候，叶赫萨满就吩咐使者，一定要弄来几滴布塞身上的血，他有神力让布塞完整的灵魂回归故里。

使者不辱使命，居然找到舒尔哈齐割下的那块衣袍，偷偷揣了回来。

叶赫萨满开始作法，他把那块衣袍绑在布塞合二而一的脑袋上，发出了最毒的咒语，衣袍的主人不得好死。

衣袍的主人就是阿敏的阿玛呀，他冲上前，想把衣袍抢下来，可是，叶赫的部族已经将棺盖合上，钉下了半尺长的棺钉。

老萨满抱住阿敏，低声嘱咐，这就是命，无法更改，从今天起，你是阿牟其的儿子，远离你阿玛。

阿敏说，萨满是天神的使者，是善良的化身，不该发毒誓。

老萨满说，我会惩戒他的，让他神力尽失。

一半遗体是不能火葬的，尽管叶赫萨满将布塞的灵魂完整地召唤回来了，没让他魂飞魄散，可让灵魂升入天界，成为陪伴天神阿布凯恩都里的神仙，庇佑叶赫部，还需要另一半遗体。眼下，安葬仪式只能将遗体下葬，等到全身回来，再让萨满举行火葬升天仪式。

安葬罢布塞，东哥有了空闲，找阿敏算账了，你阿玛杀了我阿玛，这是血海深仇，你欺骗我阿玛，诱他入山林，这是难解大恨。

老萨满早就教会了阿敏如何应对，句句见刀，字字见血。阿敏说，罪魁祸首是大贝勒那林布禄，他不挑起战争，不去毁灭建州，咱们两个部落不仅是亲戚，还能亲上加亲，你阿玛也不可能命丧黄泉。罪大恶极的还有乌拉部的布占泰，他不火上浇油，赤膊上阵，九部联军也不可能形成，这场大战也不可能发生。要恨你就恨他们吧，我们一忍再忍，土地被占，城堡山寨被抢，属民被杀，我们都没还手，再忍下去，就要亡族灭种了，我们奋起反抗，有罪过吗？

阿敏的手突然指向大贝勒那林布禄，大声吼道，你阿玛就是他的牺牲品。

那林布禄像被冷水浇了头，他没有想到，阿敏小小年纪，居然话如利箭，直刺心窝。好在东哥捂着耳朵，根本不听阿敏的辩解。等到阿敏说完了，东哥挥起拳头奋力砸过去。

阿敏不能让东哥砸到自己，他身穿铠甲呢，东哥打不疼他，只能伤了自己的手。他退了几步，捡起一根木棍，递给东哥，然后用胳膊护住自己的脸，任凭东哥疯狂地砸下。

一番猛烈的发泄之后，东哥仰起脸，愤恨地说了句，总有一天你们会明白，我阿玛不会白死。

东哥和阿敏较劲的时候，叶赫萨满和老萨满之间的角逐早已暗暗开始，萨满之间的战斗是灵魂之战，不用言语，也不动声色的。老萨满耷拉着的上眼皮，突然螳螂翅膀般张开，犀利的光芒飞射出去。叶赫萨满刚刚将布塞的灵魂招回，已经消耗了很多神力，还有四千多联军的亡魂缠绕着叶赫萨满，等待着他超度，他的魂魄载满了冤魂，已经没有太多的神力飞上更高的天庭，与老萨满拼搏。

天神的心倾斜了，叶赫萨满体似筛糠，神灵皆无，顿时沦落为凡人，再无神力保佑叶赫部平安，更没有资格充当人神之间的使者了。

老萨满微微一笑，不再穷追猛打，他要给叶赫萨满留下最后一点儿尊严，起码还能行医看病，救死扶伤。

老萨满松弛的皮肤变成翅膀，裹挟阿敏飞翔过叶赫河。老马识途，无须有人赶车，那辆空荡荡的马车独自前行，宽广的叶赫河冰面上，孤零零的。

<h1 style="text-align:center">五</h1>

转眼间，到了万历二十五年，东哥十五岁了，更加亭亭玉立，风姿绰约，眉眼间的妩媚，口鼻间的娇柔，磁石般吸引人的目光。

东哥的美，莫说是人，就连森林里的野鹿也会跑出来，面对着东哥呆呆地看。叶赫的男人们拈弓搭箭，准备射杀野鹿，东哥回眸一视，男人的眼睛立刻变成了野鹿的眼睛，不会射箭了。每逢这时，东哥总会拍拍野鹿水灵灵的大眼睛，赶它们回到森林。还有叶赫萨满骑着的七杈梅花鹿，只要萨满不骑它，总爱蹭在东哥的身旁，渴望东哥薅一把嫩草，抓一把黑豆喂它，然后趴下身子，让东哥骑到它身上，昂起硕大的七杈鹿角，耀武扬威地行走在叶赫东西两座山城。

女真各部的贝勒、贝子，达官显贵，趋之若鹜地赶到叶赫城，看风景般来看东哥，哪怕只见东哥一眼，就会念念不忘。东哥经常高傲地昂着头，从他们面前一掠而过，身后留下一片追随的目光。

四年间，发生了很多事情。先是与叶赫部世代交好的蒙古科尔沁、喀尔喀部叛变了，与建州通好。继而建州各路牛录额真大破哈达，剑指辉发，恫吓乌拉，叶赫好不容易整合了海西女真的扈伦四部，却被努尔哈赤拦腰斩断，心悦诚服也好，委曲求全也罢，各部落纷纷嫁女送妹，取悦建州，通好结盟。更危险的是，大明朝对这一切漠然视之，还因"保塞有功"继续封赏，允许建州部的两个都督分别赴京朝贡，接受宴赏。

虽说乌拉是叶赫最可靠的同盟，可乌拉发生了政变，建州把他们恩养的二贝勒布占泰送回去接任大贝勒。布占泰的大贝勒当了一年多，不但不敢履行婚约，连迎娶东哥的话都不敢说，忙把自己的格格嫁给建州，把建州两个都督的格格纳为自己的福晋，恐怕建州怀疑他们不忠。

叶赫更加孤立无援，局势咄咄逼人。

十五岁，不小了，在辽东大地，早已与人为妻了，可东哥的婚期却遥遥无期。布占泰差一点儿为东哥丢了命，再贪图美人，也比不上命重要，一堆白骨不但抱不得美人归，还会让好不容易整合好的乌拉部重新陷入混乱。迎娶的事还要看努尔哈赤的眼色，只能一拖再拖。东哥正巴不得拖黄了，不嫁布占泰，正合她意。

把东哥嫁给谁，那林布禄陷入两难之中。他一心一意促成布占泰与东哥的婚姻，叶赫急需盟友，他不信见到东哥的美，布占泰不拜倒在石榴裙下。每当那林布禄试图带上东哥前往乌拉城，与布占泰会谈时，东哥眼里的秋波立刻停滞下来，抬起手学着阿敏的样子，指向那林布禄，就差说出那句，我阿玛是你害死的。

那林布禄顿时像霜打过的茄子，没了精神，恐怕东哥闹腾起来，揭开他心底的伤疤，再也不敢催婚了。

东哥乐得没人迎娶，她讨厌自己成为礼物，被男人们送来送去，自己的男人她要自己选。偶尔，她也会跑到西城太太的房里，委屈地哭上一场，尽管过去了四年，她还是无法接受阿玛死于爱新觉罗家族这个事实。

倒是东哥的哥哥布扬古果断些，他继任了阿玛的二贝勒，驻守叶赫东城，快刀斩烂麻地解除这桩婚姻。他支持妹妹，不能让妹妹嫁给这个狗一样被恩养在建州部落里的男人，立马派使者去乌拉，索要婚书。

恩养三年，布占泰学会了察言观色，变得温顺服帖，深得两个都督的喜欢，早就不敢言说与东哥的婚约了，一口气娶了三个爱新觉罗家族的格格。即使被放回来执掌乌拉，获得了自由之身，也不敢因为东哥和努尔哈赤闹翻了脸。三个格格告诉他一个秘密，大都督喜欢东哥，喜欢到了无以复加的程度。大都督愿意摸八字胡，不是因为习惯，那是想东哥了，在找和东哥在一起的感觉。

刚刚回到乌拉部，脚跟还没站稳，就去迎娶东哥，触动努尔哈赤的心肝，那是找死呢，布占泰才不会干这种傻事。叶赫的使者刚刚表白来意，布占泰毫不犹豫地拿出当年布塞写给他的婚书，递交给使者，还嫌取回聘礼麻烦，权当两个部落的友谊，只要叶赫莫忘乌拉，就足够了。

既然退婚了，就不能留聘礼，布扬古坚决主张退回去。那林布禄却把聘礼搬到了西城，世事瞬息万变，聘礼不退，这份约定还在，他不信布占泰肯久居人下。

退婚的那天，天气晴好，嫩嫩的青草生长在叶赫河畔，暮春时节，东哥踩着嫩草，欢快地蹦跳。叶赫萨满的七杈梅花鹿也跟着跑了出来，陪着东哥在河边撒欢。

东哥心灵的枷锁终于打开了。

这边刚刚退婚，布扬古就让叶赫萨满出使建州。萨满死活不肯去，他在和建州老萨满的对视中丧失了神力，再也判断不出东哥嫁给努尔哈赤是福还是祸。他要养精蓄锐，修补神力，接通天神阿布凯恩都里，不能沦落为只会祈福消灾的家萨满。不能与天神接通，不能预测灾难，对于一个部落最高的萨满来说，比丢了性命还要耻辱，他不想再次背上耻辱。

萨满不肯做联姻的使者，布扬古亲自出马，以走亲戚看姑爸爸为名，来到赫图阿拉，拜见孟古哲哲，还要献给努尔哈赤一份大礼，那就是自己的妹妹东哥。一语说得孟古哲哲泪流满面，她何尝不希望修补建州与叶赫的裂痕，堂兄布塞之死，成了挡在两个部落之间的一堵高墙，若是东哥嫁过来，这堵高墙自然就冰释了。

五岁的黄台吉正在地下玩耍，突然间插了句话，我阿玛不要东哥额云（姐姐），要你们叶赫城。

布扬古满脸错愕，这哪儿像五岁娃娃说的话。孟古哲哲连忙捂住黄台吉的嘴。

能娶到辽东第一美女，努尔哈赤当然欣然接受，婚事就这样订下来了。聘礼是万历皇上赏给建州部的奇珍异宝，还有和朝鲜日本交换来的天下奇异之物，许多好玩意儿在辽东大地上见都没见过。努尔哈赤说，只有搜罗尽天下第一珍品，才配得上天下第一美女。

一场婚姻，让叶赫与建州重归于好。至此，海西女真扈伦四部与建州全部通姻结盟，只待时机成熟，共同拥戴努尔哈赤为汗。

可是，布扬古并不知道，他前脚刚刚离开叶赫城，大贝勒那林布禄就派密使去了乌拉城，召唤来布占泰，两个贝勒开始密谋另一件大事，神秘得没有宴请，没有随从，整天整夜地在一起。至于密谋什么，东哥和太太并不知晓。

东哥到西城看望太太，从房里出来时，正巧遇到布占泰。若在平常，布占泰起码要纠缠一会儿东哥，把东哥从上到下看个够，哪怕被东哥奚落几句，也厚着脸皮听。尤其是刚刚退婚，说几句惋惜的话，或者是伤感的话，总归是人之常情。可是，见到东哥，布占泰身子突然一扭，做贼般溜走了。

还有大贝勒那林布禄，眼神也很特殊，不肯与东哥对视，躲闪着匆匆而去。

回到东城，东哥心里忐忑不安，那一夜，她失眠了，总觉得那林布禄的眼神很熟悉，有过一次很深的印记，到底是哪一次呢？东哥想了很久，想到了困意来袭，有那么一瞬间，她感觉到阿玛就站在她身旁，刚想去抱，却扑了个空，她打了个激灵，猛然想起，九岁时，哈达部的孟格布禄来叶赫时，那林布禄见到她也是这种眼神，之后就发生了他与哈达部的孟格布禄一起设伏，在迎娶她的路上，杀死了大贝勒歹商。

东哥呼地一下子坐起来，难道那一幕要在努尔哈赤身上重演？这真是太恐怖了，她讨厌当工具，讨厌拿她做交换，讨厌阴谋诡计。当初和哈达部结盟，害死了歹商，也等于间接害死了自己的阿玛，和建州结盟，那就是故技重演，要害死努尔哈赤呀。

对于努尔哈赤，东哥纠结得翻身打滚，被子撕破了，眼泪打湿了双鬓，依然打不开她的心结。她喜欢努尔哈赤，喜欢得撕心裂肺；她恨努尔哈赤，恨得咬牙切齿。假如四年前阿玛能平安无事，叶赫部败了就败了，胜败是男人的事情。可是，明明可以不去要掉阿玛的命，像对待布占泰那样恩养，凭啥非杀不可？还有杀了就杀了，打仗难免死人，干吗拿着一半尸首羞辱？

思来想去，东哥下定决心，不嫁，谁再逼我，大不了就豁出去了这条命，这样既能保住努尔哈赤不会中计，又不会让自己的内心过于纠结。

聘礼是阿敏带人送到叶赫东城的，十二岁的阿敏，生得身高体壮，不再需要老萨满用神力保佑。他跨上战马，威风十足，身后跟随着的几十名巴图鲁，个个有万夫不当之勇，他们从赫图阿拉出发，护送聘礼，庄严得如同出征。

拿一箱子稀世珍宝当聘礼，意味着视东哥为掌上明珠，这些宝贝，许多部落的贝勒莫说是拥有，一辈子就是见也没见过。若是换成粮食，恐怕选出几件，就能让东西两城的叶赫那拉家族吃上几年，不再饱受灾荒之苦。如此厚重的礼物，迎娶东哥之心，可谓诚之又诚。

叶赫部的男男女女聚在了东城，一件一件地欣赏东哥精美绝伦的聘礼，女人们啧啧称赞，羡慕东哥，美得倾倒了无数英雄，建州不惜举国之力，取悦美人。

布扬古沉浸在与建州结盟的喜悦中，假若这些聘礼，购战马，打兵器，养精兵，那就是攻打建州的资本。足以见得建州并无吞并叶赫之意，反倒看出努尔哈赤为了娶东哥，不惜动用血本。打好东哥这张牌，叶赫不必动用武力就可以摆布建州，何乐而不为。

那林布禄更高兴，结下婚约，他的计谋就成功了一半。他迫不及待地与阿敏商量着努尔哈赤迎娶东哥，走水路还是走旱路。

东哥派人去喊阿敏，打断了他们之间的会谈。阿敏长得人高马大，他也是个孩子，那林布禄疑惑了一下，和他商量什么？东哥回话，这是我的婚姻大事，凭什么都由你们做主？谁来问过我是否愿意？东哥把自己的态度深藏心中，她要在拒绝这桩婚事之前，好好戏弄一番阿敏。

自从外边吹吹打打把聘礼送到东城，东哥就没迈出过屋门，侍女把聘礼夸得天花乱坠，无论她们怎么怂恿她去看看，她始终无动于衷。东哥不是用来交换的，东西再好，也无法打动她的心，至于聘礼是啥，她瞅都不瞅，直接派人召见送聘礼的人。

阿敏迈进东哥的屋，却不敢抬头，尽管他们之间熟得不能再熟，马上就要成为自己的阿牟了，他不得不格外尊重，何况在东哥面前，他总有一种负罪感，布塞是自己骗进山林的，自己的阿玛又手下无情，才给东哥带来了无尽的痛苦。他匍匐在东哥面前，请求东哥查验聘礼。

十五岁的东哥变得深沉而又端庄，她坐在炕沿，倚着炕桌，不紧不慢地喝茶，让阿敏爬到近前，把脸仰起来。

看到东哥那张灿若桃花的脸，阿敏呆住了，四年未见，成熟的东哥更美了，美得摄人心魄，任何一个男人都会为她神不守舍。阿敏刚刚迈进青春期的门槛，已经懂得了什么是男人的欲望，此时此刻，若不是因为阿牟其有约在先，阿敏也会奋不顾身。

按照东哥的吩咐，侍女捧来了墨汁和石膏泥，还递给了东哥两支笔。东哥对阿敏说，想让我去检验聘礼，可以呀，你先化化妆，咱们再一块儿出去。阿敏只想多瞅一会儿东哥，任由东哥摆弄自己的脸，权当他们回到小时候，相互间做一种游戏。

冰凉的墨汁与石膏泥交替着游走在阿敏的脸上，不用照铜镜阿敏也知道，被东哥画成了半黑半白的阴阳脸。

画完了脸，东哥说，起来吧，陪我出去，一块儿瞧瞧你们的聘礼。

阿敏不起来，跪在地上，石头一般坚硬，他说，玩够了吧，该把我的脸擦干净了。

东哥说，为什么要擦干净，这张脸就是你们爱新觉罗家族的嘴脸，更是你们的心，直截了当地把心挂在脸上，让大家瞅瞅，不可以吗？

阿敏说，你可以羞辱我，不能羞辱我们的家族。

东哥瞬间泪如泉涌，大声喊道，你们只归还我阿玛一半尸首，还有比这个更甚的羞辱吗？恬不知耻地提亲，我替你们臊得慌，拉着你们的

123

聘礼，滚回去。

阿敏怔了下，以为东哥说了句气话，没想到接下来的话，东哥一句更比一句狠，恨不得每句话当成利箭，射向每一个建州兵的咽喉，让整个建州为布塞陪葬。

那林布禄和布扬古急忙跑过来，本来是桩喜事，千万不能出岔子。两个贝勒进屋时，东哥已经嫌骂人不解恨了，正拿着鞭子抽阿敏。阿敏护着脸，承受着一切，一声不吭。在哥哥布扬古一句接一句的呵斥声中，东哥才放下鞭子，阿敏的阴阳脸没来得及擦洗，一下子暴露无遗，在众人面前显得格外尴尬。

古往今来，女真各部没有一个格格敢喊出退聘礼的，顶多哭一阵闹一阵，最终都要嫁出去，给别的部落生儿育女。布扬古根本不理会东哥拒绝出嫁的哭喊，带着阿敏洗净阴阳脸，参加接风宴。

闹腾了一天一宿，不管东哥如何羞辱，阿敏只守住一个底线，聘礼拿来了，决不带回去。东哥心里骂阿敏是个傻狍子，怎么就悟不透其中的玄机。

东哥没有办法让阿敏把聘礼带回去，哥哥布扬古也不允许，只能提出更刻薄的条件，让阿敏知难而退。她刁难阿敏，聘礼太薄，看不到努尔哈赤的深情厚谊，还要追加两份聘礼，云朵絮成的被，河水铺成的床。

阿敏张口结舌，云朵不可能絮被，河水不可能铺床，分明是为悔婚找借口。

回到赫图阿拉复命，阿敏把这天大的难道交给了阿牟其。

努尔哈赤淡然一笑，吩咐从汉人的阿哈（奴仆）中找个工匠，按照东哥的身形，烧制一口浴缸，既能舒服地躺下，下面还可添加炭火。陶瓷浴缸烧成的那日，孟古哲哲特意试了试，躺在里面洗澡，舒服极了。她有些羡慕东哥了，真是会享受。

阿敏赶着大车，装上浴缸，再次前往叶赫东城。在东哥的卧室里安装好浴缸，舀过叶赫河的水，架入木炭，烧得满屋云腾雾绕。阿敏请来东哥，让东哥享受云朵絮成的被，河水铺成的床。

东哥几乎要忍俊不禁了，可她还是忍住了，努尔哈赤真能想得出，弄一口浴缸糊弄她。她的眼睛盯着阿敏，有那么一刻，她甚至想让阿敏干脆带着他的巴图鲁直接把她抢走，一下子省却了她的纠结。

可她的心思能说给谁？只能拂袖而去，让事情越来越远地背离她的心愿。

六

与努尔哈赤的婚事，东哥和那林布禄爆发了激烈的冲突，吵骂都是轻的，摔碎了所有摆设都毫不心疼，甚至公开叫板，让那林布禄杀了她。东哥心里清楚得很，努尔哈赤不可能用大兵压境的方式来娶亲，到叶赫城来迎娶，顶多带上几十个亲信和随从，加上鼓乐手和三十二抬的大轿，也不会超过百人。无论旱路还是水路，都会掉进那林布禄谋划许久的陷阱，歹商的那一幕，无可避免地就要重演。

让她心疼胆疼、肝肠寸断、爱恨交加的努尔哈赤呀，真的难死她了。

那一段日子，原本温婉的东哥，脾气格外暴躁。除了太太来劝她，她会号啕大哭一场外，无论是谁，只要提及出嫁，她都会立刻翻脸，大骂逼她出嫁的人是狼心狗肺，那是杀死我阿玛的仇人，羞辱叶赫部的敌人，你们毫无廉耻，毫无骨气。

布占泰也是急呀，背着自己的福晋们，到远处的城堡卧薪尝胆，秣马厉兵，偷偷摸摸练兵，迟早会被努尔哈赤发现。乌拉部还不够强大，正像螃蟹脱壳换甲之时，软弱得不堪一击，所以，努尔哈赤不死，他不敢惦记东哥，更不敢和努尔哈赤翻脸。

争吵持续了两年，婚事还没有定妥，东哥十七岁了，若是嫁人，早该是生儿育女了。可大贝勒那林布禄和哥哥二贝勒布扬古依然没有办法说服东哥。伏兵伏久了，也会懈怠，何况暗设的弓弩会腐朽，铁蒺藜也会生锈。那林布禄急了，威胁东哥，再不出嫁，就把她扔进水牢里，终日不见天日。

东哥一阵冷笑，将那林布禄赶了出去，插死屋门，拿过白绫，拴在梁上，套在脖上，悬梁自尽，她是享受暖水为床祥云为被的人，宁死也不会承受水牢之苦。东哥上吊的一举一动被那林布禄从门缝里看得真真切切，根本不是一哭二闹三上吊的吓唬人，完全就是以死相拒。

叶赫部虽然美女如云，但美得像东哥这样，几百年出不来一个，这么重的筹码，那林布禄怎肯轻易放弃，他挥起大刀，破门而入，砍断白绫。

苏醒之后的东哥，让哥哥布扬古召集六年前九部联盟的首领，她要在叶赫东城公开征婚，聘礼就是努尔哈赤的脑袋，谁能杀死努尔哈赤，她就做谁的福晋，努尔哈赤送来的聘礼，就是她的嫁妆。

东哥此举，无异于把暗杀努尔哈赤的阴谋变成了阳谋，而且是公然借刀杀人。

尽管布扬古不希望与建州为敌，可是妹妹以死相抗，他已无法改变，况且对阿玛之死，他也是耿耿于怀，部落间哪儿有永恒的联盟，翻脸是早晚的事情，悔婚就悔婚吧，只要努尔哈赤不直接剑指叶赫。

布扬古想不通的是，东哥为什么死守住努尔哈赤的聘礼不放，不许任何人去碰。用这些价值连城的东西，完全可以换取女真各部落的支持，还可以策划一次九部联军攻击建州。

公开征婚仪式在叶赫河下游的叶赫湖畔，那里离建州更近一些，那林布禄这样做，就是想刺激努尔哈赤。叶赫湖周边皆为沼泽，努尔哈赤想进军北上，只有水路一条，河的隘口处，恰是那林布禄准备好久的埋伏圈，倘若努尔哈赤以叶赫悔婚为名，率军到征婚仪式上抢东哥，隘口将是努尔哈赤的葬身之地，那样的话，他不仅可以报了布塞的仇，也会拿着努尔哈赤的一半尸首，羞辱建州。

财富和美女，让许多部落乱了分寸。时值盛夏，各路贝勒贝子冒着酷暑，赶到叶赫城，又乘船顺流而下，赶到叶赫湖，一睹东哥的芳容。稳坐钓鱼台的只有努尔哈赤，权当什么也没发生过，根本没有发兵到叶赫湖，劫回属于他的东哥。

日上三竿，叶赫湖面微风轻拂，碧绿的荷叶接天连地，一朵朵荷花迎着日头鲜艳地怒放。东哥穿着雪白的紧身衣裙，擎着一柄藕荷色的遮阳伞，走上为公开征婚搭建的平台。东哥的身后是艳红的荷花，背景是满湖的绿叶，雪白的裙，精致的伞，凹凸有致的东哥显得格外高贵。

人群里一片骚动，惊诧于东哥的美丽，若不是砍努尔哈赤的脑袋会冒着掉自己脑袋的风险，人们早就挤碎平台，去抢东哥了。

一阵风吹来，吹动了一湖的荷叶，吹皱了东哥绣着荷花的衣裙。东哥左手擎着伞，右手抱着征婚牌，面若荷花，唇似樱红，黑亮亮的眸子闪动着波光，她在静静地等待，等待能替她报仇的如意郎君。贝勒贝子们看傻了眼，却没人跳上征婚台，抢下征婚牌，发誓发兵建州，砍下努尔哈赤的脑袋，迎娶东哥。

忽然，一匹白马飞奔过来，马上是一员穿白袍的巴牙喇，白马纵身一跃，一朵白云般轻盈地落到征婚台上。白马白袍和穿着白衣裙的东哥相映成趣，在满湖绿色荷叶的衬托下，如梦如幻。身着白袍的巴牙喇伸手抢下了征婚牌，来到那林布禄面前，驻马停留片刻，低声留下一句话，我家主人在叶赫城等你呢。

白马又一次像白云般飞奔而去，跃进湖中的一艘帆船，扬起风帆，从叶赫湖驶向叶赫河，逆流而上。

台下的贝勒贝子议论纷纷，女真各部的贝勒贝子互相间没有不认识的，这个白袍巴牙喇像是从天上掉下来的，到底是哪个部落的？

东哥冷静得像叶赫湖里的水，也不追问是谁抢走了她的征婚牌，在侍女的簇拥下，梦游般缓缓离开。她是怀着心如死灰的悲哀公开征婚，既然喊出为阿玛复仇，敢于应征的人，就是东哥的恩人，她不能表现出一丝一毫的不情愿。

乘船回到叶赫城，那位白袍巴牙喇已经等在岸边，看到那林布禄、布扬古和东哥他们下了船，便骑着白马，径直去了东城。不言自明，他的主人就在东城布扬古家的客厅等他们。

来客这么神秘，显然是不想让别人知道他的真实身份。三个人进了屋，白袍巴牙喇守在门口，不让任何人接近。客人坐在炕上，大夏天还捂着脸，恐怕被人认出，直到大家一一坐定，他才镇定地放下征婚牌，摘下了神秘的面纱。

那位神秘的人，其实并不神秘，叶赫的老熟人了，哈达的贝勒孟格布禄。两个贝勒终于松了一口气，感慨东哥真是有魅力，两个月前哈达还和叶赫拼个你死我活呢，一场征婚就让孟格布禄来个全面转身，向建州倒戈一击了。

显而易见，孟格布禄不去征婚现场，就是不想公开身份，一旦公开应征，就意味着向建州公开宣战。现在，时机尚未成熟，孟格布禄不敢贸然行事，却又怕失去迎娶东哥的机会，只能派下属去抢征婚牌。

那林布禄笑了，六年过去了，九部联军古勒山大战的阴影还在。叶赫与哈达也经历了三番五次的恩怨情仇。事实上，那场大战过后，女真各部重新洗了一次牌，错综复杂的各种矛盾与利益，在原有基础上，又重新编织了一遍。

六年间，叶赫在恢复元气，建州在增强实力，乌拉在忍辱练兵。三个部落貌似平安无事，却都在暗中较劲儿，等待新的碰撞。只有哈达，不断寻求左右逢源，企图依靠别人的力量壮大自己。

那林布禄格外愤怒，八年前歃血为盟时，一心想当哈达贝勒的孟格布禄对那林布禄说，咱俩姓氏相同，名字也只差一点点，形同骨肉同胞，歹商一死，哈达就是叶赫的臣属。于是，才有了共设美人计，伏杀歹商的事件。可是，孟格布禄当上了哈达的贝勒，就玩起了首鼠两端，不再唯叶赫部马首是瞻。

孟格布禄却不这么认为，他从未想过与叶赫背盟，扶植他上位，那是大恩。最先背盟的，应该是叶赫，道理很简单，既然东哥许给了哈达部的贝勒，歹商死了，按规矩就该是继任者孟格布禄。他之所以答应给叶赫当内应，除了羡慕权力，更是喜欢上了东哥。千不该万不该，他们不能为拉拢乌拉参战，把东哥许给布占泰。

想起曾经的恩情，孟格布禄忍下了这口气。

叶赫与哈达的裂痕就是从古勒山之战开始的，既然东哥许给了乌拉，那就让布占泰冲锋陷阵吧。那场大战，哈达部基本上全程观望，哪怕建州的山民拿着锄头冲上来，他们也要退避三舍，绝不正面冲突。一场大战打完，哈达部完好无损。

养精蓄锐了好几年，叶赫也该抖擞起精神了，那林布禄要像努尔哈赤统一建州女真一样，统一海西女真的扈伦四部，第一个开刀的，就是背盟的哈达，既然承认了臣属地位，就该言听计从，不能出尔反尔。那林布禄历数孟格布禄种种忘恩负义之事，发兵讨伐。孟格布禄力不能敌，一步步退让下去，连忙把三个儿子送到了赫图阿拉城，请求努尔哈赤派兵支援。

把叶赫拖入战事，正是努尔哈赤求之不得，进兵哈达，更是努尔哈赤梦寐以求。他毫不迟疑地派出两位大臣，率两千精兵，驰援哈达。

和建州结盟的乌拉部、归顺建州的锡伯部也蠢蠢欲动，三部吞并叶赫的架势已经拉开。

叶赫三面临敌，形势危急。

两个贝勒问卜叶赫萨满，怎么办？萨满已经不能预测未来了，神鼓敲得再响，腰铃舞得再圆也无济于事了。他把两个贝勒关在门外，要自己祈神。神明已经不愿为他附体了，他向天神祈祷，宁愿戕害自己，也要得到天神的指引。

一番惊天动地的神鼓与腰铃，一夜唱得泣血的萨满神曲，叶赫萨满终于得到了天神的宽宥，可天神却向他索要明亮的眼睛，让这双眼睛照亮那些更纯洁的心。萨满毫不犹豫，要来生石灰，硬生生烧瞎了自己的眼睛。

东哥听说叶赫萨满作法时自毁眼睛，心疼地跑过来。萨满不想有人打扰他与天神的沟通，嘱咐东哥把门插死，他想和天神说话，不想让外人听到。

神鼓与腰铃声再次响起，天神阿布凯恩都里终于垂临了叶赫萨满的心灵。天神告诉了萨满，东哥的心在努尔哈赤。萨满这才悟出，当初天神告诉他"得此女可兴天下，可亡天下"的真正含义。努尔哈赤得了东哥的心，就等于得了天下，谁想娶东哥，就给努尔哈赤留下攻打的口实。天意如此，天命难违呀。

东哥捂住了叶赫萨满的嘴，天机不可泄露，心在杀死阿玛的仇人那里，传出去，原本冰清玉洁的她，将如何做人？

折腾一夜的叶赫萨满，天亮时终于打开了门，只开口说一句话，按东哥的意思办，大张旗鼓地喊出去，公开征婚，自有天下英杰替叶赫解难。

直至今天东哥公开征婚之后，两个贝勒才知道，萨满口中的那个天下英才，居然是哈达贝勒孟格布禄。这样也好，不管孟格布禄有没有能力拿下努尔哈赤的人头，只要他能临阵反戈，就是叶赫的福音。

接下来的事情，三个贝勒开始密谋如何扣留下努尔哈赤派到哈达的两个大臣，如何让建州的两千精兵缴械投降，如何骗努尔哈赤单枪匹马进入哈达地界，如何让孟格布禄押在建州的三个儿子安然无恙。

三个贝勒交头接耳时，东哥愤然离去，她眼望苍天，命运为何对她如此不公，如此任人宰割，不给她获得真爱的机会？没人知道东哥又一次沦为阴谋的工具，更没有人来安慰东哥，苦不堪言的东哥又无法诉说，只有叶赫萨满的那只七杈梅花鹿通情达理地跑到她面前，蹭着她的身子。

瞎了眼的叶赫萨满变得深居简出，他的坐骑七杈梅花鹿总是无拘无束地奔跑在两城之间，享受着人类永远也体会不到的自由。看着七杈梅花鹿，东哥灵机一动，她回到闺房，写了一封信，把孟格布禄的密谋全写在上面。

尔后，她薅了把嫩草，叠在信中，用油纸包好，绑在七杈梅花鹿的鹿角上，拍着鹿屁股，将它护送过叶赫河。

东哥相信，七杈梅花鹿认识阿敏，只要阿敏看到信，努尔哈赤就不会上当。

七杈梅花鹿果然是头神鹿，翻山越岭跑到赫图阿拉，找到了阿敏。开始的时候，阿敏只是认出了这是叶赫萨满的坐骑，陪东哥来过赫图阿拉，正在纳闷儿，怎么只见鹿不见人呢？到底是谁骑它来的，他正准备将鹿赶跑，七杈梅花鹿突然用它沉重的鹿角将他拱倒，他才看到鹿角上藏着的那封信。

努尔哈赤捏着信，眼睛湿润了，尽管信很短，情却很深，一把嫩草虽已枯萎，可东哥那颗滚烫的心却在为他跳动。真是一封救命的信，努尔哈赤正打算到哈达前线慰问两位大臣呢，一旦这个计谋成功，他真的命丧黄泉了。

人最大的恶，莫过于恩将仇报，本来是支援哈达，避免他们被叶赫灭掉，这下倒好，反过来倒咬一口，阴谋吞下建州。努尔哈赤勃然大怒，正好没有借口呢，天赐良机，他要借此灭了哈达，把建州的地界向西北推进二百里，打通与锡伯部落的通道，彻底将叶赫部与其他女真部落隔开。

有了东哥的密报，两个大臣迅速撤回，两千精兵也毫发未损。

孟格布禄立刻傻了，策划得如此周密，去叶赫城也是只带一个巴牙喇，半夜出发时，他刻意乔装打扮了一番。没人能认出他，更没人知道他这次叶赫秘密之行，哪个地方出了纰漏，让努尔哈赤警觉了。他百思不得其解。可眼下，容不得他去想谁走漏了消息，与建州这场大战不可避免，他做足了作战的准备。

攻打哈达选在了中秋时节，努尔哈赤不能让哈达把成熟的粮食收入仓廪，他在咄咄逼人地发出攻打哈达的威胁时，试探出了叶赫的底线，叶赫担心乌拉与锡伯部乘人之危，兵力集中到了这两个部落的边界，没有能力奋不顾身地救援哈达。努尔哈赤率建州大军，倾巢出动，一路破城拔寨，直抵哈达城下。

十四岁的阿敏一马当先，冲在阿玛的前边。

攻下哈达城，哈达部就亡了。孟格布禄一边散布城破之时，就是努尔哈赤的屠城之日，一边向叶赫紧急求援，承诺亲自到叶赫城为质，那拉氏永远是一家，哈达部永远归属叶赫。

哈达部众殊死抵抗，白袍巴牙喇把战袍都染红了，建州兵一次又一次攻上城墙，一次又一次被打退，城上城下堆满了建州兵的尸体。有那么一次，阿敏率部已经攻上了城墙，与白袍巴牙喇交战中，居然力不能支，幸亏阿玛赶上来，从刀口下抢回了阿敏的性命。

哈达城久攻不下，死的人堆积如山，舒尔哈齐畏葸，建州原本兵卒不足，再也不能无辜送命了，请求退兵。努尔哈赤杀红了眼睛，退缩就意味着结盟的部落会全部反水，重新依附叶赫，再来一次九部联盟，建州就真的亡了。

努尔哈赤不允，身先士卒，冲在最前边。阿敏担心阿牟其受伤，催马抢在了阿牟其的前边，挥舞长枪，手疾眼快地拨打城墙上雨一般射过来的箭。

激战持续了六昼夜，见到建州兵死伤惨重，老萨满承受不住了，发出神力，折损自己的阳寿，向天神乞求。天空中突然间乌云密布，旋转成大贝勒歹商模样，歹商的眼里流出了滂沱的泪，浇灌进了哈达城中。

人们尝出了，那雨水是咸的。

城外，滴雨未下，努尔哈赤替歹商大贝勒呼喊着，孟格布禄反复无常，见色忘义，戕害主人，暗害恩人，为了一个叶赫美女，让无数好男儿命丧九泉，十恶不赦，放下刀剑，归顺建州。

攻心战立刻奏效，哈达兵放弃了抵抗，两大臣率先入城，擒获了孟格布禄。

孟格布禄终于看到了努尔哈赤的脑袋，可他的手脚被捆绑着，莫说割下努尔哈赤的脑袋，就连自己的脑袋能不能保住都难说了，更别说美女东哥和那一箱价值连城的聘礼了。

努尔哈赤没有砍掉孟格布禄脑袋的意思，更没有占据哈达部领地的打算，对原有的兵民不加歧视，编入户籍，迁至建州，充实给各个牛录额真。还从孟格布禄的儿子中选出一人，送回哈达，接任大贝勒，把自己的一个格格嫁了过去。

和布占泰一样，孟格布禄也被恩养在赫图阿拉，穿着努尔哈赤赏赐的貂帽豹裘，过着锦衣玉食的日子。和布占泰不一样的是，第二年春，朝廷对建州攻打哈达的责问淡化了，努尔哈赤以孟格布禄奸污了自己的庶福晋为名，将孟格布禄开刀问斩。孟格布禄之子吓得立刻将哈达部交给了努尔哈赤。

东哥的婚约又一次化为乌有。

第三章　叶赫老女

　　洪荒时代，天上是水，地下也是水，水浪一个推着一个，如飞闪的铜镜，一切生灵都难以存活。这时，从远方来了一只小海豹，救起了一男一女，把他俩驮到被猛犸、水鸭神推出的山包上。这一对男女生的一个女儿，被天神阿布凯恩都里派来的代敏格格（神鹰）叼走了。代敏格格把她养大，使她成为世上的第一个萨满和人类的始祖母。

　　始祖母带着她的子孙泄洪排涝，耕耘田地，结网捕鱼。始祖母快要归天的时候，把她的格格们召回到身旁，团坐在自己身旁，点燃熏香，谁第一个被熏得发抖，就是被神看中了，便成为下一代萨满。人类的萨满就这样一代接一代传承下来，一直传到女丹萨满这一代。

　　女丹萨满照样神通广大，不断为人类祈祷消灾，她作过法的地方，天灾人祸都远远地避开。部落的首领视她为神，纷纷邀请她，她的法力不再局限在一个部落，而是整个辽东大地。统领着所有部落的皇帝听说女丹萨满法力无边，盛情邀请她做国家的大法师，部落的首领们害怕皇帝发兵攻打他们，将女丹萨满拱手相让了。

皇宫里壁垒森严，女丹萨满属于山林草地河流，自由是她的生活习惯，承受不住深宫大院的范围，经常和皇帝顶嘴，更不肯替皇帝消灾祈福，因为皇帝所祈求的都是战争的胜利，女丹萨满讨厌战争。皇宫里的喇嘛趁机进献谗言，把女丹萨满推入井中淹死了。

没有了女丹萨满的护佑，皇宫天天乌云密布，暗如黑夜。皇帝惊问大臣何故，大臣观察天象后说，不是阴天，好像是一只巨大飞禽的翅膀遮在了皇宫的上空。皇帝命令御林军里的大力士向天空射上一箭。果然，一支羽毛落下，遮住了皇宫的井口。

皇帝吓坏了，恐怕天神惩罚，捞出了女丹萨满的遗体。一个女真部落里的男子骑着带翅膀的白马，飞入皇宫，左臂夹着神鹰的羽毛，右臂夹着女丹萨满的遗体，回到了部落，隆重下葬了女丹萨满。

这个闻着香味飞入皇宫的女真男子，继承了女丹萨满的衣钵，成了第一个男萨满。从此，部落的萨满被男人取代，女人只能成为家萨满。

——萨满传说

七

万历三十一年，秋风乍起，干爽的疙瘩杨树叶唰啦啦地响。忽然，一片枯黄的树叶落下，刮进孟古哲哲的屋门槛，她呆呆地望着树叶，眼角滚出了两行泪。树叶落了，预示着归期快到了，病榻上花容凋落的孟古哲哲吃力地抬了下手指。婢女们立刻明白，那是在召唤爱根，呼唤儿子。

努尔哈赤带着黄台吉和阿敏，风尘仆仆跑进来，伏在病榻前。努尔哈赤的手紧紧抓着孟古哲哲瘦骨嶙峋的手，她的另一只手牢牢地抓着黄台吉，留恋的眼光停留在儿子的脸上。儿子虽然壮实得像头小豹子，机敏得赛过小猿猴，毕竟才只有十一岁。

望着孟古哲哲的婆娑泪眼，努尔哈赤知道，她有许多事情放不下，可天神已经召唤她了，她不得不撒手人寰。看着孟古哲哲急切的眼神，努尔哈赤对天发誓，无论他有多少个阿哥，最疼爱的只有她儿子，不管谁当大福晋，高看一眼的，只有这一个孩子。

誓言过后，当着孟古哲哲的面，努尔哈赤把黄台吉的写法，改成了汉人的叫法——皇太极，从名字上固定了孩子高不可攀的地位。

阿敏瞥了眼改称皇太极的弟弟，心里有点儿酸，可他毕竟不是阿牟其的儿子，只能静静地立在一旁，观看着人家的生死相别。

孟古哲哲闭上眼睛，长呼一口气，又滚下了两滴豆粒大的泪珠。过了许久，她吃力地呼出了两个名字，额娘，东哥。

自从万历十六年嫁过来，孟古哲哲已经十五年没见到额娘了，她想啊。再见不到，真的是下辈子了，她渴望着最后一次在额娘的怀里撒个娇。可她更惦记着自己的爱根，惦记着叶赫那拉家族别再和建州爱新觉罗氏结仇了，她死了，亲姻就不在了，仇恨更会加剧，她渴望着东哥续上两个部落的姻缘。

她恨自己性格的柔弱，相信东哥有本事让两个部落和好。

才二十八岁，她真不甘心离开这个世界，十几年来，她不断消弭两个部族的仇恨。可仇恨已深入骨髓，她的呼号与弥合，是那样的无足轻重，丝毫不能影响爱根与哥哥。每一次仇恨加剧，都似一把钢刀砍在她的心上，她那颗宽容与善良的心，被无休止的伤害剁碎了，疲惫的身子也就垮了下来。孟古哲哲多么渴望时间能够倒流，回到十六年前出嫁那天，哥哥那林布禄陪着她到赫图阿拉，努尔哈赤率众出城相迎，杀牛宰羊，大宴成婚，自己身着婚装，庄重大方地坐着。

然而，岁月无情，一阵紧过一阵的秋风，把更多的落叶送过门槛。孟古哲哲瞅着落叶，无力地闭上眼帘。她只寄希望于十六年前的盛状在东哥身上重现。

努尔哈赤请来了老萨满，求天神发慈悲，一定要给孟古哲哲续命。

老萨满把眼睛藏在眼皮里一言不发，他是部落的萨满，不是家萨满，不做与部落兴盛无关的祈祷。

努尔哈赤把眼光盯在阿敏身上，阿敏虽然不能给孟古哲哲续命，可他可以快马加鞭，把孟古哲哲的额娘请来，把东哥带回赫图阿拉。这是孟古哲哲最后的愿望，他不能让自己最爱的福晋最后一个愿望落空。

阿敏骑马率队出发前，听到努尔哈赤红着眼睛威胁四个婢女，服侍好孟古哲哲，一旦有个好歹，你们全部殉葬。他瞄了一眼四个婢女，她们吓得体似筛糠，孟古哲哲已命悬一线，打个喷嚏就有可能过去，分明摆着让她们去陪死，怎能不害怕？

阿敏片刻不敢耽搁，催马前行，急得快把马屁股打烂了，跑到叶赫河畔时，马的嗓子都冒了烟。他只顾寻船，没顾得上身后的马，一口水饮下，战马立刻浑身颤抖，嘶鸣不已。眼看着心爱的战马倒下身亡，他却顾不上了，丢下马，跳上渡船，急切过河，直奔叶赫西城报信，刻不容缓地要带着孟古哲哲的额娘还有东哥，奔往赫图阿拉。

听说妹妹病到弥留之际，那林布禄当即火冒三丈，怒骂奴酋欺凌我的妹妹，不到三十岁，就被你们折磨得油尽灯干，还借此诱骗我额娘去探视，留下老人家当人质，顺便拐走东哥，丧尽天良，天理难容。

阿敏毫不示弱，立刻回敬，你妹为何心焦如焚，还不是你害的，你不念亲情，处处发难建州，时时与我为敌，阿牟其一忍再忍，只因不想难为孟古哲哲，阿牟其对孟古哲哲宠爱有加，十一年前，大福晋哈哈纳扎青刚过世没多久，阿牟其就晋升你妹为大福晋，统领赫图阿拉城的内务，怎有欺凌之说？女儿思念额娘，大贝勒却推三阻四，不顾人伦常情，不准相见，与禽兽何异？

那林布禄吼道，那都是做给别人看的，骗人的把戏，奴酋屠城戮堡的事少干啦？

两个人争吵得不可开交时，东哥搀着她的太太走了进来。阿敏不想给东哥留下坏印象，停止了嘴上论英雄，他在思考，怎样把她俩带回去。

听说女儿病危，孟古哲哲的额娘急得直哭，一个劲儿地问，到底是什么病，找神医、找萨满，把能救命的人都找来。

阿敏瞥了眼那林布禄，平静地说，思亲病，只要您老人家看上她一眼，也许能起死回生。

东哥说，备车吧，我陪太太一块儿看姑爸爸。

那林布禄不相信努尔哈赤会珍惜孟古哲哲，几百年来，格格们就是女真各部交换的礼物，或为同盟，或为利益，互相间送来送去，死就死了，就当礼物消失了，一旦额娘与东哥成为努尔哈赤的新筹码，叶赫又将陷入被动，哪怕奴酋派兵来抢，他也不会放走她们。

东哥恼怒了，脸涨成了红苹果，她大声喊道，你们男人是什么？比野猪还蠢，比狗熊还笨，一个个贝勒与贝子谁也砍不下努尔哈赤的脑袋。今天，我就手持利刃，随你们去建州，看望姑爸爸，他想娶我也成，就在洞房里割下他的脑袋，亲手替阿玛报仇。

这番话，东哥骗得了那林布禄，也骗得了布扬古，却骗不了阿敏，阿敏知道，东哥想阿牟其快想疯了，哪里是想去报仇，分明是投怀送抱。

额娘的哀求，东哥的执拗，那林布禄即使内心坚硬如铁，也难以抵挡女人的纠缠，不让额娘看女儿，确实情理难通。阿敏趁热打铁，愿以自己为质，留在叶赫。

正当那林布禄快要妥协的时候，布扬古来了，身后还跟着辉发部的首领拜音达理贝勒。

阿敏怔住了。

拜音达理是为东哥来的，除了没敢承诺拎着努尔哈赤的脑袋来求婚，什么都答应叶赫部了。

阿敏万万没有想到，会在叶赫西城见到辉发的贝勒。就在几天前，拜音达理特意去了赫图阿拉，向阿牟其表达臣服之意，一转身就来到了叶赫，求得叶赫的庇护。如此这般的首鼠两端，让阿敏格外气愤，立刻热血上涌，挥剑前来。

事实上，辉发部的两面讨好，确实出于无奈，孟格布禄一死，哈达部就名存实亡了，辉发部东南西三面暴露在建州的刀兵之下，只有北面分别和叶赫与乌拉接壤。有点儿战略眼光的人都能看出，建州若想称霸女真，必然将乌拉与叶赫隔开，而攻下辉发是唯一选择。对辉发的种种拉拢与胁迫，已经证明了努尔哈赤的战略意图，不管怎样交好，辉发难免重蹈哈达的覆辙。

拜音达理决定赌一赌，左牵叶赫，右联哈达，这样既能保住自己，也能免得叶赫唇亡齿寒。可是，让他彻底倒在叶赫的怀里，也是有条件的，那就是东哥。所以，听说阿敏要把东哥带走，他什么也不顾了，赤裸裸地跳出来。

于是，在叶赫西城，阿敏与拜音达理刀剑相见，厮打在了一起。

那林布禄乐得鹬蚌相争，对东哥留下一句话，看见没有，是他们不让你们走的。说罢，他也不去劝架，转身就走。

布扬古劝了几次，两个人刀剑搅在一起，劝不开，也就罢了，坐观胜负。

东哥承受不住男人们为自己决斗，大声喊，够了，你们都给我滚。

声音炸雷一般，响在两个人的耳畔，各自后退十几步后，两个人收起了刀剑。

就这样，孟古哲哲想见额娘的愿望，东哥想去赫图阿拉的企图，全被辉发部的贝勒拜音达理给搅黄了，也给那林布禄留下了不允许她们同行的借口。末了，那林布禄只打发了一个无关紧要的人去赫图阿拉，那就是孟古哲哲乳娘的爱根。阿敏觉得窝囊极了。

这股气在阿敏的心里憋得难受，迟早有一天，他会挥师征讨辉发，让他们的贝勒拜音达理死在自己的刀下。

阿敏赶回赫图阿拉时，秋风正猛，刮得天旋地转，孟古哲哲屋外的那株疙瘩杨，忽然间满树金黄。风不间断地揪下树叶，漫天飞扬。最终踅进孟古哲哲的屋门口，堆成一团。阿敏推开屋门，树叶乘虚而入，纸钱般在屋里飞舞。

孟古哲哲期待的眼神望向阿敏的身后，只搜索到了乳娘爱根一个身影，便疲倦地收回眼光，长长地叹息了一声。她的眼睛大大地睁着，停留在飞扬到房梁上的一枚树叶，久久不动，两行泪痕也僵在了脸上。

带着对额娘的思念，对爱根与哥哥之间争斗不休的无奈，孟古哲哲撒手人寰。

努尔哈赤一句话也不说，把鞭子丢在阿敏面前，忙着办理孟古哲哲的丧事去了。阿敏自知去叶赫未能完成使命，在赏罚分明的阿牟其面前，鞭笞之刑是不可避免的，捡起鞭子，自己找到执法的旗丁，任鞭子抽到他的后背。

每挨一下打，阿敏都会把仇恨记在叶赫与辉发两部的身上，他知道，阿牟其发兵叶赫与辉发，那是早晚的事，他会在战场为自己争回荣誉。

孟古哲哲的葬礼规模空前，超过了前任大福晋哈哈纳扎青，毕竟，孟古哲哲的身份是叶赫部的格格。努尔哈赤命服侍过孟古哲哲的四个婢女生殉，用牛羊一百只祭祀，建州地界不分男女老幼，全部为孟古哲哲戴孝。他四处派人，把报丧的消息发给了所有部落，贝勒来不来吊唁，送来什么礼物，表达的就是与建州的亲疏远近。

停灵三七，女真各部的贝勒与贵族都来了，甚至蒙古部落的首领、朝鲜李氏王朝的使者也来了，一直等到出殡，叶赫部吊唁的还是乳娘的丈夫一个人，分明摆出了人死亲断，仇恨到底的架势。

努尔哈赤固执地不让人们把孟古哲哲送入墓地，坚持就在院中安葬，为她守灵，什么时候想了，走出屋门，在坟前点燃一炷香，就可以诉说思念。葬礼过后数月，努尔哈赤一直素食，更不去侧福晋屋中居住。

等到努尔哈赤走出孟古哲哲屋子时，赫图阿拉城已是银装素裹，严寒早将苏子河冻透。寒冬季节，河流沼泽再也不是行军的障碍，正是发动长途奔袭的最好时机。正月的鞭炮声还未消退，努尔哈赤已按捺不住，战袍披挂整齐，擂响战鼓，进军叶赫，责问那林布禄，凭什么不让孟古哲哲见额娘最后一眼？

阿敏一马当先，不消几日，建州兵就攻下了叶赫部二城七寨，俘获两千余人。那林布禄居然不敢应战，事后也没敢派人来索城要人，只是写了一份奏折，向朝廷告奴酋的状。辉发部也没敢派兵助战，作壁上观，眼看着叶赫吃亏。

建州第一次征叶赫，就把叶赫恫吓住了。事实上，努尔哈赤打叶赫，只是造势，摸一摸叶赫和辉发的底牌，震慑住那林布禄，让他不敢轻举妄动就够了。此战，他是项庄舞剑，意在沛公，明面上是打叶赫，实质上却是打辉发的外围战，二城七寨，是叶赫无足轻重的边塞，却是居高临下攻击辉发的要塞。

叶赫不敢反攻，就意味着服软，努尔哈赤完全有能力挥师向东，攻下辉发。可就这么发兵，不是理直气壮，会落下为一个女人而去征战的话柄，不战而屈人之兵，才是最高境界。努尔哈赤凯旋，只把阿敏留下，不与大队人马返回赫图阿拉，就近赶往辉发，向辉发贝勒拜音达理索要人质，送到建州。

拜音达理再也不敢与阿敏拔刀相向，马上答应送七大臣子弟为质，同时，拜音达理也不想做赔本买卖，马上提出要求，帮辉发部从叶赫要回上千名叛逃到叶赫的子民。阿敏折回身，即刻赶往叶赫。叶赫新败，士气不振，那林布禄不想继续与建州为敌，遣返了辉发逃民。

人是被那林布禄放回去了，可逃民的心却被那林布禄收买了，遣返的人群中，混杂着大量奸细，甚至还有被叶赫成功策反的贵族，他们准备与叶赫里应外合，灭掉拜音达理贝勒，把辉发并入叶赫。

拜音达理的耳朵长着呢，部落势力不强，再不擅长情报战，哪儿还有生存空间，他早就在各部落安插好了自己的耳目。消息一传来，不等叶赫集结兵力，拜音达理忙向那林布禄赔罪，恳请不要兵戎相见，把答应给建州的七大臣子弟抵押给了叶赫为质，两家和好为一。

拜音达理背信弃义，正中努尔哈赤下怀，这笔账他记着，欠得越多，攻打辉发的理由就越充足。他没有急于出兵，还要摸准朝廷的脉搏，复职三年的李成梁已经八十岁了，耄耋老人能有多大精力决断女真事务？

没打辉发，还有一个隐患，乌拉部的布占泰已经坐大，外有李成梁撑腰，内有叶赫部结盟，若是战事一起，都来插手辉发战局，建州会陷入四面楚歌的麻烦中。无论如何不能让各部重新结盟，努尔哈赤要各个击破，先挫掉乌拉的锐气，回头收拾辉发也不迟。

三年后，也就是万历三十五年，二十五岁的东哥婚事终于定下来了，不管拜音达理有没有能力砍下努尔哈赤的头，叶赫部的两个贝勒都要把东哥嫁给他。别人家的格格，这个年龄，儿子就该跨马征战了，东哥还待字闺中，成了大龄剩女。东哥的心被揉碎了，这么多年，她频频暗示阿敏，努尔哈赤该娶她了，这颗滚烫的心，石头该焐热了，怎么就焐不开努尔哈赤的铁石心肠？眼看着她嫁给不喜欢的人，无动于衷。

谁都认为努尔哈赤会为红颜一怒，与辉发刀兵相见，叶赫与乌拉也陈兵边界，想把建州拖入辉发的泥潭。努尔哈赤却突然跳到圈外，在千里之外的乌碣岩开辟战场，为东海女真瓦尔喀部归顺之事与乌拉大战一场，击垮布占泰精心设置的伏兵，歼灭了乌拉的主力。布占泰只顾舔舐伤口，没有能力再战。

腾出手来，努尔哈赤亲率大军，风卷残云般突然杀向拜音达理躲进的自称铜墙铁壁的扈尔奇城。一路过关斩将的阿敏，带着大军以摧枯拉朽之势冲垮城上的防守，把拜音达理逼到了城的一角，只要一声令下，就能把众叛亲离的拜音达理射成刺猬。

阿敏不想这么做，四年前在叶赫城，两个人刀剑交错大战了上百回合，没分出胜负，血气方刚的阿敏还没遇到过这样的对手，现在，一决高下的机会就摆在面前。阿敏要与这个想把阿牟其的脑袋砍下换来美女抱的高手过过招，别辜负了他想娶东哥的那份野心。

真的比试起来的时候，阿敏突然觉得，拜音达理在气势上已经输了，仅仅几回合，步法不稳，刀劈乏力，武艺再也不似当年。阿敏正想活捉拜音达理押回赫图阿拉恩养，拜音达理突然扔下了刀，跪下求饶。

女真人向来不惧生死，阿敏最瞧不起惜命的人，尤其是一个部落的贝勒，刀架在脖子上，也不应该眨眼睛。阿敏说了句，养你个球！一剑刺穿咽喉。

至此，两个部落为东哥而亡，三个贝勒为东哥而死。

八

建州公然吞并辉发，这等逆天的大事，李成梁居然没看见一样，朝廷更没有派兵干预。辉发一灭，叶赫立刻两面受敌，面临不是被朝廷剿灭，就是被建州吞并的危机。那林布禄忧心忡忡，一病不起，临死时，没把贝勒的位置传给儿子，而是交给了弟弟金台石，叶赫危如累卵，需托付给能挽狂澜之人。

金台石问计于叶赫萨满，怎么办？

叶赫萨满摇摇头，他已经败给了建州的老萨满，天神阿布凯恩都里不会再帮助他了，他失去了神力，眼前一片漆黑，看不到未来。

金台石说，不求神，只问人。

叶赫萨满说，时过境迁，叶赫难成霸业了，只能韬光养晦，交好朝廷，结盟乌拉，扳倒偏袒奴酋的李成梁，变叶赫两面受敌为建州三面受敌。那林布禄最大的失误，过于计较你们的阿玛之死，与努尔哈赤争雄时，从未借助过朝廷的力量。

一番话打开了金台石的心结，努尔哈赤能和杀父仇人亲同父子，他们因小义而忘大利，朝廷偏袒谁就意味着谁拥有辽东大地上的话语权。于是，他们开始贿赂李成梁的政敌，答应布占泰，恢复与乌拉的联姻，重新将东哥嫁过去。

布占泰可不是哈达与辉发的贝勒，动不动就拿努尔哈赤的头发誓，嫡福晋、侧福晋都是爱新觉罗家的格格，答应之日，就是与建州彻底绝交之时，所以拖了好几年。

一晃就是万历四十一年，东哥也是三十一岁了，不过，她保养得很好，不显得比十八岁老多少，只是更沉稳，更安静了，眼神中流淌着不易察觉的忧郁。至于两个贝勒商量她的婚事，她的神态像在听与她毫不相干的事。

朝廷的天平在金台石的操纵下倒向了叶赫，乌拉与叶赫的通道被建州阻断了，布占泰只好远涉蒙古科尔沁部，频繁出入叶赫城。每一次看到东哥端坐在一旁，他都会怦然心动，回去之后，就折磨来自爱新觉罗家族的福晋，宣泄他内心的纠结。

终于有一天，布占泰得到了朝廷的承诺，痛下决心，公开与七次结盟的建州决裂，迎娶东哥。东哥闻讯，潸然泪下，她知道，与努尔哈赤的缘分真的尽了，再也找不回当年她揪着努尔哈赤的胡子荡秋千的感觉了。

婚期定下来了，布占泰已经筹备好了婚礼，正准备迎娶东哥时，努尔哈赤率建州大军倾巢出动，第三次征讨乌拉。这一次不是对布占泰反复无常的警告，虎狼之师以乌云压城之势，一口将乌拉吞并下去。

原指望的明军南北夹击变成了泡沫，叶赫明哲保身，不想伤及无辜，没派出一兵一卒，乌拉这株被努尔哈赤修剪多年的大树，訇然倒塌，三万精兵毁于一旦，布占泰战败，只身逃往叶赫。

至此，海西女真扈伦四部，三部沦陷于建州，广袤的辽东大地上，叶赫部显得格外孤零。与叶赫部同样孤独高冷的，还有他们的格格叶赫老女东哥。亲人尽失的布占泰特别渴望东哥能温暖他，恳请东哥，婚期不变，婚礼改在叶赫东城。一直端坐着的东哥一言不发，直到布占泰倾诉完毕，她缓缓地站起来，飘然而去，脸依然是挂着霜般的冷。

布占泰把希冀的目光投给了布扬古，毕竟这桩婚事是布扬古极力促成的,他想让哥哥做主,说服妹妹,履行婚约。谁料到,布扬古的脸比东哥的还要冷,直截了当地嘲讽他失国无用,还恬不知耻地惦记东哥。

失望至极的布占泰,哭得比失去乌拉还要伤心,他一生都在耍戏别人,屡试不爽,没想到最后被大明王朝和叶赫部给耍了,关键时刻把自己算计了。两个盟友,都是信誓旦旦地答应,事到临头,谁都没出一兵一卒,眼看着他孤军作战。若是依他之计,努尔哈赤出兵乌拉之际,就是大明王朝与叶赫掏掉建州老窝之时。

同样做着统一女真梦想的布占泰,梦醒之时,却是寄人篱下的凄惨,尊严丧失得猪狗不如,没过多久,就郁郁而终。

万历四十三年,东哥三十三岁,女真各部的格格到了这个年龄,已经被人称为太太,儿孙满堂了,可东哥还是孤身一人,鱼尾纹悄悄爬上了她的眼角,揉红了手掌,也揉不掉岁月的痕迹。

坐在铜镜前,望着逝去的青春,一股凄凉涌上东哥的心头,她痛苦地拍打着铜镜,似乎铜镜的背面藏着努尔哈赤狡黠的脸,惦念与仇恨同时搅在一起,令她心碎,让她羞辱。

没有出嫁,格格老死家中,是部落的耻辱,女真各部在建州的强势攻击下,亡的亡残的残,剩下边远的部落,莫说是要努尔哈赤脑袋,首领们能保住自己的脑袋就不错了。还是蒙古喀尔喀部大度,在大明王朝的撮合下,他们的贝勒愿意接纳叶赫老女,赐给他的长子莽古尔岱。

娶亲的人来了,只有三五个人,赶着勒勒车来了,聘礼是几件裘皮兽袄,还有一群跟随着的牛羊。当年努尔哈赤送来的聘礼,从箱子里拿出最普通的一件,都比喀尔喀部全部聘礼值钱。如此寒酸,心比身先死的东哥已经不在乎了,她觉得,她就是长着人模样的喀尔喀部赶来的牛羊,接着被他们牵回去。

带着无奈,带着依恋,带着哀怨,东哥将要离开养育了她三十三年的叶赫部,嫁到千里之外遍地风沙的不毛之地。还有那箱努尔哈赤当年送来的聘礼,一直保存在东哥的闺房里,这次远嫁,她也要带走。

哥哥布扬古不许，东哥的愤怒终于爆发了，她的青春全给叶赫部当筹码了，每一次结盟，她都像个物件般送来送去，二十四年过去，她已经被嫁过七次了，她只要一次属于自己的东西还不行吗？你们的失败，是计较小利而失大局，凭什么怪罪我是红颜祸水，凭什么把脏水往一个女人的脸上泼？

再僵持下去，东哥真的会再一次拒绝出嫁，尽管布扬古舍不得那一箱子的财富，可财富已经不再是叶赫的护身符了，他已经把整个大明王朝拉成了自己的靠山，想灭掉叶赫，除非与王朝为敌。思来想去，布扬古还是妥协了，好不容易有部落愿意娶东哥，若是因为一箱子财宝惹得东哥反悔，拒绝出嫁，那就得不偿失了。

东哥到叶赫萨满那里辞行时，萨满深陷的眼窝居然流出了泪水，东哥以为萨满舍不得她呢，可萨满却说，他舍不得叶赫部，他深爱着叶赫，可用不了多久，失去东哥的叶赫将不复存在了，他恳求东哥，陪着东哥一块儿出嫁，思乡了，他可以给东哥解闷。

东哥答应了，最后和哥哥布扬古辞别时，她抱着哥哥号啕大哭，不是舍不得哥哥，是舍不得她把青春熬干了的叶赫。

勒勒车沿着叶赫河溯源而上，朝着遥远的喀尔喀方向缓慢行走。叶赫萨满居然不顾东哥就在车上，不时地跳下他的七杈梅花鹿，往叶赫河里撒尿。他说，这辈子，再也回不去叶赫了，就让自己的尿被河水捎回家。

东哥也想了，她不想家，家让她的心比冰还凉，她想的是努尔哈赤，此次远嫁，他们之间的情丝就被彻底斩断了。她决定再次借用叶赫萨满的七杈梅花鹿，给阿敏报一次信儿，假若努尔哈赤有情，半路把她劫走，倘若无情，就会把昂贵的聘礼退还，她一生不想欠任何人的。

七杈梅花鹿老得已经不能再老了，老得相当于人的一百岁，可它已经老成精了，犄角挂着东哥的信，一路向东跑去。

很快就要进入草原了，他们谁也不往外看，坐在勒勒车里的叶赫萨满，悲凉地唱道：

> 世间的一切都在平衡中存在
> 我们也在其中
> 猎人早晚一天会成为猎物
> 如果不明白这个道理
> 我们将失去全部
> 人总是太过于自信
> 所以，得到的多
> 失去的也多
> 一切都是有循环的

没过多久，阿敏果然跨马追来，如果动起手来，喀尔喀部的几个人根本不是阿敏这些人的对手，只能心甘情愿地任阿敏抢走东哥。

阿敏何尝不想抢走东哥，不管东哥老到什么程度，阿牟其不喜欢，还有他阿敏接着呢。从七岁起，阿敏就喜欢上了东哥，如今他已经是而立之年了，战功赫赫，是阿牟其眼前最红的红人，红得超过了阿牟其亲生的一些阿哥，可打死他也不敢说喜欢东哥。

阿敏带给东哥一个坏消息，报信的七杈梅花鹿累死了；更坏的消息是，阿敏居然说出，蒙古诸部谁敢欺负东哥，他将带着建州大军荡平谁。

东哥哭了，难道说嫁到这么遥远的地方，还会成为建州进攻其他部落的借口？

毋庸置疑，东哥最后的一丝希望断了，阿敏到来，没有肩负着抢走她的使命。东哥绝望地闭上了眼睛，她早就厌倦了杀戮，也厌倦不属于自己的生活。许久，她睁开眼睛，指着当年阿敏送来的聘礼箱子，泪流满面。她悲伤地说，带回去吧，原封未动，你家大汗爱的是江山，不是我，我一生惧怕成为工具，末了还是沦为工具，成为他荡平各个部落的借口，现在，我远走天边，不想再当任何人的工具了。

阿敏跪下了，替自己，也替阿牟其给东哥跪下了。

风沙起来了，春天的风沙总是这样，带着呜咽之声，吹倒了草原上的红柳，吹伏了去年稀疏的枯草，勒勒车在荒漠中艰难地行进，铃铛声孤独地响彻原野。一路上，叶赫萨满始终正襟危坐在勒勒车里，口中念念有词，除了喝些奶茶，吃把炒米，一口牛羊肉不吃，眼见得消瘦下去。

东哥心疼萨满，劝他，今后活在草原，哪能不吃肉呢。

萨满说，此行为脱胎换骨之旅，我虽瞎了，也失去了神力，归根到底，我还是萨满，属于叶赫的萨满。我的血，我的肉，我的筋，我的骨，都不属于我的灵魂，它们将携带我的灵魂，飞回叶赫，变成一滴水，一棵草，一粒土壤，一块石头。我瘦得越多，我回到叶赫的灵魂越饱满，等我瘦到一丝不剩的时候，我又会回到天神阿布凯恩都里的身旁，在天上为叶赫部落的民众祈福。

东哥哭着说，你没了，我该咋办？

萨满说，我瘦到只剩下几两骨头，也不会死的，我会一直陪着你。

东哥说，不死，那不就是修行成神了吗？

萨满说，萨满就是神的化身，我可以死，萨满不死。

东哥说，你是化作叶赫河的神还是叶赫山的神。

萨满说，当然是山神，河是流动的，不能保佑叶赫，你没看到吗，无论走到哪里，我眼睛的方向始终是叶赫山。

东哥看到了，确实如此，只要勒勒车一转弯，萨满的身子就会陀螺般转动一下，眼睛虽瞎，可他的天灵盖上像长了眼睛，方向总是准确无误。东哥说，你讲了这么多，我也给你讲个故事吧，讲女丹萨满的故事吧。

这个故事尽管萨满听了无数遍，可他还是喜欢听，因为这是从东哥嘴里讲出来的。东哥讲女丹萨满的时候，手抚着叶赫萨满的头，萨满觉得好像回到了遥远的过去，听额娘讲故事。

终于赶到了喀尔喀部游牧的大本营，已经到了夏季，草原依然是那么干旱，只有王公贵族才有资格把牧场赶到细瘦的西拉木伦河畔，其他的牧民只能将牛羊交给贝勒王公，甘当奴隶，否则只能饿死。

叶赫萨满瘦得只剩下三十多斤了，可他的声音依然如同洪钟。

婚礼上，东哥向莽古尔岱提出一项非同寻常的要求，不许同房，一生不能有福晋之实，否则她将变得比恶魔还丑，无妄之灾将降落在喀尔喀贝勒的身上，草原上将会血流成河。

喀尔喀部落的贝勒瞅着东哥，又瞅了瞅自己的儿子，想起了女真诸部四个贝勒因东哥而丧命亡国，询问了一句叶赫萨满，当真如此？

叶赫萨满说，此女可兴天下，亦可亡天下，天神在东哥出生时就告诉我了，也被一一验证了，喀尔喀得到了东哥，是你们的福分，你们不违拗东哥的意愿，便可成为草原上的霸主。

贝勒当即站起来，与萨满击掌为誓，可他忽略了萨满瘦得只剩下骨头了，手落重了，正在疑惑会不会把萨满的手拍散了架子，没料到，一掌下去，像拍到了铁爪子上，反倒自己疼得直龇牙，忙说，遵守诺言，善待东哥。

发下誓言的是贝勒，可娶东哥的却是贝勒的儿子，莽古尔岱天天看着美人，馋得就像草原上的狼看到了羊羔，不叼到嘴里，会痛苦得翻身打滚，生不如死。终于有一天，莽古尔岱找到了机会，把东哥单独堵在蒙古包里，扒光了东哥的衣服。

东哥的草原被莽古尔岱野蛮地占领了。心满意足的莽古尔岱骑上战马，一路狂呼着，叶赫老女是个处女，为我守身如玉一辈子。

收拾好残碎的衣服，东哥的眼泪流成了西拉木伦河，她知道，河的下游是叶赫河，河水会带着她的眼泪，回到家乡。从那天起，东哥一下子变老了，真的成了叶赫老女，头发枯萎，脸色苍白。她的守身如玉为的是努尔哈赤，可是，仅仅一瞬间，她的完美被破坏殆尽，她再也没能力对努尔哈赤讲，对你的感情是纯洁的，她的世界里再也不会有阳光了。

就这样，东哥不吃不喝，不梳不洗，形容枯槁，瘦得人如骷髅，大雪纷飞，覆盖草原的时候，东哥完全进入了冥冥世界。她看到，此时的努尔哈赤，身穿黄袍，在正月里喜庆的鞭炮声中，登上赫图阿拉金黄色的宝座，称为"覆育列国英明汗"，建立了大金王朝，册封的汗后与汗妃中，没有她东哥的名字。

与姑爸爸一样，东哥为努尔哈赤流下了最后两行眼泪，与姑爸爸不一样，她只留在努尔哈赤的心里，不会得到任何名分。

东哥枉活了一生。

东哥去世一七后，坟墓前只剩下十几斤的叶赫萨满，为东哥做了最后一场萨满，便化作一股青烟，羽化成仙，什么也没留下，魂灵飞回故乡，化成了叶赫山神，庇护叶赫的子民。

万历四十七年，也就是天命四年初秋，努尔哈赤在萨尔浒大败四十万明军，转过身，直扑叶赫，攻陷叶赫东西两城。直至此时，皇太极才第一次见到那克出金台石，劝降未果，金台石自刎而亡。布扬古降后被杀，死前留下一句谶语，我叶赫那拉氏就算只剩下一个女人，也要灭掉建州女真。

至此，叶赫亡。叶赫的子民在叶赫山神的庇佑下，平和地归顺了天命汗，毫发无损。

千里之外，东哥坟头上的青草疯长，好像生出无数双眼睛，替她观望努尔哈赤。

WANGDEBEIYING

第三部

欲望之旗

第一章　天无二日

相传，天神阿布凯恩都里造人后，大地无光无热，又黑又冷，人们藏在讷妈妈的肉窝窝里，躲避寒冷，吸吮乳汁。讷妈妈长白山一般的身躯，日渐消瘦下去。再熬下去，大地之神讷妈妈就会死去，人类也将不复存在了。

天神有四个弟子，四个弟子经常在天神面前争宠，都想成为最得意的那一个。天神让弟子们造出太阳，哺育万物，轮流照亮和温暖人间。弟子们争先恐后，一口气造出九个太阳，九个太阳谁也不想落下去，于是，大地晒焦了，河流晒干了，飞鸟走兽晒死了，人们都快渴死了。

长白山神有个儿子，叫三音贝子，得罪了天神，被贬到人间，投胎于一个猎户人家。出生不到一年，便身高一丈多，一顿饭能吃三只狍子、两头熊、三斗米饭。他每喝一次水，河落三尺，湖干一半。因为力大无穷，人们又称他为神力阿哥。

看到人们饱受九个太阳之苦，三音贝子恳求长白山神帮助他除掉太阳祸害。长白山神摘下天上的云彩，寻尽山间的藤萝，拧成五色天绳，并授以妙计。三音贝子在八条蟒神、土地神和部族人的帮助下，把五色天绳拧成套索，紧紧地拴在箭头上，射向天空，一连套下六个太阳，抛到长白山下两百里长的万丈沟里，土地神运来六座大山，死死压住六个太阳，于是，黑土地上留下了六座红土山。

剩下的三个太阳，一个不甘失败，又与三音贝子决斗了三天三夜，后来，从长白山方向飞来几万只喜鹊、乌鸦，叼起五色天绳向太阳飞去，长白山神率领水兵下起倾盆大雨，这个太阳终于被套住了。刚要往下拽时，阿布凯恩都里从天而降，命留下一个光照人间。三音贝子不服，任性的太阳很难管束。阿布凯恩都里把五色天绳交还给三音贝子，封他为值日都恩里，专管日出日入之事，如果太阳发了怪脾气，就用五色天绳套住。现在我们有时看到太阳四周一圈彩虹，就是三音贝子的那条五色天绳。

另外两个太阳，一个见大事不妙，逃到天边，变成了星星，永远也不敢光临大地了。一个被天神收走了热量，变成了月亮，冷冰冰地挂在天上，给人们值更。

——萨满传说

一

阿敏最纠结的事情，是在阿玛与阿牟其之间选边站。无论偏向谁，他的内心都像是煮沸的锅，疼得揪心。

阿玛与阿牟其兄弟俩，生死与共四十载，本该相守终生，眼看着建州女真越来越强大，四周部落先后归顺，八方王公纷纷朝贺，可兄弟间的分歧越来越多，裂痕越扯越大，甚至当着朝鲜使臣或蒙古诸部首领的面分庭抗礼。如此这般，恐怕天神也难弥合他们之间的裂痕。

这种亲者痛仇者快的分歧，快把阿敏的心折磨碎了，天神都躲了，他却不言放弃。

　　阿牟其努尔哈赤被众多女真部落甚至蒙古部落尊称为淑勒昆都伦汗（值得恭敬的王），名副其实地成了万民之首，无论做子侄，还是子民，拥戴阿牟其是天经地义的事情。他劝说过阿玛，天无二日，虎无双雄，要甘拜下风。

　　阿玛的眼睛成了烧红了的万丈沟，历数万历皇帝、朝鲜李氏，哪个不是太阳？就多我一个太阳吗？虎多了怕什么，可以分家嘛。

　　阿敏立刻哑然，这种叛逆的话，也就是阿玛敢说，换了别人，传到阿牟其的耳朵里，杀头都是轻的。

　　生他养他的阿玛呀，看穿了世间万物，就是找不到镜子看自己。阿玛自认为功高盖世，和阿牟其难分伯仲，当一半建州女真的家，他理所应当。可阿玛与阿牟其之间的事情，再也不是两个人可以赌气的事情了，他们各自统领自己的旗兵，他们之间意见相左，就成了两个神仙打架，跺下脚，便地动山摇。这事最难受的便是阿敏这个当儿子的。损失最大的，该是他们建州女真。

　　即使成为风箱里的耗子，阿敏也要阻止他们的分歧。

　　可是，阿牟其不怕分歧，也不想掩盖分歧，他设立了共同议政制度，战功显赫的贝子都来议政，把分歧摆在桌面，分别表态，亮清立场，态度鲜明地选边站，甭想两边讨好。阿玛如日中天的威望，就在议政的声音中，渐渐衰落下去。

　　第一次选边站时，阿敏刚刚二十岁。

　　那是万历三十五年仲春，从冰封中解脱出来的苏子河，清澈而又淡绿，舒缓地流淌着。风摇曳掉杏花瓣，泊在水面，流动得不徐不疾。万马奔腾的声音由远及近，王城赫图阿拉的人们奔向城堡的山门，迎接凯旋的巴图鲁们。

　　阿敏策马率队出城迎接，他看到阿牟其家的大阿哥褚英、二阿哥代善，两人脸上春风得意，并肩驰马而入。作为主帅的阿玛舒尔哈齐却没有一马当先，率着本部人马，蔫头耷脑地跟在后边。

　　捷报早于人马传回王城，乌碣岩之战，斩杀乌拉部三千人，缴获战马五千匹，铠甲三千副，蜚悠城五百人丁丝毫未损。

　　尽管是场圆满的大胜仗，舒尔哈齐心里却并不舒服，为争夺蜚悠城的五百人丁，和乌拉部大开杀戒，值得吗？

　　这一仗，本不是为了征战而去，图们江畔的蜚悠城距赫图阿拉十分遥远，中间隔着乌拉部呢。蜚悠城城主受乌拉部欺凌久矣，意欲投奔建州，舒尔哈齐受兄长老汗王努尔哈赤之托，把这五百多人丁接到建州地界。

　　若不是爱新觉罗氏家族的先祖猛哥帖木儿发祥地就在蜚悠城一带，可以顺便祭祀一下祖先的诞生地，舒尔哈齐会断然拒绝领兵前往。在舒尔哈齐的潜意识中，蜚悠城深嵌在乌拉部中间，迟早是乌拉部的口中食、腹中物。真要把这五百人丁接过来，建州与乌拉部，就是针锋相对的敌人了。

　　舒尔哈齐不想与乌拉部为敌，毕竟，他娶了乌拉部贝勒布占泰的妹妹为福晋，又把两个格格嫁给了布占泰，况且老汗王努尔哈赤的侧福晋阿巴亥就是布占泰的侄女，两个部族，四次联姻，辈分都嫁乱套了，如此深厚的姻亲结盟，下一代，就是血浓于水了，用得着你死我活地征战吗？

　　既然弟弟舒尔哈齐反对，哥哥努尔哈赤随机应变，绕过乌拉部的地盘，借道朝鲜，去蜚悠城。这正是哥哥的精明之处，一石三鸟，打出了"保护藩胡，助卫朝鲜"的旗号，既考验了朝鲜结好建州女真的真伪，又以收回祖居地为名，打通了建州与图们江、黑龙江之间的道路，同时对乌拉部形成了弧形包围圈。

　　人是接回来了，仇也结下了，舒尔哈齐心里仍有一种惴惴不安的感觉。果然，被建州女真恩养了四年的布占泰，学会了建州女真的战术，令人意想不到的是，他竟敢悄悄地跨境入朝，在险要之地乌碣岩，设下伏兵万余人。

　　谁都能看得出，战场局势一边倒了，一万对三千，地形极其不利，又掉进了包围圈里，三千人马还要分出几百护卫蜚悠城的人丁，这仗该怎么打？

既然没法打，那就不打，舒尔哈齐不想两败俱伤，带着大臣常书、侍卫纳齐布和本部五百人马，止步山下，选择了避战。

危难之时，倒是侄子褚英、代善，在阵前痛斥布占泰不记宥死之恩、恩养之义、赐婚之福、辅其归政之情，今接我先祖遗民返还，你等不箪食壶浆，反倒拦路劫杀，与畜生豺狼何异？

或许天神被这骂声震惊了，霎时间，狂风大作，大雪纷飞，乌碣岩一带呜呜一片。突如其来的暴风雪，反倒遮住了乌拉部围剿的视线。褚英与代善勇猛地冲上山头，将万名乌拉部伏兵各个击破，杀得敌人将死兵败，血流成河，尸相枕藉。

这是大胜仗，实属于意外，赢在理上，胜在勇上，得到的是天的眷顾。

英雄凯旋，王城赫图阿拉载歌载舞，该封赏的，努尔哈赤不吝惜，该责罚的，也不轻易放过。

汗宫大衙门里，封赏与责罚一并进行。不管是否参与乌碣岩大战，贝子阿哥大臣侍卫都来喝庆功的酒。阿敏用眼角瞟着阿牟其努尔哈赤，心里揣摩着，会用何种方式责罚他的阿玛呢？

出乎阿敏意料，阿牟其一反赏罚分明的习惯，装起了糊涂，不但没责罚阿玛，还赐予阿玛达尔汗巴图鲁称号，言外之意，这场仗，弟弟毕竟是主帅，虽说有避战之嫌，却也没有阻止两个阿哥勇往直前，罪责主要在蛊惑之人。

显而易见，阿牟其要杀鸡儆猴了。果然不出阿敏所料，阿牟其下了诛杀令，立斩大臣常书、侍卫纳齐布。

阿玛容不得有人给他戴眼罩，来了犟劲儿，封赏也没能收买他，把庆功酒往地上一泼，立刻横在前边，嘴里喊着，诛二臣，与我死无异。

阿敏的心弦立刻绷紧了，本来阿牟其对阿玛的避战没有计较。战场上畏敌如虎，那是建州女真的奇耻大辱，阿牟其不想让爱新觉罗家族背上这个耻辱，才让阿玛蒙混过关，没想到阿玛又和阿牟其较上劲儿了，不许阿牟其动他的心腹。

意见不合，就意味着选边站；共同议政最让人难堪的事情，就是表态。从前有选边站的时候，都不是人命关天的大事，无非是朝鲜或蒙古诸部拜访二人时的礼品规格是否相异，拜访的礼仪是否相同，或每次战役之后，战利品和阿哈（奴仆）分配得是否公平。没等阿牟其问到阿敏，大家哈哈一笑，争执就已经结束了。

这一次不同了，不仅人命关天，还和阿玛在建州女真中的声望紧紧相连。阿牟其犀利的目光直直盯向阿敏，直截了当地问阿敏，二臣该不该诛？

回答该诛，阿玛肯定对他恨之入骨，不诛，又与固山规制格格不入。阿牟其眼神坚定地瞅着阿敏，不容阿敏选择观望或逃避。

阿敏无法袒护阿玛了，只能按规制回答，诛！

阿玛快要气疯了，就差提刀来教训这个不肖之子。

出乎阿敏意料的是，褚英与代善两位阿哥的表态，居然与他完全相反，他们考虑的是额其克舒尔哈齐的感受。

就这样，大臣常书被罚了重金，变成了穷人，而侍卫纳齐布被剥夺了所属之人。罚没的财物人畜，一般都由本旗旗主再次分配，努尔哈赤剥夺了弟弟再分配的权力，直接把罚金和所属之人划归给寸功未立的阿敏。

努尔哈赤瞥了眼弟弟，他在暗示弟弟，你敢和我分心，我就向你心窝里钉楔子，直至你悔改。

离开汗王宫的时候，阿玛对阿敏狠命地甩了下袖子，骂了句，你不是我的儿子。

阿敏不软不硬地提醒着阿玛，我们都是淑勒昆都伦汗的子民。

阿敏不想得罪阿玛，阿玛和阿牟其作对，吃亏的，总归是阿玛。阿玛怎么就看不明白，赫图阿拉称为王城了，阿牟其正在强化汗王的权威，怎能容忍阿玛还像从前那样，与哥哥不分彼此，不分大小，平起平坐？当然，阿敏更加憎恨的是乌拉部的贝勒布占泰，这个布占泰太能挑唆了，给阿玛灌输了太多的迷魂汤，竟然让阿玛相信，他们乌拉部会成为阿玛最牢靠的盟友。

兄弟反目，谁最受益？当然是布占泰。阿玛没有看到，反复无常的布占泰，已经张开了贪吃蛇的嘴，他的目标岂止是阿玛，他想把整个建州女真都吞噬掉。

让阿玛丢掉幻想的最好办法，是击垮布占泰，就像三音贝子埋葬太阳那样，埋葬掉布占泰的野心。

阿敏辗转反侧多日，一天突发奇想，向阿牟其提出，千里奔袭，攻占乌拉部的心脏——宜罕山城。此计与阿牟其不谋而合，努尔哈赤正在谋划"砍大树"的计策，他把乌拉部比成一株参天大树，不可能一斧子砍倒，要先砍枝蔓，削掉弱枝，再砍强枝，慢慢地将它伐成光杆儿，让主干在风雨中飘摇，最终用一根手指头就能将主干推倒。

宜罕城，乌拉部腹地的险要之处，俯视整个松花江流域。若是把乌拉部比作一棵大树，宜罕城就是大树向上生长的树冠，先砍了树冠，那就是砍了大树的生长空间。奇袭宜罕城，既是妙招，也是险招，如同孙悟空钻进铁扇公主的肚子里，没真本事，那就是作死，直接被吃掉了。若能真的大闹一番，且丝毫不损，乌拉部就会威风扫地，今后想在女真诸部中立威，那也是梦想。

努尔哈赤心里很清楚，当年金兀术能大败辽军，就是打下了龙潭山，占据了宜罕城。他何尝不想占据这座战略要地，以此威胁乌拉部。可四年前，他顺路出征过宜罕城，不但毫无收获，还被布占泰弄得很狼狈，幸好那时他们还没撕破脸皮，顾及彼此的一些亲情，更没有你死我活地真打。

阿敏请缨，就是向阿牟其表明立场，即使阿玛和布占泰结成同盟也没用，他会用武力拆散他们。

努尔哈赤将长子褚英派去，率五千精兵，与阿敏并肩作战。

那是正月里的一天，乌拉部正沉浸在新年的喜庆之中，根本没有想到，阿敏与褚英绕过所有的城寨，躲过所有的眼睛，在长白山间悄然疾行。当他们爬上峭立嵯峨的宜罕山城，突然出现在山城守军面前时，守军吓得呆若木鸡，刚想通报，便倒在一阵箭雨中。几番猛烈的冲锋过后，宜罕山城被破，建州女真斩首千余，缴获铠甲三百，俘其城中人畜，悉数带回。

远在乌拉城的布占泰得闻消息，大吃一惊，宜罕城失守，等于在乌拉部胸膛插入一把尖刀。他急忙与结盟的蒙古科尔沁贝勒合兵一处，想要夺回宜罕城，终因恐惧褚英与阿敏的勇猛，无奈罢兵。

弱冠之年的阿敏，一战成功，阿牟其大加犒赏，封其为台吉（准太子），地位仅次于阿牟其与阿玛，与褚英、代善同辈兄弟比肩。

半年后，布占泰遣使到赫图阿拉，再请修好，还将建州女真的宿敌，乌拉部关押的五十名叶赫部俘虏，交与使者，尽杀之。投名状交了，背盟之罪请了，俯首称臣的奏章表了，又提出了纳娶老汗王的格格为福晋，请求"抚我为子，赖以永生"。

努尔哈赤居然没打驳回，把最疼爱的格格嫁与了布占泰。

阿敏看不懂了，几番盟誓，几番背盟，布占泰已无诚信可讲，阿牟其依然将格格嫁出，不就是将额云往火坑里送吗？

阿牟其的政治联姻，不会考虑格格的感受了，只要能征服对手，把谁嫁出去，他都不心疼。不想出嫁的格格，痛苦得想要杀了自己，阿敏哄了好久，都没安抚住那颗受伤的心。

阿敏没办法同情额云，这就是爱新觉罗家族格格的命，政治交易的工具，谁也逃不脱。不管怎么说，打败了布占泰，让布占泰自称儿贝勒，挽回了阿牟其的面子，也减轻了阿牟其对阿玛的成见，总归是件好事。向阿牟其示弱的布占泰有盟约绊着，不会再给阿玛添麻烦了。

二

阿玛的麻烦，是自己给自己添的，他再也不想待在赫图阿拉了，说什么也要离开，另立门户。他还放出话去，吾岂以衣食受羁于人哉。无论阿敏怎么劝，毫无作用。况且，哥哥阿尔阿通、三弟扎萨克图和其他几个部将大臣，极力怂恿阿玛离开，出走黑扯木，背倚大明朝李成梁和乌拉部布占泰这两棵大树，制衡努尔哈赤。

对于阿玛的选择，阿敏极不赞成，他不反对阿玛另立大营，可反对阿玛依赖别人立大营，何况这两个人，都是心怀鬼胎，别有用心。李成梁八旬高龄，行将就木，能靠得住吗？况且随着李如松的阵亡，李如柏独木难支，李家已日薄西山。布占泰新败之后，立即向阿牟其乞降求婚，这只喂不熟的反复无常的狼，靠上他，有啥希望？

阿敏劝说阿玛，靠山山倒，靠水水流，咱谁也不靠，把大营立在鸭绿江畔，既看不出与阿牟其离心离德，也能牵制朝鲜，防备朝鲜与明朝对建州女真形成蟹钳之势，沿江北上，又能恢复祖居故地。更为重要的是，经历倭兵之乱，朝鲜李氏王朝兵羸国弱，日本陷入战国纷争，假若有可乘之机，挥兵渡江南下，可入主朝鲜，再以此为跳板，称雄岛国。

阿敏继续劝说，屯兵鸭绿江，是上上策，就是自立为汗，谁也奈何不了你。况且，朝鲜本来就是爱新觉罗祖先曾居住过的地方，打下地盘，回家，那是理直气壮，更不用说朝鲜和明朝差一点儿将爱新觉罗家的先祖斩尽杀绝，占地复仇，连借口都不用找。以替老汗王开疆拓土、屯兵驻防为名，行另立之实，没有比这个更好的出路了。

阿敏的锦囊妙计，阿玛却嗤之以鼻，以为是异想天开，女真诸部，包括自己的建州女真都指挥使，均为大明王朝所封，图谋朝鲜，那是与朝廷为敌。黑扯木紧临朝廷的铁岭卫，又有长白山余脉做依托，布占泰为掎角，天然的庇护所。天下还有比黑扯木更好的好去处吗？

苦口婆心的劝说，丝毫没有动摇阿玛，加上大哥与三弟等人众口一词，阿玛的决心已经无法更改，他派出人手，去了黑扯木，伐木造屋。阿敏的撒手锏只剩下自己率领的兵马，若是阿玛再不听劝，他就拒绝与阿玛同行，留在赫图阿拉，甘心服侍在阿牟其的麾下。

毕竟，阿敏人马众多，他有能力威胁阿玛。

可是，威胁没有丝毫作用，阿玛绝不仰人鼻息，亲哥哥也不行，一刻也不想忍受，毅然带着人马走了。

望着王城里空置下来的营盘，努尔哈赤流下两行泪水，他为没能制止住弟弟的出走而感到懊恼，手沉甸甸地拍在阿敏的肩膀上，无形中给侄儿施加着一种压力，让侄儿一年之内，无论如何将他阿玛带回来。

阿敏答应了阿牟其，心却另有所属。他志在朝鲜，会想尽办法，让阿玛放弃黑扯木，移兵至鸭绿江畔。

一年转眼就过去，阿玛总算在黑扯木立住了脚，王城与大营之间，倒也相安无事。阿敏心里很清楚，失意的阿玛，没人再把他当成二都督看了，也没有几个部落过来纳贡。黑扯木附近可耕之地不多，可猎之物不足。况且阿玛也不像阿牟其那样，渔猎耕种加工贸易安排得妥妥帖帖，所以，黑扯木大营的日子过得很艰难。

亲情难断，阿敏或明或暗，不时地资助阿玛。

又是两年一度朝贡时。连续四次，建州女真都是二都督舒尔哈齐赴京，这一次，努尔哈赤派来信使，送来礼物，依然恳请弟弟替代哥哥，进京面圣。

阿玛进京朝贡的消息从黑扯木传回王城，阿敏心里一凉，他意识到，阿玛最后的机会失去了。此时的阿玛，若是以进京朝贡无暇打理旗兵为由，撤销黑扯木大营，把兵马归回王城，还能挽回局面，既能度过眼下的饥荒，又可以保存实力。就这样一走了之，黑扯木岂不危矣？

只图小利，目光短浅哪！阿敏对阿玛的选择痛心疾首。

不出阿敏所料，趁着阿玛不在，阿牟其几乎是单枪匹马，缴了黑扯木的械，收回了赐予阿玛的全部旗人，杀死了怂恿阿玛另立门户的大阿哥阿尔阿通、三弟扎萨克图，斩了给阿玛出馊主意的爱新觉罗家族近臣阿什布，架起柴火把大臣武尔坤绑在树下活活烧死。

快刀斩乱麻地处理了黑扯木大营的离心离德，阿敏的位置立刻突显出来，毕竟，资助黑扯木，与阿牟其离心，罪责难赦。阿牟其没忘一年前的交代，勒令阿敏必须将他阿玛带回王城，接受责罚。

此时的舒尔哈齐，对黑扯木大营的变故丝毫不晓。努尔哈赤已经将黑扯木通往明朝和乌拉部的道路全都封锁了，只等舒尔哈齐回来自投罗网。从京城高高兴兴回来的舒尔哈齐，进了黑扯木就傻了，眼前一片焦土，二儿子阿敏沉默地蹲在废墟上，等待着阿玛。

已经无路可走了，舒尔哈齐承认了自己的短视，承认了没有立地为王的卓见。儿子的判断丝毫不错，哥哥吞并了他的大营，没人施与援手，也没人前来干涉，苦心经营的黑扯木不堪一击，仿佛他这个二都督不曾存在过一般。此时，无论投靠谁，他都将过着寄人篱下的苦日子。

除了跟着儿子阿敏走回王城赫图阿拉，向哥哥认罪，舒尔哈齐已别无选择。

努尔哈赤余怒未消，虽说不能像斩杀阿尔阿通那样斩杀自己的亲弟弟，但也不能轻易饶过，圈禁到人圈，休想再出来折腾。

阿敏同样没有逃脱被追责的厄运。明知阿玛心怀二心，却不去阻止；明知黑扯木难以为继，却暗自资助；明明有能力早日劝回阿玛，却迟迟未动。已是不赦之罪，当斩之。

刑场已经布置妥当，就在人圈的对面，阿敏被绑在木桩之上。刽子手在刑场上走来走去，只待一声令下。从人圈的孔洞里，舒尔哈齐能真切地看到行刑的过程，这也是努尔哈赤的震慑之法，尽管弟弟已经是只死老虎了，他也要让弟弟感受到心比身先死。

阿敏没有挣扎，也没有喊冤，平静地面对着太阳。天神说，他是三音贝子的化身，他能把六个太阳埋葬进万丈深沟，他同样有本事埋葬掉所有挡在建州女真前面的豺狼虎豹，让阿牟其成为辽东大地唯一的太阳，他不相信阿牟其舍得杀他。

透过人圈的孔洞，阿敏看到了阿玛那双流泪的眼睛，他知道，阿玛后悔了。假若阿玛听他的话，屯兵鸭绿江畔，蓄势而发，现在的朝鲜王朝，就是阿玛的傀儡，说不准，阿玛与阿牟其兄弟俩已经划江而治，同时称王了。

可惜，这个庞大的谋划，因为阿玛的目光短浅而搁浅了。

听说老汗王要杀阿敏，王城赫图阿拉炸开了锅，贝子们坐不住了，毕竟阿敏没有跟着他们的额其克出走黑扯木，更没有叛逃王城的意图，还将额其克带回王城，不说有功，也不至于获罪，就算有罪，罪也不当诛，老汗王是怎么了，要将额其克那一脉斩草除根哪？

大阿哥褚英性子直率，两个人攻占宜罕山城，结下生死之谊。他极力阻止老汗王，不能妄开杀戒，滥杀无辜。褚英的劝说，太过直接，甚至包含指责老汗王的意思，努尔哈赤不可能接受。

倒是老汗王的八子，才十几岁的皇太极，说话懂得分寸。他说，天下大局未定，二阿哥阿敏雄才大略，是建州女真平定四方难得的人才，况且，汗王已宽宥了额其克的死罪，其子也当在可赦之列，不如留下阿敏的性命，将功折罪。

努尔哈赤最终被八子皇太极说服了，死罪虽免，活罪不赦，依例，没收阿敏一半部众和财产。

松绑时，阿敏十分淡定，不惧生死，是女真巴图鲁的本色，他从容地走进汗王宫，与平时得到某种赏赐一样，平静地向阿牟其道声谢。

如此的坦荡，阿敏心里有数，阿牟其想杀他是假，威慑住他是真，欠下了阿牟其一条命，无法还清了，这辈子他活是阿牟其的人，死是阿牟其的鬼，这是个魔咒，他无法解脱，谁让阿牟其有天神一般的魔力呢。他可以让人造出九个太阳，也可以让你灭掉六个，究竟让谁独留天上为日，谁暗淡无光地成为月亮，谁躲进遥远的天际埋在群星中，三音贝子说了不算，一言九鼎的，还是天神。

　　阿敏知道，敲山震虎过后，他就是阿牟其的一份礼物了，这份大礼阿牟其送给自己亲生的阿哥们了，阿牟其答应了谁的求情，他就欠下了谁天大的一个人情，想让你还，就会揪着你不放。

　　毕竟，年岁不饶人，阿牟其在考虑把建州女真交给谁。阿敏洞悉了一个秘密，大阿哥褚英有意取悦他，年轻的皇太极已初露锋芒，也在争取他。

　　阿玛的失势让阿敏用不着再选边站了，他必须学会夹着尾巴做人。阿牟其的眼神，就是一把锋利的刀，随时可以割他的肉，他必须让自己变成一只忠诚的狗，只属于阿牟其的猎狗，阿牟其把石头甩向哪里，他就会义无反顾地冲到哪里。

　　两年后，阿玛在人圈里薨了，阿牟其对侄儿屡立奇功念念不忘，按照固山规制，原属于阿玛的蓝旗财产，由阿敏悉数继承。阿尔阿通死后，阿敏自然而然地就成了老大，阿玛的遗产，长子继承，这是建州女真的规矩，阿敏当仁不让。

　　他的实力，在悄悄增长。

　　阿玛不在了，间接杀死阿玛的人，就是布占泰。阿玛对布占泰十分仁厚，胜过再生父母，而他呢，却把阿玛当成挡箭牌，当成傀儡，不断地利用和玩耍。如果不是布占泰反复怂恿、挑拨，即使阿玛另立门户，也不会窝窝囊囊、目光短浅地选在黑扯木。那会是另一番景象，轰轰烈烈地挺立在鸭绿江畔，拔直腰板站在长白山头，让世间瞩目，让所有的王公刮目相看。

　　阿敏很清楚，诡计多端的布占泰，反复无常的唯一目的，就是让乌拉部强大到无可匹敌，最终统领整个女真。阿牟其恩养扶植布占泰近二十年，哪能容得下布占泰夺走他的梦想，和亲是假象，是韬光养晦的手段，你死我活的对决，是早晚的事情。

　　对布占泰的态度，就意味着对阿牟其的态度，残酷地打压，不能含糊。这一点，无须阿敏选边站，他不会被亲情遮蔽双眼，对布占泰的态度，他比阿牟其还坚决，那就是置之死地而后快，一天不收拾几回乌拉部，心里就发痒。他时刻牢记阿牟其砍大树的教诲，哪怕一个小的枝叶，也不放弃征伐，绝不给布占泰留下生长的空间。

这棵大树的枝枝蔓蔓已经被砍掉了许多，就差最后一斧子了。

阿敏都着急，可是阿牟其不急，他在等待机会。这个机会就是一个攻打乌拉部的充足理由，这个理由足可以让他出师有名，永远正义凛然。

悍勇无双的布占泰，终究不是老谋深算的努尔哈赤的对手，没过多久，把柄就被努尔哈赤攥住了。

事情的起因是阿敏的额云受辱。

爱新觉罗家族的格格，与生俱来就有一种优越感，脾气暴烈，身手敏捷，说一不二，无论嫁给哪个贝勒，都想当上半个家。阿敏的额云同样如此。布占泰最害怕的是受爱新觉罗家族的摆布，最承受不了来自爱新觉罗家族的福晋对他指手画脚，况且还是三个福晋呢。

额云没有忘记自己嫁给布占泰的使命，时刻替阿牟其提醒布占泰，建州女真是乌拉部的父国。

被福晋摆布，不是布占泰的性格，女人敢来干政，那就让她尝一尝受辱的滋味。布占泰抽出骲骨之箭，响声尖锐的鸣镝射向额云。鸣镝，那就是命令，这支响箭虽说没有箭头，可它射到哪里，哪里就是众随从坚定不移的目标，要万箭齐发。一旦有谁认为那是大贝勒的福晋而手下留情，布占泰手中的刀就不会留情了，谁的脑袋就得滚落下来。

鸣镝射过来之后，额云立刻成了千夫所指，箭如飞蝗，幸亏她自幼武艺超群，一把大刀把自己护得个严严实实，没有伤及肌肤。

鸣镝射福晋，是游牧民族对妻子最严厉的惩戒，犯了天规才会受到如此的责罚。

这是对努尔哈赤公然挑衅，再不去算账，建州女真就等于折服于乌拉部了。这一次，努尔哈赤亲率大军，披明甲，跨白马，千里跃进，直逼乌拉河。

最想催马征战的是阿敏，布占泰羞辱额云，等于藐视她的弟弟阿敏。宜罕城之战，布占泰已经是手下败将，却没有被打服。这是消灭布占泰，吞并乌拉部的绝好时机，阿敏怎能错过？他摩拳擦掌，准备再试身手，一鼓作气，砍倒乌拉这株大树。

遗憾的是，阿牟其偏偏不让阿敏随军征战，反倒把他留在王城，有大事相托，责任之重，不亚于歼灭乌拉部。啥是大事？见缝插针地砍大树，不遗余力地消耗乌拉部，搬开统一路上这块绊脚石，这才是建州女真的大事，有什么比这更重要？阿敏迷茫了。

当阿牟其说出理由时，阿敏啼笑皆非，阿牟其让他留守王城，不是防备明朝和朝鲜的夹攻，也不是担心蒙古诸部对王城的侵袭，而是要看住一个人，一个极为危险的人，不能让这个人离开院落半步。

这个人就是阿牟其的长子，战功赫赫的褚英。

阿敏难以理解的是，阿牟其为何死死地揪住褚英不放，禁闭在高墙大院之内，戴上沉重的脚镣。褚英即使比野牛有力气，也无法逃脱。虽说阿牟其没有把褚英投入人圈，阿敏还是想不明白，阿玛被圈禁，那是因为背叛，而大阿哥褚英对阿牟其忠心耿耿，每一次征战，不管多么危险艰难，都是褚英身先士卒，勇往直前，常常单骑冲入敌群，取敌人将领的首级如探囊取物。建州女真能称霸四方，褚英立了一多半的战功。

其实，这次打乌拉，用不着阿牟其亲征，只要褚英和阿敏再次并肩作战，不把布占泰灭掉就是他俩的耻辱，因为没有其他人比他俩更熟知乌拉部的战法，他们深知敌方每一个主将的软肋，遇到谁怎么打驾轻就熟。就算褚英罪大恶极，一仗下来，足可以将功补过，堵住众多非议的嘴，他们是亲生父子呀，阿牟其这是何苦呢！

现在可好，两个人都被拴在了王城，不知这仗该怎么打了。

中秋时节，天气格外晴朗，看守褚英的阿敏，心里却是阴冷的，望着禁闭褚英的那面高高的院墙，还有血一样红的大门，陷入了深深的思索。

出事之前，阿牟其对褚英的疼爱与重视，到了无以复加的程度。毕竟，阿牟其老了，他着意培养汗位的继承者，大加树立大阿哥嫡长子褚英的威信。所以，汗王宫里议事，褚英的位置替代了从前阿玛的位置，高居老汗王的左侧。其他四贝勒和五大臣，位于殿下。

毫无疑问，一旦哪一天汗王仙逝，褚英是唯一的继任者。

或许是习惯于征服了，从记事起，褚英便在血雨腥风中成长，十三四岁起，独立挂旗，随父出征，十七八岁，便能独立作战，杀伐决断，不比老汗王逊色。努尔哈赤被尊称为淑勒昆都伦汗时，褚英的地位也水涨船高，高高在上地俯视众贝勒，以王者的姿态出现在四大贝勒和五位大臣的面前，毫无忌讳地以征服者的口吻对待贝勒与大臣，责骂与怒斥，如同家常便饭，甚至以给他上贡的马匹、财物与阿哈的多少评定谁是否忠心。

英明的淑勒昆都伦汗身壮如牛呢，哪轮得上储君发号施令。

一股上告的风潮悄然而兴，究竟谁是上告的始作俑者，阿敏分不清楚了，总之，他是最后一个知情者。那次四大贝勒与五大臣的秘密会议，是由大贝勒代善之子岳托悄悄告诉他的，等他到达时，大家已经商议妥当，只等他的态度。

阿敏是二贝勒，虽说非汗王亲生，这个举足轻重的位置，汗王给了他，那是对他谋略的认可，更是对他功劳的承认。

聚会的地点，在王城下方苏子河畔的一座哨卡，周边放出许多眼线，唯恐秘密泄露。阿敏一进去，三个贝勒六只期待的眼睛都投向了他。既然他是被大贝勒代善的长子岳托请来，代善的态度自然清楚了。三贝勒莽古尔泰多勇而寡谋，经常与褚英争功夺赏，两人向来不睦。阿敏的眼光停在四贝勒皇太极的脸上不动了，这个小家伙，机智灵活，很多好主意都被老汗王采纳了，把阿玛从黑扯木领回那天，正是皇太极巧舌如簧才救下阿敏一命。

皇太极没有谈及褚英的暴戾，也不论褚英对诸贝勒和大臣的欺压，只是叹惜，一旦有一天，英明的淑勒昆都伦汗被天神阿布凯恩都里请到天庭下棋，谁能替老汗王开拓宏基伟业？一番话，既没说老汗王会死，又道出了对建州女真前途的担忧。

代善的眼神里，饱含着对未来的憧憬。莽古尔泰挽起袖子，直截了当露出了跃跃欲试的神情。阿敏把眼睛一闭，他心里很清楚，别看代善作战勇猛，却是离开拐棍就瘸的人，没人指挥，仗就不会打，实际上是个软弱者，不足为汗。莽古尔泰呢，行事草率，难堪大任。倒是皇太极，智勇双全，可惜年纪太小，军功太少，不足以服众。

褚英倒了，谁能替代？阿敏认为，自己是最佳的继任者，可惜的是，老汗王只是他的阿牟其，不是阿玛，他不敢明目张胆地觊觎这个位置，只能悄悄积蓄力量，反正阿牟其身体还壮着呢，他谋求的是水到渠成。

本是平辈，却如此居高临下，霸气十足，常以王者的身份挟持诸贝勒大臣，人们担心褚英一旦继承大位，暴戾之气，谁能承受？所以，阻止褚英继嗣，群起而攻之，那是必然。

太阳一寸一寸地移下去，移过了火热的中午，变得温暖而又和煦了。榆树叶子在微风中一味簌簌地响，单调而又乏味。征战惯了的阿敏，百无聊赖地坐在大红门下，靠着门柱，在太阳底下打起了瞌睡。

稀里哗啦的脚镣声由远及近，向大门移来，阿敏打了个激灵，迅速警醒，他知道，褚英来了。

本来，褚英不想走出屋子，沉重的脚镣磨得他脚踝鲜血淋漓，他不怕血，可从前身上沾的都是敌人的血。疼痛，对于褚英来说没有关系，但他承受不了伤口招来的苍蝇，还有无尽无休的蚊虫叮咬。所以，他不愿意走动，尽量减少脚踝被磨破出血。

脚镣是努尔哈赤临走时加上去的，褚英的本事过于强大，不用脚镣约束，深宅高墙，如履平地。就像一头猛虎，只要给它自由，无论山上的林有多密，崖有多陡，都无法阻止它的步伐。

平日里，整个王城到处都是响彻云霄的练兵声，此时变得格外寂静，褚英敏锐地感觉到一定发生了大事情。他狸猫一般机警的耳朵听到了熟悉的呼噜声，便知道，监管他的人不再是普通的旗丁，而是换成了二贝勒阿敏。

手拎起沉重的脚镣，褚英一步一挪地走向大门口，他亮开嗓门，对着阿敏喊，你过来，我要和你说话。

听从褚英的召唤，已是阿敏的习惯，尽管褚英已经失势，阿敏依然顺其自然地答应，立马来到大红门的门缝前，隔着门缝瞅褚英。阿牟其的戒律，紧箍儿般套在阿敏的额头，天塌下来，也不能打开大门，放出褚英。

不管怎么说，四大贝勒中，唯有阿敏没有当面和褚英翻脸。阿敏时刻警醒自己，那三个贝勒都是阿牟其的亲生骨肉，自己独身一人，没有靠山，也没有同盟者，一丝一毫的错误也不能犯，否则下场会落得比阿玛和褚英还要惨。

门缝中挤过褚英的一只眼睛，他问阿敏，王城如此安静，汗王去了哪里？

阿敏笑了，没说话，手指向了遥远的北方。

褚英明白了，目眦欲裂地吼道，为什么不让我去，只需一战，我就能挑下布占泰的人头。

接下来，褚英擂响战鼓一般，狠命地擂着禁闭他的大红门，惊得王城里牛吼狗吠，麻雀乱舞，索伦杆上的乌鸦停止了优雅的进食，呀呀地怪叫，飞向远方。四下站岗的旗丁聚过来，握紧长矛大刀，仔细查看院里的情况。留在王城的格格与小阿哥们，睁大好奇的眼睛，也来瞅一瞅禁闭褚英的院子究竟发生了什么。

褚英越喊越愤怒，这场战役，涉及建州与乌拉谁存谁亡。哪一次大战，不是他褚英一马当先？这么险要的大战，居然丢下了他，这种羞辱，和要了他的命有什么区别。被愤怒烧昏了脑袋的褚英，居然喊出，没有我在，汗王必败无疑。

阿敏被利箭射中一般，一下子蹿出老远，再也不和褚英隔门相视。

老汗王一生战无不胜，这种忤逆的话传到老汗王耳朵里，那就是诅咒。

看到阿敏狼狈的样子，褚英哈哈大笑，口无遮拦地骂着阿敏，你我刎颈之交，居然也向汗王告状，一群忘恩负义的东西。我位居长子，建州女真的千里沃土，多半是我攻打下来的，汗位舍我其谁？我即汗位后，誓将你等诸弟、诸大臣诛尽。

阿敏远远地靠在大榆树下，任凭褚英在禁闭的院子里折腾，始终一言不发。直至褚英折腾累了，坐在门槛之下，一声不吭。没有了声音，世界重归寂静，旁观的人失去了围观的兴趣，阿敏这才重新走回大门外，与褚英隔着一道门缝坐下。

一轮大日挨上了远处的山头，天空染得一片血红。刚才褚英诅咒老汗王兵败，只是一句气话，现在，看着血红色的天空，他担忧起老汗王了，这么大年纪，还在亲征，此时此刻老汗王是不是也在经受着血与火的考验？

阿敏长长叹息一声，褚英的诅咒虽是无意，却也透露出对老汗王的不满。过早地将褚英推到储君之位，就是把褚英拿到火上烤，莫说是只会打仗的褚英，就算换个智勇双全、八面玲珑的阿哥，也难逃群起而攻之的厄运。

这就是储君的命运，也是四大贝勒的机会。

砍大树，一枝一条慢慢地来，怎能让伐木者受伤？阿敏深知阿牟其砍大树比喻的精辟之处，平静地告诉褚英，诅咒没用，没有血与火，老汗王会安然而归。

三

不出阿敏的预料，大战没有打起来，砍大树的根本目的，是以最小的代价获取最大的利益，阿牟其常用的手段是萨其马加大棒子，恩威并用，让敌方看到阿牟其就会畏惧，心生降意。果然，老汗王努尔哈赤只是占据了乌拉河西的六座城堡，焚尽庐舍。与布占泰对垒在乌拉河，布占泰驾着独木舟前来乞宥，老汗王驱马入河，立在流淌的乌拉河河水里，历数从恩养到扶植他当首领，乌拉部欠下建州部的恩情，从赐予无尽的财宝到下嫁三女与他，一宗宗，一件件，从头到尾痛骂了一番。吓得布占泰领出自己的小阿哥，还有所属首领的孩子，一并送给老汗王为人质。

一场大战就这样化解了，老汗王平安归来。

秋雨淅淅沥沥，一场接一场，打落了树叶，打枯了野草，把节气逼向了冬天，也把褚英的脾气逼得寒潮一般暴烈，他忍受不了脚镣，摔脚镣的声音惊天动地。

努尔哈赤本想用禁闭的方式，逼迫褚英闭门思过，向四贝勒五大臣低头认错。他把阿敏留下的根本目的，是让阿敏与褚英朝夕相处，说服褚英向诸弟和五大臣妥协。阿敏经常和褚英并肩作战，告状之风兴起，阿敏比较迟钝，说明他们的关系没有坏到不可救药。阿敏是捞出褚英的最后一棵稻草，汗王也在纠结，不想父子反目成仇。

毕竟褚英是大福晋生的，当初努尔哈赤起兵，若没有大福晋佟佳氏的家族做支撑，哪儿还有建州女真自由地驰骋在辽东大地。佟佳氏过世了，对褚英高看一眼，就是对大福晋最好的纪念。

可是，阿敏让努尔哈赤失望了，不但没有劝说褚英，还没有管住褚英的嘴，让他的狗嘴里吐出了不应该有的诅咒。本来，努尔哈赤留下阿敏，意味深长，只要阿敏求情，替褚英说句好话，就把褚英从禁闭中放出来，继续为建州女真建功立业，等于让阿敏替自己给出一个台阶。可阿敏却故作懵懂，无动于衷，既不当褚英的同盟者，也不对褚英落井下石，成熟得令人害怕。

汗王把冰冷的目光投向了阿敏。阿敏读出了阿牟其目光里的冷，这种冷，需要他在战场上无数次的拼杀，用热血才能温暖过来。阿敏不后悔，哪怕用生命去试一试，也不能放弃登上汗位的机会，他自认为是阿牟其最恰当的继任者，汗位给了褚英，坑的是建州女真，褚英心胸狭窄，刚愎自用，确实不能担当大任。

性情刚烈的褚英，宁折不弯，决不妥协，哪怕努尔哈赤把暗示的话说得透亮，也无法消弭他对诸弟与大臣的仇恨。努尔哈赤只好放下亲情，以大局为重，舍弃了褚英。

正月里，潜伏在乌拉部的内线放出信鸽，传来消息，布占泰将乌拉部十七位贵族之子送与叶赫部为人质，求得与叶赫部更深的结盟。布占泰此举，一方面让叶赫部充分感受到结盟的诚意，另一方面也是强硬地把贵族阶层绑架在自己的战车上，谁敢有二心，就让叶赫部帮助自己清理门户。

人质事件引发了乌拉部整个贵族阶层的不满，以往外送人质皆为部落首领的侄子，从来不送贵族之子。一时间，乌拉部的上层人心思变，暗流涌动，一些贵族悄悄与努尔哈赤暗通款曲，借助外力，求得人质平安。

真是天赐良机。

偏偏此时，布占泰又犯了两个低级错误，他囚禁了爱新觉罗家两位性情暴烈的格格，还要娶本该嫁给努尔哈赤的东哥。二十年过去了，东哥在蒙古部落里嫁了一圈，耗死了蒙古部落贝勒，又回到叶赫部，从美若天仙人见人爱的少女，再次成为政治联姻的待嫁女。只是没人再叫她东哥了，直接叫成了叶赫老女。布占泰娶她，就是毁掉二十年前将东哥让给努尔哈赤的誓言，以此羞辱汗王。

二十年过去了，这个结却没有过去，各部落都在拿东哥说事。现在，借口从天而降，这是明目张胆的背盟，最后一斧子再不砍下去，一旦乌拉部与叶赫部结成牢不可破的同盟，这株大树就砍不倒了。

再次出征乌拉部，努尔哈赤毫不犹豫地选了阿敏担当先锋，换了皇太极监管褚英。

这次征战，建州女真全军出击，努尔哈赤造足了声势，张黄盖，鸣喇叭，吹唢呐，率三万大军，向乌拉部进军，连克三城，直逼乌拉城下。

　　布占泰敢和努尔哈赤叫板，是历经近二十年的卧薪尝胆，在明朝、叶赫、建州之间游刃有余地周旋，把几乎靠仰人鼻息才能活下来的乌拉部，壮大到了足以与建州部抗衡的规模。

　　上一次乌拉河相遇，布占泰没敢交锋，那是因为兵力分散在各个城堡，没来得及合并。这一次不一样了，人多马壮，大明朝的辽东总兵府支援给他一大批火铳火炮，只要建州骑兵敢冲锋，一通火铳过后，就会让他们伤亡一大片。

　　虽说历经建州部砍大树的折磨，乌拉部依然扩张出了人马，聚集在乌拉城外，仍有三万。

　　背倚着宽广高大坚固的乌拉城，西边有松花江水军为依托，北面又有叶赫的援军披星戴月过来增援，布占泰心里有底了，摆出了和努尔哈赤一决高下的架势。

　　努尔哈赤再想以老丈人的身份呵斥布占泰，人家已经不接受了，你待娶的叶赫老女，人家都敢强娶，你嫁出去的格格，人家都敢圈禁，还有什么人家不敢碰的？

　　三万对三万，势均力敌，这场仗要真的打下去，那就是鹬蚌相争，两败俱伤，增援上来的叶赫部就可以渔翁得利了，统一女真的大业，会让叶赫部不劳而获。这不符合努尔哈赤一以贯之的砍大树理论。

　　六万大军对峙，不差百步。若是有褚英在，努尔哈赤不会徘徊犹豫想要撤军。没有褚英一马当先地冲锋，努尔哈赤心里不托底。

　　阿敏眼里冒着火呢，无论是乌碣岩还是宜罕城，哪一次不是建州两三千的旗兵打乌拉部的万余人马，又哪一次不是全胜而归？此次大战，机会难得，必须一鼓作气。虽说乌拉兵列队威严，借尽天时地利，气势如虹，这些表象掩盖着大问题，他们的内部已经离心离德了，承受不住摧枯拉朽般的攻击。更何况阿敏敏锐的目光还捕捉到了布占泰的另一个致命软肋，自以为天时地利人和占全了，他傲慢轻敌了。

　　布占泰确实低估了建州旗兵长途跋涉的能力，认为建州旗兵千里远袭，已是疲惫之师，以逸待劳，可一举歼之。上一次，两军相遇乌拉河，是让老酋（努尔哈赤的敌人对他的简称）过过嘴瘾而已，送几个人质，就打发回去了。这一次，乌拉部集结了全部优势兵力，再加上叶赫援军马上就到，全歼老酋，机会难得。

两军对垒勇者胜，别说是阿敏，就是阿敏的战马都按捺不住了，咴咴地叫着，时刻准备冲锋。

哪怕违背了老汗王的命令担上以下犯上的罪名，阿敏也要谏言阿牟其，箭在弦上，不能不发。当年，九部联军打建州，敌众我寡，相差悬殊，依然打得他们落花流水，现在，布占泰扬短弃长，放着城墙不守，偏偏列阵郊外，企图一口吞掉建州旗兵，已经犯了兵家大忌，这是天赐良机，机不可失，时不再来。

大贝勒代善力挺阿敏，建州旗兵最大优势是旷野大战，早知不战，何必喂饱马匹，整备盔甲刀枪？今日不战，待到布占泰娶回叶赫老女，这等羞辱，谁能忍受？

阿敏继续劝说阿牟其，乌拉部不过是被雨浇透的墙，外强中干，此时冲上去，这堵大墙会轰然坍塌，这场生死大战，不能不打。

努尔哈赤被说服了，众贝勒欢欣雀跃，摩拳擦掌。

布占泰还像上次一样，等着努尔哈赤做长篇训话，没想到，老酋一言不发，突然催马，快如闪电，率先突入乌拉军阵。

建州旗兵进攻的速度疾如闪电，没等布占泰反应过来，混战瞬间爆发，火铳的威力根本没来得及发挥。

贴身近战，建州旗兵如狼似虎，个个以一当十，乌拉军虽拼死抵抗，终究力不能及，加上贵族各留私念，保存实力，率先退出主阵，乌拉颓势渐渐显露。阿敏挥舞一把大刀，割草一般，在敌阵中扫开一道扇面，杀得乌拉兵血洒原野，尸横遍地。后边跟着的建州旗兵，像决堤的洪水，摧枯拉朽地席卷过来。败散的乌拉军，十损六七，抛戈弃甲，四处溃逃。

代善率红旗军，突破敌阵，直插乌拉城下，竖云梯，堆土袋，冲上城墙，夺下城门，斩杀了守城的主将——布占泰的次子。努尔哈赤趁机冲入城内，稳稳地坐在西城门上，竖立起了一片黄色旗帜。

乌拉城之役，努尔哈赤破敌三万，获甲七千副。

布占泰见乌拉城已失，势不能敌，率两百多骑兵一路奔逃。阿敏率兵穷追不舍，直至布占泰形单影孤，没剩一兵一卒。若是阿敏弯弓搭箭，施展百步穿杨的箭法，布占泰早就一命呜呼，到地狱之神耶路里那里报到了。可是，阿牟其命令他，不取布占泰的性命，不给他留下一个随从，只准放走他一人，任他随意而去。

除了叶赫部，布占泰已走投无路，那里是他必然的归宿。若是这样，将来讨伐叶赫部，就有了充足的借口。

到底是阿牟其老谋深算。

第二章　萨尔浒

　　长白山下的一个部落，有位保护神，叫阿格达，也就是金钱豹神。他的阿玛是金钱豹，母亲是部落里一个漂亮的姑娘。姑娘十八岁时，患病死了，父母用桦树皮把她的尸体裹好，挂在森林的树上，乞求天神阿布凯恩都里把她的灵魂收走。

　　然而，姑娘没被天神收走，却被山中的金钱豹救活了，结成夫妻，生下了人面豹身的阿格达。神奇的是，阿格达刚生下三天就会走路，喊一声就能震动山谷。后来，阿布凯恩都里封了阿格达的阿玛为守山神，召他父母上天。

　　临上天前，阿玛脱下豹皮，交给阿格达，告诉他，皮上的百朵黑花能降妖除魔，用完九十九朵，吞下最后一朵，就可以坐着豹皮升天了。

　　从此，阿格达独自一人留在人间，惩治妖魔鬼怪。有个部落遭到了九个恶魔欺凌，百姓日夜生活在水深火热之中。部落首领求到阿格达这里，阿格达抛出九朵黑花，化作九座大山，压住了九个恶魔。

　　这些恶魔都是地狱之神耶路里的弟子，被阿格达镇压了，耶路里十分恼怒，发誓报复，于是派来三个本领高强的恶魔，为害人间。他们用火把人间所有的地方都烧干了，企图将阿格达烧死。英勇的阿格达将这三个恶魔打得无处藏身，他们化成三条水蛇，深深地藏到地下。阿格达求来水獭帮忙，用清泉把水蛇浇化，水蛇化成一摊脓水。

大火烧得天下大旱，阿格达求天神降下喜雨，化解人间的干渴。耶路里趁机兴风作浪，让人间闹起了洪水，还派出了更多的恶魔，为害百姓。阿格达只好一朵接一朵地释放更多的黑花，降住更多的恶魔。直到剩下最后一朵，他刚要吞下，准备升天和父母团聚，又有百姓哭喊着求救。

原来，耶路里的弟子搬来了巨大的冰山，让人间寸草不生，百畜不活，永远成为冬天。阿格达只好放出最后一朵黑花，化作烈焰，烧化了冰山。

阿格达不能升天了，他裹着豹皮，就地一滚，化作金钱豹，向森林中跑去。

——萨满传说

四

历经二十年，乌拉这株大树被砍光了，雄踞长白山以西直至松花江畔两百年的乌拉部，广袤的山林土地河流与城堡，被建州女真彻底吞并。从此，从辽河到松花江，从图们江到黑龙江，从长白山到外兴安岭，建州女真可以自由驰骋了。

辽东大地上，建州女真强大到了无人可匹敌的程度。灭掉叶赫，最终统一女真，那是早晚的事情。

这是前所未有的大胜仗，安抚住众多投诚过来的乌拉部贵族，分配罢数以万计的战俘，安顿好数不胜数的战利品，努尔哈赤张黄盖，吹唢呐，敲着得胜鼓，从乌拉城返回赫图阿拉。一路上，无不乐附于老汗王的乌拉部的城主和寨主，早早地迎候在路旁，箪食壶浆，山呼万岁，祝贺老汗王旗开得胜。

回到王城，借着胜利的喜悦，本该论功行赏，努尔哈赤遇到两个难题，一个是如何处置褚英，若是不给褚英一个结论，即使赏了，四大贝勒五大臣，有谁能够心悦诚服？另一个难题是，这次征战，把他最放心的四贝勒皇太极留在王城看管褚英，一旦赏赐过重，就没有了皇太极的份额。他需要在四大贝勒间搞平衡，不能亏了谁。

看住褚英，预防造反，或者制止他像舒尔哈齐那样另立门户，其重要性不亚于灭掉乌拉。

整个王城载歌载舞欢庆大捷的时候，努尔哈赤独自离开汗王宫，唤来二贝勒阿敏，让阿敏跟随在自己身后，走进了禁闭褚英的大院。自打院子禁闭了褚英，除了褚英从前的几个僚友老汗王特许可以进出给褚英解闷，其他人等不得擅入。

褚英不会知道，这几个与他出生入死的僚友，早就人心思变了，不是成了老汗王的耳目，就是成了四贝勒的铁杆，他们把褚英的所有言行都记录在案。

尤其是这次征战乌拉，褚英居然把咒语写在黄表纸上，冲天焚烧，再次诅咒父汗与诸弟溃败而逃，甚至全军覆没。他还向僚友承诺，到那时，他会砸开禁锢他的脚镣，关闭王城的四门，让他们有家难回，等到称汗时，封僚友为建州女真的重臣。

这些话，句句如针尖刺在老汗王的心上，他一而再再而三地容忍褚英了，如果褚英再无悔意，下一步的惩治就不仅仅是闭门思过了。

院子里很静，与外面的喧嚣形成强烈的反差，刚刚进院，老汗王就吩咐旗丁关紧院门，不让其他人进来。他要最后一次感化他的大阿哥，之所以让阿敏陪同当见证人，是因为四大贝勒中，唯有阿敏不是褚英的亲弟弟，一些心里话可以不避讳地说。

天渐渐地暖了，大院外的榆树拱出了芽苞，苏子河的流淌声时断时续地传来。戴着沉重的脚镣，褚英一步一步地走出，哗啦啦的声音由远及近，直至停留在老汗王面前。褚英的头依然高昂，他不跪不叩，不屈不挠，面庞还是那般英武，脸上没有一丝悔意。

老汗王盯着褚英的脸问，四大贝勒五大臣上告你的罪行，若有不实，你可以反驳。

阿敏的脸上露出了赧然，毕竟他也写信揭发了褚英。

褚英满脸不屑，反问老汗王，我有错否，阿玛还不知道吗？建州女真诸部多半是我平定下来的，四大贝勒和五大臣的财富中，浸满了我的血汗，骂他们几句，收他们一些牧群和银两，过分吗？

老汗王的眉头紧紧皱起，褚英没有思过，依然陷在抱怨之中。

阿敏都听出来了，阿牟其没有放弃褚英，只要褚英向四大贝勒五大臣认错，储君的位置还是留给他的。可是褚英并不感谢老汗王的良苦用心，在他内心深处，与四大贝勒五大臣结怨，完全是他阿玛造成的，阿玛健在，高高在上，却让他执掌国政，大家都揣摩老汗王的意图，谁能真的把他当回事？位高而言轻罢了。若是论错，汗王起码要打五十大板，四大贝勒五大臣也有不恭之错。

褚英的藐视，从鼻子里喷了出来。

这种不服，已经刻在骨髓里，只要四大贝勒五大臣不服，想让褚英认错，除非母鸡打鸣，公羊下羔，太阳从西边出来。老汗王只好作罢，吩咐阿敏，将褚英移出院子，锁入圈禁之屋，严加看管，继续思过。

阿敏只好遵命，唤来旗丁，将褚英拖了出去，圈禁在一间小黑屋里，不得与外人相见。

老汗王撩了眼阿敏，阿敏从心里往外感到一种寒冷。阿敏读得懂阿牟其的眼神，阿牟其也在警告他，别说是你阿玛，就是我视为掌上明珠的长子，犯下罪过，也绝不饶恕。

阿敏在心中告诫自己，不能犯错。

转眼间，两年过去了。两年间，努尔哈赤不再征战，大部分精力用在结交蒙古诸部上，联姻盟誓，尤其是科尔沁部，将科尔沁首领的两个女儿纳为四贝勒皇太极的福晋，还在王城赫图阿拉建了喇嘛庙，供两位福晋和蒙古部落的亲家朝拜。

两年，老汗王也老了两岁，他在褚英身上的忧虑又增添了两分。哪怕圈猪一般圈禁褚英，也难改他桀骜不驯的性格，悔过的话，一句没说，道歉的字，一行没写。如此倔强，假若结束圈禁，即便被贬为普通的固山额真，也可能向他的政敌反扑。

凭褚英久经沙场的本事，即使他兵力再少，四大贝勒也不一定抵挡得住，到那时候，女真各部又会是分崩离析了。

毕竟岁月不饶人，老汗王需要考虑身后之事了。若是怜惜一个儿子，于国于臣于众贝勒贝子有不可想象之大贻害。汗王不得不从大局出发，忍痛割爱。

处死褚英的决定，拿到了汗王宫议政会上讨论。毕竟褚英犯下的不是滔天大罪，即使双方对立成了水火不能相容，也不至于非要了褚英的命不可。多数人主张宗室之内不能妄下杀令，圈禁至死为最重的惩罚。

唯有大贝勒代善与四贝勒皇太极，坚决站在汗王的立场上，不让褚英再活下去。

阿敏的态度是随着阿牟其的眼神发生了改变，不是他看风使舵，毕竟人家父子情深，生杀予夺的大权不在自己手里，要命的事，不深思熟虑，怎能表态？不过，他对阿牟其洞若观火的本领确实佩服得五体投地。凭着他对褚英的了解，阿牟其的担心就是事实，褚英是关在笼子里的猛虎，一旦放虎归山，后果难以预料。

褚英一死，谁为储君就有不确定性了，阿敏的机会也会随之大增。建州女真是议政制，不一定非要父终子继，议政议的是实力和能力。阿敏不着急表态，是不想暴露内心所想，也不想过早地把自己弄到火上烤。犹豫那是做给阿牟其看的，人家是父子，你不过是个侄儿，万一阿牟其不是真想处死褚英呢，自己落得个里外不是人。

众人求情，未果而终，褚英死后再执行宗室不杀的禁令。就这样，褚英成了第一个也是最后一个被处死的宗室成员。阿牟其把处死褚英的命令下达给阿敏，让阿敏监斩。

拿着阿牟其的敕谕，阿敏缓慢地行走在王城中。圈禁褚英的屋子与圈禁阿玛的人圈相对而立，尽管待遇比阿玛好上一筹，还用高墙垒个院儿，那也仅仅是面子上的，事实上依旧是对待牲口一般，圈禁褚英的屋子，照例臭味熏人。

阿敏几乎是捏着鼻子走进去的。褚英两年没梳洗了，甚至没换过几次衣服，胡子乱糟糟的，脸上黑黢黢的，酸馊之味，不可阻挡。当年阿玛人圈里的味道就是如此。

王室就是如此无情，不容失败者。

这么肮脏上路，阿敏于心不忍，他令人抬来大缸，缸中灌满水，让暴烈的太阳把水晒热，好濯尽褚英的污垢。

初秋的太阳虽然毒辣，但想要晒热一缸水，尚需等待。旗丁取来了上过供的猪头，送来了王城酿造的好酒。阿敏撵走了身边所有的人，他要和褚英说几句贴己话。褚英只喝酒，一口肉也不吃，显然，即使是生命的最后一刻，他也没有做个饱死鬼的打算，他是神，有一颗高贵的头颅，无论生死，都不能像鬼。他冷漠地瞅着木托盘上的猪头，觉得自己就像那头猪，被众人撕扯着，抢光吃净。

面对褚英，阿敏又感到无话可说了，因为说什么也无法挽回褚英的生命。

褚英冷淡地对阿敏说，记住我的话，你加入了反对我的阵营，下场会比我还要惨，我若继承汗位，你还能妻妾成群，牛羊满圈，等到四贝勒有那一天，你当了狗奴才，都没用。

阿敏瞅着褚英，心里颤动了一下，嗓子里五味杂陈，一个声音在他的胸腔翻滚，四贝勒乳臭未干呢，配得上大位吗？难道就不会是我吗？

褚英似乎看穿了阿敏的心思，他的眼光跳过了阿敏的头顶，望向了对面圈禁过舒尔哈齐的人圈。那眼光，冷冰冰的，直接把阿敏送到了冬天。阿敏心里打了个冷战，即使身边水缸里的水被太阳晒热，也无法温暖他的心。

圈禁中的褚英，把一切都想明白了。

酒喝干了，猪头却完整无损，没有再聊下去的必要了。褚英伸展着腰身，把全部的力气运在两手之中，抓向身下的脚镣。或许是脚镣年头太久，锈酥了，或许褚英的英武不减当年，双手用力一掰，居然掰开了脚镣，远远地抛了出去。他在向所有人昭示，真想跑的话，一天也甭想拴住他。他肯蹲在圈禁的屋子里，那是对汗王的忠诚。

剩下的猪头，按照褚英的意图，送上了门旁的索伦杆。乌鸦听到动静，铺天盖地赶来，高兴得呀呀乱叫，瞬间染黑了索伦杆。

代父执掌国政时，褚英统领着黄旗兵，现在，黄旗将领们也来了，说是送行，连褚英自己都看明白了，他们是在觊觎自己的头盖骨。拿谁的头盖骨当酒碗，就会吸纳谁的精灵，褚英是盖世英豪，谁不想像他那样？

老得不能再老的老萨满也来了，他那一身松弛的皮，足可以叠出千层褶，用不着穿上神裙了。老萨满是带着一群小萨满来的，他们准备好了神器，一旦褚英气绝身亡，他们便载歌载舞，把褚英的英魂送给天神。

面对死亡，褚英神态自若，睡前沐浴一般，脱光所有的衣服，爽快地扎进大缸里。毕竟两年多没洗澡了，他快活得如鱼得水。

沐浴更衣，净面刮须，接下来就该执行了。让别人用刀剑砍自己的头颅，这是褚英最不能容忍的。在阿哥中间，他第一个被封为巴图鲁，刀剑只能横向敌人的脖颈，岂能让别人对向自己？

褚英向阿敏提出最后的要求，不麻烦任何人，取剑自刎，有尊严地死去。褚英的悲剧教训了阿敏，他变得谨慎了，火速派人，飞奔着请示老汗王。老汗王闭着眼睛，挥了下手，他不求过程，只要结果。

巴图鲁有自己的方式了断自己，不卑不亢，悲壮豪迈。褚英让人把水缸重新洗净，拎上一桶苏子河里最干净的水，捧上一撮王城里的土，割下一把跟随自己多年的战马的毛，一同搅拌进大缸里，让这些成为随葬品，永远陪伴他的灵魂。

最后的遗嘱，让阿敏震颤不已。褚英恳求阿敏，把自己的一腔热血，送给王城最好的铁匠，铸剑淬火，把建州第一勇士的灵魂浇铸在每一把利剑中，让持剑的旗兵都成为所向无敌的巴图鲁，以助汗王开疆拓土，成就大业。

或许这番话感动了上苍，天神扯过乌云，遮住了浓烈的太阳。阿敏长叹一声，褚英那些诅咒的话，过激之言而已，事实上，他是多么渴望替汗王去战斗。可惜的是，他的汗王让他成了权力斗争的牺牲品。

褚英将头埋进缸里，一只手扶着缸沿，另一只手持剑毅然割开自己的脖子。鲜血喷泉般飞溅而出，剑垂了下去，手却死死地攥住剑柄，搅着自己的鲜血，不让血凝固。血在飞溅，水缸里飞旋出了他最后一声狂吼，天神，收下你的孩子吧！

趴在缸沿，身子变成了大虾，人虽死了，握剑的手却没有松动，继续搅在缸里。黑红的血、滋润他的水、养育他的土，还有战马的毛，旋转成一个旋涡，旋涡里升腾出一个不死的灵魂，那个灵魂在不断地倾诉冤屈。

阿敏扶住了褚英的胳膊，那只胳膊才停了下来，剑掉在了旋涡里，与旋涡共舞。他不由自主地跪下来，为他视死如归的大阿哥祈祷。

天上的乌云，慢慢地行走，豆大的雨点噼里啪啦地掉下来，那是天空为褚英流下的眼泪。

老萨满带着众多小萨满，也在狂舞。褚英强劲的灵魂带动着大萨满，让老得不能再老的身体，身轻如燕，敏捷如豹。

阿敏把褚英的遗容整理得安详平静，伤口用糯米打糕弥合上，看不到一丝血痕。随后，遗体被抬到架成方形的木柴堆上，烈焰捧起他的灵魂，直入九重天堂。

拾捡骨殖时，阿敏制止了所有黄旗将领，自己捧走了褚英的头盖骨，他要亲自将它做成酒碗，吸纳褚英的精灵。在内心深处，他企盼褚英的魂魄与自己合二为一，保佑自己替褚英完成未竟之愿，成为老汗王的继任者。

随着褚英的消失，压在老汗王心底的焦虑也消失掉了，他牺牲了一个儿子，换来的是臣睦子和，心里再疼，也值得了。

安葬了褚英，努尔哈赤再次确定了四大贝勒至高无上的地位，指定四大贝勒替代褚英，按月轮流当值，共同为汗王执掌国之政事；封五大臣为理政听讼大臣，辅佐四大贝勒。当然，老汗王也考虑了其他子侄和孙子辈的战功与势力，同时封了四小贝勒，协助理政。至此，八旗制度被固定下来。

毫无疑问，四选一的格局已经确定，谁能最终成为汗王的继任者，考验着每一个人的能力。不再立储，是老汗王最英明的决定，他相信贝勒们比他更有智慧。

转年正月初一，老汗王正式在赫图阿拉建元称汗，国号为金，史称后金，上尊号为承奉天命养育列国英明汗，年号为天命。万历四十四年伊始，金国不再使用万历年号，称天命元年。

也就是说，努尔哈赤正式宣布，他与大明朝分土裂疆，再也不服天朝管了。

五

立国的第二年，便遇水患，随后，接连大旱。虽说大金国疆域广阔，却多为苦寒之地，即使是土地相对肥沃的松花江与苏子河流域，也多为山丘之地，所打粮食甚微，渔猎之物渐少。饥寒至极，饿殍遍野，如何养活几十万国民，保持住近十万旗兵的战斗力，是摆在开国之君天命汗面前的最大难题。

按月当值时，面对问题，阿敏的回答只有两个字：打仗。

天命汗会心一笑，显然，阿敏与阿牟其心有灵犀，都是想通过战争凝聚人心，转嫁危机。

师出有名，这是天命汗的一贯风格，不能打没有理的仗，不能把打仗的目的当成理由说出来，永远不。没多久，天命汗努尔哈赤向明朝发布了"七大恨"，历数明朝"杀我祖，亡我父，凌我境，屠我民，吸我民膏，禁我贸易，掠夺我财富，离间我女真诸部"等罪行。

宣布"七大恨"时，天命汗还搞了个祭天仪式，让通神的老萨满主持，他亲自拜天焚表，告诉天神，打明朝的原因是，凌逼已甚，用是兴师。至于是否以卵击石，天命汗已经无所畏惧了，置之死地而后生，与大明朝决战的架势已经拉开，哪怕天神下凡，也阻止不了他。

数月间，破抚顺，拔清河，劫广宁援兵，克辽左之地十余城寨，掠取了大量明军物资，八旗军不再忍饥挨饿，马匹铠甲骤然增多，旗兵牛录额真贝勒无不欢欣鼓舞。

对于天子守国门的大明皇室而言，不让一寸土地，不嫁一个公主和亲，那是明成祖定下的铁律。尽管王朝设置的奴儿干都司管辖的广阔大地，天寒地冻，人烟稀少，物产粗鄙，可这里的人依然是大明的子民，奴酋要割裂出四分之一的国土，另立出一个金国，岂能容忍？

一场大战，在所难免。

正值正月，天寒地冻，辽河两岸的茫茫旷野，冰封雪掩。阿敏率着几个巴牙喇，骑着千里马，沿辽河右岸疾驰而下，他要去广宁，以串亲戚为名，去辽东总兵府看望嫁给李如柏当妾的额云，见机刺探情报。

进入腊月，努尔哈赤派出的卧底、探子不断报来消息，大明朝集结了全国的兵力，要围攻赫图阿拉，一举剿灭叛逆的奴酋。大明皇宫里被收买的太监，早就充当了天命汗的眼线，把四路兵马统帅的脾气性格、作战特点，还有人格缺点，一一禀报给天命汗。甚至，摆在明军主帅辽东经略杨镐案头上的作战方案，没过多久也摆在了天命汗的案头上。大明朝调遣四路大军，其中的南路统帅就是爱新觉罗家族的女婿——辽东总兵李如柏。

天命汗派阿敏远赴广宁总兵府，除了看望额云、刺探情报，关键是让李如柏弄明白，亲戚之间，骨肉相连，若是翻了脸，仇恨甚过对敌人。兵马未行，威慑在前，先打赢心理战。

进入广宁城时，阿敏一身汉人打扮，他没急着见额云，反而不停地在各座兵营附近转悠。二十年无战事，广宁兵懈怠得松松垮垮，箭射不远，刀砍无力，走队无形。这样的队伍送到战场，就是一群绵羊。

见了这样一群兵，阿敏的嘴角撇出了一丝鄙夷，更何况额驸李如柏年事已高，不再有抗倭援朝时拔平壤、夺开城的勇气了。大明朝真是无人可用，居然起用了酒后误事、闲置了二十年、六十七岁的老古董，来接替其父兄之位，出任辽东总兵。

李如柏的名气，都是其父李成梁、其兄李如松赐予的。二十几年前，借父兄之威，他才扬名立万，独立作战，一仗未打。现在，他的父兄已亡，谁还是他的靠山？

仗未开打，大明朝南路大军败势已定。

进入总兵府旁奢华的李府，阿敏没费周折，也没事先通报。李府有若干个角门，一个内应从容地接进了阿敏，直送到额云居住的小套院。

许多年没见到弟弟了，突然来拜年，额云又惊又喜，揽过三个未及成年的儿子，让他们叫阿敏那克出。三个孩子没听懂，额云顿悟，那是女真话，忙改口称舅舅。孩子们明白了，大妈二妈三妈生的哥哥姐姐都有舅舅亲他们，唯独他们哥儿仨从没见过舅舅，现在舅舅来了，他们欢喜得不得了。

阿敏从兜囊中掏出了萨其马、榛子、松子、牛肉干等一大堆好吃的，这些都是孩子们平时难以见到的。自然，阿敏也给额云带了礼物，百年老山参，精制鹿胎膏，给额云补一补气血。孩子们缠着舅舅玩游戏，阿敏和他们玩斗拐、老鹰捉小鸡。这些游戏，孩子们早就会，没意思了，阿敏就教他们玩女真人的打仗游戏，打仗的玩法，既新鲜，又刺激，孩子们格外兴奋。

打仗需要地图，阿敏就让孩子们去书房把地图拿来，有了地图，打仗的游戏才更有意思，孩子们争先恐后地跑向了书房。额云突然明白了弟弟的来意，绝非为了亲情，爱新觉罗家族的格格，生来就是用于结盟的。若是盟誓不在，刀兵相见，格格们会义无反顾地站在自己家族的立场，阿敏让孩子们到书房取他们父亲的地图，其目的不言而喻。

地图拿过来了，阿敏只扫了几眼，就清楚了四路大军的作战意图，尤其是李如柏这一路，行军路线，各标人马，攻击重点，一览无余地标示了出来。游戏开始前，阿敏让孩子们把地图回归原位，叮咚作响的游戏声中，阿敏佯装节节败退，将孩子们引出李府，引出广宁城，暗中跟随他的巴牙喇们突然间一拥而上，掠起孩子们跨上战马，疾驰而去。

阿敏的目的已经实现，他知道，李如柏妻妾甚多，可儿孙甚少，尤其是老年得子，他不至于不顾李家骨肉的生死。他只是为额云叹息，将孩子们带出李府那一刻，他回望了额云一眼，寒风凛冽，额云的头发是散乱的。儿子们被带走了，她没吭一声，两行清泪已冻在了脸上。

她知道，儿子们的归途是她自己的出生地，王城赫图阿拉。人世间的事情就是这般变幻莫测，正如四十几年前，李家拿阿玛与阿牟其为人质一样，现在，爱新觉罗家族拿李家的儿子做人质了，威胁李如柏。

做完这一切，阿敏迈进了总兵府的大门，正式拜见李如柏，阿敏历数李如柏手下将士的懈怠、懒散与松弛，这样的人马，如何能送上战场？恐怕两万人马禁不住八旗军两百个巴牙喇的冲击。

李如柏瞅着阿敏，听得毛骨悚然。

忙忙乱乱地准备了十个月，大明朝征调闽浙川甘等地的兵马，驰援辽东，号称四十七万，誓师辽阳，大张天讨，犁庭扫穴，对赫图阿拉四面合围，企图一举将八旗军斩尽杀绝。辽东经略杨镐高举皇帝赐予的尚方宝剑，喊出了朝廷的封赏，有擒杀努尔哈赤者，赏银一万两，升都指挥世袭。命诸路大军，片刻不得歇息，直捣贼巢，速战速决。

明军主帅杨镐的豪言壮语，还未传至各路兵马时，已经一阵风般传到了努尔哈赤的耳朵里。天命汗微微翘起嘴角，露出了嘲讽的笑，因为传来杨镐这番大话的同时，也传来了杨镐的笑话。辽阳宰牛祭旗，杨镐身旁的士卒连扎三刀都没把祭牛杀死，杨镐只好亲自补刀，先斩后奏的尚方宝剑先用来杀牛了。

在萨满的符咒中，这是大凶之兆，誓师祭旗，倘若不能将祭牛一刀毙命，征战必败，不如趁早偃旗息鼓。努尔哈赤不断地将此消息在八旗军中扩散，以振士气。

虽说四路大军来势汹汹，行军速度却参差不齐，后勤补给长短不一，各路兵马互不熟悉，情报无法互通，更谈不上步调一致了。四路大军三月初二会攻赫图阿拉的指令，已成空谈。

努尔哈赤采纳了大额驸李永芳的主意，凭尔几路来，我只一路去，集结八旗军的主力六万余人，移师西部，痛歼急功冒进的杜松部，打出一个时间差。那是明军的主力，干掉他们，就胜券在握了。

西路军主将山海关总兵杜松是员虎将，守陕西，与胡骑大小百余战，无不克捷。此番出榆关，入辽东，他信心百倍，对待女真，只需一战，便能生擒努尔哈赤，扭送京师献俘。求战心切的杜松，率兵三万，出沈阳，沿浑河右岸，星夜燃火炬，日驰百余里，直逼赫图阿拉的门户萨尔浒，想要独享灭金之功。

有消息不断报与汗王宫：明军东路的刘綎大军已抵达凉马佃，宿营扎寨，止步不前，等待一万三千多朝鲜援军；北路的马林大军兵出铁岭，边清理路障，边等待叶赫部两千多援兵到来，也是行动缓慢；南路的李如柏部，领兵出清河，走鸦鹘关，步履如同老迈了的主将，且走且观察，慢得像乌龟，他害怕阿敏的警告变成现实。

奉天命汗之命，阿敏最先率队出发，远远地潜伏在浑河上游，伐木截流，筑坝蓄水。从沈阳奔赫图阿拉，必从萨尔浒涉浑河，明军的优势在于火炮，只要将火炮隔在河之右岸，就能大大减少八旗军的伤亡。

在漫长的等待后，阿敏终于看到了杜松的兵马。太阳光下，头盔似海，刀枪如林，队伍整齐，步调一致，就连马拉车载的大炮也没让队伍显出零乱。一看就知道，平时训练有素，战斗力极强。

幸亏天命汗早就预料到杜松部会有无坚不摧的火炮，无论如何，不能让它们涉江过河。埋伏在山上的阿敏，看到了他们的主将杜松酒意正浓，袒胸露怀，挥舞大刀，高唱岳飞的《满江红》，要"壮志饥餐胡虏肉"，杜松执意渡河，谁劝也不行。

前锋队伍已经渡过河去，接下来要渡车营、火炮、辎重、粮秣。这些保障物资运输过去，那还了得，八旗军将面临重大伤亡。阿敏一声令下，砍断阻拦水坝的绳索，冰冷的河水湍急而下，挟带着的原木横冲直撞。河水陡然猛涨，霎时淹没涉河者的肩头，水性差的士兵，当即被冲倒丧命。余下队伍只好停止涉河，杜松部被迫一分为二。蓄水泄洪，并没有阻止住杜松的步伐，他拿出了破釜沉舟的架势，丢下辎重，率前锋继续前行，接连攻克两道栅寨，俘获八旗军十四人。

一路强攻，势如破竹，杜松感觉到胜利在望了，他一面派人回去报捷，一面强攻界藩山上的吉林崖，企图占领战略要地。

蓄积的洪水，用不了多久便将流泻下去，杜松的两股大军还将合在一起，必须将他们彻底隔开。阿敏采取了袭扰战术，趁着明军队形不整，准备不足，借着山林的掩护，突然出现在明军的前队，一顿砍杀过后，突然消失。没过多久，突然又出现在明军的后队，又杀他个人仰马翻。

两次出其不意的冲杀，让留在河对岸的明军主力兵伤马毙，一阵慌乱，锐气大挫。其他几位战将意识到，河谷之地，地狭坡缓，视野开阔，突骑野战，八旗军最擅长骑射，这只是小股骑兵的骚扰，一旦八旗军集结在一起，就是虎入羊群了。

于是，他们立即弃河而走，将火器、粮草辎重拉到萨尔浒山顶，凭借地势，战车环阵，外列火器，建起坚固的大营。

杜松的人马被一分为二了，先打哪边，需要努尔哈赤选择了。天命汗立马决断，先打杜松主力，主力虽然难啃，但主将不在，各路兵马难以协调一致，能留下许多可攻的缝隙。况且，一旦主力被歼，吉林崖的明军就成了无根的草，必自动摇。

八旗军以绝对的优势，迅速包围了萨尔浒山。

然而，与萨尔浒山隔河相望的界藩山吉林崖却面临重重危机，杜松对萨尔浒山上被围的两万主力不管不顾，一味强攻吉林崖。杜松有杜松的谋划，北路马林率领的开原大军即将抵达，只要主力拖住八旗军，攻下吉林崖，站稳界藩城，赫图阿拉的大门就被彻底打开了，生擒努尔哈赤指日可待。

杜松不能把靠前的位置送给别人。

吉林崖虽说是悬崖峭壁，山势险峻，给人的感觉兵力确实不少，可奔逃到山顶上的万余人，皆为修界藩城的民夫，除了摇旗呐喊，没有真正的战斗力。只有设伏袭扰杜松部的四百名旗兵与民夫同在一起，抵御着杜松发起的猛攻。

虽说天命汗把主攻方向确定在萨尔浒山，也绝不能把吉林崖白白送给杜松，大贝勒代善、四贝勒皇太极率领两旗旗兵一万五千人，驰援对面的吉林崖。最会打仗的两大贝勒都被派到河对岸的吉林崖，夺取萨尔浒山的主攻任务，自然就落到了二贝勒阿敏的镶蓝旗上。

阿敏非常清楚，阿牟其也是孤注一掷了，不在一天之内消灭四路大军的主力杜松部，刚刚建立的大金国就会永远消失。

阿敏血战了一上午，但萨尔浒山上的明军火力不减，士气不衰，一次又一次地瓦解了阿敏的进攻。甚至天命汗率队进攻，也没找到明军的薄弱环节。

阿敏急不可待，却又一筹莫展，再耗下去，北部马林的兵马即将带着建州女真的宿敌叶赫部赶到，到那时，八旗军两面受敌，优势将不复存在。攻下萨尔浒山，迫在眉睫。

没有别的办法，只好乞求天神，让神明相助。那位老得不能再老的随军大萨满开始作法，舞腰铃敲神鼓，口中念念有词，求天神施与魔力，保佑八旗军战胜人世间所有的耶路里。

或许是天意就该如此，转瞬间，乌云骤起，遮住了正午的太阳，随后大雾弥漫，天色阴晦，咫尺难辨，仿若黑夜。明军以火把照明，进行炮击，几近盲射，杀伤甚微。八旗军百步穿杨的箭法却得到充分发挥，明军的火把就是目标，由暗击明，集矢而射，多数命中。霎时间，大炮再无轰鸣，火铳再无声响，双方的箭矢飞蝗般嗖嗖乱响。

在大雾的掩护下，天命汗一马当先，阿敏紧随其后，八旗军发动了最强悍的攻势，呐喊震天，杀声如潮。他们越过堑壕，拔掉栅栏，破掉枪炮阵，一举突入明军萨尔浒大营。天仿佛专为八旗军突破明军大营而黑暗的，攻入大营之后，突然云开雾散，所向无敌的八旗铁骑立展神威，纵横驰突，所向披靡。

杜松军主力死伤甚众，无力反击，四散溃败，不消一顿饭的工夫，萨尔浒大营彻底瓦解。

攻下明军大营的六旗铁军转身下山，立刻渡河，挥师驰援吉林崖。

杜松不愧为大明的悍将，他两眼冒光，左右突杀，不输两倍于己的旗兵。他想要夺下吉林崖，据险而守。山崖上的役夫，在四百旗兵的指挥下，箭弩与滚木礌石齐发，与山下旗兵形成夹击之势。

大雾袭来，双方打得难解难分。雾散之时，忽见萨尔浒大营失守，明军军心立刻摇动，好在杜松及时调整战术，不再强攻崖顶，寻求摆脱纠缠，立刻突围。六路旗兵增援而上，山上的役夫也压了下来，天命汗率全部人马，将杜松的万名将士围得水泄不通。

虽说大势已去，杜松绝不认输，依然苦战，两军从午时一直杀到酉时。杜松挥舞长枪率少数亲兵砍杀数里，仍不得脱身。他索性脱了上衣，光着膀子，力战一群巴牙喇。眼见得一个个巴牙喇被杜松挑至马下，阿敏心疼至极，一箭射了过去，筋疲力尽的杜松，猝不及防，被射中了心口窝，栽身落马，气绝身亡。

山冈、河谷、树林，到处都有无依无靠抱头鼠窜的明军。旷野之上，横尸遍布，血流成渠，旗帜、器械、尸体，遮蔽了浑河。

三万明军主力，就这样灰飞烟灭了。

未及打扫战场，天命汗马不停蹄，移师北上。八旗侦骑催马来报，北路开原的马林大军已抵近萨尔浒。太悬了，只差几个时辰，若是两路明军兵合一处，绞杀起来，缺少火器的八旗军是否还有优势，难以预料，后果也不可想象。

天佑八旗，想让叶赫部当炮灰的马林，最终没有等来叶赫部，迟来一步，绝好的战机稍纵即逝了。

最难打的西路主力杜松被击溃了，北路的马林，阿敏根本瞧不起。他与阿牟其早就把他研究透了，失街亭的马谡而已，不堪重用。能挂总兵印，受荫于父罢了。若论雅文诗画，交游名士，倒是行家，练兵打仗，未闻其功。仅凭此战而论，未能按谋划与杜松合兵于萨尔浒，便是平庸之辈。

果然，听闻杜松部已败，马林军中哗然，驻足于尚间崖不前，收留杜松余部，守于斡珲鄂漠，结成大营，另设一营于飞芬山。三地守军，扎地为营，形成"品"字，互为掎角。

聪明绝顶的天命汗，立刻看出破绽。"品"字布阵，貌似互为掎角，实则是分散兵力，无法互救。这更易于他集中八旗优势兵力，各个击破，一口接一口地吃掉"品"字。

"品"字中最弱者为杜松余部，全军新败，主将阵亡，军心不稳，已成孤雁。天命汗就要先灭弱旅，震慑主营。他亲率千余精兵，携四贝勒皇太极，催马疾驰，像一支利箭，直射斡珲鄂漠大营最薄弱的环节。仅一次冲锋，便撕开了一个缺口，八旗军满营横冲直撞，冲杀砍削，不消一个时辰，杜松余部将死兵亡，全营败殁。

与此同时，阿敏随同大贝勒代善、三贝勒莽古尔泰，直奔马林军的主营尚间崖。午时，消灭了杜松残部的天命汗疾驰至尚间崖，增援攻打马林的主营。

仗虽打得不多，却并未耽误马林纸上谈兵，他在尚间崖大营外挖掘出三道堑壕，将火器部队列于壕外，骑兵殿后，精锐步兵守内。三道重防，针对的都是骑兵突袭。巨炮轰鸣，火铳喷火，马林严密的防守，居然让阿敏等三路旗兵成了老虎咬刺猬，无从下嘴。

天命汗赶到后，立刻发现破绽，骑兵的优势在于速度，先据山巅，向下冲击。代善一马当先，抢占山巅，驱散守山明军。马林见软肋被发现，急令壕内的精锐步兵出壕援助。如此调动兵力，三道防线虽拧成了一股绳，却没有了纵深。

见马林防备队形已变，天命汗随机应变，突然间停止攻取山上，下马徒步应战。马林军所有的巨炮火铳都瞄向山上，做好了迎击铁骑的准备，忽然间八旗军的队形变了，下马徒步来攻，笨重的大炮，调整炮口要费番周折，单凭火铳，不比灵巧的利箭有优势。

霎时，两军短兵相接，近身肉搏，嘶喊、拼刺、抡削、砍杀，利刃飞舞。阿敏鹰一般的眼神搜寻着马林的踪迹，斩掉北路军的主将，明军就会成为无头的苍蝇。

马林不善打仗，可是他的两个儿子奋勇顽强，看到阿敏向主将追杀过来，不畏生死，率部众层层拦截在阿敏马前，直至一一战死。

在众将士与自己儿子拼命抵挡下，马林仅以数骑逃遁，余众大溃，尚间崖大营失守。

"品"字无，掎角断，最后一口，就是吞下飞芬山大营，天命汗马不停蹄飞驰而去。虽说那里的明军据险而守，却承受不住八旗军重甲轻甲还有骑兵的轮番进攻，终因寡不敌众，大营沦陷。

原本来支援的叶赫部，行军过了开原，闻听两路明军相继惨败，大惊而遁。

这是宣布"七大恨"以来，与明军的第一次生死较量，捷报频传，无论如何也要谢天神相助之恩。还军至界藩城，请出老萨满，杀八牛祭纛告天，摆酒庆功，祭慰亡灵，激励八旗将士。

随后，天命汗率四千旗兵，留守赫图阿拉，以待李如柏。命阿敏先率两千精骑，疾速向东挺进，诱敌深入，设伏阿布达里冈，将刘綎装进口袋阵。

东路总兵刘綎，与朝鲜援军姜弘立元帅会师后，三万大军一头扎进了宽甸以西的长白山脉。这里山高岭峻，险隘崎岖，林密水湍，仅有一条羊肠小道通抵赫图阿拉。

行走在山高林密与世隔绝的幽谷间，刘綎根本不知道西路与北路已全军覆没，一路抱怨朝鲜国王光海君行动迟缓，未能及时派来援兵，等兵将终于派来了，却不携带后勤补给，说是助明灭金，还不是对大明朝敷衍了事。

总兵刘綎之所以敢骂朝鲜国王光海君，那是因为他两次抗倭援朝，屡立奇功，驱逐倭乱，为首位功臣，被朝鲜人顶礼膜拜，也被大明誉为第一勇士，其名气不在杜松之下。名将之后的刘綎，手持一百二十斤重的镔铁大刀，马上抡转如飞，天下人称"刘大刀"。一手袖箭更是了得，取来木板，置于百步之外，以墨笔错乱点之，刘綎袖箭发出，皆中墨处。虽身经百战，却无一败绩。

天下无敌的大明第一勇士刘綎，就要与八旗军智勇双全战无不胜的贝勒阿敏相遇了。

这条险峻的道路，也是天命汗的子民前往赫图阿拉的必经之路，穷山恶水，歧路险隘，车辆无法行进，刘綎的粮草补给，还有巨炮，便无法及时跟上。兵士所带粮食很快吃尽，只能沿途从村寨掠取。

大金国向来兵民一体，这些忠诚于天命汗的子民，或坚壁清野，或拼死相争，气得刘綎见粮就抢，遇寨则烧，无论游骑还是老幼，不能纳粮者必杀之。

前边与明军的血战虽然大获全胜，也让八旗军伤筋动骨了。围歼东路军，如硬打硬拼，将会伤了八旗军的元气。阿敏动起了脑筋，最后把主意打到了杜松身上。

萨尔浒之战，阿敏缴获了杜松的令箭，反正刘綎不知道杜松部已被全歼，借此令箭，诈他一把，若他上当，就等于将明朝东路军引进口袋里打。于是，他派出一哨汉语说得特别地道的人马，换上杜松军的衣甲，打着杜松军的旗号，装扮成杜松军传令兵的样子，迎着刘綎前进的河谷疾驰而去。

假冒的传令兵，手持杜松的令箭，诈称杜松已靠近赫图阿拉，催促刘綎快速靠拢，两军相合，共抗八旗军。

刘綎不是那么好骗的，他看着令箭，口气充满怀疑与不满，毕竟他与杜松同为总兵，杜松没有资格拿着令箭指挥他。传令兵机智得很，立马解释，战事紧急，令箭只为证明身份，没有指挥东路军的意思。刘綎又问，他与杜松相约，靠炮声传递消息。传令兵辩解，赫图阿拉距此五十里，山高隔音，敌情不明，三里传一炮，不如飞骑传得快。

就这样，假冒的传令兵总算过关了，刘綎让传令兵回去禀报，依然以炮声为准，然后便快马加鞭，带着本部人马，率先疾速赶往阿布达里冈。远处隐隐传来炮声，明军的火炮声，刘綎非常熟悉，那是假冒不了的，不晓得那是阿敏的计谋，刘綎信以为真。

阿布达里冈上，代善、莽古尔泰、皇太极三大贝勒的兵马先后赶来，已经设伏完毕。刘綎见此处莽林密布，山崖陡峭，怪石嶙峋，道路崎岖，心生恐惧，想要退却时，却已经晚了。突然间，山麓伏兵四起，八旗军如山洪暴泻，漫山冲杀，上下夹攻，首尾齐击，刘綎军一下子被切成了数段。

刘綎手持大刀，割庄稼一般，扫倒蜂拥而至的旗兵，企图将被割断的队伍重新接连起来。大战从上午巳时开始，打到日埋群山的酉时，历经半日有余，刘綎久战不倒。阿敏以箭射之，刘綎闪过，只中了左臂，又射之，中了右臂，而战力依然不衰。阿敏催马，与之对决，一刀砍去了刘綎的半边脸，可他依然能左右冲突，手刃十余旗兵后，又中一箭，才坠下马来。

阿敏清楚地看出，自己不是刘綎的对手，所以采取了车轮大战之法，一群巴牙喇费了大半天才将明朝第一猛将刘綎斩于马下。

主将已死，监军带着刘綎数千余部突围出来，屯于山上。数百骑八旗军突袭而上，余部又遭折损。监军连夜移师，一路狂奔至富察，投入朝鲜军大营。零散明军拒不投降，借着夜色的掩护各自为战，直至天明，余战不休。

清晨，雾气氤氲，硝烟未散。阿敏不待打扫战场，携镶蓝旗兵，从阿布达里冈抢先赶往富察。阿敏如此急切，当然是不愿意征服朝鲜军的功劳让别的贝勒争去。刘綎中计后，有先见之明的阿敏立刻派出能言善辩的大臣，说明利害，劝朝鲜军营姜弘立保持中立。

所以，阿敏大军一到，未经大战，姜弘立立刻乞降，明廷监军走投无路，留下遗书，跳崖而亡。

万余朝鲜兵降于阿敏，这是一笔多大的财富哇，一旦有机会出征朝鲜，这些将士就是他的立足之本。阿敏兴奋异常，设宴款待了饥寒交迫的朝鲜军将帅，颇有深意地示意姜弘立投身镶蓝旗下，以图大业。

姜弘立说着一口流利的女真话，两个人酒逢知己千杯少，结盟为异姓兄弟。

恰在此时，大贝勒代善赶到，传达天命汗旨意，不留一兵一卒，将朝鲜军悉数释放回国，且修书一封给朝鲜国王光海君，两国罢兵和好。

对阿牟其的话，阿敏虽然言听计从，但并非一点儿折扣也不敢打。放走姜弘立，他所有的计划都泡汤了，便向代善建议，放谁回去都可以，主帅姜弘立不能走，万一明廷施压，朝鲜国王追责，大元帅家族的命运就难保了，不如留下为质。

代善微微一笑，天命汗虽远在百里外，却早预料到了这一点，便拿出了汗王第二封手谕，若是姜弘立元帅不愿回国，将代善之女嫁与为妾，暂时安顿在大金国。

阿敏心里一阵阵发凉，混战到如此程度了，阿牟其头脑依然清晰，料事如神，倘若把自己图谋朝鲜的心思猜到，那将多么可怕呀。幸亏这么多年来，他一直对阿牟其百依百顺，阿牟其下令杀褚英时，眼睛都不眨，若知自己心存异志，能手下留情吗？拱手将朝鲜大元帅让出去，那是不二选择。好在姜弘立信誓旦旦，士为知己者死，在不在自己麾下，已经不重要了。

至此，四路大军，三路彻底溃败，只剩下南路李如柏部了。

本来，从清河到赫图阿拉路途最近，李如柏的行军速度堪称蜗牛，十天没走出一百里。刚至险要之地鸦鹘关，还未及与八旗军交锋，杨镐的檄令传至，急命回师。山上的八旗军发现李如柏要跑，马上吹响螺号，大呼小叫，做大军追击状。

李如柏以为八旗军真的发起进攻，惊恐溃逃。山上的八旗军仅为哨兵二十余骑，居然追杀得李如柏几万人风声鹤唳草木皆兵，自相践踏，死伤千余。

虽说四路大军中李如柏损失最为轻微，而明朝言官极为愤慨，弹劾其与奴酋私交甚密，为奴酋之女婿，且生三子，私而忘公，诏令回京候勘。李如柏大惧，自缢而亡。

大明朝本想一战定乾坤，反倒招致乾坤逆转，不得不转入战略防守。

汗王宫里，举办盛大的庆功酒宴，老萨满带着小萨满载歌载舞。天命汗对四大贝勒默契配合，敢于牺牲，极为满意，尤其对阿敏的智勇双全格外赞赏。

面对阿牟其的夸奖，阿敏一脸庄重，推功于天命汗的英明。他要的不是阿牟其的赞赏，而是他屁股下的位子，功劳越大，在四大贝勒中的地位越高。毕竟阿牟其已过耳顺之年，虽说身壮如牛，但离天神召唤的日子只会越来越近。阿敏用显赫的战功，谦和的姿态，不断地垫高自己的脚跟，替阿玛去圆称汗的梦。

萨尔浒大捷后，八旗军乘胜追击，阿敏随天命汗战开原，取铁岭，打蒙古，灭叶赫，不消到年底，统一了女真诸部。两年后，又随天命汗夺沈阳，占辽阳，取广宁，攻无不克。下一个目标，盯住的是辽西走廊，天命汗要将明军逐出山海关外，独据燕山以北的广袤土地。

皇城北京却是另一番情景。本该毫无悬念，御厨都准备好了庆功宴，只等皇帝举樽同庆。然而，等来的却是兜头泼来的一盆凉水，萨尔浒一战全军覆没。噩耗传来，皇城上空阴霾笼罩，街市米价连日飙升，大街小巷一片哀号，臣僚王侯泣血上朝，万历皇帝以泪洗面。

经历了万历三大征，大明朝刚刚喘过气来，此次征剿，集各省之精兵，征全国之粮饷，居然打了大败仗，阵亡大明猛将三百多，损失精锐主力四万五，骡马两万八，火炮火铳、车驾钱粮，不计其数。蒙古诸部弃盟而去，朝鲜王朝明哲保身，再想灭金，已无将可寻，无兵可派，无钱可补。

也就是说，从此以后，仗怎么打，大明朝说的不算了，只能被天命汗牵着鼻子走。

或许是承受不了大明朝从未有过的裂土之辱，或许是陷于内外交困之中无法破解，万历皇帝一病不起，扔下大明朝的烂摊子，在弘德殿咽下了最后一口气。

六

连连征战，八旗军虽说大有斩获，但也需要休养生息。安定下来的王城，一片繁荣。天命汗允许贝勒功臣们建屋造房，圈养牲畜，积攒财富。福晋格格们喜气洋洋，梳旗头，戴金簪，打扮得花枝招展，不错时机地向天命汗讨要赏赐。

奖掖功臣的宴会，自然在汗王宫频频举行，让有功之臣活在荣耀的光环中，这是天命汗的国策，否则巴图鲁怎会层出不穷？第一次盛宴，是为四大贝勒摆设的，福晋们受天命汗的委托照料诸位贝勒。

那次宴会，除了滚烫的火锅，热腾腾的八碟八碗，还特意加了一道烤全羊。女真人的习惯是在火锅里涮羊肉，烤全羊是草原蒙古部落的待客礼仪，怎么搬到了王城？敏感的阿敏，脑袋里突然冒出了疑问。看到天命汗的小福晋到处穿梭忙碌，四贝勒皇太极的大福晋殷勤服侍，阿敏似乎明白了，两位福晋都来自蒙古草原科尔沁部，用烤全羊犒赏贝勒们，倒也合情合理。

全羊烤好时，又一个疑问不由自主地跳了出来。蒙古部落的习俗，烤全羊一入席，上场的该是身着盛装的蒙古福晋了，她们载歌载舞，给最尊重的人递上烤得最鲜嫩的羊肉，给功臣斟满美酒。

天命汗的小福晋隐身背后，四贝勒的大福晋踪影皆无，本该她俩上场了，为什么躲了起来？取而代之的却是天命汗的大福晋富察氏。富察氏穿得花枝招展，旗头上插着云凤金簪，身上装扮着串串东珠。

富察氏眼望着大贝勒代善，款款而来，把第一块外焦里嫩最肥美的羊肉送进代善的碗，又含情脉脉地斟满了酒。坐在代善身旁的阿敏装成没看见，故意把目光移到了别处，他看到四贝勒皇太极离开了席位，悄悄地走远了。

面对着富察氏对代善的殷勤，阿敏多少有些不自在，细想想，也就释然了。富察氏原本是天命汗的侧福晋，代善的生母佟佳氏过世后，富察氏才补位为大福晋，其子莽古尔泰，随之成为三贝勒。严格地说，富察氏的年龄比代善大不了多少，代善的大阿哥岳托比莽古尔泰也小不了多少。天命汗曾不止一次对代善说，我宾天后，福晋与阿哥均由你照顾。言外之意，代善有资格取代过世的褚英了。

按照女真人的习俗，阿玛过世后，大阿哥继承阿玛的一切，包括阿玛的福晋们。也就是说，一旦天命汗薨了，代善不但可以继承汗位，还可将天命汗的遗孀们纳为自己的福晋。

富察氏错误地认为，天命汗不在汗王宫与诸贝勒聚餐，是老得不行了，没想到天命汗只是想清静一下，在炕上好好烙一烙老胳膊老腿，不是因为身体有恙。她太急切了，过早地铺垫了未来。

这一幕被小福晋逮住了，她前往天命汗的住所，去告大福晋富察氏的状。

征战惯了的天命汗，不喜欢被女人们围着，在他的观念中，福晋们就是给他生阿哥生格格的，爱新觉罗家族的繁殖工具而已，没必要给她们好脸色。然而，随着国势盛起与征战次数减少，天命汗留在王城的时间越来越多，福晋们的闲言碎语接二连三送进他的耳朵。

天命汗最讨厌的就是后宫生乱，可越烦什么，偏偏越来什么。正所谓饱暖思淫欲，王城赫图阿拉也没能摆脱宫闱争斗的怪圈。面对小福晋的告状，天命汗很心烦，却也很无奈，他是一国之主，有些事情，不管爱听不爱听，都得听，不能养痈为患。

他当即派人唤来阿敏，家事国事一回事，本月阿敏当值，事情怎么办，需要阿敏参与，更何况阿敏是侄子，他的家事，阿敏处理，能更客观一些。

天命汗不会知道，也从没有想过，一桩告状的事情，背后缠绕着那么多纠葛，藏着那么多阴谋。小福晋不仅年龄小，也是天命汗福晋中地位最低的，敢给小福晋背后撑腰壮胆的是二福晋阿巴亥，当然也离不开一些臣属与幕僚的怂恿。

当告状的内容从小福晋的嘴里说出时，阿敏惊骇了，这么大的事情，居然敢从小福晋的嘴里说出！告状的内容是，大贝勒代善与大福晋富察氏通奸。

天命汗极为震惊。一个是他的爱子，时常提携在身边，谁都能看得出，他是褚英的替代者。另一个是他最宠爱的福晋，常年征战在外，靠的就是富察氏管理众福晋和小阿哥，王城里许多难缠的家事都是富察氏替汗王打理的。当年九部联军攻打王城，多亏富察氏及时提醒，才打了大胜仗。

阿敏看到，天命汗脸上翻滚着乌云，气得声音都颤抖了。汗王横扫六合，天之骄子，若有此等丑事，打的是汗王的脸，毁的是爱新觉罗家族的声誉，一世英名，岂能毁在一个女人的手中？他尽管知道小福晋不敢捕风捉影，也绝不相信这是真的。

小福晋额上的汗下来了，若是天命汗矢口否认，她的罪过就大了，于是，她竹筒倒豆子，一宗宗一件件往外讲。她说，大福晋曾两次备饭送与代善，代善受而食之。又一次，给皇太极送饭，皇太极受而未食。且大福晋一日两三次遣人至大贝勒家，大福晋深夜出院，前往大贝勒家，亦有两三次。今日聚餐，大福晋还对大贝勒眉来眼去。

说到这里，小福晋还瞅了眼站在天命汗身边的阿敏，那意思是说，二贝勒你也看到了。

天命汗气坏了，暴怒的程度超过了向大明发出"七大恨"的声讨，他点出了四位大臣的名字，让阿敏把他们找来，一一核查小福晋告状的内容。

从天命汗住所出来，阿敏长长地舒了口气，看来阿牟其真是气昏了头，四大臣中个个与代善有嫌隙。不过，阿敏的心情却和王城里的明媚春光一样地好，真是拔出萝卜带出泥，吃醋的小福晋告的是大福晋，伤害最深的却是大贝勒。天下的女人多着呢，凭代善的地位和功劳，十天八天换一个又有何妨，为何偏偏去碰半老徐娘的富察氏？

授人以柄了，代善继承汗位的德行被大大地打了折扣。

鸟儿在大榆树上蹦蹦跳跳地鸣叫，欢快而又悦耳，似乎在替阿敏歌唱。

冷静下来，天命汗没有让四大臣去调查大贝勒与大福晋通奸的事情，他不想让此事张扬出去，可他又不甘心自己被蒙在鼓里，只能趁着没人时，把大贝勒找来，求证小福晋告的是否属实。

代善是个诚实的人，所有的心思都用在了战场上，从没想过，王城也是看不见硝烟的战场。他一味沉浸在萨尔浒之战的战功里，享受着王城里各色人等的尊崇，猝不及防地出现了小福晋告状的事，一时间惊慌失措，唯恐天命汗责怪他说谎，居然一五一十地向阿玛坦白了，包括两个人之间是怎么勾搭上的，苟合的地点在哪里。

天命汗气得暴跳如雷，就差拿出剑来砍了这个愚蠢的儿子。他要的是大贝勒的默认，或者是沉默，双方心里明白即可，不能点破。这下可好，代善把全部家底都亮出来了，让天命汗的脸往哪儿擱？

假若代善矢口否认，天命汗对他的这位大贝勒还会刮目相看，毕竟大贝勒功高盖世。天命汗已经处死了长子褚英，不愿意继续伤害自己的儿子了。然而，代善连处理这等小事的智慧都没有，将来如何执掌天下，处理复杂多变的国事？

一种比大福晋背叛自己还要令他痛苦的忧虑爬上心头。

四大臣果然猜透了天命汗的心思，对大福晋与大贝勒通奸之事，只是做出疑似私通的推断。天命汗在议政会上替大贝勒打掩护，他说，我曾说过，我死后，大福晋和小阿哥们托给大贝勒优厚收养，大福晋倾心于大贝勒，无可厚非，然一日遣人两三次去，确有勾引之嫌，当罚之。

代善立刻接受天命汗的指责，不该吃大福晋所送之餐，没能拒绝大福晋所遣之人。

望着天命汗与大贝勒，阿敏心中掠过一丝冷笑，不过是父子二人演双簧，掩耳盗铃罢了，王城里谁人不知大福晋偷人偷到了大贝勒身上，给英明的汗王戴了一顶绿帽子。

偷情莫须有，偷盗之罪却不能轻饶，大福晋应该是整个王城的道德表率，怎能助长偷盗之风。于是，四大臣毫不留情地追查起了大福晋偷盗的罪行。

阿敏心中暗笑，富察氏是整个金国的大福晋，金银珠宝绸缎布匹，想要犒赏谁，取来便是，何来偷盗一说，不过是欲加之罪而已。

偏偏大福晋缺少见识。查就查呗，反正都是汗王的，即使给了别人，也权当汗王的赏赐。富察氏偏偏不这样想，事情败露了，失宠已成定局，大贝勒也指望不上了，下半辈子唯一的靠山只能是自己掌管的这些财富。于是，富察氏连夜转走财富，能藏的藏，能送人的送人，甚至还送到了界藩山城自己的娘家。

天命汗闻听追索出无数财富，悲愤异常，大庭广众之下，声音颤抖着数落着富察氏，我以金、东珠装饰你的头与身，多得不能再多了，穿人没见过的好缎子，吃人没吃过的好东西，你不念我的恩养之心，设法蒙蔽我眼，置我于不顾而心有旁骛，岂不可杀耶。

富察氏苦苦哀求。天命汗也流泪了，毕竟心里最疼爱过，怎忍心下手，何况富察氏生下三子一女，除了莽古尔泰，其他子女尚小，杀了她，阿哥格格们谁来看护照料？没有更好的选择了，只能将她驱逐出王城，休掉了大福晋。

处理完大福晋，天命汗心力交瘁，不管怎么说，私通的丑事最终没有坐实，总算保下了大贝勒，也保住了爱新觉罗家族的脸面。

虽贵为立国之君，享受着万民敬仰，此时，天命汗却觉得从未有过的孤独，他忽然觉得，自己像一只苍老的老虎，独自行走在旷野中，天空飞着鹰隼，树上栖着兀鹫，林里藏着苍狼，蠢蠢欲动，都在觊觎他这只即将走到终点的老虎。

此时的阿敏像一只乖巧的小狐狸，将犬牙牢牢地藏在嘴里，眼角瞥着天命汗，时刻等待时机。当他发现，汗王宫里只有汗王一人，灯烛在宫墙上照出天命汗热锅上蚂蚁似的身影，便不错时机地走过去，毕恭毕敬地候在门口，时刻听从天命汗的召唤。

幸好侄子这么体贴，天命汗搭着阿敏的胳膊走了出去，一直走出王城，走到苏子河畔。天命汗憋了一肚子话，却无法向自己生下的阿哥倾诉，他们虎视眈眈，多说一句，也许就是王城的灾难，只好说给自己的侄子。

天命汗已经视阿敏为知己。

几乎可以肯定地说，小福晋告大福晋的事件，绝非偶然，这是一场蓄谋已久的倒嗣政变。富察氏和代善成了这场政变，或者说争位之战的牺牲品。谁是策划者，一目了然，如此天衣无缝的计谋，一棒子就把代善打得蒙头转向，这等智商，除了皇太极，别人是望尘莫及。谁在推波助澜，也是不言而喻，侧福晋阿巴亥，乌拉部培养出来的，女人都比男人工于心计，富察氏一倒，阿巴亥无可非议地能递进为大福晋。

都是自己的亲生骨肉，挑明了，一损俱损哪！服服帖帖归顺过来的那些女真部落，一旦发现天命汗的儿子们内讧了，一夜之间，还会反叛。八旗制度还没有将他们牢固地捆在大金国的战车上，不管风雨如何，国之核心不能动摇。

再说了，代善辅佐朝政，军功卓著，同时掌管正红、镶红两旗，权倾朝野，为人宽厚谦让，从不居功自傲，故此深得人心。若是逼急了，父子反目，分裂的危害可不是当年的黑扯木能比的了。

提到黑扯木，阿敏心里呼扇了一下，那是他心里的一道疤，最怕被扯开。好在阿牟其只是借此话题说眼下的难题，阿敏才没有心惊肉跳。该说的话，说了，该交的心，交了，末了，阿牟其拍着阿敏的肩头，拉着阿敏坐在苏子河畔，称赞阿敏，遇事不慌，处理果断，忠诚与勇敢同在，智慧与精明并存，是国之大幸。

阿敏听出了弦外音，既然八旗为共和制，将来继天命汗之位的，不一定非要阿牟其的亲生骨肉不可。

苏子河河水畅快地流着，阿敏的心情也格外畅快。

这时，有个旗兵急急跑来禀报，三贝勒莽古尔泰听说天命汗要处死他的讷讷，又不忍心下手，只是休了她，便亲自撵出了王城，手刃了让他丢尽脸面的讷讷，此时正等在汗王宫，向天命汗邀赏呢。

阿敏听到阿牟其惨叫一声"畜生"便一头栽倒在地。

背起阿牟其往回走，阿敏觉得，身上有无穷的力量。阿牟其不像他认为的那样重如泰山，身体原来是这样轻，轻如鸿毛。

苏子河的水哗啦啦流下去，声音更响亮了。

第三章　汗之殇

　　据说，朱拉贝子是乌苏里都恩里（江神）的儿子。有一年，人们在祭祀江神的时候，他要上岸观看萨满跳神，得到阿玛同意后，他化作年轻的猎手，骑着红马，上岸了。人群中，有个叫阿苏里的格格，美丽无比，她正在打秋千。朱拉贝子被她深深吸引，恨不得和格格一块儿打秋千。忽然，秋千断了，阿苏里从高处直接跌进了江心，眼看着要被江水淹没了。朱拉贝子跳进江中，救出了阿苏里，还用神药救醒了她。从此，两人相爱了，并到老榆树神海兰都恩里那里盟誓。树神告诉他俩，六月初一，佛托妈妈会到江边促成他们的婚事。

　　到了六月初一，佛托妈妈到江边，对朱拉贝子说，想要和阿苏里成婚，必须满足三个条件：一是今年大旱，你要取乌苏里江的水，灌溉田地；二是不到婚期，你不能和阿苏里见面；三是想要上岸变成人，只能先变成牛，在阿苏里家干一年苦活儿，然后让人们剥下牛皮，你就可以永远和阿苏里在一起了。朱拉贝子毫不犹豫地答应下来。

　　果然，这一年大旱，七七四十九天滴雨未下，朱拉贝子不分昼夜地灌溉田地，保住了庄稼的收成。随后，他又吞下佛托妈妈留给他的药丸，变成了一头犍牛，在山沟里被阿苏里找了回来。就这样，朱拉贝子在阿苏里家干了整整十一个月苦活儿，只差三十天就是剥皮的日子。可朱拉贝子怎么也想不出被剥皮的办法，于是他不喝水，不吃草，还到处顶人。阿苏里的阿玛一气之下，把它卖给了杀牛的。朱拉贝子暗自高兴。谁知阿苏里舍不得它，用钱把它给赎回来了。没办法，朱拉贝子只好自己找死。恰好，一群强盗来此抢劫，朱拉贝子将他们顶得四散奔逃。由于劳累过度，化身为牛的朱拉贝子就要死了。临死之时，他不得不口吐人言，告诉人们一定要剥下他的皮。可是，人们感念牛的救命之恩，不仅没有剥它的皮，还把它厚葬了。

就这样，朱拉贝子永远也变不成人了。

——萨满传说

七

天命十一年七月，天像下了火，汗王背部的疽疮越来越重，重得御医也束手无策了。更可怕的是，汗王的心情也越来越坏，坏得见谁骂谁，吓得贝勒、阿哥、福晋们避之犹恐不及。日益体衰，神情忧郁，并未损伤汗王的智慧，不管多痛苦，骂得有多狠，他绝不惩处人，也没伤害任何亲人与大臣。

这一切都源于正月里那场败仗。天命汗一生戎马，用兵四十余载，战无不胜，攻无不克，偏偏小河沟里翻了船。他带着十万大兵，去打孤悬在山海关外小小的宁远城，居然没打过仅有一万守兵、名不见经传的袁崇焕。尽管他一再掩饰受伤的事实，可背部的疽疮就是那次被炮击伤留下的，竟然半年未愈。御医说，天命汗心焦如焚，终日忧伤，疽疮之伤，便如火上浇油，心不静，津液不生，何以灭火？

灭火者，水也。天命汗想起了他的爱犬，受了重伤，奄奄一息，在

207

清河温泉里打了个滚儿，居然好了。当时，汗王大喜，遂将清河温泉命
名为"狗儿汤"。现在，天命汗不顾一切地要去清河，像当年的爱犬一
样，洗掉伤口浊气，洗出一身轻松。

汗王出行，总得有贝勒专程相陪，天命汗抬起指头，坚定不移地点
给了二贝勒阿敏。阿敏又惊又喜，危难之时，阿牟其居然连儿子们都舍
弃了，让侄子相陪，足以见得，汗王视他为己出。

出皇城，进码头，扯起船篷，准备出发时，天命汗左手拉着大贝勒
代善，右手拉着四贝勒皇太极，红着眼圈，含着泪水，再三叮咛，诸子
互相团结，勤理国政。阿敏心里突然涌出一股酸酸的醋意，阿牟其只提
到了诸子团结，没提诸贝勒团结。显然，他与亲弟弟济尔哈朗，属于旁
支，不在人家的石榴子之内。

阿敏把自己的不高兴藏在心里，依然不动声色地服侍着阿牟其。

顺风顺水，平安抵达清河的狗儿汤，接连沐浴，天命汗丝毫没有好
转，反而每况愈下。汗王自感体力不支，情形不妙，急派阿敏杀牛烧
纸，祭拜堂子，求天神阿布凯恩都里和列位祖宗保佑，延命增寿，大金
国许多事业未竟，他不甘心就这样闭上眼睛。

阿敏虔诚地操办着祭祀仪式，把能找来的萨满全都找来了，替天命
汗向上苍祈祷，其规模与隆重程度不亚于在皇城。

或许真的是天神保佑，祭祀之后，天命汗似乎好了许多。他吩咐阿
敏，即刻起程，返回沈阳。但阿敏非常清楚，阿牟其已是大渐，弥留状
态的回光返照，指定谁来继承大位已迫在眉睫。阿敏在思忖，大贝勒私
通大福晋，三贝勒弑母邀赏，都是大硬伤，德行无法服众，不配汗位。
四贝勒虽说挑不出啥毛病，但与三个大贝勒相比，战功逊色了一大截，
无非是常给汗王出谋划策，在汗王的庇护下，打了几个大胜仗，独立作
战没有几次。

阿敏认为，论战功，论德行，论智慧，最有资格继承汗位的，只有
自己。既然阿牟其让他单独陪同，是不是另有含义，托付大业于自身？
他期盼着阿牟其能提起笔，为自己留下遗诏。

　　天命汗翻着眼睛瞅着阿敏，已经没有拿笔的力气，嘴虽然能说，却不肯多说一句，只是不断地吩咐，让大福晋阿巴亥快点儿来。派走了信使，阿敏依然盯着阿牟其的嘴，期盼能听到天命汗的遗嘱，让自己继承汗位。可天命汗眼睛紧闭，一言不发。

　　阿敏心急如焚了，这是天命汗人生中最后一次旅程，如果不想把汗位传给自己，凭什么这次最具风险的旅行，四大贝勒中非得让他一个人陪护？看着天命汗一脸平静的样子，仿佛是听从天意，或者已安排妥当。

　　一种不祥的感觉油然而生。阿敏打了个冷战，他突然明白了，阿牟其对他的依赖，对他的好感，都是装出来的，人家亲生骨肉都在，凭什么把汗位传给侄子？这次带他出来，看起来是件亲近的好事，没准儿是让他远离权力角逐的核心，找不到结盟的机会。

　　阿敏感觉到，即使临终了，阿牟其依然老谋深算，这趟送魂之旅，故意让他相陪，意味深长啊。

　　大福晋赶来时，天命汗已经说不出话了，迷离的眼睛瞅着阿巴亥，一动不动。阿敏从阿牟其的眼神中读出了内涵。泡狗儿汤时，阿牟其曾跟他说过心里话，大福晋心机过重，内控后宫，外蛊大臣，且不露痕迹，留下恐祸国乱政，我死后，必殉葬。

　　阿敏当然明白，曾经是乌拉部贝勒之女的阿巴亥，从小见过太多的尔虞我诈，她继承了乌拉贵族的狡黠与智慧。打击富察氏，蒙羞大贝勒时，她巧妙地把急于争宠的蒙古小福晋推到台前，自己不露一丝痕迹地藏起来。若不是后来，她使尽全身解数，将三个儿子悉数推成四小贝勒，十五岁的多尔衮便成了炙手可热的汗嗣继承者，天命汗还不知道阿巴亥是个十足的野心家。

　　面对着大福晋，阿敏直言不讳，替天命汗说出了心里话，大福晋和蒙古小福晋一同殉葬。天命汗微微点头，这才安详地闭上了眼睛。

　　阿巴亥扯着阿敏的衣襟，高喊着，汗王不是这个意思。

阿敏推开大福晋的胳膊，跪倒在地，冲着大福晋磕了个响头，大声说，大家有目共睹，汗意如此，不可更改。

阿巴亥扑向天命汗，摇晃着汗王的身体，喊着，我是你最宠爱的福晋，你不会让我殉葬的，阿哥们还没长大成人，我死了，谁来替你照顾他们。

天命汗闭着眼睛，面无表情，艰难地呼吸着。

阿敏面沉似水，无论阿巴亥怎么求情，没有丝毫作用。阿敏如此坚决，那是因为他看透了阿巴亥，阿巴亥晋升为大福晋后，不知使用了何种手段，居然让五大臣的风向标全部转向，争先恐后抬举她生下的三个阿哥，把汗王其他子嗣比得暗淡无光。小小年纪的多尔衮，名声已如日中天，不逊于四大贝勒，汗王爱如掌上明珠，大有继嗣之势。

一个孩子，手段怎会如此高明？用不着隐瞒了，谁都清楚，一切力量皆来自幕后的推手——阿巴亥。

既然国体为八旗共和，谁说汗位的继承者必须是四大贝勒，四小贝勒就不可以吗？阿巴亥能让大贝勒代善名声扫地，能激怒三贝勒莽古尔泰弑母，自己却能置身旋涡之外，还备受汗王恩宠，智慧岂止可与男人相比，没有汗王的控制，大金国完全有可能由女人当家，把十五岁的多尔衮推上大位。

如果阿巴亥在，她就是阿敏面前的拦路虎，一口将他吞噬下去，骨头都不会剩下。

正好借天命汗的口，除掉阿巴亥，让她势头正旺的三个阿哥失去靠山。不管阿巴亥使用何种诡计，阿敏执行汗命，天塌下来也不会改。

行至沈阳城外暖鸡堡，一声响亮的公鸡啼鸣回荡整个天宇。偏响的太阳，惊讶地瞪着人间，弄不明白了，刚到未时，朗朗晴空下，公鸡为何平白无故地打起了鸣？阿敏抬起头，望向天空，看着蓝天上游荡的一朵白云，正在纳闷儿，鸡鸣之声好奇怪，仿佛是从天上掉下来的。回头一看，鸡叫声中，天命汗的脖颈向后一挺，眼睛向上翻着，随后气绝人亡，灵魂伴随着天神阿布凯恩都里，一路高飞入天。阿敏突然醒悟，鸡叫走了老汗王的魂。

除了点头让大小福晋殉葬，天命汗再未留下遗言。

阿敏即刻将护卫汗王的仪仗变成了护灵的队伍，披麻戴孝扯白幡，抬起天命汗的灵柩，一步一哭号地向沈阳城走去。一群萨满在喇嘛和道士的陪同下，走在最前边，一路狂舞，为天命汗的灵魂开路，一直把灵柩护送进宫城。

宫里迎出来了一队巴牙喇，接过汗王的灵柩，穿过矗立在两旁的八大贝勒亭，直入大政殿。刚刚安顿好汗王的灵柩，四大贝勒即身着丧服，率众阿哥贝子和大臣，径直走向阿巴亥的寝宫，将陪灵回来的阿巴亥拦在寝宫内，烈日之下，他们齐刷刷地跪成一片。

阿敏看到，不管是阿巴亥从前的盟友还是政敌，从来没有如此心齐，迫不及待地让阿巴亥殉葬。大贝勒代善匍匐上前，跪在门口，催促阿巴亥谨遵汗命，不能耽搁时辰，即刻陪护汗王英魂一路西行。

寝宫里，三个阿哥抱着阿巴亥哇哇大哭，他们刚刚失去山一样的阿玛，贝勒哥哥们毫无怜悯之心，刻不容缓地逼着他们的讷讷去陪葬，仅仅一天，他们就成了无依无靠的孤儿。

阿敏心里很清楚爱新觉罗家族的规制，殉葬者只有最小的侧福晋，或者没有生养过的福晋。大福晋还要执掌整个后宫的内务呢，没有殉葬的必要。倘若部落首领的长子非大福晋亲生，大福晋还可被长子继承，沦为晚辈的福晋。

从这个角度来讲，阿巴亥可以不死，还有下嫁给代善的可能。然而，四大贝勒每个人心里都打着自己的小算盘，没有一个不盼她死的。代善身败名裂，她是幕后推手，当然要报一箭之仇。阿敏也不想看到四小贝勒中再拱出竞争对手，这个母老虎总让他心生恐惧。莽古尔泰虽然鲁莽，事情过了这么久，也终于明白是谁借了他的手杀了自己的讷讷。表面上看，只有皇太极与阿巴亥没有冲突，但皇太极的福晋与老汗王的小福晋同出于科尔沁部落，有谁能说得清楚，代善之祸是不是汗王的蒙古小福晋和大福晋联手制造的阴谋，为避免流言蜚语，皇太极也要灭掉她们的口。

不管是否符合规制，不管天命汗遗命是否存疑，从内心深处，四大贝勒同时需要名正言顺不留痕迹地谋杀掉阿巴亥。

在劫难逃了！既然如此，就要死得漂亮，死得明白。阿巴亥从容地坐在镜前，精心地梳妆打扮，她满头珠光宝气，身着华贵的礼服，熠熠生辉地站在门口，最后一次以大福晋的身份亮相在诸位贝勒面前。众贝勒低头垂目，以示恭敬，可他们的膝盖牢牢地堵在寝宫门前，坚定不移地堵住阿巴亥逃生的路。

阿巴亥左臂抱着多尔衮，右臂搂着多铎，面对死亡，毫无惧色。她说，我自十二岁服侍汗王，二十六载享尽荣华，万千宠爱集于一身，同汗王一路而行，实为荣幸，只是留下两个未能成年的阿哥，于心不忍，恳请诸位兄长好好照顾。

四大贝勒跪泣表态，若不善待两个幼弟，等同背叛汗王，天理不容。

阿巴亥毅然关闭了寝宫的门，安静地等待人们把蒙古小福晋送进来，准备一同上路。小福晋是一路哭哭啼啼被送进来的，她不想死，这样陪葬了，不甘心，她大声吵嚷着，这是阴谋，她要把阴谋说出去。

阿巴亥不容分说，毫不客气地勒住了小福晋的脖子，勒住她未说出口的话，直到小福晋气绝身亡。死是不可回避的事实了，三个阿哥还要在四大贝勒的影子下活着，不能留下任何把柄，为尊严而死，为孩子们而亡，阿巴亥不会犹豫。

没多久，传来了阿巴亥踢倒凳子的声音，世界在那一瞬间全都安静了，只剩下宫墙外的知了没完没了地叫。

阿敏咬着嘴唇，不为阿巴亥的死，而是为小福晋没有喊出的话，他知道，小福晋肚子里装着皇太极的秘密，可惜的是，阿巴亥到死都没让她开口，执意把秘密带到另一个世界。阿敏的心里很懊恼，却又无法言说。假若小福晋把秘密说出来，又将是一场轩然大波，所有和他争夺汗

212

位的人，都会苍白无力。

跪在地上，阿敏用眼角瞥了下身旁的三位贝勒，不断地掂量自己的分量。论德行，大贝勒和三贝勒身上都有的缺陷，在他身上找不到；论战功，他不比大贝勒少，遇到难啃的硬仗，老汗王哪一次不靠他的智慧和勇气？要说缺的，就是人脉了，从前人脉操纵在阿巴亥的手里，现在，阿巴亥没了，大臣贝子就得重新站队，谁强谁弱，还很难说。

阿敏要广结人脉，不懈地争取。

不由自主地，阿敏又回忆起了汗王驾崩前的那张脸，平静，安详，甚至还有一丝不易察觉的得意，仿佛没有留下任何遗憾和担忧。他无法弄明白，汗王没有留下继嗣的遗嘱，这么撒手人寰，就不怕贝勒相互倾轧，各自为政？不怕刚刚建立的大金国分崩离析？

老汗王把汗位之争的难题，就这样丢给了他的子侄。

继承汗位的较量，在暗中不动声色地开始了。处死褚英后，汗王留下汗谕，八贝勒共议国政，新汗由八贝勒共同推举。也就是说，四大贝勒和四小贝勒均有称汗的机会。阿巴亥一死，四小贝勒没戏了，剩下的四大贝勒，就要各显神通了。

阿敏寻求的第一个支持者，就是自己的亲弟弟，八贝勒济尔哈朗。八个贝勒中，唯有他俩不是汗王的骨血，有啥知心话，当然亲兄弟先商量。没想到，济尔哈朗冷着脸，不但没支持阿敏，还兜头给他泼上一盆凉水。

弟弟夹枪带棒地训斥哥哥，谁当汗王，和咱都没关系，千万别异想天开了，那是阿牟其家的事，这个美梦你做不得。你也不想想，阿牟其带你走，那是偏爱吗？汗王十六个儿子，谁陪不行，非得你二贝勒不可？汗王一生明察秋毫，你那点儿心思能瞒得过他？明知自己已是弥留之际，偏偏带你远行，啥意思，还用明说吗？除了不要你的命，和阿巴亥殉葬有多大的区别？别再惦记汗位了，小心身败名裂，老汗王早就不动声色地安排好了后事。

一番话，五雷轰顶般砸在阿敏头上，差一点儿把他击垮，他万万没有想到，亲弟弟居然会不支持他，还对他劈头盖脸地一通指责。他还指望着弟弟去找大贝勒代善呢，代善本性懦弱，只能为臣，况且品行上还有大的瑕疵，明智的选择是放弃争汗。那样按序推举，当仁不让的就是自己了，他期望着大贝勒顺其自然地助自己一臂之力。

看到哥哥急迫与焦虑的样子，弟弟的语气软下来，可制止哥哥争夺汗位的态度丝毫不软。他告诉了哥哥一个秘密，陪护汗王沐浴狗儿汤的这段日子，不知哪股风吹出了陈年老账，当年阿玛移兵黑扯木，就是二贝勒暗中唆使，被汗王识破，差一点儿被处死。幸亏四贝勒在汗王面前斡旋，否则早就是一堆荒冢了，哪儿还有二贝勒。

一股凉风从阿敏的脊梁骨冒出。老汗王从没计较那段往事，一直把他视为亲骨肉，为什么在夺嗣的关键时候突然冒出？不用猜，这就是皇太极的手段，四大贝勒中，三个人身存瑕疵，完美无缺的只剩下他四贝勒了。

阿敏扑通一声跌坐在地上，他真没有想到，刀子在最关键的时候，还是刺向了他的后背。弟弟济尔哈朗将哥哥拉起，语重心长地说，阿玛死得凄惨，别重蹈覆辙了，舒心地当咱们的贝勒，护国保江山吧。

没等阿敏离开济尔哈朗府邸，门口旗丁急忙通报，大贝勒代善之子岳托来了。阿敏来不及回避了，只好躲在屏风之后，侧耳倾听。风风火火赶来的岳托只告诉济尔哈朗一件事，国不可一日无主，大贝勒从善如流，认为四贝勒皇太极才能与德行举世无双，深得先汗圣心，应举荐为新汗。说罢，岳托展出了他们父子草拟的劝进书，让济尔哈朗签字。

一切都不用说了，阿敏明白了，皇太极早就把自己的弟弟、代善的儿子，还有正在崛起的小贝子们收在麾下了，逼得一言九鼎的大贝勒代善主动向四贝勒投降，不战而胜的手法，高明得已无人匹敌。阿敏身上冒出一股冷汗，没想到四贝勒藏得如此之深，出手如此之快，幸亏他把内心的想法只说给弟弟一个人听了，若是旁人知道了，那还了得，后果不堪设想啊。

　　既然命该如此，不如坦然面对。阿敏擦净冷汗，走出屏风，面带微笑，对岳托说，我和八贝勒刚刚商议此事，举荐四贝勒，看来是不谋而合了。

　　济尔哈朗瞅着哥哥，满脸惊愕，不认识了一般。

　　送走了岳托，阿敏马不停蹄奔向皇太极的寝宫。他可以放弃对汗位的争夺，但他必须让皇太极明白，镶蓝旗不可小觑，想得到支持，必须有所付出。

　　阿敏进来时，皇太极刚刚给汗王守灵归来。大丧期间，客套话都是多余的，阿敏也是单刀直入，直接提出，拥戴四贝勒承接大位，条件是让他出居外藩，开疆拓土。

　　直率的阿敏根本没有想到，他犯了和阿玛一样低级的错误，虽说成功地掩盖了争汗的意图，却也显露出了心存异志。

　　皇太极瞅着阿敏，一言不发。他不喜欢阿敏一边邀宠，一边要挟，嘴角冷冷地一翘，指着大政殿的方向，说了一句让阿敏心里更冷的话，汗王已殁，虚位以待，何苦出居外藩？

　　这话带有挑衅的味道，阿敏自知失言，连忙闭嘴，只提拥戴之事，再也不谈出居外藩了。皇太极不为阿敏的恭维之词所动，闭目养神，末了，意味深长地说，黑扯木之事，你本该殒命，白活了这么久！

　　阿敏听得懂皇太极的弦外之音，不想有人和他讨价还价。还没继承大位呢，居高临下的样子已经摆出来了，阿敏看得出来，那是稳操胜券的自信。

　　从四贝勒的寝宫灰头土脸地出来，阿敏眼里噙着泪，跟随汗王戎马生涯这么久，大金国的半壁江山都是他们父子打下来的，若是当初阿玛听从他的，不是移兵黑扯木，而是屯兵鸭绿江畔，如今的汗王之位，便是阿玛的。

　　俱往矣，现在想这些能有什么用，好在镶蓝旗兵强马壮，又没有把柄落在四贝勒的手中，即使登不上汗位，新汗又怎能奈何于他。

天上的月，是一轮上弦月，再过三天，就是中秋满月了，可苍天就是不让他圆满。

第二天一早，大政殿里第一次举行没有汗王的议政，议题只有一个，推举新汗。大贝勒代善拿出事先写好的劝进书，让诸位贝勒贝子传看。小贝子们面面相觑地看着代善，纵使大贝勒有错，先汗都谅解了，怎么会劝进四贝勒继承汗位？想一想，也释然，大贝勒宽厚有余，威严不足，智谋平平，与先汗相距甚远，难驭大局，识时务地退出汗位之争，也是明智之举。

既然大贝勒执意推举四贝勒了，谁再想说什么，那就是异议，于是大家齐声附和。

令人难以想象的事情发生了。四贝勒皇太极居然坚决拒绝，言称，先汗无遗命，若舍兄而嗣位，得罪上天也，上不能敬诸兄，下不能护子弟，国无善政，民无安生，赏罚不得实行，恐难堪大任。

皇太极拒之愈坚，代善劝之愈诚，从辰时劝至申时，皇太极才肯答应下来，还是一脸不情愿的样子。阿敏站在一旁，静观皇太极演了一天的戏。这戏演得越足，将来贝勒贝子们就越没有回旋余地，既然你们不遗余力地推举了他，那就得死心塌地忠于他，否则就是食言，新汗可以任意处置你们。

日薄西山时，按照老汗王"同心谋国，庶几无私，军政大权不能独揽"的汗谕，新汗皇太极与三大贝勒俱面南向，并坐听政，俨然如四汗，一并接受四小贝勒还有其他贝勒贝子阿哥的朝拜。

接受罢小贝勒和贝子们的三跪九叩，皇太极免去了三大贝勒的君臣之礼，谦恭地给他们行了兄弟之礼。阿敏心安理得地接受皇太极的叩拜，反正你的汗位是三位哥哥让的，恭敬也是应该的，否则换不来汗位的稳定。

有大臣提议，新汗登基，当改年号，皇太极不允，仍沿用天命十一年，等到新年之后，金国年号再改称天聪。也就是说，皇太极再也不是四贝勒了，而是天聪汗了。

余晖破门而入，洒落在大政殿里，给阴森的大殿铺了一层温暖。并坐在一起的阿敏与皇太极居然不约而同地侧过脸，意味深长地相互望了一眼。

八

阿敏没有想到，新汗王皇太极对他说的每一句话，都记忆犹新。既然他提出过出居外藩作为立汗的交换条件，就给他提供机会，出境朝鲜，歼灭驻扎在皮岛的明军，除掉毛文龙。

皇太极很清楚，虽说获得了汗位，可坐得并不舒服，大汗与三位大贝勒并肩而坐，同受朝拜，太别扭了，哪儿像大汗的样子。老汗王连和他相对而坐的舒尔哈齐都不能容忍，却留下遗命，让他与其他大贝勒并肩而坐。可他又不得不接受共和这个事实，加上从老汗王那儿继承过来的一旗，完全属于他的，不过是两黄旗而已，地位无异于贝勒。羽翼尚未丰满，只能先忍，笼络比打击更能奏效。

皇太极最先笼络的便是阿敏，因为阿敏的镶蓝旗实力最强。

阿敏闻听让他统率三万旗兵进入朝鲜，简直欣喜若狂，阿玛活着的时候，他多次劝阿玛，屯兵鸭绿江畔，伺机征服朝鲜，自立为王，现在机会就摆在眼前。

贝勒大臣无不为天聪汗皇太极捏了一把汗，三万八旗军，精兵强将都抽走了，天聪汗的安全谁来护卫？对二贝勒也太放心了。所有的进言还有议论，都成了耳旁风，皇太极就要把重兵交给阿敏，他相信二贝勒的本事，准能打个胜仗。

天聪汗皇太极对阿敏心怀异志一事，并非毫无察觉，登汗位誓告天地之后，皇太极即刻找到阿敏的弟弟济尔哈朗，询问阿敏出居外藩的言论。济尔哈朗如实回答，二贝勒确有此言，我以为，其言甚谬，力劝阻之，二贝勒反责我懦弱，后未闻二贝勒再有此言。

皇太极长叹一声，贝勒都想出居于外，自弱国也，我将统率何人？

老汗王所遗基业毁矣。

济尔哈朗忙跪下，如同当初暗中拥立皇太极一般再发毒誓，以生命捍卫天聪汗。

皇太极忙扶起济尔哈朗，他对济尔哈朗及代善之子岳托的忠诚毫不怀疑，否则他们不会弃父兄于不顾，全力支持他登汗位。

派阿敏统率大军出征朝鲜，并非一时兴起。对于天聪汗来说，打下宁远城，活捉袁崇焕，消灭祖家军，给努尔哈赤复仇，是继承老汗王遗志的大政。然而，征明的最大后顾之忧是明军东江总兵毛文龙，他盘踞皮岛，聚众十万，成为大金国肋下的一把尖刀，随时有可能捅过来。

老汗王攻打宁远，无果而终，不仅仅是受伤退兵那么简单，一座孤城，困也能困死了。更大的威胁来自沈阳城。毛文龙借助朝鲜的支持，乘虚而入，挥兵西进，若不及时回防，恐怕沈阳会陷于敌手。都城不保，会动摇军心民心，不得不防。

后顾之忧，必先除之。

能征善战，熟知朝鲜，位高权重，可驾驭众小贝勒者，除了阿敏真选不出更好的主帅。既然阿敏有出居外藩的野心，正好可利用，凭阿敏的本事，大获全胜毫无悬念。可这只风筝放出去，失控了就麻烦了，如何收放自如靠的就是自己两个最贴近的心腹，济尔哈朗与岳托，一并派过去，既能协助作战，又可牵制二贝勒的越轨行为。

风筝放出去了，线却牵在自己手中，有他们俩控制局面，不可能让阿敏胡作非为。

与大明争天下，方是皇太极的国策，朝鲜虽弱，却是不能吞下的刺猬，只要它俯首帖耳，按时纳贡，教训一番，也就罢了。朝鲜以向金国称臣为国耻，以明为君、以金为兄弟的观念已根深蒂固。光海君在位时，毕竟有过送还万余卒之恩，双方的关系还说得过去，尽管与大明暗通款曲，大体上能保持中立。光海君的侄儿李倧推翻了叔叔，政变上台，朝鲜与金国的关系便急转直下。

两国矛盾焦点集中体现在一个人身上，明朝东江总兵毛文龙。

连连灾荒，尤其老汗王宁远战败之后，金国的饥荒之势再度蔓延，斗米价银八两，易子而食，并非罕见。本来，粮食贸易金国严重依赖朝鲜的南方，运粮的三桅大船，从朝鲜南方沿海路直抵辽南。朝鲜北方山高林密，交通不便，地薄粮少，自给不足，粮食只能走海路，从主产区朝鲜南方调运。

偏偏毛文龙亦官亦盗亦匪，手段非比寻常，练就了三家通吃的本事。他以建立大明辽东根据地为名，勒索朝廷，大批辽饷滚滚而来，流进他的东江地盘。对待朝鲜，他以天朝的身份，恩威并用，让朝鲜替他养着军队，否则就不给朝鲜当屏障，闪开一条道路，给金国打朝鲜大开方便之门。对待金国，那就是贸易上卡脖子，隔开金国与朝鲜的直接贸易，赚取巨大差价。没过几年，刮足了三方油水的毛文龙已富可敌国，还养了一支强大的水军，所有的海上航道都被毛文龙封死了，他不让一粒粮食从海上运抵上岸，摆出不把金国人全都饿死决不罢休的架势。

更可恶的是，毛文龙躲在皮岛，经常扰乱边境，捕杀朝鲜境内的女真人，阻止朝鲜人越境降金，大肆收纳八旗人家逃离的阿哈（奴仆）和降金的汉人，避入朝鲜，编入明军。时常趁金国城堡空虚之时，采取倭寇的战术，从海上偷袭过来，拔城掠寨，屠杀旗人。

朝鲜国王李倧不但不驱逐入境的毛文龙，还划给毛文龙大片闲田，供其兵民耕种，免征商税，以助军调，供给军粮，以解生计，补充火药，以增军力。

南下攻明，宁远之败给大金国留下了阴影，且有毛文龙在，腹背受敌，想拔下宁远这颗钉子，始终心有余悸。西征蒙古，林丹汗正值兵强马壮，肯定是一场血战，胜负难料。刚登汗位的皇太极，急需一场胜仗巩固汗位。唯一的软柿子只有朝鲜，并且理由充足。何况，毛文龙庞大的钱粮，太诱人了，打掉他，就能解掉大金国的燃眉之急。

阿敏的出征，便应运而生。

天聪元年正月初八，阿敏带领济尔哈朗、岳托及几位小字辈的贝子，还有大额驸李永芳等八旗军，悄然出发，一路东进。

出发前，阿敏特意向天聪汗要来了他的结盟兄弟姜弘立，凭姜弘立在朝鲜的影响，无论打到哪里，都不愁找不到内应。三年前，朝鲜宫廷政变光海君被逼退位时，有人从宫中逃出，到沈阳避乱，也把一个不幸的消息带给姜弘立，他的妻儿一个不剩，尽被李倧斩杀。姜弘立当即哭昏在地。

此时不用姜弘立，更待何时？况且，阿敏还有更大的图谋，让姜弘立打前阵，能抵消朝鲜人对异族入侵的反感，一旦在朝鲜立稳了脚跟，不能只靠八旗治理一邦。

所以，当代善提出拿自己的额驸姜弘立向朝鲜换毛文龙时，阿敏激烈地反对，即使朝鲜同意了，他也不同意，爱新觉罗家族宁愿流血牺牲，也不能拿盟友的性命换和平。

三万八旗精兵借着长白山沟壑的掩护，连续行军四昼夜，谨慎而又快速地抵达凤凰城。再走一百里，就是鸭绿江畔了，凤凰城之东，山平地缓，缺少隐身之地，稍不留意，就会被明军的探子或者江对岸朝鲜派过来的细作发现。

阿敏将大军藏匿进大山之中，探明毛文龙在江边仅设六个哨位，便派出八十名巴牙喇，趁着夜色将六个哨位的明军不动声色地全部消灭。

三万八旗军随后赶到，趁着夜色，踏冰而过，直抵朝鲜义州城下。忠诚于光海君的朝鲜流亡士兵，早就混进了城中充当内应。等到阿敏命人竖起云梯攻上城墙时，义州节度使依然酒醉未醒，全城守军一片慌乱，只能仓促应战。朝鲜内应趁机在城内到处放火，抢掠军械，呼令士兵解甲归降，杀尽城门士卒，打开城门，迎纳金兵。八旗军如山崩海啸般冲杀入城。本该势均力敌的两万朝鲜军和一万明军，被这突然袭击打蒙了，连最起码的反抗都没组织起来就命归黄泉了。

攻克义州后，阿敏命弟弟济尔哈朗疾速奔向铁山，那里是毛文龙驻兵朝鲜的后勤重地，贮藏大量粮草。没费多大周折，济尔哈朗夺下铁山，劫获了全部粮秣。可惜的是，毛文龙自冰合以后，移驻皮岛，未能擒获。

主攻毛文龙，次攻朝鲜，这是天聪汗留给阿敏的叮嘱，跨过鸭绿江作战的借口，就是消灭毛文龙，顺便教训一下朝鲜。如今，明知毛文龙逃至皮岛，就该跨过大海，直捣毛文龙的老巢，永绝辽东之患。

然而，阿敏为难了，别看八旗军的铁骑可以横扫一切，偏偏没有战船，更不习水战，只能望洋兴叹。是以入朝驱明的名义，逼迫朝鲜，征集战船，攻下皮岛，还是深入朝鲜腹地，强迫李倧订下城下之盟？阿敏面临选择。

其实，阿敏心里早就选择好了，那就是一鼓作气。反正将在外君命有所不受，索性横扫朝鲜，挟持李倧成为自己的傀儡，名正言顺地出居外藩，当一个不称王的朝鲜王，不再受制于皇太极。阿敏的野心与姜弘立报复的烈焰交织在一起，八旗军长驱直入，势如破竹，连克不肯投降的定州、安州，直逼平壤。

平壤是朝鲜李氏王朝的旧京，也是朝鲜北部的军政中心，李朝上下，惊恐万状，闻风先溃。阿敏兵不血刃拿下平壤，进驻中和，随后兵渡大同江，尽陷半个朝鲜。

李倧再也不敢待在汉城的王宫了，学着毛文龙坐船出海，躲避在江华岛上。

中和大营，阿敏最不想看到的一幕突然出现。李倧派来了求和的特使，特使亮出身份时，吓了阿敏一跳，居然自称是姜弘立的儿子。果真如此，那么姜弘立全家被李倧所杀，就是彻头彻尾的谣言。阿敏担心其中有诈，找来姜弘立的随从，悄悄辨认，证实了特使无伪。

阿敏陷入矛盾之中。不让父子相见，有悖常理，若让姜弘立误认为这是爱新觉罗家族的阴谋，而不是流亡到金国朝鲜人的谎言，盟誓时的生死之交，立马就会成为你死我活的敌人。若是父子相见，手中的这张王牌，就等于自动放弃，金国再也拴不住姜弘立的心了。

思虑再三，阿敏决定，放弃姜弘立，不再让他当先锋，立马安排父子相见。八旗军一路摧枯拉朽、泰山压顶的态势已经形成，有没有姜弘立相助，已无关大局了，况且又接纳了一批朝鲜降兵，不乏愿意效犬马之劳的人。

阿敏自信十足，占领整个朝鲜，早晚的事情。

姜弘立见到儿子的那一瞬间，呆住了。他万万没有想到，全家安然无恙，儿子还得到了李倧的重用。霎时间，父子相拥，哭得泪奔如雨，地动山摇。接下来，双方的谈判，姜弘立不得不坐在与儿子对立的位置，谈八旗撤出朝鲜的条件。

阿敏的心思根本没在撤军上，他在观察姜弘立，从姜弘立的眼神中，他明显地看出，姜弘立后悔了，不该引狼入室。阿敏心中暗想，后悔也晚了，朝鲜最牢固的北方防线全面崩溃，南方的一马平川，就是八旗军放马狂奔的好去处。

姜弘立的儿子带来了李倧的亲笔信，质问金国，两国原无仇隙，何故兴师犯境，自古欺弱凌卑，谓之不义，无故杀害人民，是谓逆天，若果有罪，当遣使先问，然后声讨，岂有不宣而战之理？今当退兵，可议和也。

看过李倧的信，阿敏一笑了之，即将成为亡国之君了，还敢以仁义之名指责金国兴兵。阿敏当即回敬，历数朝鲜犯境助蒙、纵容布占泰、发兵助明、资助容留毛文龙、煽动我民逃离等七条罪状，一宗宗一件件都是罪恶滔天，随时随地都可以兴兵讨伐，何谓不仁不义？我且留师五日，若诚心议和，再遣特使，如期不至，我军即鼓行而前。

送走特使时，阿敏也送走了姜弘立，反正留人也留不住心了，不如做个顺水人情，让他们父子同行，也向李倧表示，金国不稀罕拿大元帅姜弘立换毛文龙。

放走姜弘立，阿敏颇有深意，表面看显示其大度，实际上也是给代善吃个苍蝇，放走你的额驸，让你的格格成为活寡妇。四大贝勒中，阿敏本来和代善最为和睦，代善软弱无能，不敢争夺汗位了，却不推荐德能兼备的他，反而惧怕谋害过他的四贝勒。你以为荐汗有功就可以安稳地睡大觉了？妄想！

汗王只有一个，和他并驾齐驱，早晚没有好果子吃。

阿敏的鼻子灵敏地嗅到了未来的危险，他现在只有一门心思，寻找一切借口驻留朝鲜。与李氏的谈判极其艰难，李倧躲在江华岛上，反正阿敏没有水军，奈何不了他。阿敏也不想谈得顺利，既然生杀予夺的主动权掌握在自己的手里，那就狮子大开口：一是割地，以大同江为界，承认占领的事实；二是送人，把毛文龙捆绑过来；三是借兵，朝鲜出兵一万，助八旗军攻打明朝。

三个条件，刀刀见血，条条割肉，答应哪一条都是亡国之兆。李倧不允，阿敏继续用兵，占黄州，进平山，距江华岛仅仅百余里，大有直趋王京汉城之势。

李倧害怕了，派遣族弟为特使，至营中叩见阿敏，自愿认罪，表示归降，愿岁贡万物，求得和解。可是双方你来我往缔结和约时，阿敏依然计较不休，让李倧永绝明朝。李倧不从，他不可能与宗主之国彻底割裂关系，继续坚持以明为上国，金为兄国，和平共处。这一条款不过是脸面上的事情，阿敏不再固守。和约中年号的称谓，阿敏认为极为不妥，去掉明朝的年号，要用只能用天聪，不能用天启。双方争议的结果是不书年号。最后一个争议是杀牲盟誓。李倧以母丧方在，忧服期间绝不杀生为名，拒绝举办盟誓仪式。谈来谈去李倧只是让步到让大臣替他杀牲盟誓。

盟约签下来了，不外乎各守封疆，不兴干戈，更为详尽的便是岁贡的内容。阿敏看都没看，随手扔掉，若不是皇太极再三催促，不图领土，适可而止，他才没这个闲心谈来谈去，早就跃马扬鞭，踏进汉城，领略王京的繁华了。

看着被风吹动的盟约，阿敏冷笑一声，淡淡地说了句，不过是废纸一张。

九

东征朝鲜，皇太极既要剿灭毛文龙的势力，消除侧翼威胁，还要劫下毛文龙堆积如山的粮秣，更要打通海上运粮通道，以解大金国的饥馑，一石三鸟，哪怕损失些八旗子弟，也值得一战。至于朝鲜国土，没有惦记的必要，留下以强凌弱的恶名，怎能赢得四海折服？既然盟约已签，目的达到，当撤兵回国。

这与阿敏的意图正好相悖，出居外藩是阿敏的根本意图，消灭毛文龙只是借口。既然风向转向主攻朝鲜了，那就不顾一切地打下去，拿下王京汉城，直捣济州岛，吞并整个朝鲜，扶持流放在济州岛的光海君当自己的傀儡。

阿敏有阿敏的算计。眼下，八旗的精锐尽在他的麾下，倘若明朝或蒙古林丹部从西部乘虚而入，再好不过了，皇太极唯一的救命稻草就是向他求救。到那时，皇太极若不让出汗位，他就袖手旁观。占据朝鲜，进可攻，退可守，既可另立为汗，亦可挟制皇太极，成为两国大汗。

现在，朝鲜国王已经被他打怕了，缩在江华岛上不敢出来。虽说隔着一道海峡，也等于把李倧踩在脚下了，大兵压境，投降是早晚的事情。下一步，他还要用朝鲜的水师，以替朝鲜复仇的名义，渡过对马海峡，征服倭国。

老汗王活着的时候，不止一次说，没能入朝抗倭，终生憾事。言外之意，便是有据朝鲜收降倭国的宏愿。现在，阿敏觉得，阿牟其的梦想离他越来越近了。

然而，这么完整的战略构想，却被无情地打碎了。

第一个打碎阿敏梦想的，便是额驸总兵李永芳。八旗军屡屡打败明军，大多出自李永芳的妙计。八旗军中，汉人数他地位最高，功劳也最大，说话的分量仅次于贝勒。他劝说阿敏，我等奉上命，秉义而行，若自背前言，不义。朝鲜已遣大臣来，负罪请和，盟誓天地，我等当即行班师。

大帐里，高高在上的阿敏勃然大怒，把李永芳骂个狗血喷头。你一个降将、奴才，跟我装腔作势，别以为我不敢杀你，休得多言。李永芳满脸通红，躲在一角不敢吱声。地位显赫的李永芳，如此被人扒光了般的骂，还是第一次，只剩下满脸的羞愧。

大帐里的议政会，在阿敏的暴怒声中不欢而散。只剩下代善之子岳托留下，力劝阿敏，我等统率重兵，不可久居在外，且明朝、蒙古皆逼近我国，皆敌人也，朝鲜王京，阻江为险，江岸置木栅枪炮，兵马环列，况江冰已解，亦恐难渡，请谨遵汗命，急归防御。

岳托是扶皇太极上汗位的核心人物，是不能轻易得罪的，好在怒火已经发泄到李永芳身上了，阿敏也平静下来许多。

阿敏固执地说，听说朝鲜都城的宫殿城阙辉煌无比，现今既已打到这里，你我叔侄何不见识一番？

岳托变了脸色，他说，我只有一个额其克，就是天聪汗，想见识王阙之美，咱们去北京，与大明的宫殿相比，朝鲜逊色得多。阿敏还要强留岳托，岳托拂袖而去，言称，你打你的，我回义州。

当晚，弟弟济尔哈朗也来到阿敏的帐中，劝阿敏悬崖勒马。阿敏回答，已经打到这里了，还回去干什么，不如留下来屯兵种地，共图大业。

大业是什么，济尔哈朗清清楚楚，他毫不客气地警告阿敏，别以为天聪汗不知道你心怀二心，随你来的贝勒、贝子，听从的是天聪汗的旨意，你敢不撤兵，七旗将与朝鲜国王结盟，以大逆不道入侵之罪，共诛之。阿敏不信，弟弟亮出李倧写来的书信，原原本本地告诉哥哥，朝鲜国王和所有的贝勒都有私下协议，防备的就是你的轻举妄动。

看到亲弟弟那张不依不饶的脸，阿敏身上的冷汗顺着脊梁流下来了，他确实高估自己了，没想到皇太极心机如此之深，办法如此老辣，早就不动声色地牵制他了。现在，能彻头彻尾听他的，只剩下自己的镶蓝旗了。陷入异国他乡，面临四面作战，粮草辎重远远地丢在义州，没掌控在自己手中，假若一意孤行，不但四面楚歌，还失去了道义的支持，局面一旦演变到那时，注定是一场败仗，阿敏还不至于糊涂到这一点都看不清。

阿敏沮丧无比，愤怒地摔打着大帐里的摆设，发泄着满腹的牢骚，我何故生而为人？还不如山上的一棵树，或者坡上的一块石头，即使被人砍伐为柴，甚至被野兽浇上一泡尿，也胜过今日，活得如此憋屈，还得出生入死，有什么意思。

弟弟抓住了阿敏的袖子，不让哥哥大声吼。阿敏哭成了泪人，虽说他战无败绩，可他真的不忍心与八旗子弟骨肉相残，当年给阿玛出谋划策，走的就是这条路，现在已经成功一半了，却被皇太极识破了，功亏一篑。不但没能出居外藩，还让自己的镶蓝旗损兵折将，无形中消耗了实力。

皇太极真是把他算计到骨子里了。

一夜未眠，阿敏情绪坏到了顶点。第二天一早，阿敏下令撤出平山，返回平壤，允许八旗将士分路纵掠三日，财物人畜，悉行驱载，至平壤聚齐驻营。有固山额真提醒他，盟约已签，不能纵兵抢掠。阿敏怒睁圆眼，谁说签啦？要签也是我签，我没签，就没有这回事。

八旗军分头拔营而走，一时间，沿途村庄城寨烽烟四起，每过一庄，人员财物，牛马猪羊，均被劫掠一空，所过之处，一片残垣断壁，路上无人掩埋的尸体，数不胜数。

李倧痛心疾首，忙从宫中挑选最美的美女，送与阿敏，恳求别再劫掠杀害了。阿敏笑纳了朝鲜美人，这才制止了抢劫与杀戮，佯装不知之前有盟约一事，还把李倧埋怨一顿，两国缔结盟约，岂有贝勒爷与国王不签字的道理，要求重签盟约，把之前的盟约中强调双方共同约束的四条，改成了只约束朝鲜的五条。

听到朝鲜与金国签订了更不平等的盟约，姜弘立羞愧难当，留下叛国当诛的遗书，自杀而亡。

这个朝鲜的美人非同一般，不同于蒙古与女真人的粗犷，更不同于汉家女的矫揉造作，她苗条白净，眉清目秀，落落大方，能歌善舞，温柔体贴，丢上一眼，魂都被勾走了。阿敏看得个心旌摇荡。阿牟其赏给他那么多福晋，没有一个像朝鲜美人那样，让他可心，若是留在朝鲜，这样的美人，还不是应有尽有。

可惜呀，可惜，尽管对朝鲜恋恋不舍，阿敏还不想闹得众叛亲离。

然而，回去意味着什么？意味着要夹着尾巴活着，这不是阿敏的性格，他难受极了，不知道怎样面对未来。撤回国内的路上，与劫掠足了狂欢不断的众八旗将士相比，阿敏显得无精打采，除了欣赏朝鲜美女歌舞时，脸上露出满足的笑容，一路上沉默不语。

撤到义州，阿敏留下了千余人，驻守义州和铁山，时刻监视毛文龙的动向，不让任何人资助穷途末路蜗居在皮岛上的毛文龙。

一路上看着可人的朝鲜美女，阿敏早已按捺不住了，太想纳入帐中日夜服侍自己。岳托立刻跳出来反对，朝鲜国王所贡之物，必须进献给天聪汗。阿敏对岳托反感至极，小小年纪，到处周旋，经常拿天聪汗压他，便大声质问岳托，你阿玛出征蒙古时，不是也纳了一个女人吗？

岳托回敬，那是先送给汗王之后，汗王赏赐的，你当时不也被赏了一个吗？你现在的做法是私处纳娶，不合礼法。

无奈，阿敏只好放弃与朝鲜美女同居一帐，等到进献给皇太极之后再要回来。

回到沈阳的第二天，阿敏仍未得到皇太极的召唤，凯旋的八旗军依然宿营在沈阳城外。他等了一天，也没听到将朝鲜美女赏赐给他的消息，焦虑得茶饭不思。此次征讨朝鲜，立了不世之功，解决了整个大金国的粮食危机，完全消除了王都沈阳的侧翼危险，莫说赏给他一个女人，就是赏给他半壁江山都不为过。

要面子的阿敏再想美人，也不会自己去大政殿，没脸没皮地向皇太极要一个女人，而是派出自己的副将向天聪汗讨要。

没想到，副将碰了一鼻子灰，皇太极反倒埋怨起阿敏，入宫之前，何不言之，今已入宫，便为宫中之人，如何给得？这不是坏了规矩，乱了章法吗？

阿敏太丢面子了，美人没得到，还遭到一顿奚落。岳托这个小杂种，真不是好东西，说好了的，由他开口，替二贝勒索要，谁料在大政殿上居然一声不吭。阿敏以为，这种事情，大殿上不好说，岳托肯定会背后替自己说话。没想到，这个坏小子偏偏一言不发，明摆着是取悦皇太极，故意让这个不可多得的美人入宫，成为皇太极的侧福晋。

这股闷气憋在肚里真难受，再到大政殿议事，阿敏便时常拿话敲打一下皇太极，佯装关心的样子，说些"脸色不好，是不是累着了"等怪话。

皇太极明知阿敏心里惦记着那个朝鲜美女，故意不搭理他，也不想让阿敏以此为借口，散布对他的仇视，伤了兄弟间的和气，便大张旗鼓地将这位朝鲜美女赏给了手下正黄旗的总兵官，以绝阿敏的念想。

阿敏快要气疯了，朝鲜之战挽救了大金国，这么大的功劳连一个美人的犒赏都舍不得给，还得让他打掉牙往肚里咽，这让他怎能忍受？济尔哈朗劝他，再难咽也得咽下去，让你打毛文龙，你却把矛头指向朝鲜，让你见好就收，你却对平民大开杀戒，若不是这次功高盖世，天聪汗岂能饶过你？

阿敏暴怒，不饶过我又能怎样，你若随我一道留在朝鲜，何必受这窝囊气。

济尔哈朗也生气了，再敢胡言，我替天聪汗送你去人圈。

阿敏瞪大眼睛瞅着弟弟，阿玛与褚英在人圈的日子，他是亲眼所见，那可真是活着比死了还难受，没想到，弟弟居然对他有这种想法，他终于闭嘴了。

弟弟流着眼泪，给阿敏跪下，不是他心狠，他失去了阿玛，不想再失去哥哥。

眼泪泡软了阿敏的心，朝鲜美人的样子在他的泪眼中渐渐模糊，英雄不能死在石榴裙下，他跟随着弟弟的脚步，未带一兵一卒离开了城外大营，进入沈阳城内，进入大政殿里。

当着众人的面，阿敏第一次单独给皇太极跪下，山呼汗王万岁，万万岁。

庆功盛会如期举行。天聪汗率留守沈阳的诸贝勒出城迎接，立马以待。凯旋的八旗军，列阵整齐，在岳托与济尔哈朗振臂之后，响彻云霄地高呼，汗王英明。

阿敏心里酸溜溜的，一路胜仗，是他打下的，没有他的运筹帷幄、机智与勇敢，哪儿有征讨朝鲜的大胜？最后功劳全落在了皇太极的身上，成了汗王英明，自己的英明被抹杀得一干二净。

尽管心中不悦，礼节上的事情却是马虎不得，阿敏率随征的诸位贝勒，策马驰至皇太极面前，下马依次排列，令旗丁竖起八旗，祭拜天神，向天聪汗行三跪九叩之礼。仪式过后，众贝勒贝子及大臣随天聪汗进入宫城，分别享用汗王为他们备下的庆功筵席。

筵席之上，三大贝勒及朝鲜王室的人质，分坐在天聪汗的左右，贝勒贝子大臣坐在两翼，皇太极举盏敬功臣。贝勒贝子大臣回敬天聪汗时，满口歌功颂德，三大贝勒尴尬地坐一旁，备受冷落。

大贝勒与三贝勒无所谓，寸功未立，没人喝彩实属正常，可大功臣阿敏无人敬酒，却如坐针毡。好在两个贝勒还算识趣，隔着天聪汗，微微举盏，向他遥祝了一下。

庆功宴过后，就是论功行赏。小贝勒各取所得，谢主隆恩的声音此起彼伏。大贝勒和三贝勒没去征伐朝鲜，封赏却和阿敏同样，理由是两位贝勒的威名镇住了明朝和蒙古，使他们不敢轻举妄动。功劳、美女、财富都归了天聪汗，阿敏的镶蓝旗，除了损兵折将，没有额外的恩赐，他的心里一阵阵发凉。

阿敏知道，这是皇太极故意为之，拉拢小贝勒，孤立老功臣。

封赏过后，天聪汗须臾也等不得，亲率八旗，谒堂子，出沈阳，举兵西进，去攻打宁远，替老汗王报仇。

　　远征朝鲜百余天，征程数千里，额真劳顿，兵马未歇，粮械未备，八旗军已是疲惫之师，不做休整，怎能继续作战？况且，八旗军擅长的是冬季远征，暑热行兵，已犯兵家大忌。更重要的是，阿敏经历过一年前的宁远之战，袁崇焕可不是好惹的，没做周密的安排，也没有把探子和内应打入明军的内部，天时地利人和皆不具备，这仗该怎么打？

　　虽说阿敏一肚子疑问，却不想提醒皇太极，反正自己不是主帅，天聪汗想以此战立威，我倒是要瞧瞧你的本事。

　　阿敏随军而行，却默不作声。

　　果然，历经二十五天的宁锦之战，天聪汗除了丧失两个儿子，捧回数不清的骨灰罐外，一无所获，和天命汗一样，尝到了失败的苦果。即便大败而归，皇太极也退得有章有法，沿途汉人村庄，秋毫无犯。

　　在收买人心上，阿敏承认，自己不如皇太极，他不喜欢假仁假义。他觉得吸取战败教训，远比让一批汉民跪在地上喊万岁重要得多。阿敏心里说，仗本就不该这么打，若是他指挥这场战役，不妨再等他半年，把朝鲜兵征调过来，既可防备朝鲜背盟，又可将宁远、锦州两座孤城分而围之，围点打援。

　　这个世界真不公平，汗王打败了，那就是败了，还能怎样，下诏罪己？顶多不搞庆功仪式罢了。假如这仗是他打败了，圈禁都是轻的，弄不好直接砍了头。幸亏皇太极不再信任自己，亲自挂帅，否则他就是替死鬼。

　　阿敏庆幸自己没有担当攻打宁锦的主帅。

十

　　锦州、宁远的战败，让皇太极吸取了教训，第二年秋，西征察哈尔林丹汗时，他就显得从容了许多，先是结交深受林丹汗欺凌的蒙古四部，取得了盟主地位，再挥师西进，利用蒙古各部错综复杂的矛盾，把势力拓展进了蒙古腹地，还设立了蒙古二旗，分封了两个贝勒。

又历时一年，大金国在科尔沁、奈曼等部的支持下，于蒙古东部站稳了脚跟。此时，已经是天聪三年，大明朝的天启帝也驾崩了，其弟继位，进入崇祯二年。

几个月前，传来惊人的好消息。大明朝内讧，袁崇焕从海上去了皮岛，列举毛文龙十二条罪状，居然手持尚方宝剑，杀了毛文龙，阿敏兴师动众没有办成的事情，却让袁崇焕办成了。皮岛明军，不同于普通官军，亦官亦匪，不知有朝廷，只听毛文龙一人调遣，斩了主帅，以为他们就会听从袁督师啦？

趁着袁崇焕做着两面夹攻五年复辽的美梦，皇太极下出了一盘大棋，向东收降纳叛，放开了收留毛文龙旧部，只要肯从皮岛逃离出来，就给予高官厚禄，不惜代价，瓦解皮岛明军。来自东部的威胁，就这样兵不血刃地解除掉了，加入八旗的汉人越来越多。

兵贵神速，驻扎在老哈河一带的皇太极立刻改变战略方向，不再深入察哈尔，攻击林丹汗，而是转兵南下，在蒙古诸部的支持下，组成联军，借道而行，直扑蓟镇长城，突破龙井关和大兴口两路长城隘口，直逼北京。

事先，皇太极做了铺垫，迷惑住了袁崇焕，派兵到锦州，摆出一副攻城的架势，弄得袁崇焕调来山海关内的兵力，全力巩固宁锦防线。等到袁崇焕弄明白皇太极的战略意图时，已经晚了，八旗军将北京团团围住。

北京城不同于宁远城，大明朝经营两百多年了，墙高城牢，易守难攻。皇太极绕道蒙古，奇袭北京，政治意义非比寻常，即使不能破城，威慑与逼迫议和，其收获不亚于攻城。

包围北京城前，皇太极攻下遵化时，袁崇焕方知上了当，与祖大寿等率九千关宁铁骑，星夜兼程，赶往北京救驾。这是一场真正的旷野大战，关宁铁骑与八旗军血战广渠门与左安门，那是真正的强者相遇，两军马颈相交，拼搏厮杀，尸山血海，关宁铁骑硬是从八旗军的包围圈里打出了一个血胡同。

闻听二十万勤王明军从四面八方赶来，九千人的关宁孤军都不能歼灭，皇太极深知这仗不能再打下去了，却又不甘心四年三次败于袁崇焕之手，便心生一计，既然崇祯皇帝多疑，那就多设几个迷魂阵。他故意放跑两个太监，让他俩回到崇祯帝身边，传递袁崇焕暗中降金的假情报。

崇祯帝果然中计，不再信任关宁铁军，关宁铁军来到城门之下，明军非但不开城门迎入他们，反而坠石放箭以驱之。贵为兵部尚书蓟辽督师的袁崇焕，只能坐着城上坠下的筐，被提入城中。随即，崇祯帝以勾结后金为名，下令将袁崇焕打入天牢。

祖大寿闻讯，号啕大哭，率关宁铁军狼奔而走，退回关外。

虽未获胜，心腹大患已除，况劳师远犯，久暴兵旅，天寒地冻，粮秣奇缺，又深入腹地，必须及早脱身了。皇太极给崇祯帝留下两封议和的信，便下令退出北京，且战且退，重新夺回永平、滦州、迁安、遵化四城，在大明王朝的心脏留下个楔子。

皇太极率军入关苦战百余天，阿敏留守在沈阳，始终是个旁观者。现在，皇太极退出关内，却让阿敏率六千镶蓝旗，速来四城换防，把固守四城的艰难职责交给了阿敏。围困北京，镶蓝旗养尊处优呢，没有冲锋陷阵，驻守四城，也该轮到你们了。

阿敏的心里哑巴吃黄连一般苦。二十万勤王明军，加上关宁铁军，还有拱卫北京的明军，岂能容忍你时刻威胁皇帝的安全。阿敏留守的四座城池，就是众矢之的，想固守下来，不比背走长白山容易。

交接四城时，皇太极留下了八条禁令：勿杀降者，勿淫妇女，勿抢财物，勿拆庐舍，勿损器物，勿伐果木，勿吃明食，勿饮明酒。皇太极想以四城为范例，让大明朝的人看一看，大金宽大为怀，凡归顺之民，投降之俘，既可无忧无虑地耕种田禾，又能快乐地开铺经商，老人在家中享受天伦之乐，儿童街头欢愉嬉闹，我这里比苛捐杂税的明朝不知要幸福多少倍。

阿敏虽应诺下来，心里却另有盘算，如此多的禁令和束缚，让镶蓝旗喝西北风啊？你把天上人间的美好情景描绘给汉人了，可那都是水中月，镜中花，无法兑现的承诺，我阿敏拿啥替你还愿？

反正你就要离开四城了，城怎么守，仗怎么打，就由不得你了。他本想把济尔哈朗留下，毕竟是亲兄弟，能互相照应。遗憾的是，攻打北京城这场硬仗，济尔哈朗受伤在身，所率之部征战一年，疲惫不堪了，需要休整。更重要的是，皇太极需要济尔哈朗在身边，喜欢他的忠诚。

四城虽难守，但阿敏并没有那么悲观，既然女真都称他比三音贝子还要勇敢，日头都能射下来埋进山沟里，就不妨碍他试一试背走长白山。况且，阿敏还有另一层打算，虽说置身于险境，却也是出居在外，既然做不成金国的汗，离北京这么近，坐一坐大明的龙椅，也未尝不可。

阿敏又一次高估了自己。

八旗军最擅长的是旷野之战，阿敏攻城克堡的本事已出神入化，只要站立在高高的战车顶上，往城里瞭望几眼，旗帜一挥，几套攻城的策略便会轮番而上。至于如何守城，四座孤城如何相互支撑，阿敏还是第一次遇到。

守城，不是他的强项。

阿敏把驻守的地点选在了四城的中心永平府。这座城池，城坚炮利，箭矢充足，镶蓝旗的巴牙喇个个百步穿杨，足以对抗十倍于己的明军。若永平无恙，其他三城遭受攻击，可随时增援过去，把明军扯到旷野之外，让八旗军风卷残云扫荡过去。

令阿敏意想不到的是，围堵过来的是八旗军的老对手，祖大寿从关外的宁远城带来三万祖家军，直逼滦州。明大学士孙承宗亲率五万大军，增援而至，八万大军围攻只有两千多守军的滦州。崇祯帝红着眼睛，高低要收复京东四城，以告慰社稷，重振天朝大国之威。

真是越怕什么，越来什么，明军铺天盖地而来，并不急于把四城分而围之，而是集中优势兵力，稳扎稳打，将四座城一座接一座地吃掉。若是天聪汗作壁上观，不速派援军，就等于断送了镶蓝旗，形势危如累卵。阿敏求援的信一封接一封，却封封如泥牛入海。

守滦州的固山额真真是个巴图鲁，面对四十倍于己的明军，坚守了四昼夜，红夷大炮把城墙一段接一段地炸塌，明军依然无法登上城去。辅助守城的，是归降过来的明军巡抚，巡抚明知降回去是死路一条，为了保命，也在拼死抵抗。与大明朝倾尽全国的兵力相比，阿敏的镶蓝旗显得是杯水车薪，尽管如此，他还是派出了几百名以一当十的巴牙喇，增援滦州。

与巴牙喇对阵的祖家军，被朝廷誉为"关宁铁骑"，作战最为顽强。曾力劈大明朝第一猛将的阿敏，宁锦之战与他们交手时，第一次遇到打得难解难分的对手。现在，这几百名巴牙喇就深陷三万祖家军的阵营里，杀得个昏天黑地，血水染红了铺天而降的大雨。

守滦州的额真趁机冒雨突围而出，巴牙喇们为掩护他们，血战到底，直至全军覆没。额真带着滦州巡抚及两千多守军、降民，撤退进了永平城。

坏消息接连传来，迁安城守军不敌明军进攻，带着降卒顺民，也投进了永平城。遵化城守将弃城突围而出，越过长城，退居关外。永平城四面受敌，已成孤城，一旦二十万明军合围成功，想突围也突不出去了。没有援军，没有补给，永平就是汪洋大海中的一座小孤岛，随时都会被风浪吞没。

阿敏的心掉进冰窖里一般，大明王朝举全国之兵，就想消灭掉六千镶蓝旗，给他们的皇帝涂脂抹粉。而皇太极呢，故意把他丢在虎口里，还扔下八条戒律，不露痕迹地借刀杀人。

天神哪，你对我太不公了，怎么让我们推举这样一个蛇蝎心肠的新汗王。

永平城里谣言四起，内奸层出不穷，抓也抓不过来。阿敏摆出一副血战到底的架势，紧紧关闭城门，不让任何人出进。黄昏时分，阿敏突然下令，不分巡抚还是知府，不管真降还是假降，只要是汉人，格杀勿论。有额真劝阿敏，天聪汗有八条禁令，不能违抗。阿敏举起手中的剑，大声呵斥，永平城的奸细快和八旗军一样多了，你是不是等着人家里应外合砍掉你的脑袋。额真不再吱声，立刻执行。

一时间，永平城里血流成河，汉人的尸体堆积如山。杀过人之后，阿敏下令八旗军将士将全城的财富劫掠一空，趁着夜色，悄悄出城。从明军的包围圈中间穿梭过去，越过冷子口长城，与遵化退守出来的八旗军会合在一起，一并撤向沈阳。

当日深夜，明军抵达永平，形成合围，永平城寂静得死了一般，只剩下猫头鹰得意地狂叫。明军放出探子悄悄摸进城里，又被尸山血海吓了出来。

次日黎明，血一样的太阳升起时，永平成了真正的血城。面对血腥的屠杀场景，所有的人都惊得目瞪口呆。

回到沈阳城外，时节已是盛夏，火热的太阳晒蔫了浑河岸边垂柳的叶子，也把阿敏晒得蔫头耷脑。

皇太极早已得报，阿敏弃掉京畿四城，大败而归。尤其是听到杀掉了所有降顺官民的消息，自己的阿哥战死了都没哭的天聪汗，此时却无法控制悲愤的情绪，竟然痛哭流涕，愤怒不已。他下令，不许阿敏进城，距沈阳十五里处待罪，听候发落。

听说镶蓝旗回来了，家眷纷纷拥出沈阳城，去大营中找自己的亲人。阿敏突然来了精神，大声喊着，我对得起你们了，把他们都从绝境中带了回来。旗丁与家眷们回应着，二贝勒英明。

阿敏凄凉一笑，心里想，"英明"这个词，怎能配给他呢，那该说给天聪汗，即使两次出征，两次大败而归，英明也属于天聪汗。阿敏知道，如果自己轰轰烈烈地殁于京畿四城，皇太极会极尽赞美之词，在大金国大肆传颂他的功劳，还会荫及他的儿子，擢升他为一个小贝勒，继承几乎要打光了的镶蓝旗。可是，阿敏是战神，一生绝无败绩，撤出京畿四城，不过是战略转移，如若兴师问罪，也是你皇太极错误的战略造成的，我不过是你的替罪羔羊罢了。

君叫臣死臣得死，否则便为不忠。既然夺嗣之争失败了，出居外藩也半途而废，我就是活死人了，你愿意怎么处置就怎么处置吧。阿敏心如死灰。

如何惩治阿敏，皇太极并不着急，反正你已经回来了，反正你已经是丧家犬了，举国上下都沉浸在丧失京畿四城的悲愤之中，你已经成了众矢之的，在如此的舆论氛围下，你的争辩再有理，也是苍白无力的。

皇太极先是派出额真额驸等官员查抄赃物，无论贝勒大臣还是旗丁士卒，凡从永平劫掠来的牲畜、金银、绸缎、布匹、衣物，皆查没入官。

随后，就是孤立阿敏。听说旗丁们高呼阿敏英明，皇太极的眉头皱出一道山川，必须将阿敏与士卒们隔开。他下令，所有镶蓝旗的士卒均可以回家团聚。贝子额真牛录等均留守营中，不得擅自行动。一声令下，失去约束的士卒们狂奔回家，阿敏身边的人越来越少了，少得他连扯旗造反的心情都不可能存在了。

接下来，分头审讯，辨别责任，分别处分。阿敏心里清楚得很，追究责任谁都会推诿，到头来，所有的责任都得追究到他的身上。然而，最应该承担责任的是谁？那就是你皇太极，明知不可为，偏偏为之，不就是想借六千镶蓝旗的人头换我阿敏名正言顺地丧命吗？我偏不，要杀就杀我一个，别拿六千个勇士为我殉葬。我可以目空一切，但我绝不卑鄙无耻。拿下我，你就可以稳坐江山了，我失败了，百口莫辩，我选择哑口无言。

最后的事情，那就是收监关押。阿敏已经准备好了，和褚英一样，戴上沉重的脚镣，走入人圈，过着猪一样的生活。

成者为王，败者为贼，汗位之争，也是如此。只不过皇太极高明些，偏偏不说权势之争，顾左右而言他。

声势浩大的揭批清算开始了。揭发的程度空前激烈，把阿敏的阿玛舒尔哈齐的陈年老账都揪了出来，就连阿敏三岁时偷吃一块萨其马都成了罪状，更别说驻守京畿四城每一时每一刻的言行了，全都分析出了谋逆之举、不臣之心，其罪行早已罄竹难书。

阿敏不反驳，反正死猪不怕开水烫了，反正欲加之罪何患无辞了，哪怕说他伺机谋杀天聪汗，他也一概承认，唯一拒绝承认的，就是与济尔哈朗合谋。他不说一句天聪汗的不是，反倒大骂亲弟弟，人面兽心，这个孽障，不跟他对着干，好像不会活了。

他这么恶毒地咒骂济尔哈朗，一副势不两立的架势，只有一个目的，让亲弟弟好好活下去。

大揭发的同时，便是大树立。皇太极严格规定了揭发阿敏的范围，不能所有的劣行都揭发，阿敏带兵打仗二十几年，交集之人涉及所有八旗将领，不能人人打击，人人自危。揭发的内容仅局限于藐视君权，欺君罔上。于是，揭发的重点便集中到了黑扯木、朝鲜和京畿四城上。

大揭发把代善折腾病了，连上大政殿这几步路都走不动，议政会上，只剩下三贝勒莽古尔泰与皇太极并肩而坐，吓得莽古尔泰谎称闹肚子，跑下大政殿再也没敢上来，皇太极便独自面南而坐。

没过多久，皇太极干脆取消了三大贝勒并肩面南而坐的礼仪。称汗四年后，大金国才真正地进入皇太极时代。

轰轰烈烈的揭批过后，还是要有最后的结果。皇太极召集诸贝勒大臣，合议阿敏之罪，确认出"居功居位，藐视大汗，傲慢抗上，不甘居下，自恃若君，弃地不守，心怀不轨"等十六大罪状。众贝勒大臣义愤填膺，纷纷声讨阿敏的滔天罪行，一致要求将阿敏处死。

揭发与讨论，对济尔哈朗也是一场不亚于上战场的考验，他一向精明乖巧，对皇太极恭顺有加，也颇得天聪汗信任。此时，众贝勒大臣都瞅着他呢，看他怎么说。虽然从内心深处，他是偏向哥哥，但此时形势险恶，只要胆敢给阿敏辩白，必然立遭大祸。所以，他态度坚决，纵使千刀万剐了阿敏，也是罪有应得，他的眼里只有英明的天聪汗，没有这个兄长，彻底和阿敏划清界限。

痛打落水狗的态势已经形成，没人肯替阿敏说出半句公道话。皇太极见目的已经达到，彰显汗王仁慈之心的时机已经成熟，便提出了自己的处理原则，揭发要深，批评要狠，处理却要宽，一个不抓，一个不杀。

议政会最终形成决议，念于兄弟之情，阿敏免死，但予以幽禁，削去镶蓝旗旗主之位，阿敏名下的人口、财产均给济尔哈朗，只给阿敏庄六所，园二所，奴仆二十人，羊五百只，牛二十头，终生不得走出院落。

好歹比圈禁人圈多了一层尊严，阿敏心如死灰，一头钻进了高墙大院之内，终日坐井观天，与蓝天白云为伴。圈禁中的阿敏不会知道，大金国肃清他余毒的风暴持续了好长一段日子，直至莽古尔泰在战场上与皇太极几乎拔刀相向，肃清的风暴才转移了出去。

醉生梦死地在高墙之中待了十年，已经没多少人记得这位曾经煊赫一时的二贝勒了。多尔衮等小贝勒一个接一个地脱颖而出，赫赫战功早已将他过去的辉煌湮没。

有那么一天，阿敏忽然想起来阿玛讲过他出生时的情景。他出生时，天上霞光万丈，脐带缠着他，如同黄蛇加身，哭声大得吓跑了赫图阿拉城三里外的野狼。

等到阿敏长大，阿玛不时地提醒他，黄蛇加身。阿敏明白其中的含义，那就是他就是未来的汗王，可惜的是，他没有把握住时机，让汗王之位与自己擦肩而过。

最后那几天，阿敏已经活在幻觉中了，不知道自己还在高墙之内。他回到了自己蹒跚学步的时候，阿玛领着他在苏子河畔一步一步走下去，听着阿玛一句一句地叫他，阿敏。

阿敏瞅着阿玛，耳畔响起了儿时的歌谣：

八角鼓，

响叮当，

八面大旗插四方，

大旗下，

兵成行，

我的阿玛在中央。

猎猎大旗下的阿玛，一遍又一遍地叫着，阿敏，阿敏。

阿敏忽然想起，他的名字来自蒙古语，是有生命气息的意思。梦魇中，他反复叫着自己的名字，生命的气息却渐渐远离他了。

崇德五年十一月，阿敏卒，时年五十四岁。

WANGDEBEIYING

第四部

王的骑士

第一章　野狼谷

地母神讷妈妈是个全身生满乳头的黑发老太太,乳头淌出去的是水,滋润万道河流,黑发飘出去的是山谷,养育万里森林。她身上数不尽的肉窝窝则是洞穴,人和兽各居其所,平等地在里边繁衍后代。

讷妈妈渴望生灵和睦,诸神平等,众生有序。然而,神界并不平静,她不幸卷入天神阿布凯恩都里和地狱之神耶路里的战争。两个神打得天昏地暗,她使尽全身解数,仍无法将两个神拉开,反被耶路里骗到冰山雪海里,压在里面不能动弹。耶路里用她漫天飞散的黑发当武器,遮住天日,阻止天神吸吮太阳的能量,还要用她的头发捆天神的身体。

神仙大战,愁坏了讷妈妈,满头黑发,居然全白了。从此,长白山头,白雪皑皑,大地之上,雪天多过晴天。

天神阿布凯恩都里得到刺猬神的帮助,他挑开了讷妈妈的头发,让天神一飞冲天,讷妈妈也被解救出冰山。吸足能量的天神想把地狱之神杀死,讷妈妈却将耶路里藏到了黑暗的地心,阻止了天地大战对生灵的涂炭。

——萨满传说

一

万历四十七年中秋，瑙岱刚满十一岁，阿牟其努尔哈赤下令，将他丢进野狼谷。

野狼谷在王城赫图阿拉东北，森林密布，峡谷幽深，百兽聚集。长白山脉，到处都是女真人的狩猎场，打得猎物狼奔豕突，就连百兽之王老虎嗅到人的气味，也要退避三舍。唯独野狼谷，狼熊虎豹闻到人味，兴奋异常，寻踪而至，准备享受一次饕餮盛宴。因为这里是禁地，若非王命，所有人等，不得擅入。

没有猎人涉足，野兽遵循的是森林法则。

对爱新觉罗家族的男人来说，这里是天堂，也是地狱，独自与野兽搏斗是他们的成人礼，否则不可能成为八旗中的巴牙喇。如果在一个月圆月亏的日子里，交不出十张狼皮，或是一张虎皮、熊皮，将无法入旗。倘若侥幸活着出去，地位还不如包衣，不如在野狼谷直接喂狼。

所以，谷底三三两两散落的人骨，都是野兽啃过的没能斗过野兽的少年的，他们殒命于此，再也不能继承爱新觉罗家族高贵的血统。

家族中的男人，之所以个个骁勇善战，如狼似虎，确实是经过虎狼的考验。所以，无论把谁丢进来都没人同情。倘若因体弱早夭，或因懦弱而死，没人为他祈祷，也没人把他送到高高的火葬台，让烈焰捧起他的灵魂直入天堂，反倒将他的尸身当成诱饵，送到苏子河幽深的河谷，诱捕贪吃人肉的水貂，拿珍贵的水貂皮贡奉朝廷，或换取金银。

生为勇士，死祭生灵，符合女真人崇尚自然的天性。

二阿哥阿敏奉天命汗之命，骑着快马，直入野狼谷，将瑙岱丢了进去。他教给弟弟如何与野狼、虎、豹周旋，如何编织藤条，猴一样活在树上，睡在树上。之后拍马便走。

很久以前，二阿哥就经历过野狼谷的洗礼，成为巴牙喇的首领，跟随阿牟其立下赫赫战功，被封为和硕贝勒，掌镶蓝旗，与汗王的三个儿子一道成为四大贝勒,地位仅次于大贝勒。二阿哥这么急,是因为汗王要征战叶赫,这是最后的顽敌,征服了叶赫,女真各部统一大业才算完成,汗王便可以从容地盘踞辽东,俯视中原。

马蹄声越来越弱,二阿哥的背影越来越小,转过山坳,就没了踪影。一种被抛弃的孤独感,立刻涨满瑙岱的全身,他哇的一声哭了。哭声回荡山谷,万支利箭般折射回来,吓得他茶呆呆的。

抬眼望向四周,谷深林密,幽暗阴森,狼嗥虎吟,野兽嗅着瑙岱身体的气味,慢慢地汇聚过来。瑙岱远远地看到了群狼,它们低拱着嘴,一步一步地向他移来。他的头发猛然乍了起来。

毫无疑问,想要求生,别无选择,必须独立战斗。身边再也没有可以依赖的阿哥,他仰起头,把求助的目光对准了太阳。一瞬间,太阳仿佛成了他倚仗的汗王,参天大树成了他依赖的额娘,树木与山泉成了他的伙伴。

他感受得到,讷妈妈正吸走他脚下的胆怯,送来勇气,让他稳住身子。他终于挪开了步子,摸到了身旁那株高大的落叶松,大树仿佛伸出了无数双手,争先恐后去拉他。一股力量骤然而生,和阿哥们摸瞎糊(捉迷藏)的灵巧劲儿迅速回到他的身体,他猴子般蹿到树上。野狼晚来一步,扑了个空,聚在树下,瞄着他手里的刀箭,上蹿下跳,嗷嗷乱叫。

一只海东青安稳地立在峭石上,收拢着翅膀,半闭着犀利的眼睛,冷眼旁观。

整个白天,狼群就在树下和他耗着,它们时而撞树,时而啃咬,企图将他从树上弄下来。毕竟是第一次遭遇群狼围攻,瑙岱先要战胜的不是狼,而是恐惧。太阳折射着战刀的寒光,不停地给他鼓劲儿,可他的腿一直在哆嗦,没能唤醒他战斗的意识。

毕竟是第一次野外生存,换成有经验的猎人,一眼就能辨出哪只狼是头狼,射杀掉头狼,等于打垮了狼群,这么浅显的常识,居然让瑙岱忘个精光。直到太阳歪到了天西边，野狼有些按捺不住了，一阵长嗥。一只受惊的松鼠突然跌落下来，砸进瑙岱的怀里，他打了个激灵，冷汗唰的一下子流下来。

瑙岱灵魂归窍，腿再也不哆嗦了。松鼠在瑙岱的怀里拱着，像是寻找讷妈妈的奶头，也像是安抚他六神无主的心。

或许是天神派松鼠来提醒他，野狼皮不过是女真人的衣服，狼群送衣服来了，怕它个啥？瑙岱猛然意识到打狼要打头狼，狼群和人群最像，汗王犀利的眼光投向哪里，八旗子弟就会杀向哪里。

可是，瑙岱没有过猎狼的经历，不懂得如何识别狼群中的等级与尊卑，认来认去，认到了黄昏，他才判断出哪个是头狼。

夜晚来临时，野狼的眼睛比天上的星星还亮，尤其是头狼的眼睛，闪着幽幽的绿光。尝过人肉鲜美的野狼，不想去捕捉唾手可得的山鸡野兔还有傻狍子，它们发出更瘆人的嗥叫，企图借助黑夜的力量，把瑙岱从树上恐吓下来，吃掉这个胆怯的少年。

一颗流星划过，天神和地母巨大无比的轮廓突然显现在他的眼前，风是天神抚摸他的大手，树杈是地母驮着他的双肩。得到了神的助力，瑙岱不再恐惧，浑身充满了力量，稳稳地靠在树干上，抽箭搭弓，寻找头狼，准备一箭射透狼眼，留下一张好狼皮。

牛角大弓嘎嘎吱吱地拉开，声音中渗透出一种力量。

这张大弓是汗王赏赐给瑙岱的，挂在汗王宫的一角，已经落上了尘土。获得大弓那天，王城举办祭祖大典，猛哥帖木儿等七位爱新觉罗家族的祖先牌位，从祖宗匣里一一请出，摆入西墙上的祖宗板。祭台上，供着一个煮熟的猪头，冒着腾腾蒸汽。老得不能再老的大萨满，束腰铃，扎裙子，扭着一身松弛的皮，带领众人击鼓祈祷。

猪头祭祖，需要关窗闭户三天，请祖宗纳供，之后再打开屋门，让阿哥们替祖宗解馋。瑙岱的哈喇子早就流出来了，馋得不行，趁夜色爬进窗子，将猪头偷出去，蘸着蒜酱，风卷残云吃净了。

值更的抓住了瑙岱，送给汗王责罚。汗王吃惊，上供的猪头十多斤呢，居然被侄子一口气啃光啦？汗王随手指了指门后的那张弓，能拉开，非但免了罪，还有赏赐。

那张弓，阿哥们年少时都想获得，却谁也没有拉开，没想到憨直的瑙岱憋红了脸，到底给拉开了。为此，汗王特地将大弓赏给了他。

野狼谷里的头狼是名副其实的狼王，听到弓弦声，身体猛地缩成了刺猬，然后突然弹开，一下子就跳出老远。

射出去的箭走空了，这条成精的狼，成功地躲过了箭矢，箭头深深地嵌进头狼身边的岩石。头狼转回身，盯着瑙岱，咬向箭杆，用力甩头，企图将箭拔出，甩了几次头，深嵌进石头的箭居然纹丝不动，它索性将箭杆咬碎。

头狼意识到遇到了真勇士，纠缠下去，它的子孙将会——毙命，便带着狼群，一路呼啸而去。

狼群逃跑，让瑙岱胆气陡增，所有的恐惧一扫而光。风一缕接一缕地吹着，理清了他糨糊一般的脑袋。二阿哥仿佛通过天神向他捎话，让他一一捡起了分手前的交代。

顺着粗壮的树枝向一旁爬过去，摸到了树藤，荡着秋千，悠到了一片编成蜘蛛网般的藤条上。那是历代爱新觉罗勇士留下的，他可以不再费力气，自由地游走在空中，随意地跳离野兽的包围。

夜晚的野狼谷，冷风飕飕，瑙岱蜷曲在藤条编成的吊袋里，冻得无法入睡，一直挨到启明星大亮。如此疲惫下去，迟早会掉到地上，喂了觊觎他的野兽，得想办法给自己安个临时的家。

又一个白天来临时，瑙岱发现，峭壁的山崖上有许多洞窝窝，攀着藤条，完全可以爬进里边，躲避风寒。

进了洞里，瑙岱还有意外收获，洞口有灰烬，洞内有干柴，有松树针，有桦树皮。洞的深处，还有乌拉草铺成的床，两块雪白的石头成了枕头。住在这洞里，除了猴子松鼠老鹰能打扰他，豺狼虎豹拿他无能为力。他的邻居住着蝙蝠、苍鹰、山羊，还有老鼠，这些动物，都没有能力伤害他。

实在太困了，瑙岱枕着石枕头睡着了，像躺在讷讷的怀里一样温暖。梦里，他看到了地神讷妈妈，讷妈妈抽出他的枕头，不让他睡，还在他耳边敲石头，敲得火花四溅。他突然惊醒，想抱住讷妈妈，可讷妈妈化作一道接天连地的青烟，瞬间飘走，让他无法看到。

突然，瑙岱的脑袋里闪出一道红光，那分明是火的颜色，冥冥之中，讷妈妈告诉他，擦石取火。果然，枕石便是火石，擦出了一连串火星，溅黑了薄如纸片的桦树皮，用嘴吹了几下，青烟越来越浓，火苗腾地跃起。他把右手捂在胸前，感谢讷妈妈请来火神突姆妈帮助他，用烈焰驱赶野兽，赐予他烤熟的食物，不让他当茹毛饮血的野人。

随后，他点燃了成堆的松树针，让干柴与烈火相遇，让篝火与天空交流，让洞口与天边的霞光一样鲜红。

瑙岱兴奋异常，整个白天奔波在森林中，拾干柴，采松子，捡蘑菇，搂榛子，摘野果，像只快活的小松鼠，为自己的洞穴积攒食物。

夜深时，连夜猫子都安静下来，篝火渐渐熄灭。瑙岱知道，讷妈妈喜欢静谧，总是在万物睡觉的时候在大地行走，看望她的儿女们，送来奶汁、果实和花香。黑夜中的山峦、大地、湖泊和旷野，就是讷妈妈坐卧的影子，人类只能看到她几个或几十个肉窝窝，却无法看到她全身，只有风神能察觉到她的脚步，只有鹰神才能看到她的面容。

在讷妈妈的身体里，每一只动物都是她的孩子，她毫不吝惜自己的奶汁。讷妈妈又来到了他的梦里，称赞他，你是天神之子，神鹰的化身，天生的萨满，不能妄生杀念，戕害生灵，好孩子，你做得对，不为谋皮而杀狼，天神和我都会庇护你。

梦也没阻挡住瑙岱的泪从眼角一串接一串流出。额娘阿颜觉罗氏的模样，他几乎要想不起来了，十一岁的他，只有在过年祭祖时能见到额娘一面。他被额娘抱着的时光，也极为短暂。阿玛与汗王一奶同胞，却被圈禁至死，汗王也剥夺了额娘的抚养权，他被送给汗王的大福晋抚

248

养，成了汗王实际上的养子。

会走路，他就穿梭在马腿间；会奔跑，他就能追野兔。与阿哥们的木棍大战，是他最早的练兵，遍体鳞伤了，别人都有额娘疼，唯有他，是二阿哥浮皮潦草地涂药。他最渴望的就是额娘温暖的怀抱，梦中的他，伸出手，拉住了讷妈妈的衣袖，想扑进讷妈妈的怀抱，可他的每次扑拥都扑空了，讷妈妈近在眼前，又遥不可及。

扑了几次，讷妈妈都是若即若离，最后一下又扑空了，瑙岱从崖洞里滚落下去。幸亏崖壁草木丛生，茂密的树枝像讷妈妈的大手，托住了他，才使他安然无恙。

瑙岱稳了稳快要吓丢了的魂，突然发现，幽深的山谷，藏着两点绿幽幽的光。他知道那是头狼的眼睛，头狼的后边，隐隐约约移动着众多饥渴的绿光。原来，狼群并没有走，而是把强攻改成了偷袭。

他摸了下身后，弓还在，箭矢散落出去的也不多。他摘弓搭箭，急射过去。头狼还沉浸在美味即将到口的兴奋中，想要躲闪，已经来不及了，利箭带着风声，将头狼的耳朵牢牢地钉在了一棵大树上。

瑙岱再次引弓待发，犹豫着是否射穿头狼的眼睛。头狼悲凉地哀鸣一声，闭上眼睛，它认命了，任人剥走它的皮，充当皮褥和衣服。他忽然感到身后一阵温暖，仿佛是讷妈妈巨大无比的胸脯贴到他的后背，讷妈妈咬着他的耳朵说，你是天神之子，神鹰的化身，拯救众生的萨满。

他顺从了讷妈妈的意志，慢慢地收回弓。头狼挣扎着，撕豁了自己的耳朵，再也不敢觊觎瑙岱了，带着狼群仓皇而逃。

二

瑙岱战胜的第二个动物，是野猪。

这一次，他是主动出击，猎取了獠牙公猪。

在野狼谷的十几天里，瑙岱的骨头节叭叭地响，身子如同拔节的庄稼般往上蹿，食量大得惊人。他白天采摘了山珍野果，本想贮存，晚上却饿得不行，全吃光了。

山里红、猕猴桃、野葡萄这类山果，被紫貂、山狸子盯上了，这些果树就是人家的仓库，瑙岱想获取，必须与这些灵巧的动物好一番争斗。山溪里的鱼倒是很容易捕到，只需一根棒子，但那里是熊的地盘，每次捞鱼，都要和熊周旋好几圈，一不小心就丢了性命。

不冒风险就能吃到的食物，只剩下植物的根茎了，他瞄着野猪，看野猪拱啥吃。没人告诉他，啥根茎有毒，啥没毒，野猪能吃，人就能吃。看准了野猪吃啥，他才下树去抠啥。他太饿了，饿得直想吃石头。

猎取一头野猪吃的念头钻了出来，天神也挡不住了。

打野猪，一般都是围猎，选中一头猎物后，连呼带喊，直至把野猪赶进陷阱。若是无法集体狩猎，起码要带上一群狗。一个人狩猎，宁捕花斑豹，不惹骚跑卵（公野猪）。公野猪天天蹭松油，滚沙子，身子厚得像铠甲，刀扎不入，箭射不透，反扑过来，那就会要了命。

树上的瑙岱观察了许久，两头公野猪为争夺交配权，刚刚经历了一场生死鏖战。失败的那一头，獠牙折断了，气喘吁吁趴在一边，眼睁睁看着获胜者把猪群带走。

没人同情失败者，猪群也是如此，丧失交配权，活在野猪群里就没有意义了，等于行尸走肉，猎捕它，讷妈妈也不会怪他。

机不可失，趁着失败的公野猪精疲力竭，瑙岱从树上悄悄滑下，摸到了离公野猪不足百步的地方。公野猪趴在窝里，疲惫地哼哼着，眼睛都不愿意睁开。可这并不妨碍它的警惕，风把瑙岱的气味传了过去，它激灵了一下，跳起来，圆睁两个鼻孔，寻找气味的来源。

再等下去它就逃走了。不等被公野猪发现，瑙岱射出了第一箭。箭矢飞出的那一刻，公野猪也蹿出了第一步，虽说没有射中眼睛，眼眶附近也是公野猪的弱点，蹭上了松树油，它就睁不开眼睛了。

公野猪发狂地跑，瑙岱脚下生风地追，没追多远，公野猪突然掉头，瞪着血红的眼睛，把失败的怒火全转嫁给瑙岱了，要和他殊死搏斗。幸亏公野猪刚才消耗掉了过多的体力，还丢掉了锋利的獠牙，否则，两个瑙岱也不一定是它的对手。

冲撞几个回合之后，公野猪的动作明显迟缓。瑙岱的手快如闪电，抓住它的尾巴，猛地一较劲儿，把公野猪的后蹄拎离地面，伸出一只脚，踢向公野猪的前蹄，顺势将它摔倒在地，膝盖压在它的脖子上，让它的四蹄没着没落地空挣扎。公野猪只剩下拼命地号叫，满山谷回荡着这种绝望的声音。随后，瑙岱腾出一只手，拔出尖刀，对准脖子下最柔软的地方，一刀捅了进去。

那是野猪身上最隐蔽也是最脆弱的地方，离心脏最近。杀猪是上战场的前奏，也是女真人成为八旗兵必过的一关。抽出尖刀，一股热血奔涌而出，瑙岱一下子跳出一丈远，避免鲜血喷溅到自己身上。

女真人喜欢狩猎，却不愿意血直接溅到身上。王城的大树下，汗王井旁，瑙岱最喜欢钻进老萨满的怀中，老萨满的皮松弛得像飘荡的衣服，他总是把老萨满的皮裹在自己的身上。老萨满一遍遍告诉他，所有生命的魂灵都随着血脉游走，血溅到哪里，灵魂就跟在哪里，无论何时，莫让血弄污了你的身躯。

公野猪顽强地站起，瞅都没瞅瑙岱一眼，瞄着猪群消失的地方，踉踉跄跄往前走，一路上喷洒着鲜血。它用力地收缩肚皮，有气无力地哼出几声，像是呼唤，也像是诀别。它的腿终于迈不动了，停下来，跪下去，用力地昂起头，目光中没有仇恨，只有远方。

瑙岱割下猪头，高高地悬在一棵树上，剥下猪皮，把猪的内脏和四肢裹在猪皮里，挂在猪头的下方，象征着猪的完整。女真人蔑视肉体，崇拜灵魂，不管是人还是兽，灵魂都是平等的，都是天神的精灵，不容亵渎，不管猎取何种走兽，都要把头高高挂起，祭祀三天，默默地祈祷，让它们的灵魂安稳地升天。

随后，瑙岱才不慌不忙地将野猪肉大卸八块，一块一块地运到崖壁上的山洞里。这些肉，在未来的日子里，足可以补充他疯长的身体。猪肉被他搓上盐，包上苏子叶，架在篝火上，烤得吱吱作响，扑鼻的香味弥散整个山谷。

所有的野兽都嗅到了这股气味，整个野狼谷骚动起来。

瑙岱打败的第三个动物，震惊了整座王城，那是一头熊。

半个月的光景，瑙岱将一头一百斤的野猪吃进了肚里，他的身体到处膨胀着野猪的力量。他完全有能力猎杀十四狼，可他射伤了头狼，狼群逃之夭夭了。他也想与虎谋皮，虎啸山林的声音太恐怖了，莫说是找不到虎，恐怕见到了虎，拉弓的勇气都没有。

离开崖壁的洞穴，从树林间落到地面，瑙岱的心也是空落落的，汗王的指令没有完成，身上披的野猪皮不算数，野狼谷谋取的兽皮，必须是吃人的野兽的。如此空着手回到王城，注定无法成为旗兵，阿哥们更会嘲笑他，称他为傻瓜瑙岱。

正当他将要走出野狼谷的时候，忽然感觉背后一阵阴风，一双大爪子抓在他的双肩上，身子沉沉地往下坠，一股很热的气息扑向他的后颈。不用猜，瑙岱已经知道，他被"老祖宗"缠上了，幸亏他披着野猪皮，否则刀一般的大爪子肯定会抓透他的肩膀，捏断他的骨头。

来不及回头了，或许是天神赐予瑙岱的神力，他伸出蛇一般的双臂，从身后抱住了"老祖宗"的脖子，肩膀顶着"老祖宗"的下颚，让"老祖宗"和自己脸贴着脸，无法张嘴咬他。就这样，他和"老祖宗"较着劲儿，背着"老祖宗"，一步一步走向谷口。

"老祖宗"是女真人对熊的称呼，熊是女真人的图腾，也是女真人祖先的化身。一般情况下，女真人不会轻易猎熊。然而，这个先例却被爱新觉罗家族打破，明朝皇帝下旨，建州女真朝贡，每次至少要有四对熊掌，两副熊胆。

那时，天命汗还没降生，朝廷辽东铁骑虎视眈眈，违逆圣旨，爱新觉罗家族将会面临灭顶之灾，若想留下祖宗的血脉，只好摘掉图腾，放弃"老祖宗"。

就在瑙岱撑不住快被熊压垮的瞬间，剿灭了叶赫部，得胜归来的二阿哥阿敏骑着快马赶到野狼谷，怒射一箭，直穿熊的心脏。

"老祖宗"便一命归西了。

驮着死熊，从野狼谷赶回王城赫图阿拉，一路上，瑙岱学着二阿哥的样子，反身，不停地向熊死的那个地方射箭，阻止熊的魂魄追上来，嘴里模仿会吃灵魂的乌鸦哇哇地叫，吓跑熊追随肉身而来的魂魄。

瑙岱背着熊，走进赫图阿拉的山门，整个王城都沸腾了。此时，天命汗努尔哈赤正沉浸在征服叶赫部的喜悦中，分裂了近四百年的女真各部重新归一，又恰逢他十一岁的侄子喜上添喜，居然猎到了一头熊，天命汗高兴得差一点儿把遍体鳞伤的瑙岱扔到天上去。天命汗当即把小瑙岱留在身边，让他成为自己的戈什哈（贴身警卫）。

<h2 style="text-align:center">三</h2>

瑙岱跟随汗王打的第一仗，是沈阳卫。

接二连三的败仗让大明王朝六神无主，明金交错之地，风声鹤唳，到处告急，文官武将天天争吵，不知忽东忽西的"奴酋"到底想打哪儿，防务的对策一再耽搁。偏偏这时万历帝驾崩，刚继位的泰昌帝也因吞下红丸，一夜暴亡，小皇帝天启一月之内，梓宫（棺材）两哭。

趁着明朝皇位更替，党争愈烈，军心涣散，汗王剑指辽东咽喉——沈阳。

八旗大军，兵分八路，掩行而进，拔掉奉集堡，吃掉虎皮驿，貌似一路抢劫，实为把沈阳搞成孤城。虚张声势地凯旋，实际却悄悄顺浑河而下，直至兵临城下，沈阳守军浑然不觉。望着沈阳高耸牢固的城楼，汗王将着白花花的胡子，派出弱旅前去袭扰诱敌，没费多大力气便把勇而少谋的明军主将赚出城外。

埋伏的八旗兵围而攻之，明主将身中十四箭，坠马而亡。主将一死，城中大乱，慌得城上大炮的火药都喷射回自己的阵营。机会来了，汗王向旁边瞥了一眼，瑙岱心领神会，弦上搭了三支箭，在火把上蘸燃火药捻子，将三支响箭射向城中。

城中事先被收买的汉卒和蒙卒乱中取势，各领兵马，杀上城头，夺取城楼，砍断吊桥，将八旗兵放入城中，坚不可摧的城墙，立刻成了摆设。

城破在即，汗王无须骑士护卫，命令所有勇士以一当十，冲进城内，杀敌立功。

受阿哥们冲锋陷阵的影响，瑙岱骑着战马，挥刀而入，秋风扫落叶般砍杀抱头鼠窜的明军，直杀得金色铠甲被血染得乌黑，金丝大环刀的刀刃如同犬牙。

第二天一早，辽阳的明军源源不断地增援沈阳，想夺回丧失之地。汗王带着八旗兵前去抵御。这是一场旷野战，正是八旗兵所长，战马可以践踏一切，冲毁敌人的防线不在话下。

然而，真正的对手来了，对面的步兵阵营是戚家军留下的老班底——守长城的义乌兵，得到过戚继光的真传，三十几年过去，阵法不变，威力不减，火炮与三眼铳封锁住进攻的路径，一次又一次地抵挡住八旗铁流的冲锋，千余勇士尸枕沈水两岸。

汗王瞪圆了凤眼，挥舞着马鞭，本想让瑙岱带着身旁的卫士冲上去，切开敌人的阵形，打掉敌人的锐气，可是，马鞭落不下去了，瑙岱居然旁若无人地蹲在河边，清洗铠甲上的血迹。

战场局势瞬息万变，胜败可以在眨眼间逆转，汗王愤怒至极，真想一箭了结了这个没心没肺的东西。

这时候，沈阳城上的大炮响了，抚顺城降过来的李永芳感恩汗王把孙女嫁给他，从俘虏的明军中找出炮手，万炮齐发，转瞬间将牢不可破的戚家军老班底轰得七零八落。

汗王亲率八旗军乘势而上，两万辽阳援兵被追杀入河，溺水亡者无数。后续三万援兵刚至，四贝勒皇太极率百余勇士，不待敌人统兵完成布阵，便以迅雷不及掩耳之势冲杀过去，三个总兵吓得四散逃遁，八旗军追击四十余里。

汗王风卷残云，率兵直逼明朝辽东首府——辽阳。

瑙岱一心一意地清洗铠甲、战刀和衣服上的血迹，他不想背着任何一个灵魂上阵，可血色洗刷不掉，他不停地祈祷天神，将这些游魂收走吧，给他们在天堂安个家。

大炮响了，他没在意，他对战场上的炮声隆隆已经习以为常。八旗兵箭一般涉过沈水，他也没留意，依旧闭目祈祷。等他睁开眼睛时，明军的尸体已首尾相连地漂在河里，再洗下去，他铠甲上的冤魂只会越积越多。

瑙岱穿上铠甲，飞身上马，催马快追，赶到辽阳时，还是来迟了，攻城战已经打响。

那是一场从未经历过的攻坚战。城上，明军火炮火枪火箭齐发，反正是城破人亡，还不如誓死保卫。城下，八旗军毫无惧色，踏着尸体，扛着云梯，推着盾车，直冲过来。汗王几次冲动，想要披挂上阵，瑙岱拼死相拦，他是王的骑士，不能让汗王伤到一根汗毛。

即使如此，汗王指挥的位置也十分靠前，就在城上的火炮射程之内，好在瑙岱有足够的力气，张弓搭箭等着，只要有人敢去点炮捻子，利箭便会直取那人的咽喉。天神告诉他，不能枉杀生灵，同时天神也告诉他，天命汗就是天神的人间化身，触犯天命汗，便是忤逆天神，诛之无罪。

虽说汗王被骑士簇拥在中央，瑙岱发现，一支冷箭从人缝间倏然而入，正中汗王的肩胛。与此同时，汗王利剑一挥，削掉箭杆，依然端坐在赤兔驹上，镇定指挥。

除了瑙岱，没人知晓汗王受伤。

鏖战三昼夜，辽阳守军不敌，城被攻破，剩余兵将退守衙门。固守城池的经略、总兵、监军、御史，不是选择全家投井，就是自缢焚楼而亡。

本来，城破之时，瑙岱应该像只雄鹰，扑入城中追杀残敌。可他小声强调着，汗王有伤，我要护驾，依旧护卫在汗王的身旁。汗王不知道，此时的瑙岱，已经不喜欢身上沾染到无辜者的血，留在汗王身边，只是个借口。

正午时分，全城结彩焚香，以黄纸书万岁牌，降官顺将备黄顶乘舆，出城迎接汗王。引领乘舆的是吹鼓手，锣鼓喧天，唢呐齐鸣。百姓夹道俯伏，皆呼万岁。汗王高坐在乘舆上，以征服者的姿态，骄傲地穿行在辽阳的大街上。

大明王朝两百多年的辽东指挥中枢，就这样被汗王收入囊中。此后，汗王迁都辽阳。

汗王犒赏全军时，并没有忘记赏罚分明。瑙岱便是被罚者之一，虽护王之心可以原谅，可悖逆王命不可饶恕。若不是爱新觉罗家族制定了新规制，族中之人不开杀戒，瑙岱就会和大阿哥褚英一样被处死了。

死罪可饶，活罪难免，瑙岱被黜去宗室地位，送回赫图阿拉老城，丢进关押过他阿玛的人圈反省。

随着马嘶人吼与牲畜零乱的脚步声渐渐远去，被叫成了老城的王城突然间清冷下来。关押瑙岱的人圈也和关押阿玛时大不相同，或许是十几年的风雨剥蚀，或许是他长高了，人圈的墙矮了，墙缝里生长出了杂草藤萝。塌下的房顶，不再有人修葺，星星月亮太阳轮流成为它的穹顶。

戴着脚镣的瑙岱并不怨恨汗王，虽说汗王将他囚于一隅，与世隔绝，他却另辟蹊径，为自己打开了另一个世界。白天，他饶有兴致地看着新嫩的青草一簇簇地钻出腐草，像一只欢快的小野猪，揪下嫩草，在嘴里津津有味地嚼。吃罢旗丁从孔洞里递进来的午饭，他会小憩一会儿，闭上眼睛，享受春日里阳光的摩挲，像是得到了天神阿布凯恩都里的抚爱。夜里，他喜欢数星星，心里想着突姆妈妈的光毛火发，渴望天神能赐予他神力，让自己身上的毛变成光，给世人，给灵魂，照亮前行的路。有时，他侧耳倾听风声、流水声，还有远处的鹿鸣熊吼，他就觉得讷妈妈就在身旁，和他耳语。

棚顶敞开的人圈，没人监管，凭着瑙岱的力气，完全可以拔着藤萝，踩着石缝，逃出人圈，然后砸开脚镣，消失于无边无际的林海。可瑙岱连这种意识都没有，他是王的骑士，宁可在人圈里烂掉，也不能背叛爱新觉罗家族，背叛他尊崇的汗王努尔哈赤。

身边缺了瑙岱，汗王也有些空落落的，好在长达半年的人圈生涯足可以考验出一个人的忠诚。于是，汗王赦免瑙岱放出人圈，却没有恢复他阿哥的身份。汗王的纪律比山还重，他不给自己破例。

当然，汗王放他出来，继续当王的骑士，是有条件的。汗王把明朝驻守广宁城将官的名字罗列出一大排，让他任选其一。既然能在野狼谷背出一头活熊，就应该活捉或者杀死一个明军将领。

汗王需要瑙岱战胜的不是野兽，而是对大金国构成危害的敌人。

瑙岱听说过，明军只有两支以姓氏命名的队伍，一支是戚家军，随着戚继光早早地死去，最后的余威在刚刚经历过的沈水之战中，全部覆没，另一支便是抗倭援朝中名声大噪的祖家军。

不想再待在人圈里的瑙岱没有退路，他的手拍向了一个强悍的名字——祖大寿。

从此，祖大寿三个字便像刀子一般刻在他的心上。

第二章　一个人的战争

　　鸿蒙之时，人间没有火，真火存在天上，天神阿布凯恩都里让身披金色光毛火发的火神突姆妈看管火种。只有天神率领八部神仙巡视人间时，才让突姆妈点燃天火，供人们享受一天。在那一天里，堆堆天火照亮大地，排排火把撒满人间，人们载歌载舞，吃着火烤的野物，煮熟的食物。但是，这一天优待过后，火种便被收回天上，人们依旧过着茹毛饮血的生活。

　　突姆妈看到人们艰难地生啖食物，生出恻隐之心。有一年，天神下界，在人间举行天火大会，狂欢过后，天神带着神仙们返回天界，只有突姆妈藏在大柳树的后边，没回天庭。她留下来，拿出天火，教人们用火的办法。于是，人间夜里有了光明，冬天有了温暖。

　　这时，地下有只成精了的田鼠，它总想上天，却总也得不到机会，便跑到高山的顶上，高喊三声阿布凯恩都里，告发突姆妈把天火给了人间。天神派天兵抓回突姆妈，没收了天火，把掌管天火的差事交给了田鼠。

　　突姆妈被绑到百丈高的大神树上，看到人间的黑暗，悲伤不已。眼泪引来了她的两个好朋友——仙鹤，突姆妈求它们把火种带给人间。一只仙鹤扇着美丽的翅膀，引开了好色的田鼠，另一只仙鹤偷出了一葫芦火种，送给人间。

天火失窃，田鼠被贬回地界，突姆妈因教唆偷盗，被天神押到天穹的最顶端，和人间永远隔离。身披金色光毛火发的突姆妈，怜悯大地上的生灵夜夜摸黑，没法寻找吃喝，便把身上的光毛撕下来，抛出去，变成了满天的星斗，让人们夜里也能看到道路树木和食物。她知道人们已经离不开火了，就把牙齿打掉，落到人间，成了火石。

每当太阳升起时，突姆妈赤裸的身体就露出来了，她扯过云彩，包裹住身体，霞光便成了她的影子。

——萨满传说

四

效仿明朝的北京，汗王将辽阳改称东京，于太子河畔营建宫室。频频战事刚刚平稳，汗王那颗不安分的心又开始骚动，不能给明朝喘息的机会，辽东三大重镇，沈阳、辽阳均在手中，只差广宁了，如果夺下广宁，明朝对他们的威胁将会土崩瓦解，攻守之间的战略平衡将会彻底扭转。拿下广宁城，等于掰掉了最后一只夹向八旗军的螯，到时候，八旗军就是一只戏弄猎物的豹子，可以随时戏弄大明朝。

统一了的女真，再也不会像从前那样任人宰割，在风雨中飘摇了，天神已将一个强大的部族赐予了天命汗。

从定都东京那日起，汗王就没有间断收买汉人潜入广宁城，把他少年时的伤心地摸得个透透亮亮。

寒冬腊月，天神把辽河冻得坚硬如铁，正是渡河的绝佳时节。大兵西进，旌旗猎猎，汗王端坐马上，眼前皆是他熟悉的山川田野。紧随汗王身旁的骑士瑙岱猜测着汗王在想什么，每当他给索伦杆放五谷或动物的五脏，汗王总是吩咐一句，多放些，喂饱乌鸦。赫图阿拉老城的人都在传颂，当年汗王从广宁城逃出，被李成梁追杀，筋疲力尽，躺在荒野上，是乌鸦救主，覆盖住了汗王，让明军误以为乌鸦在食腐肉，方保住一命。

四十年过去，重返广宁城，汗王肯定是百感交集。

这是事先张扬的攻击战，也是迟早要打的仗，这一点双方都清楚。不清楚的是，一场殊死搏杀将会以何种方式爆发。仗怎么打，汗王心中早就谋划成熟，主动权在他的手里，虎视眈眈的八旗军不停地虚张声势，制造进攻的最佳时机。

此时的大明朝堂却是另一番情景，对于备战，党争不断，如何防守，莫衷一是。朝堂之外的辽东，经略和抚巡失和的老毛病又犯了，他们相互攻讦，各据一方，战守难定，仗还没打，自己先乱了阵脚。

广宁之战，成竹在胸的汗王派出的细作把明军所有的底细都摸清楚了，他像在逗弄一只受伤的猛虎，疑兵计，离间计，攻心计，声东击西，调虎离山，这些从《三国演义》里学来的计谋，环环相扣，全都用上了。等到包围了拱卫广宁城最前沿的辽河左岸的西平堡，辽东巡抚才明白，缺口要从这里打开，忙从广宁、间阳等地派出四路大军，前去增援。

围点打援，这是汗王惯用的手段。围哪个点，汗王确实费了一番心思，他抓住了大明王朝最致命的弱点，丢了芝麻也是天大的事情，将官们明知前边是陷阱，也要不顾一切地往里跳。西平堡是地理要冲，西平堡丢了，明朝的皇帝肯定会要了经略和巡抚的脑袋，汗王不相信明军不上当。

明军做了充足准备，西平堡攻坚战，八旗军打得格外艰苦，五万人围攻三千人，虽说最终全歼，也付出了惨痛代价，阵亡的旗兵超过了明军。堡外的沙岭，八旗军与四路援军迎头相撞，全线厮杀，旷野之上，尸横遍地。如此惨烈，汗王始料不及，明军中有如此战斗力的，实属凤毛麟角。

不过，值得汗王欣慰的是，四路援军中来自广宁城一路的游击将军，早就暗中降了汗王，始终列在后阵，龟缩不前，战至酣时，却故意上前一冲，导致明军阵形大乱。投降的游击将军一路高喊，兵败了！兵败了！阵形本已大乱的明军，顿时更加失了方寸，立刻溃不成军。

乱军之中，只有一队人数不多的人马，在明军溃退的大潮中，像滔滔大河之中的巨石，岿然不动。那便是另一路来自广宁的游击将军祖大寿部。一面祖"字"大旗，在溃退的大潮中迎风而立。

毫无疑问，这正是瑙岱一心要找的敌人，不等汗王吩咐，王的骑士带着十几名巴牙喇冲了上去，他要生擒祖大寿。

很明显，祖大寿是主动留下来断后的。交上了手，瑙岱才知道，什么叫棋逢对手，两柄大刀砍得火光四射，战马都承受不住了。

八旗勇士不会等到瑙岱与祖大寿分出高低，他们风卷残云般掩杀过去，瑙岱与祖大寿之间的对决被冲散了。

降军佯败，重回广宁城。一时间谣言四起，城内人心惶惶，草木皆兵，居民携家而逃，十万守军，惶惶不可终日，最后居然裹挟着辽东巡抚不战而逃。广宁城不费一矢，便落入降军之手。

汗王早就告诉过瑙岱，你的对手就在广宁城。所以瑙岱固执地认为，守城的将军就该与城池共存亡，只要追到广宁城，他就能继续与祖大寿对决。可城里明朝的旗帜全部降下，降将带着众多的明朝官兵，学着辽阳的样子，放下刀剑，备乘舆，置鼓乐，安排仕庶夹道俯伏，待汗王入城，山呼万岁。

瑙岱进了广宁城，到处问祖大寿逃哪儿去了。二阿哥追上来，生气地揪着他的耳朵骂着弟弟，你傻呀，祖大寿是宁远卫的人，除了老家，他还能往哪儿跑？瑙岱恍然大悟，飞身上马，领着十几个巴牙喇，沿着辽西走廊拼命追赶。

广宁大战打完了，瑙岱的战争却刚刚开始。

辽西走廊，到处都是逃难的人群，一标巴牙喇跟随着瑙岱，无论飞奔到哪儿，人群都像炸了锅，高呼，女真人来了！惊慌失措地四散逃避。

瑙岱一路追过塔山，追到了连山驿，追出了汗王下令追出的范围，终于追上了已经松了一口气的祖大寿。此时的祖大寿，只剩下一面旗帜和一个贴身侍卫了。

广宁大战，打到最后成了瑙岱与祖大寿两个人之间的决战。

瑙岱不让巴牙喇助战，他相信自己的本事，无论打多久，高低要生擒祖大寿，给汗王一个交代。祖大寿把"祖"字大旗往地上一戳，放马过来，摆出一副决战到底的架势。几个回合过后，祖大寿的侍卫也逃了，只剩下祖大寿一个人和瑙岱拼杀。

打了一百多回合，战马将蹄下的泥土都踏化了。眼看着天色将暗，突然间，祖大寿拍马便走，瑙岱正在亢奋之中，哪容得下祖大寿逃跑，即使你逃回宁远城搬出你的祖家军，我也要抓住你。

祖大寿没有逃向宁远城，而是奔向了海边，跑到海边山嘴的转弯处，还特意停下马，不慌不忙地瞅了一眼瑙岱。

追上山嘴，瑙岱看到了一片大水，水多得接天连地，哪怕苏子河流上一百年，也流不出这么多水。

这是瑙岱一生中第一次看到海。

山嘴下的海湾泊着一只船，祖大寿扔掉战马，跳上那只船，摇橹的恰是那个逃走的侍卫。船驶离了岸，漂向海中。

瑙岱催马蹚进海里，海水刚没过战马的膝盖，战马便吸溜溜地叫着，折回身，跳回岸上，冒着腾腾热汗的马毛，霎时间结出冰珠。无论瑙岱怎么鞭打，战马再也不肯下水了。既然不能活捉祖大寿，那就射死他。瑙岱弯弓搭箭，瞄向祖大寿。可是，海里的船扯出了篷，遮住了祖大寿的身影，小船飞快地远去。

海面上传来了祖大寿的嘲笑，傻小子！

蹲在海岸上，望着浩渺的大海，瑙岱沮丧极了。早知这样，还不如一见面就射死他。懊恼的瑙岱向他的战马挥起了鞭子。战马浑身颤抖，激战时流淌出的浑身汗水已经冻在了皮毛上。

瑙岱似乎明白了，他把手伸进海水里，不由得打了个激灵。

瑙岱想不明白，虽说时令已过龙抬头，为啥宽阔的大河冻得严丝合缝，而这一大片水面却一个冰碴儿也找不到。把手放在嘴唇上舔一下，居然是咸的。

瑙岱更不知道，祖大寿的船将划向觉华岛。

事实上，广宁之战还未打响，祖大寿就有了不祥的预感，他滑得像条鲇鱼，早就把留在宁远城的祖家军全部转移到了觉华岛。经略与巡抚之间无休止地争吵，管打仗的经略麾下仅有数千弱兵，管地方事务的巡抚却执掌着兵营布防，调兵遣将别扭着呢，这仗该怎么打？

瑙岱带着巴牙喇，反身走向宁远城。

这里已经是空城，空得鸡犬之声都听不到，马蹄声响在街巷，便有麻雀慌张地起飞，还有老鼠惊恐地尖叫。

一路追赶祖大寿，瑙岱根本没带粮草，巴牙喇们饥饿难当，本想进城抢掠一番，却是失望至极。愤怒之余，正欲烧掉宁远城，却看到城中一隅，露出几幢尖顶瓦房。瑙岱以为，那该是祖大寿的家宅，若是搜不出食物，再去烧城也不迟。

催马过去，见到的是个雅致的院落，灰墙灰瓦，雕梁画栋，古树参天。进入院中，迎面是高耸的棂星门，穿过门，踏上大理石桥，沿着青砖铺就的甬道，直抵院中的正殿。大殿的正中摆着一个牌位，牌位下的供桌摆着一溜馒头。这些馒头多少能充实巴牙喇们饥肠辘辘的肚子。

瑙岱不知道这个院子是文庙，更不知道有一个叫孔子的人一直被汉人奉为圣人。跟随汗王南征北战，他从来没见过这样的院子，冥冥之中，他得到了天神启迪，这是个神圣的地方，不能毁坏，也不能亵渎。

有了食物果腹，巴牙喇们的怒气消了一多半，接下来的搜索便从容了许多。

终于找到了祖大寿的家宅，却不是瑙岱想象的那样，与广宁城的李成梁府一样的阔绰豪华，而是一溜和普通民宅毫无差别的囤顶房子，大多数房间没有摆设，只有一面大炕，炕的对面是兵器架，显而易见，祖家把自己家变成了兵营。

祖家正室的大炕上，整齐地摆放一溜粮食，每只麻袋上都贴着一个纸单，恳请后金军爷放过老百姓家的房子。

瑙岱一时心软，居然与他的死敌祖大寿默契了一回，阻止了巴牙喇放火烧城，带上粮食退出宁远城。无论如何，瑙岱也不会想到，他一时的心软，居然会给三年后留下巨大隐患，让汗王尝到了一生中唯一的失败。

就在瑙岱穷追祖大寿的时候，远在四百里外的广宁城却是另一番景象。

被山呼万岁迎进广宁城的汗王，一面享受顺民卑躬屈膝地顶礼膜拜，一面饶有兴致地看着巡抚衙门、总兵府，还有比衙门更奢华的李成梁家宅。

巡抚衙门前，红地毯从门外一直铺了进去，直至衙署正堂。大福晋带着十几个福晋，依次而进，叩贺天命汗。礼拜过后，摆盛宴，赏歌舞，酒足饭饱，汗王还带着福晋们逛了一圈李府，告诉她们，这些奢侈的东西都是女真人的血汗，一代又一代的女真人无休止地供奉这个贪得无厌的老家伙，把他供奉得快活到了一百岁。

告别广宁城，回到东京。汗王突然下令，把八旗子弟人人向往的广宁城一把火烧光。

广宁城的大火烧了几天几夜，亭台楼阁、雕梁画栋、假山园林全部烧成废墟。

汗王论功行赏。没有宗室身份的瑙岱，一人未斩，寸功未立，汗王没赏也没罚他，好歹奔袭几百里，去抓一个值得抓的人，没丢勇气。

瑙岱依旧是王的骑士，可汗王不和他多说一句话。直至颁行八大贝勒共治国政，自己的二阿哥、六阿哥位列其中，他还是一无所有。

瑙岱并不计较，他不喜欢当贝勒，贝勒的天职是马踏尸山，他只愿意在汗王的身边当骑士，最好刀不见血，只要汗王平安就好。当然，他还有一个心愿，像当初把熊背出野狼谷一般，把祖大寿押到汗王面前，证明他不是懦弱，他只是想做天地间的精灵。

五

事实上，十五岁的瑙岱，对政治上的合纵连横，姻亲上的相互利用，一点儿都不感兴趣。他喜欢星空，喜欢天神，喜欢讷妈妈、突姆妈，喜欢飞翔的海东青，喜欢和熊豹鹿乌鸦甚至柳树的灵魂打交道。他虽然魁梧无比，见到老萨满给孩子超度亡灵，依然会流下眼泪。

正如汗王所说，除了忠诚，他一无是处。这也是汗王即使罢黜他宗室之位也不愿舍弃他的原因。

三年之后，十八岁的瑙岱才真正品味到了人间的沧桑。他生命的转折点，他一生的爱恨情仇，皆缘于一座城——宁远。

那是天启六年正月，一场影响深远的战事不仅彻底改变了汗王的命运，也彻底改变了他的命运。

汗王喜欢在隆冬出征，冰封的大地，与女真人的性格不谋而合，坚硬而又直爽。沼泽与河流摆脱了其他季节的柔弱，坚定地托起战马的铁蹄，任八旗铁骑狂飙飞驰。旗丁的兜囊里有吃不尽的风干牛肉、狍子肉干、萨其马，即使策马奔驰，也能喂饱肚子。随军的马车，载着铜火锅、黑木炭，还有那些冻得行走千里都不化的酸菜丝、黏豆包、猪牛羊肉。若是战事不紧，便三五成群，点燃木炭，将黏豆包烤得金黄，再将烧旺的火炭塞进火锅的肚子里，粉条酸菜丝一同进火锅，用杀人的大片刀削下肉片，涮到锅里，滴水成冰也能吃个满头大汗。

广宁之役过去了四年，明王朝没敢轻举妄动，汗王没打过一场像样的仗，他心里痒痒得很。若不是建国之初，大金国内接连不断的纷争、逃亡、暴动、投毒，需要他不断去调解、安抚、镇压，他早就面向西南，一路征讨。

四年的励精图治，大金国政通人和，百业兴盛。计丁授田、按丁编庄，稳住了八旗规制。接连不断的姻亲，拴住了蒙古科尔沁部，确保了国之右翼的安全。恩威并用，平息了一桩又一桩汉民暴动，威慑住蠢蠢欲动的朝鲜李氏王朝。迁都沈阳，近山可猎，近水可捕，驾船而下可攻大明，驭马而去可抚蒙古。宽广的辽东大地，安枕无忧矣。

所向披靡的汗王已经容不下孤悬于山海关外的城池——宁远，发誓要拔掉这个楔子，让榆关之外无明军。

与明军交手，汗王有一种狩猎般的愉悦感，不像征服女真各部，都是强悍的对手，也都有骨肉至亲，让他费尽心机。每一次和明军打仗，都是一场杀猪宰羊的庆典。

与攻占沈阳、广宁两城一样，汗王如法炮制了里应外合的战术。

早在半年前，汗王以商旅之名，陆陆续续派出一个达旦（约七十人），混入宁远城内，一则做内应，二则蛊惑人心，人心一散，城不攻自破。即使明军不肯弃城而走，一旦开战，内应的旗丁奋力而起，贴身近战，一个抵得上几十个明军，攻城的号角一响，将会是千军万马的战斗力。

汗王亲率大军，出广宁，越大凌河，入锦州，过杏山。一路上所向披靡，守城的明军连最起码的抵抗都没有，自烧粮草，望风而逃。瑙岱看到，凛冽的寒风掠过汗王的脸，却掠不走汗王得意的微笑，无论是萨尔浒，还是在沈阳、辽阳、广宁，与汉人打仗，八旗子弟都像是狼入羊群，杀得十倍于己的明军连逃跑的腿都不会迈了。

现在，汗王拥有了十几万大军，出征孤城宁远，如探囊取物。汗王已经知晓，大明朝已无将可用，派个文臣守宁远，协助守城的参将祖大寿，广宁城外丢盔卸甲，被瑙岱追到海里才逃得一命。守城的老少残兵加在一起，不过万余人，攻下这个弹丸之地，还不是撒泡尿般的容易？

即使如此，还是攻心为上，攻城为下，汗王喜欢帐前多几个像范文程这样的文人。所以，汗王写给宁前道袁崇焕的劝降书一封接着一封，封封都是情真意切。可信使去了，却再无音信。

当然，汗王也给祖大寿写信，却封封都是恫吓，明确告诉祖大寿，擅自逃离广宁城，朝廷不杀你，已是格外开恩，我大兵压境，即使我不灭你祖家军，朝廷也会灭了你九族，覆巢之下，安有完卵，望尽早图之。

王的骑士瑙岱并不盼望祖大寿投降，他希望祖大寿撒马出城大战他三百回合，好生擒祖大寿，向汗王兑现承诺。

过了塔山，奔向砬山，离宁远城越来越近，潜入宁远城的那一个达旦人马还没有传回消息。八旗军停下疾行的马蹄，扎营等待。

和往常一样，汗王的御幄一立，瑙岱马上跑到高岗上放哨，他警惕地握着弓箭，任何可疑的身影都会被他的箭矢赶跑。警卫汗王的，除了戈什哈，还有跟随汗王的猎犬，神圣的乌鸦。所以，哪怕是只老鼠，也休想接近汗王的御幄。

夜静得很，十万大军哪怕是个鼾声，汇在一起也会如同雷鸣，汗王居然将他们训练得入梦都会悄无声息。

夜也很黑，黑得像乌鸦的翅膀，好在突姆妈拔下的火毛光发变成了满天的繁星，才使人能够摸得到夜的路。突姆妈抛出的星光，微弱得很，可在瑙岱的眼里是一盏盏明亮的天灯，他鹰一般超常的视力足以看清蝙蝠在夜里飞，黄鼬在地上跑。

不知为什么，一股亲切感从瑙岱脚下的土地涌上来，这种感觉比老城赫图阿拉还要强烈，他觉得身后的砬山像逝去的阿玛一样，给他一种熟悉的依赖感，身旁的姜女河，像讷妈妈芬芳的乳汁，随时可以哺育他。

除了追赶祖大寿那次匆匆而过，三年来，他几乎忘了这里。站到这块陌生的土地上，却涌出一股莫名的熟悉感，这种感觉是谁赐予他的？瑙岱想不明白。

一阵杂沓的脚步声传来，瑙岱的耳朵像狗一样机敏，他投过去鹰一般的目光，远远地看到一个人歪歪扭扭地跑过来。尽管人影小如婴孩，他也清晰地分辨出了，那人就是几个月前率队潜入宁远城的章京。

瑙岱从山冈上跑下，扶住跟跟跄跄的章京，将他背入汗王的御幄。这个被称为"熊勇士"的巴图鲁，给汗王带回两个坏消息。他们从秋天开始，分散潜入宁远城，已平安度过百余日，差不多与当地居民融为一体了。不料，土生土长的守将祖大寿对城内军民皆为熟识，备战之日，突然关城戒严，将全城人等隔离分开，然后逐个分辨，所有他不熟悉的人，悉数关押，审讯出有间谍嫌疑的人，一律处斩。就这样，一个达旦损失殆尽。章京凭着一身好武艺，杀向城头，跃下城墙，才得以逃脱。

章京带回的另一个坏消息，是汗王派去的信使全被袁崇焕斩了，这个貌似文弱的小白脸，心里横着刀呢。两国交兵，不斩来使，这是千古定律，他以"奴酋为叛臣，非交兵之国，追随者不可饶恕"为由，杀了信使，弃尸街头。可惜了这些熟悉汉地的旗人，正要大展身手，却遭受无妄之灾。

汗王沉吟片刻，没有责怪章京，也没怎么在乎潜伏的失败，一座孤城，两百里无援兵，人少得普通士卒守将全能认识，抵挡八旗的铁骑，岂不是笑谈？汗王下令，马上拔营，夜袭宁远城。

八旗兵的速度快如旋风，守几座烽火台的明军未来得及点火，便被打前站的旗丁手刃了脖子。在夜幕掩护下，十万铁骑距宁远城仅有十余里了，只要一鼓作气，便可直接将宁远守军从梦乡送往阎罗。

汗王的赤兔马飞一般跃上山梁，瑙岱快把马肚子踹肿了才勉强跟得上。突然间，山下的村子，公鸡啼叫起来，声音尖锐得像鸣镝。没过多久，全村的公鸡此起彼伏亮起了嗓门，又迅速传染给其他村落。

瑙岱擦燃火绳，看一看背在身上的更漏，漏下去的沙子显示的是夜半三更。瑙岱觉得纳闷儿，莫非更漏不准了？

瑙岱迟疑地说了声，汗王，半夜鸡叫，非吉兆。

汗王瞪了他一眼，瑙岱即刻止住声音，他想起了额娘阿颜觉罗氏告诉他，阿玛就是因为说过帅旗上有淡淡的幽光，扰乱了军心，便被幽禁而死。

从汗王坚定的眼神中，瑙岱知道，天神也改变不了汗王的意志。大战在即，汗王最忌讳有不吉之言，他现在只有一个职责，做王的骑士，守护在汗王的身边。

宁远城方向，原本一片漆黑，忽然间灯火通明，穿透了夜空。偷袭已经不可能了，只能强攻，好在大兵压境，汗王认为这是一场胜券在握的小仗，没有在乎瑙岱的惊叫，反倒申斥，天快亮了，公鸡岂能不叫。

离城五里开外，是三首山与窟窿山的隘口，这里一夫当关，万夫莫开。如此险要之地，八旗军仅一次冲锋便将守军全部践踏在马蹄之下。

纵马过去，不消一刻钟，一座水晶宫般的城浮现在眼前，那些守在外城的明军兵士，弃下低矮的外城，全部收缩进了城里。在瑙岱的印象中，城还是三年前的城，只不过是泼水为冰，加固了城池，掩盖了城墙的破败。瑙岱没有想到的是，三年支撑袁崇焕的祖家军，真的把城墙建得固若金汤。

瞥了一眼汗王，瑙岱看到，汗王的嘴角咧了下，守城的这个袁崇焕，真的没见过冰雪，弄座冰城吓唬人，女真人冰里生雪里长，你能吓唬住谁？

即便大兵压境，宁远城势如累卵，汗王还是想不战而屈人之兵，放出明军降卒劝降守军，向城里射箭书，劝祖家军别做无谓抵抗。

城门开了，十几个明军降卒被放进城里，不多久，他们的脑袋都被挂在了城墙上。还有那些信使的脑袋，噼里啪啦地从城墙上扔下来，摔得人心一阵阵发颤。这些信使，长年奔波在汉蒙朝三地，通晓各地语言风俗，为大金国的合纵连横立过汗马功劳，都是汗王的宝贝疙瘩，却一同在宁远这个小河沟里命丧九泉。

汗王暴怒，既然姓袁的不守规矩，那就是自绝退路，遂命令诸贝勒，各领兵马，四面攻城，谁先破城，重重有赏。

汗王原想几轮攻击过后，宁远城便会灰飞烟灭，一万人头，还不够放在索伦杆上喂乌鸦。然而，本来是场速战速决的战事，却打成了难以想象的胶着。那个广宁城的败军之将祖大寿，反倒成了祖疯子，滴水成冰的时日却袒胸露背举滚木礌石。无论瑙岱如何叫阵，祖大寿就是坚守不出。

激战三日，盾车云梯俱上，强弩火箭齐发，好不容易凿穿冰层，墙基却是由有榫卯的巨形条石砌成，撬棍折了无数，火药接二连三地轰过，还是没能将城墙掏出洞来。只剩下一条路径，踏着云梯强攻。可惜一个个强悍的八旗兵丁，不畏生死地冲上去，却是灵魂出窍地落下来。

城墙之下，尸横遍野。十万大军，竟然对区区万余众无可奈何。

汗王怒不可遏，用兵四十余载，攻无不克，战无不胜，所有战役，均为以少胜多。唯有这次，十倍于敌，居然令他寸步难行，如此耻辱，怎能忍受？他要亲自披挂上阵，让敌人见识一番八旗军的锐不可当。

众人皆劝，无果，贝勒们阻挡，无效。众人将汗王护卫在中间，聚成人群，蜂拥而上。赤兔马太快了，好在瑙岱提前催马，方能跑在汗王的前边。贝子们见到汗王一马当先，率各自旗丁勇猛地冲上去。

士气骤然大振，杀声震耳。

策马奔跑时，瑙岱的脑袋里突然闪出一道火光，天神阿布凯恩都里倏地一下子降落下来，吹出一口仙气，汗王庞大的灵魂突然间收缩成一团，被天神抓进了掌心。瑙岱突然间明白了天神的意图，天神在提醒他，汗王命悬一线。

那一刻，瑙岱似乎穿过滚滚硝烟，清晰地看到了城墙上的明军。他看到，明军的一个将官，手持火把，奔向了黑洞洞的大炮。同以往一样，瑙岱张开双臂，弯弓在手，将一支利箭射向敌人。和以往不同的是，瑙岱的神箭只能是百步穿杨，对于超过五百步的距离，他的箭变得飘摇不定了。

明军的火炮再猛，通常也射不出这么远的距离，汗王尚在安全的区域。然而，一种不祥的预感却弥漫开来，瑙岱觉得，那是一尊不容忽视的火炮，他看到汗王的魂在那门炮的炮口上舞蹈。火药捻子的火光在他头脑中飞蹿时，他疾速横过马身，挡在了汗王的前边。许多天过后，双目失明的瑙岱把他记忆中的画面定格在他挺身而出的那一瞬间，他渐渐明白了，他的未卜先知是与生俱来，天神赐予他的。

汗王刚要用鞭子教训挡住了他冲锋路径的瑙岱，忽见城墙上的炮口火光一闪，惊天动地的炮声骤然而响。转瞬间，硝烟弥漫，四野无音，瑙岱挡在汗王身前，一条胳膊飞离了身体，战马颓然倒地，顷刻而亡。

本来，大炮对准的是汗王，正是因为瑙岱的舍身相救，才使汗王躲过了粉身碎骨。尽管如此，汗王依然人仰马翻，受伤不轻。汗王只看到城上的火炮喷出了火舌，未曾想过，城上的大炮威猛异常，难怪八旗勇士前赴后继，总是无功而返。

汗王不知道，那炮不是普通的炮，而是红夷大炮，不是明朝造的，是明朝从西洋葡国人手里买来的，射程远远超过了他们的预想。

大家簇拥着汗王，悻悻而退。

六

距城八里之外，八旗兵重新安营扎寨。

汗王的御幄之外，森严壁垒，封锁着汗王受伤的消息。御幄之内，炭火通红，随军而来的老萨满，击鼓甩铃，使尽浑身解数，为天命汗乞求天命，直至累到吐血。

舞到吐血，是萨满乞命的极致。血是老萨满的灵魂，他必须让自己的灵魂踏着自己的血，飞上九天，趁着汗王还没魂飞魄散，抓回来，用自己的生魄，换回汗王的魂灵。

汗王终于醒来，老萨满却昏死过去。

　　无果而终的攻城，对于汗王来说，是难以承受的耻辱。自二十五岁用兵以来，汗王头一次蒙羞，他岂能善罢甘休，即使宁远城不破，也要让它成为无源之水无本之木般的无用之城。蒙古额真固山武纳格临危受命，杀向大明王朝辽东的后勤供给之地——觉华岛。

　　明守将凿冰为壕，以为骑兵奈何不得。不料，武纳格排盾而逾，弯刀之下，如入无人之境。岛上万余军民，尽遭屠戮。所储粮刍万石，所居房屋千幢，焚烧殆尽。港中战船，两千余艘，尽葬火海。

　　被红夷大炮轰下马时，瑙岱没有疼痛，只是惊愕了一下，眼前便全黑了。

　　瑙岱的游魂出走了，陪着他灵魂出窍的，有汗王的灵魂，还有老萨满的灵魂。老萨满把一半的灵魂输送给了瑙岱，顿时，他的天目大开，另一个他极为陌生的世界扑面而来。

　　难怪额娘阿颜觉罗氏曾偷偷向他耳语，你是天神的儿子，鹰神的化身。他突然明白，天神送他来人间，不是当贝勒，当汗王，而是让他做拯救众生的萨满。

　　瑙岱又看到了天神阿布凯恩都里，老萨满正在苦苦哀求天神，放了汗王的灵魂，大金国不能没有汗王。天神看了一眼瑙岱，问他，你是我的孩子，也是鹰神的化身，你想把汗王的灵魂放到哪里？

　　他大声喊着，我是王的骑士，宁可魂飞魄散，也要捍卫王的灵魂。

　　天神笑了，紧攥着的手松开了一道缝儿。

　　瑙岱看到，汗王的魂魄从天神的手心里忽忽悠悠地钻出来，渐渐地钻回汗王的身体，没等钻完，就传出汗王的暴戾之声，屠岛！天神吓得打了个哆嗦，捏紧手心，攥住了汗王剩余的灵魂，只给汗王留下了半条命。

　　一丝游魂悄悄溜回他的身体，昏迷中的瑙岱突然浑身乱颤，牙齿咬得咯吱咯吱乱响，他大声劝阻汗王，不要妄加杀戮，天神会抽走你的阳寿。

汗王根本不向天神乞寿，命令旗丁，用鞭子抽胡说八道的瑙岱。

瑙岱大叫一声，身体里仅存的游魂被抽走了。他又像死人一般，躺在汗王的御幄里。

瑙岱的游魂被天神阿布凯恩都里高高地擢起，直至天穹的最顶端，突姆妈裹着陈旧的云彩，轻唤着瑙岱。突姆妈的头是光的，眼眉是秃的，她的光毛火发拔净了，撒遍天穹，那些夜里调皮地眨着眼睛的星星就是她的光毛火发。她新的光毛火发还需三百年才会长出来，现在，她筋疲力尽了，连一根汗毛都生不出来了。

突姆妈告诉瑙岱，人间的生生死死都遵循着天数，突然间的生灵涂炭，拥挤的魂灵寻找不到阴间的路，将会堕落成罪恶之神的爪牙，去坑害一个个善魂，恶魂永世不能超生，他们将没完没了地做坏事。你是鹰神的化身，你是爱新代敏（金神鹰），我授予你一口仙气，将你身上的绒毛化为光毛火发，送给每一个灵魂做灯笼，让他们看得清路，不能误入恶神耶路里指点的邪路。

瑙岱张开嘴，接受了突姆妈的赠予，他感觉到身体有了温热，疼痛便不再如焚似烧。他感觉得到，萨满之魂正在催促他身上细细的绒毛成为光毛火发。若干年过去，绒毛长粗了，长硬了，就会成为能聚成星火之光的毛发。可刚刚生出的绒毛是那样软弱，莫说是变成星星，就是变成一团篝火，也是无能为力，只能成为一盏盏小灯笼。

你开始拯救那些灵魂吧。突姆妈说完，头就缩回了云彩里，为下一个三百年养精蓄锐。

瑙岱转过身子，用他高高在上的游魂俯视下去。霎时间，冤魂到处飞舞，奈何桥上拥挤不堪，有些灵魂被挤掉了，滑向耶路里的邪恶之门。瑙岱抖落鹰羽，一个一个地接住，不让他们成为恶灵魂。还有那些盲目行走的灵魂，他拔下身上的绒毛变成一盏盏冥灯，为他们在阴间指路。

然而，武纳格却与他的游魂为敌，屠杀不止，无论人是死是活，一律扔进熊熊烈焰之中。可惜了瑙岱耗费那么多羽毛与光毛，依然托不过来不该跌入地狱的灵魂，依然制止不住不该走出躯体的灵魂。

瑙岱快拔净了羽毛，丢尽了光毛，实在应对不住潮水般涌过来的灵魂。他的游魂累了，需要休养生息，只能看着冤魂漫天飞舞，只能瞅着熊熊烈焰无止无休地燃烧。

八旗大军徐徐撤去，瑙岱看到了自己一息尚存的肉身被两个旗丁抬着，行走在返回沈阳的路上。瑙岱也看到了自己念念不忘的汗王，一生戎马倥偬的汗王再也骑不上战马了，被人簇拥进金顶大轿，小心翼翼地抬行。

随着大军行进的，还有一辆行动迟缓的勒勒车，车上载着两个游击、两个备御官的遗体，他们都是在护卫汗王时，被红夷大炮击中而阵亡的。汗王本想在沈阳为他们举行隆重的葬礼，然而，恰恰是运送他们的遗体耽误了行程，汗王的身体承受不住寒风侵袭，必须速速赶回。

停歇到一处祭台，贝勒们一商议，还是葬了吧。可是，随军喊魂的老萨满连爬起来的力气都没有了。人们只好快马加鞭，从沈阳找来只会跳大神的小萨满，架起干柴，将遗体供奉在干柴之上，火焰熊熊燃烧起来，头戴鹰帽的萨满闭着眼睛，摇头晃脑地抖动身上的腰铃，为亡灵祈福。

这四个灵魂，早已被瑙岱托入天堂，两个祭祀的萨满没有通灵之神，只不过是主持一下仪式而已。四具遗体在熊熊烈焰中褪去污秽与浊气，露出了红彤彤的骨殖。烈焰照耀着每一个旗丁的脸，瑙岱发现，旗丁的内心早已按捺不住，渴望得到他们的头盖骨做酒碗，因为逝者皆为勇士。

祭祀仪式中也隐藏着一种不安，八旗的贝勒与旗丁都在担忧汗王的伤情。汗王用洪亮的呵斥声，宣示他的健康。

瑙岱喜欢野蛮而又坦率的汗王，不喜欢装假的汗王。他再也当不成王的骑士了，汗王的身边不需要失去眼睛和臂膀的骑士。他的游魂倏地一下子飘走了，片刻间就降临到了大明王朝的都城——北京。他没有看到有人为上万个灵魂悲伤，也没人为觉华岛上战略物资付之一炬感到惋惜，那可是大明王朝为征剿辽东积累数十年的财富哇。他看到皇城的大街小巷灯火辉煌，鞭炮齐鸣，载歌载舞。富丽堂皇的皇宫里，大明皇帝正在给袁崇焕等人加官晋爵。

大明王朝的君臣共同维护着一场虚假的胜利，满足着一个王朝巨大的虚荣心，却没人敢揭开伤疤。

瑙岱窃窃一笑，他看到了将要发生的一幕幕，后来的袁督师，频频向朝廷催兵饷，要军粮，求援兵，他还看到，明朝的士兵在饥寒交迫中一次又一次哗变。

他的游魂飞驰而回，虽然他早已经知道，汗王来日无多，但他必须回来为汗王祈祷。瑙岱猛地喊了声"汗王"，便惊醒过来。

第三章　萨满

　　天地初开时，大地是一大团冰块，万物皆被冰封。天神阿布凯恩都里让鹰神飞向太阳，把光和火装进羽毛里，再飞回大地。从此，大地上冰融雪化，万木复苏，人和生灵才能吃饭，安歇，生儿育女。

　　人间没有疾病，没有死亡，世间万物快乐地生活在一起。可是，地狱之神耶路里不断地向人间洒下洪水、病魔和死亡，人间开始受苦，承受着无尽的灾难和痛苦。

　　天神派鹰神下来拯救人间，可地上的人听不懂鹰语，反而以为鹰神是耶路里的帮凶，与鹰神为敌。不得已，鹰神只好返回天上。天神面授机宜，让鹰神到大地上寻找在大树下睡觉的女人。按照天神的旨意，鹰神重回人间，遇到第一个在树下睡觉的女人，便直扑下来，与其交媾，让她有孕在身。

　　当时，女人正处在和丈夫暂时的分离时期，等她回到丈夫身边，足月生下个男孩。男孩生下来就会跑，人言兽语皆能听懂，鹰神便把萨满的本领传授给他，给予他萨满之身，来往于人神之间，代替鹰神，救助人间。

——萨满传说

七

在游魂的世界里，瑙岱得知了自己另一个世界的身世，他还有个阿玛，是鹰神。

额娘阿颜觉罗氏就是被鹰神相中的女人，赐予她萨满的种子。人间的额娘与阿玛，给了他生魄，让他尝遍人间疾苦，体味世道艰辛，生出悲悯之心。天上的阿玛鹰神，植给他与生俱来的羽毛，让他托起亡者的灵魂。天上的额娘突姆妈，授予他满身的光毛，让他替天行道，拯救众多的灵与肉，温暖人间。

无论是神的旨意，还是大金国的需求，都要有一个无与伦比的大萨满。于是，没有了眼睛的瑙岱，大萨满的身份水到渠成。

回到沈阳的老萨满，莫说是舞腰铃打手鼓，就连祝词都唱不出来了，失去了与神沟通的力量。他留下最后一口气，就是等待瑙岱醒来。在老萨满迟缓呆滞的呼唤声中，独臂又失明的瑙岱，摆脱了别人的牵领，脚下像踩着风火轮，转瞬间就到了老萨满的身旁。老萨满撩起长袍一般松弛的肚皮，把瑙岱严实地罩在里边。

等到从老萨满的身体里钻出时，瑙岱已经穿上了萨满服。而老萨满呢，突然间就瘪成了一个人干，薄得卷起来就能扛走，仿佛把浑身的血肉都给了瑙岱，与瑙岱合二为一了。

老萨满死了，松弛的皮肤完全收缩回去，紧紧绷绷地包着嶙峋瘦骨，几近于骷髅了，无须再火化。女真人离不开神的指引，流淌着爱新觉罗血液的瑙岱，偏偏具有萨满的天赋，王室的大萨满舍他其谁？

就这样，瑙岱继承了老萨满的衣钵。

瑙岱第一次做萨满，就是给老萨满送葬。萨满死了，不同于常人，是别具一格的树葬。双目失明的瑙岱，感觉灵敏得任何人都休想骗过他。出沈阳城，一路东去，他定定地一指，便是一株高大得独一无二的千年古树。

在瑙岱的指令声中，人们锯开一根粗壮的枝干，在树干里凿出一个空洞，小心翼翼地将老萨满的遗体安置其中，把他平时用过的法具一一置放在身旁，再把那串能避邪驱灾、安抚神灵的腰铃安放在老萨满的头顶，最后，用锯下的枝干做成木墩，严丝合缝地扣住洞口，再用树胶粘住周围的缝隙。

等到春暖花开时，大树会慢慢将伤口合拢，枝繁叶茂地伸展向天空。到那个时候，老萨满的灵魂便可攀上天树，重返天穹。

替代了老萨满的瑙岱依然留在汗王身边，做随军萨满。可在他的心中，他依然是王的骑士，不是用刀剑保卫汗王，而是用灵魂为汗王祈寿。

宁远之战失利，汗王郁郁寡欢。与明军大战十年，不管多么危急，兵力相差多么悬殊，汗王总能披坚执锐，战无不胜，攻无不克，唯有小小宁远城，败坏了英明的淑勒昆都伦汗一生的英名。回到沈阳，刚刚落定，袁崇焕又来添堵，派李喇嘛寻踪而至，携带礼物，探望汗王的伤情，言说明金两国今后罢兵修好。

莫说是蒙古人汉人，就是在八旗子弟的面前，汗王也不可能承认自己有伤，他不动声色地稳坐在大政殿中。派人来求和，本身就底气不足，汗王从信中嗅出了另一种味道，袁崇焕貌似强悍实际上虚弱得很。这个汉人，不敢指责女真人倒反天罡，扯旗造反，居然背着明朝皇帝，敢承认明金是两国，这本身就是一种胆怯和示弱。

汗王并不领情，一辈子在血雨腥风中度过，还不明白这一点伎俩？缓兵之计。他用行动证明自己身强力壮，愤然而起，目眦欲裂，下令杀掉李喇嘛，人头放在索伦杆上喂乌鸦，来而不往非礼也，你杀了我的信使，我亦可杀掉你的喇嘛。

李喇嘛面无惧色，席地而坐，双手合十，闭上双目，嘴里念念有词，仿佛在舍生取义。觉华岛上杀人如麻的武纳格抽出弯刀，逼在李喇嘛的脖子上，只需要汗王一个眼神，稍一用力，那颗脑袋就会搬家。

汗王睁着一双凤眼，就这么瞅着。李喇嘛若是怕了，求汗王饶他一命，或者承认了自己是奸细，今后要效命汗王，汗王就会毫不犹豫地杀了他，他不需要一个没有灵魂的人。汗王可以称其为假喇嘛，混进大政殿，图谋不轨。有蒙古人武纳格为证，是帮助蒙古各部清理一个污辱格鲁派的异类。

一个等着求饶，一个引颈待割，大政殿里僵持住了。

眼睛被厚厚的棉布缠住的瑙岱，突然间浑身战栗，在大政殿外怪异地扭动起来，他的眼睛似乎长在了脚心上，一路行来居然灵巧地躲过案几，绕过旗丁，口中念念有词，突然间，他大吼一声，汗王，此人不可杀！便轰然倒地。

汗王岂能不知李喇嘛杀不得，这不过是礼尚往来的下马威，既然你敢杀我的信使，我何必礼遇你的信使？别看汗王负伤在身，心里却很清楚，女真人最可靠的盟友是蒙古各部，若是杀了喇嘛，传出去，岂不是让盟友寒心？

这袁崇焕确实不简单，不动一番脑筋，不可能派李喇嘛来。真讲和也好，探听虚实也罢，唯有喇嘛这样的角色，让汗王左右为难。

汗王将计就计，佯装安然无恙，傲慢地斜坐在大政殿的虎皮椅上，旁若无人地谈经讲法，弄得前来讲和的李喇嘛找不到话题。末了，汗王大手一挥，回赠了礼物，貌似答应了讲和，又似乎什么也没答应。

李喇嘛一走，汗王铁塔般的身体突然坍塌，他倒在地上，缩成一团，口吐鲜血。

吐血，意味着魂随血走，汗王已弱得气如游丝，昏死过去。

瑙岱看到了汗王的游魂。汗王在人间是战神，在天上，也不示弱，摆出了一去不归的架势，要与天神阿布凯恩都里并驾齐驱。寂寞的天神正愁无人相陪，他喜欢汗王战神一般的游魂，便抓着汗王的游魂，冲上九霄，拿着宇宙当棋盘，谈天说地，对枰决弈。

从天神手里抢汗王的决斗开始了，哪怕自己丢了魂，也要把汗王的魂抢回来。炭火点起来，烙铁烧红了，瑙岱跃身而起，扭腰铃，敲神鼓，唱神歌，赤脚踩过炭火，用烫人的脚踩汗王的后背。接着，他又吃红枣一般，用舌头舔烧红的烙铁，再把冒着团团蒸汽的舌头舔向汗王的额头。

汗王的气息渐渐平静下来，瑙岱让二阿哥阿敏牵来最壮实的公牛，来到祭台的堂子前，用利刃捅开公牛的脖子，让鲜血涌进大缸。

大缸里的鲜血，漂着一个强健的灵魂，瑙岱点燃烧纸，双手捧着公牛的灵魂，奔向九霄。他悄悄将公牛的灵魂塞进天神的手，换出了汗王的游魂。天神对刚刚接替了大萨满的瑙岱微微一笑，轻声告诉瑙岱，再给你们的英明汗半年阳寿。

瑙岱抱住了天神的腿，汗王有太多的事情没有做完，半年的时光，怎能够用？

天神告诉他，天有轮回，人有罪孽，上苍会还给你们一个英明汗。说罢，天神飞向了更高的天穹，那是高不可攀的地方，瑙岱的灵魂被孤零零地丢下了。

瑙岱耗用生命的祈祷，只换来汗王半年的寿命，他转身去求鹰神，那是他天上的阿玛。他向鹰神唱颂道：

> 你的左翅遮住了太阳
> 你的右翅遮住了月亮
> 你的后尾遮住了万里
> 你举世无双的神力
> 使瘟魔鬼邪逃遁
> 庇佑英明的淑勒昆都伦汗
> 矫健如初，与天同寿

然而，鹰神只吝啬地滴出一滴眼泪，赐给了他在人间的化身瑙岱，那一滴眼泪，就是汗王一个月的寿命。天有天规，鹰神的赏赐不能和天神相比，只能如此。不过，那一滴眼泪就是神奇的力量，可保佑汗王在有限的生命里，像只年轻的雄鹰，征服四野。

　　从春风吹鼓了第一枝柳树芽，到秋露压掉了第一片杨树叶，瑙岱几乎寸步不离地陪在汗王的身边，虽说他再也无法拉弓射箭护卫英明的汗王了，可他时时刻刻在替汗王向天神祈祷，护卫汗王的灵魂，让它结结实实地留在汗王的身体里。

　　汗王没有嫌瑙岱双目失明，一如既往地待他如王的骑士。

　　然而，瑙岱不过是人神之间的使者，并没有神力，只能眼看着汗王从亢奋的征战衰落到举步维艰。

　　最后一次出行，前往清河的狗儿汤。这是汗王命名的，汗王受伤的爱犬奄奄一息，在温泉里打了个滚儿，居然完好如初。汗王轻车简行，悄悄去了那里，他要在温泉里泡一泡，泡掉背上久治不愈的疽疮。

　　狗儿汤里，热气腾腾，虽说瑙岱看不到汗王，却能清晰地感觉到，汗王和他从来没有如此接近，近得身体相触，皮肤相连，甚至被汗王抱进怀里。瑙岱的身心流荡着比温泉还暖的暖流，他感动得哭了，可他的眼睛流不出泪，咽到肚里是苦的，他叫了汗王一声，阿玛。

　　汗王抚着他干瘪的眼眶，虽一言不发，他却听得懂汗王的千言万语。汗王是在感谢他，是他的奋不顾身给英明汗保留住了英明的一生，没有给大金国留下汗王阵亡的伤疤。也是这个有萨满之身的侄儿，替汗王向天神祈祷，延迟了汗王的死期，汗王得以了却两大块心病。

　　那就是蒙古喀尔喀，辽南毛文龙。

　　瑙岱抬起他那只健全的手，不断地给汗王搓身子。眼瞎了，可他的心里却亮堂着呢，他不断地给汗王复述着，四色镶旗围绕着红黄蓝白四色大旗在风中猎猎飘舞，绿色的草原一望无边，喀尔喀草原五个背盟的部落，沉浸在朝鲜人散布的传说中，那就是，女真老汗王被袁崇焕一炮轰成重伤，众贝子一路哭号，退出宁远。松懈下去的草原部落，在盛夏的草场上放牧着他们的牛羊，做着放牧女真人的梦想。

　　英明的淑勒昆都伦汗，天神一般降落在草原上，击碎了喀尔喀五部美梦，除了续盟，纳贡，与明朝毁约，五部已别无选择。英明的汗王，与蒙古科尔沁部奥巴台吉盟誓缔好，授权他们看牢朝秦暮楚的喀尔喀。

瑙岱用萨满的歌声，颂扬着汗王征服蒙古的传奇，随后，转换成另一种曲调，讲述汗王打败明朝招募的流寇毛文龙的故事。伟大的汗王啊，若不是苍天嫉妒您，您将会像天神般庇护天下。

在瑙岱的赞美声中，汗王露出了无奈的苦笑，打了四十几年的仗，汗王遍体鳞伤，已经疲惫了，天神在召唤他，天庭里给他预备了一个休息的席位。

汗王费力地睁开眼睛，在朦胧的水汽中，最后骂了句瑙岱，赞美也没用，像你的阿玛，骨子里偏向汉人。

汗王越来越疲惫，疲惫得眼睛都睁不开了，话也不会说了。"八月初七，上大渐，欲还京，乘舟顺太子河而下，溯流至爱鸡堡，距沈阳城四十里，十一日，未刻，上崩。"

盲骑士——大萨满瑙岱，用鹰帽彻底地遮住了奇丑无比的脸，穿着萨满服，扭腰击鼓，带领众多的小萨满，一路跳着萨满舞，护送汗王的灵柩。

老汗王努尔哈赤用自己的生命做成一把钥匙，为子孙开启了一个王朝——大清的大门。

八

瑙岱沮丧极了，他万万没有想到，汗王的大丧之礼，居然与大萨满毫无关系，他被彻底地摞置了。在此之前，贝勒、贝子归天，都是由大萨满托起他们的魂灵，击鼓甩铃，唱颂功德，以百兽之动作，模仿他们的显赫战功，祈祷天神将他们的灵魂列入神位。

现在取而代之的是上百个喇嘛，每人吹一支一丈多长的大铜钦（喇叭），低沉威严的声音，百里之外依然哀婉震颤。佛也好，萨满也罢，都是慰藉汗王的亡灵，瑙岱不计较，大金国需要与蒙古各部融为一体。

他计较的是来自宁远城的李喇嘛，分明是不怀好意，居然可以摆布众多的喇嘛，以操办者的姿态，和众喇嘛一道吹铜钦。

七百里之遥，快马加鞭尚需两三日，汗王宾天还没到头七，李喇嘛天上掉下来般替袁崇焕吊唁。傻子都能知道，他早就潜伏在沈阳城了，伺机而动，分明是奸细。可是，刚刚继位的天聪汗皇太极，欣然接受了李喇嘛的祝贺，给李喇嘛最高规格的礼遇，瑙岱实在是不懂。

对皇太极上位，瑙岱心里并不舒服，汗王临终，依旧让四大贝勒共和，并未交代谁来继承大统。具有通神之体的瑙岱最想弄明白的就是这件事情，他不想爱新觉罗家族内生祸乱，于是乘着鹰的翅膀，驾驭着萨满之躯，追至天庭，直至找出老汗王的灵魂。汗王的灵魂高高在上，与天神并驾齐驱，他已经忘却了尘世间的一切，笑而不答。

按照女真人的习俗，凡未决之事，均问卜萨满，国有难事，当然要询问他这个独一无二的大萨满了。瑙岱心中早有答案，在他的心目中，最出色的汗位继承者当数二贝勒阿敏。可是，没人给他这个机会，大贝勒以禅让者的姿态，推举汗王的第八子——四贝勒皇太极上位。

铜钦呜呜呜响，被剥夺宗室地位的瑙岱，也被剥夺了哭灵与守灵的权利，不能和其他贝勒、贝子一道，跟在梓宫之后，披麻戴孝，随灵而行。他被丢在了王宫的偏厦，心被铜钦震得发抖。没有人相陪，他独自一人用萨满的方式，为老汗王礼葬。

萨满之魂逃出了瑙岱的躯体，停留在王宫的上空。没有眼睛的瑙岱，灵魂的目光比谁都犀利，那是鹰神赐予他的。他看到，九九八十一人抬着汗王梓宫缓慢而行。汗王那具没有灵魂的身体，像灌了铅，沉重无比，压得抬灵柩的人们龇牙咧嘴。

瑙岱生出恻隐之心，把自己的灵魂托在梓宫之下，他是王的骑士，不管汗王生死与否。梓宫轻巧了，轻巧得轻而易举地抬到了方方正正叠起的圆木之上。所有抬梓宫的八旗子弟齐呼万岁。他们认为是老汗王显灵了，没人想到会是大萨满瑙岱使尽了浑身解数。

烈焰熊熊燃起，梓宫被烈焰包裹成天上的太阳。瑙岱的灵魂被热浪冲上了九重天穹，热浪也给他的灵魂补充足了丢失的力量。他犀利的目光捕捉到了天神阿布凯恩都里，他向天神告状，爱新觉罗家族开始背叛世代供奉您的萨满。天神闭目养神，好像他这个萨满之魂根本不存在。他转而向鹰神乞求，他是鹰神的化身，鹰神不至于连自己的事情都不管吧。然而，鹰神却顾左右而言他。

瑚岱的萨满之魂想在天上找到皇太极的游魂，质问他怎么把哺育女真人灵魂的萨满全给忘啦。可皇太极的灵魂牢牢地扎在身体里，根本听不到瑚岱的呐喊。他失望极了，天上的神都在躲着他，他的灵魂只有大地才能接纳。

就在瑚岱踏着灵魂返回大地的时候，天神终于睁开了眼睛，洪钟一般的声音告诫他，天聪汗心比天大。

瑚岱听懂了，天神也压不住皇太极。

大火渐渐熄灭，白色的灰烬随着纸钱一同在天上飞舞，似乎为老汗王的灵魂伴舞。最后一块炭火燃尽，最后一缕青烟消失，老汗王大理石般洁白的骨殖完整地留了下来。三大贝勒陪着皇太极，将老汗王的骨殖一块接一块地捡进宝宫（骨灰罐）。

宝宫珍藏在王宫的西北角一座空置的房子里。新汗王已经在沈阳城东郊给老汗王选好了万年福地，那里背倚层峦起伏的天柱山，面迎浩浩荡荡的浑河水，两侧流淌着九条清泉，是绝佳的龙脉，皇太极已指派专人修造陵寝。

葬礼刚毕，天聪汗扶着三位阿哥并肩而坐，共同接受贝勒贝子固山章京，还有蒙古诸部、大明朝廷使臣等的朝贺。接下来，天聪汗马不停蹄地忙碌起了军国大事。

临时安放宝宫的屋子一下子就空寂了。瑚岱夜夜都要摸到那里，击神鼓，晃腰铃，狂舞不休。

瑚岱第二次来到宁远城，是在第二年暮春，为老汗王复仇而来。

这又是异常干旱的春天，干燥的热风扫荡着辽西大地，吹干了大片大片的河泽，八旗军不再担心战马陷入泥淖之中，纵横驰骋。如此干旱，似乎是天意，苍天督促他们展开八旗，英勇征战。

这次征战辽西走廊，天聪汗不准备带随军萨满，藏传佛教已进入沈阳城，萨满退居平常八旗人家的堂子。一个盲人，不能冲锋陷阵，还要搭上一匹战马，是行军打仗的累赘。

同每一次出征一样，瑙岱披戴上全套的萨满衣服，浑身挂满神器，隆重地祭天，没完没了地问卜天神。不知为什么，失明之后的瑙岱灵魂的眼睛也不再像鹰一般锐利了，天神变得越来越模糊，模糊得他费尽周折才能找到。

瑙岱询问这次征战的吉凶，天神若有若无地看着他，露出了一副天机不可泄露的神态。这是天神对他从未有过的淡漠，他央求了好久，天神才拂了下袖子，拨开遮挡天庭的云雾，让他俯视广袤的辽东大地。

瑙岱惊讶地发现，大地之上的男人居然全是赤身裸体。

抬头看了看天神，瑙岱大惑不解。天神淡淡地说，冰雪是女真人的天然铠甲。

这句话，瑙岱太熟悉了，老汗王常常这么说，老汗王还说，瘟神在冬天睡大觉，尸积如山也没关系。所以，老汗王打大明朝，都选择在冬天。瑙岱明白了，他借着萨满的嘴，情不自禁地向天聪汗喊出，天将溽热，不宜征战。

天聪汗确实是耳聪目明。瑙岱声音刚落，天聪汗已经知道了，他本想不理会瑙岱的胡说八道，反正也没想带他出征，可他突然想到了二贝勒阿敏，他现在需要敲山震虎。命人将瑙岱带进大政殿训斥，天聪汗话如爆豆，我也愿意正月出征，二贝勒带走多半旗兵出征朝鲜，胜局已定，却迟迟不归，忘了替老汗王报仇，替爱新觉罗家族雪耻，你不去责备二贝勒，反倒借萨满之躯，蛊惑人心，莫非还想住进人圈？

一席痛斥，吓得瑙岱乌龟一般缩回了脑袋。若是别人挨了这番痛骂，那就是脑袋搬家了，天聪汗不想在盲人的身上落下坏名声，何况不向爱新觉罗家族动刀子，是老汗王采纳的他的建议。

天聪汗有天聪汗的做法，无论是征服汉民，还是管理八旗，意在取势，不去索命。

事情的转折，是在八旗大军出征之时。年老的旗人，端着酒碗，为天聪汗，也为他们的子侄壮行。按照惯例，八旗出征，必带随军萨满，英勇的巴图鲁捐躯之后，谁能带着他们的魂回来，引进自家的堂子，获得灵魂永生？答案只有一个，大萨满——瑙岱。他们不相信喇嘛能有领魂的本事。就这样，瑙岱逃离了再次被关进人圈的厄运，获得了随军出行的资格。

这是八旗军与明军对峙以来，真正意义上的势均力敌的战役。

此时，明朝的关外，只剩下两座孤城，锦州和宁远。两城相距百余里，仅靠一道狭长的辽西走廊相连，天赐的围点打援好地点，可处处设伏。天聪汗将锦州团团围住，强攻不止，高低将守在宁远的袁崇焕、祖大寿等诱惑出来，在旷野之上放纵八旗军的战马，全歼明军。

真正打起来，并不像预测的那样，两城同时坚壁清野，宁愿城破人亡，玉石俱焚，也不出城迎战。双方的信使你来我往，双方也谈谈打打，打打谈谈。半个月过去了，城池依然久攻不下。对于向来速战速决的八旗军来说，这无异于一场煎熬，军中出现了一种焦躁的情绪。

瑙岱也承受不起这种煎熬，天天击神鼓，晃腰铃，成把成把地揪下自己的头发，化作光毛，引领一个个无处可归的灵魂。他在为亡灵祈祷，女真人本来就不多，这么多巴图鲁的真魂脱身而去，再如此折腾下去，八旗兵还能剩下多少？

揪掉头发让瑙岱的脑袋血迹斑斑了，萨满的魔力在一点点地消失。他渴望去宁远城，凭借剩下的萨满神力，降服祖大寿。

天聪汗果然听从了其他三大贝勒的建议，放下锦州，直攻宁远城，打下宁远，孤悬的锦州便会不攻自破。撤离锦州之前，天聪汗做出一个惊人之举，居然将外围战中俘获的数千汉人和蒙古人尽数释放进城，且绝不混进一个八旗的细作。

若是换成老汗王，带不走的俘虏，绝不拱手相送以壮敌，尽杀之。天聪汗用仁慈之举，换汉蒙人心，璐岱不再大把大把地揪头发了，不知不觉间，赞佩起了天聪汗。

留下沈阳来的援军继续困住锦州，天聪汗携主力，移师宁远，高呼着为老汗王复仇，鼓舞士气。

当然，攻城之前，先打外交战，双方的使者还是那个天聪汗特别礼遇过的李喇嘛。袁崇焕通过李喇嘛的嘴，清楚地承认了是两国交战，可落在纸面上，绝不承认皇太极为大满洲国的皇帝。天聪汗聪明在不像老汗王那样，称自己为大金国，四百年前的宋金之仇，汉人并未消解，又添上了老汗王不断屠城的新仇，汉人已经谈金色变了。

天聪汗悄悄改变了自称，把大金国叫成了大满洲国。

和谈不过是游戏，都在为自己的排兵布阵争取时间，胜负还得靠智慧与实力说话。宁远城与一年前又是大为不同，莫说是主城墙加固了，红夷大炮增多了，外城墙也完整地修建起来，攻下宁远城，需要突破两重城墙，而外城之外，恰好被红夷大炮的火力所覆盖。相比一年前，宁远城不但守卫的兵多了，准备得也更加充足，不付出巨大牺牲，不可能破城而入。

尽管璐岱不停地发出与祖大寿决战的信号，尽管祖大寿清楚地知道，当年把他搡入大海的八旗勇士已经眼瞎臂残，不再是他的对手，他也绝不会被诱惑出城，他是袁崇焕守城战略的忠诚支持者，也是祖家军的主心骨，哪能逞一时之勇。

天聪汗犯了和老汗王一样的错误，没能克制住急于求胜的心态，和老汗王一样被袁崇焕激怒了，呼喊着替天命汗报仇，强攻宁远城。这是一场轰轰烈烈的火药战，袁崇焕地炮（地雷）、火铳、三眼铳都用上了，天聪汗也用上了火炮攻城。硝烟弥漫的战场上，八旗勇士冒着炮火，不惜生命，一轮接一轮地强攻。

大战六昼夜，双方战死的人堆积如山，璐岱昼夜不停地祈祷，直至揪光了头发和阴毛。可是，众多无处可归的灵魂在他的耳朵里啾啾地叫着，脑袋的上方，灵魂拥挤不堪，他们争夺着瑙岱的头发，领取照耀灵魂的灯笼。

忽然，鹰神的声音刺破天宇，鹰神让他摆脱众多灵魂的缠绕，把两个重要的灵魂送进天穹。瑙岱的灵魂这才从蜜蜂般嗡嗡乱叫的魂灵中挣扎出来，他看到了两个不应该看到的灵魂无处可归地游荡着，那便是他的侄儿，天聪汗的长子召力免贝勒、四子浪荡宁谷贝勒。

八旗的土炮终究敌不过红夷大炮，天聪汗两个身先士卒的阿哥在炮战中双双阵亡。

又是一场无功而返的攻城战，堆积的尸体多得无柴火化。天热如焚，炽烤难忍，瘟疫开始在八旗军中蔓延。而明军，火药、粮秣充足，士气正旺，又备好了解毒的汤药，精神抖擞地挺立在城墙之上。

袁崇焕"以辽人守辽土"，完全依赖祖家军的战略，终见奇效。

横行的瘟疫是看不见的敌人，这样下去，面临的将是比战争还要残酷的灾难。天聪汗知难而退。

兵退二十里，至双树，八旗军停顿下来，天聪汗疲惫地躲在御幄中，令瑙岱行萨满之礼，为两个阿哥送葬。一战丧两子，两个阿哥的葬礼天聪汗避而不见，他并不为其悲伤，女真人以战死疆场为荣，以寿终正寝为耻。首战宁远，老汗王忧愤而终，并非完全因为伤治不愈，是耻于未能攻克宁远城。二战宁远城，依然未果，天聪汗忧愤的程度不亚于去年的老汗王，他在闭门思过。

两堆干柴，架着两口单薄的棺材，大萨满瑙岱领着人群，围绕两堆烈焰击鼓而舞，用萨满的歌声护送两个贝勒的灵魂飞上天穹，送给天神阿布凯恩都里当贴身的勇士。烈焰熄灭，余烬仍红，有八旗勇士奋不顾身跳进火堆中，抢夺两个贝勒的头盖骨。

按常理，贝勒的头盖骨要随着骨灰坛子一同下葬，可天聪汗居然默许八旗勇士抢夺两个阿哥的头盖骨当酒碗，还把获胜的两个勇士唤入御幄，令人将两个贝勒的头盖骨中灌满烈酒，自己端着酒碗，走向两位勇士，碰了下两个阿哥的头盖骨，酹酒哭之，随后，再倒一碗，敬向勇士，一饮而尽。

回沈阳的途中，再过锦州，又一次围城猛攻，企图挽回点面子。然而，除了依旧损兵折将，天聪汗依旧是一无所获。继位以来，第一次与明军交锋便是无果而终，若不是老汗王败绩在先，天聪汗真的无颜回到沈阳。

不过，换一种角度看，这次交手却是明金之间一场真正意义上的斗智斗勇。这场旷日持久的大战，没有抢夺劫掠，没有虐杀无辜，更没有毁掉村落，天聪汗没有在辽西走廊留下恶名，这为多年以后尊号皇帝，建国大清积攒了人脉。

大萨满瑙岱随征宁锦，揪尽了光毛火发，脑袋光得像葫芦，法力丧尽。他未射一矢，未出一战，未俘一人，居然也和伤兵一样，占据着车辆返回沈阳。这让贝子们大为不爽。

九

瑙岱随军大萨满的身份被取消了，沦落为民间的求神问卜者。天聪汗嘴里没说，瑙岱心里明白，自老汗王十三副铠甲起兵以来，每次征战，贝勒贝子都是身先士卒，在随军老萨满的祈祷声中，没有一个阵亡。而瑙岱第一次随军出征，天聪汗即连丧两子，这个大萨满，留有何用？

就这样，瑙岱被闲置了，天聪汗送给他唯一的使命是，纳福晋，生阿哥，给八旗军繁育子孙。

或许是天佑天聪汗，八旗军的两个劲敌，辽南的毛文龙和辽西的袁崇焕，被大明朝的自相残杀清除掉了。这两个人，如同两把利剑，横在天聪汗进攻明朝的两肋上。每每想发兵伐明，都要左右顾虑，担心腹背受敌，老家不保。现在可好了，大明王朝的庙堂之上，纠缠不清，朝野之间，内耗不断，无须天聪汗用八旗勇士的鲜血开疆拓土了。

先是毛文龙。袁崇焕容不下毛文龙割据一方，要挟朝鲜，勒索朝廷，为霸一方，趁巡视皮岛之机，用尚方宝剑斩了他。主将被斩，人心思变，天聪汗不错时机地收降毛文龙的部下，委以重任，满洲之地的心腹之患，没了。

之后便是袁崇焕。锦宁防线牢如磐石，费尽心思也无破解之道，而八旗军急需一场对明战争的胜利，鼓舞士气。天聪汗另辟蹊径，绕过大明朝的关锦宁防线，假道科尔沁草原，夜攻大安口长城，拔掉遵化、通州等城，直截了当地包围大明朝的心脏——北京。崇祯帝中了天聪汗的反间计，怨恨袁崇焕对后金疏于防备，误以为八百里加急前来勤王的袁崇焕与后金暗通款曲，图谋不轨，将他押入大牢，等待碟刑。

总兵祖大寿见主帅袁督师被皇上逮捕，如晴天霹雳，当即率祖家军将士脱离战场，撤回老家宁远，从此天子召来不上朝。

北京破城，指日可待。众贝勒纷纷请缨，承担主攻，俘虏崇祯皇帝。出人意料的是，天聪汗没有攻下北京的打算，此次孤军深入，不宜久战。"崇焕已除，明亡征决矣，城中痴儿，取之易如反掌耳，遂接受崇祯求和信，原路返回沈阳。"

滞留在沈阳的瑙岱，闻听祖大寿负气而走，不再拱卫京城，惋惜不已，若能随军而行，一定要劝降他，纳入汉八旗之列。

天聪汗闻听，淡然一笑。到了第二年中秋，天聪汗真的把机会给了瑙岱。

袁崇焕碟刑而死之时，祖大寿和皇帝的别扭闹得最凶，反正祖家军也没用朝廷养着，脾气该耍还得耍。但是最终，祖大寿还是接受了崇祯帝的调遣，带着他的祖家军，驻守到了新筑的大凌河城。

本来祖大寿可以抗旨，不离开宁远城，无奈的是，皇帝不断讨好祖家，还在宁远城的延辉街上为祖家修了"忠贞胆智"的牌坊，表彰祖家为"四世元戎少傅"，以示皇帝的宽宏大量。如此皇恩，不移师到最前线，就是不识好歹了。

不过，祖大寿还是给自己留了条后路，将宁远城和部分关宁铁军交给了外甥吴三桂。外甥是自己亲手调教出来的，智慧超人，勇猛无比，这是他最后的家底，不会轻易带出老家。

天聪汗围困大凌河城已有月余，那是真正的围城打援，驻守在锦州的明军只要派出援军，就是自投罗网。不救，祖大寿已无力突围，耗也能把祖家军耗死，因为城内三万军民已粮尽薪绝。

瑙岱也成了热锅上的蚂蚁，他见不得饿殍满地，急不可耐地来到大凌河城外，想用萨满之力，俘获祖大寿的灵魂。可是，他的光毛火发已被揪光，只能以信使的身份进入城中了。

天聪汗并不急于让瑙岱进城劝降，继续用仿制的红夷大炮轰击城墙，他要等到祖大寿彻底崩溃，心甘情愿来降。每一次轰城，坍塌之处，总有明军兵士趁机而下，归顺纳降，天聪汗命人用大锅熬粥，赐狐裘貂帽，刺激城上守卒。

一批又一批降卒，披露了守城的内幕："牲畜吃光，树皮扒尽，军士饥甚，杀修城役夫商贾平民为食，析骸而炊。而后，羸弱军士，亦被屠而食之。守城诸将，力竭计穷，只待尽忠。"

火候已经到了，天聪汗派降过来的祖大寿旧部，护送瑙岱携带天聪汗的第五封劝降书，进入大凌河城。天聪汗皇太极让瑙岱进城劝降，是极为聪明的做法。尽管瑙岱在家族中的地位日渐衰落，可天聪汗弟弟的身份却是无法更改，虽说瑙岱是个盲人，也是爱新觉罗家族中最重要成员之一，前去劝降，本身就抬高了祖大寿身份，让祖大寿降得有面子。

大凌河城是座没来得及修缮完工的城，除了城墙，城内屋舍不多，营盘不足。全城房木早已拆除用作薪柴，总兵大人也几近于露宿。此时的祖大寿，瘦得只剩下一把骨头，莫说是大战三百回合，瑙岱一个肩膀撞下去，就会散了架。

祖大寿之所以能撑得住面子，是因为瑙岱无法看见。

已经没有谈判的资本了，大凌河城连主将都快要饿死了，如若攻城，一鼓作气便可。天聪汗要的是声望与气势，他需要明将主动来降。走投无路的祖大寿没有选择尽忠，忠心耿耿的袁崇焕之死，耗光了他对崇祯皇帝的忠心，家族与祖家军的命运是他唯一的牵挂。他将两子两侄送给瑙岱，带出城外，作为人质。饿死，或许就在须臾之间，如此迫切地送出子侄，就是想保住自己子侄的性命。

降顺之意已表，是否死心塌地，尚需考量，天聪汗索要一个真正投降的信物，一则证明祖大寿是真心来降，二则逼祖大寿走上一条不归路。

于是，大凌河城拒不投降的副将何可纲成了祖大寿的投名状，被绑到城外杀了。剩余没饿死的万名辽东精锐之师，连拿起刀枪的力气都没有了，一步三晃地挪出城门，悉数投降。

两军之间，一字排开上百口大锅，里边熬好了黏稠的粥，上万只木碗摆在大锅旁。降过来的士卒，宁愿烫得满嘴大泡，也要把热粥一口喝下，好伸出碗去讨要第二碗。后面急不可待的士卒已经不容前边的人赖在大锅旁，冲撞过来，将他们挤出喝粥的队伍，重新排回队尾。一碗粥犹如一剂救命良药，他们打起了精神，饥饿感反倒更强烈了，好在他们有了排队等下去的体力。

祖大寿是有尊严的总兵，不会下贱到讨要吃食的地步，他有礼有节地和天聪汗行抱见礼，从容地坐在宴席的主宾位，与众将官一起徐徐地吃下久违的美食。

两军化敌为友，瑙岱的劝降被记上一功。可他没有一点儿荣誉感，他觉得这是个羞耻的功劳，得来不是靠神勇的武功，不是靠萨满的神力，而是乘人之危。

可是，没多久，瑙岱的功劳便被取消了，因为祖大寿逃了，他是诈降。

献城之后，祖家军有了充足的粮食，也获得了天聪汗赠送的马匹，将领们还被赠予了裘皮狐帽。天聪汗对他们已经是十分厚待了，然而，祖大寿却略施小计，溜之大吉，把与天聪汗的盟誓忘得一干二净。

祖大寿逃走的理由很简单，也合乎逻辑，他与天聪汗协商，妻妾家小还留在锦州，携带少数兵将，佯装从大凌河溃逃而出，进入锦州城中，里应外合，计赚锦州城。

其实，这种雕虫小技，没有瞒过天聪汗的眼睛，他没把祖大寿的逃跑看成放虎归山，而是看成了手中的风筝。投降的事情众目睽睽，即使祖大寿反复无常，也是抹杀不掉的事实，小辫子攥在手里，随时可以拎一拎。

祖大寿一进入锦州城中，便是泥牛入海。天聪汗并不计较，对锦州城置之不理，毁掉大凌河城，奏凯班师。祖大寿留下的两子两侄四个人质，天聪汗视为己出，尤其是祖大寿的两个儿子，待如宁远城丧命的两个贝勒，厚加恩养。祖家军降过来的士卒，也没有拆散，整营编入汉八旗。

没有人能猜透天聪汗的心思，他像一只耐心的老虎，悄悄地守在野猪洞口，哪怕等上十年八年，也要把猎物等到。他很清楚，多疑的崇祯帝不会容忍臣子有任何瑕疵，祖大寿杀将投降，那是天大的罪过，秋后算账，那是早晚的事情。祖大寿自保的唯一方式，就是拥兵自重，脱离王朝的约束，让崇祯帝毫无办法。

放长线钓大鱼，祖家十几位将领已成八旗军的额真，不可战胜的祖家军一分为二了。皇太极在揣算，丢了根儿的祖大寿，能在大明王朝中飘多久？

璐岱再次见到祖大寿，已是十年之后了。为了这一天，天聪汗皇太极等了十年。

此时，天聪汗不再是汗王，五年前便受皇帝尊号，年号崇德，改国名为清，改沈阳为盛京。凡居住在满洲的女真人、汉人、蒙古人、朝鲜人以及其他渔猎民族，不分血统，皆为臣民，均称满人。崇德皇帝皇太极，巧妙地把多民族融合在一起，化解了人们对金国的厌恶。至此，汉民入旗成为潮流，女真人的称谓悄然而逝。

围困锦州，再次征服祖大寿，皇太极做了充足准备。移师广宁，攻下义州，驻兵屯田，形成钳压之势。接下来，看牢锦州城外的庄稼，不让祖大寿有机会获得粮食。最后，绕着锦州城挖开沟堑，把锦州围成铁桶一般，一只耗子也休想逃出来。

速战速决，尸骨往往会堆积如山，懂得珍惜生命的皇太极改变了急冲猛打的战略，做好了长期困城，打一场消耗战的准备。

祖大寿吸取了大凌河被困的教训，及早储备粮秣、谷草和薪炭，固守待援。

这是大明朝关外最后一支劲旅，也是崇祯帝守住辽东的最后底线，弃之不管，辽东之地尽归满洲国，大明朝"天子守国门"的美誉也就葬送在他的手里。可救援锦州，就得暂缓关内节节胜利的剿匪，抽出主力，驰援辽东。

于是，什么都不肯舍弃的崇祯帝左右摇摆了一年，舍弃了宜将胜勇追穷寇，将剿匪主力——兵部尚书洪承畴调来，授其蓟辽总督一职，解锦州之围。

耐心地围困锦州一年之后，皇太极终于等来了围点打援的机会。明清之间松锦大战的帷幕徐徐拉开。

听闻洪承畴带着十三万大军集结于松山，坐镇盛京的皇太极再也坐不住了，不顾正患鼻衄，驱马急奔松锦前线。

临出发的那一刻，崇德帝的戈什哈急匆匆地去牵马，瑙岱鬼使神差地也走向了马厩，两个人迎面撞到一起，一堆金星突然闪现在瑙岱的脑海里，他分明看到，金星骤然变成皇太极的游魂，叽叽喳喳地乱飞。

或许是天神提醒着什么，瑙岱脱口而出，接住皇上的鼻血，一滴也不能落在地上。

戈什哈愣了下，除了太医，崇德帝鼻子出血的毛病没人知道，一个失明的人怎能看见？戈什哈突然顿悟，瑙岱还有个身份——萨满，定是天神显灵了。于是，按照瑙岱的吩咐，戈什哈把皇太极的鼻子用药棉花塞住，快马加鞭的一路上，每逢皇上忍不住，要把流进肚子里的血呕出来，他都会拿出碗接住，装进葫芦中，防止皇上的游魂飘远了。

驰逐太骤，鼻血更急，三日才止。皇太极全神贯注在瞬息万变的战场，并无大恙。

在巴牙喇的陪护下，璬岱紧随其后，也昼夜赶往锦州前线。

刚刚驻跸锦州，皇太极迅速判断出明军的粮草囤聚于海中的笔架山，马上派出精兵强将，将其掠获。明军所备粮食便不足三日了，于是，军心思变。战役正式拉开，便呈现一边倒的战况。杏山、松山两场战役，全奸劳师远征而来的明军，生擒了总督洪承畴，活捉了祖大寿的三个兄弟。除了宁远总兵吴三桂跑了，明军主力尽丧，祖家军也不复存在，驻守在宁远的关宁铁骑，尽归吴三桂。

锦州城内，祖大寿依然困兽犹斗，大凌河城那惊人一幕重演。城内草尽粮绝，人骨为柴，人肉为食，强兵杀弱兵，杀到眼红。璬岱受皇太极委派，再次入城当信使。这一次，祖氏将领尽被皇太极俘获，祖家军气数已尽，军心早已动摇，祖大寿想诈降也不成了，他只好跟随着璬岱，老老实实地出了城。再也享受不到皇太极的抱见礼了，因为皇太极已经不在乎锦州之敌降否，大局已定，早早地返回了盛京。

足足晾了祖大寿半个月，皇太极才高高在上地坐在盛京大政殿的龙椅上，坦然接受祖大寿五体投地山呼万岁，痛述己罪。

皇太极并没有计较，"既往不咎，善视来者"，为祖家又有七位将军归附大清设宴席款待。

璬岱在欣喜之余，难免有些失落，两次入城收降祖大寿，都未曾较量过，没能实现对老汗王许下的愿，靠本事生俘祖大寿。宴席上，皇太极一时兴起，说到十王亭外比试箭法，以助酒兴。璬岱心血来潮，居然要与祖大寿一决高下。

席间哄堂大笑，缺胳膊没眼睛的璬岱居然会有这么个离谱的想法。可是，璬岱的要求是认真的，还折箭发誓，若是给爱新觉罗家族丢脸，愿同此箭，身首异处。

大家一下子静默下来，谁会拿自己的性命开玩笑呢？

那把老汗王赐予璬岱、闲置好久的弓被捡起来，璬岱的残臂套上了假肢，撑住了弓，那只力大无穷的好胳膊嘎吱吱地拉开了弓弦，他竖起耳朵，让旗丁敲打靶心，以示方向。

只听到璐岱高喊了一声，天神，赐给我明亮的眼睛。箭脱手而出，带着风声，居然射中了靶子。所有的人瞠目结舌，没有想到，不服输的璐岱练出了这门绝活，居然能盲射。爱新觉罗家族中的盲人都是骑射高手，何况他人。

祖大寿很无奈地接过弓箭，他无意和一个盲人比赛，赢了也不光彩。他没有射向靶子，而是射向了天空，那支箭带着他的誓言，奔向了遥远得不能再远的地方。

祖大寿说，箭已无用，余生不想见到血腥。

如祖大寿无意与盲人比试箭法一般，皇太极没有计较那支射空的箭，待他如立了大功的贝勒，每人赏赐给三匹骆驼。

宴席过后，皇太极封祖大寿为汉军正黄旗总兵。祖大寿虽然老老实实地当了总兵，却拒绝上战场与汉人厮杀。皇太极并不勉强，他佩服有性格的人。

那一年离崇祯帝吊死煤山，只差两年。

十

皇太极突然驾崩，比崇祯早一年。

那是仲秋时节，天清气爽，果硕黍丰。没人知晓，丰收在望时，大清的天塌了。璐岱戴上鹰帽，拴上腰铃，正在给爱新觉罗家族里的一个孩子治病驱邪。一片早衰的树叶飘然而下，落在璐岱的头上，舞得正欢的璐岱居然被树叶砸倒，昏死过去。无论是谁，都叫不醒他。

清宁宫里传出太监凄厉的喊声，皇帝龙驭上宾了。围着璐岱的人们，顿时傻了。

昏死中的璐岱，对身边发生的事情清清楚楚，他的灵魂出窍了，只剩下会出气的躯壳，想给崇德皇帝做萨满也做不成了。大清朝开国之君皇太极拥有着和天神同样高贵的灵魂，天子宾天，天神阿布凯恩都里自然来接。天神没有忘记皇帝身旁有个萨满，叫璐岱，天神责怪他的懒怠，把他的魂儿揪出身体，让他陪着崇德皇帝的魂儿，飞向九重天宇。

然而，璐岱的灵魂已不再轻灵，十八年了，他太在乎每一个死去的人了，无论是亲人是敌人，他一律用最大的力气托起那些灵魂。数不尽的游魂取走了他的光毛火发，斩不断的人间灾祸坠住了他轻扬的灵魂，他牵挂得太多的魂儿太累了，也太浊重了，不但飞不上九重天，见不到天神阿布凯恩都里，甚至连鹰神和突姆妈都见不到了，更没有能力自由地往返天地之间。

璐岱笨重的灵魂成了累赘，拖扯住皇太极的灵魂，沉重得只能浮在污浊的城郭之上，摆不脱人间烟火，穿不破浮来飘去的云朵。恶之神耶路里太渴望一个巨大的灵魂了，他不会错过这个机会，从地狱里伸出无限延长的手臂，企图抓住皇太极的灵魂，吸入自己的体内，填充能量，好挣脱开大地的束缚，跳将出来，再来一次神仙大战。

无处不在的天神，一巴掌将璐岱的灵魂打落下去，摘取两个健壮而又强大的灵魂，让它们托起皇太极的灵魂，快如闪电地刺破天穿，奔向九霄。

那两个灵魂，就是自愿为皇太极殉葬的章京的。

在坠落人间的路途中，璐岱的灵魂突然看到，天上剑拔弩张地挺立着四个太阳，互不相让的光芒把九州大地的人们照耀得惊慌失措，无所适从。

四个太阳炙热无比，大地之上，一片混乱，众多灵魂都被烤化了，荒野之上，灵魂毫无着落的尸体，蛆虫寄生，臭不可闻。

昏迷之中的璐岱，总是一惊一乍地抽搐，狂呼着，四个太阳！天上有四个太阳！喊得嗓子嘶哑，唾沫干涸。没人明白四个太阳是啥意思，都奔向停灵的清宁宫，忙于大丧。大政殿外，十王亭前，铜钦之声超过了十七年前老汗王的大丧，就连万里之外的藏区喇嘛，也参与了铜钦的合奏，一起超度皇太极的亡灵。

四个太阳的喊声，就这样被湮没了。

直到历经了冬春两季，人们才猛醒过来，璐岱的狂呼，不是虚言妄语，一方中华国土，同现四位天子的年号：大明思宗崇祯十七年，大清世祖顺治元年，大顺永昌元年，大西大顺元年。历史给了四个人同样的机会，胜出的却是年仅七岁的福临。

沦落为庶人的璐岱，最后一次以皇族的身份露面，出现在盛京祖大寿的寓所，他是受摄政王多尔衮的委托，替七岁的顺治帝前来拜访，毕竟他是两次收降祖大寿的亲历者。

降清的两年里，祖大寿一直是徐庶进曹营，一计不献，一言不发。随着皇太极去世，祖大寿更不想搅进满八旗的纠葛之中，免得像李永芳那样，即使当了额驸，也免不得在训斥声中苟活。

璐岱见祖大寿，只为一件事，给吴三桂写一封劝降信。不管怎么说，祖大寿还是给了璐岱面子，用不咸不淡的态度接待了璐岱，也顺着摄政王的意思，写了一封不痛不痒的劝降信。

那时，从大清国飞往宁远城的劝降信铺天盖地，全都泥牛入海。吴三桂正在感恩得到了绝色佳人陈圆圆，从前那些同僚上级和亲友写给他的劝降信全被他当成引柴的纸，一烧了之。

有一个人或许例外，那就是祖大寿。吴三桂是舅父一手调教出来的，老家宁远城和关宁铁骑都交给了他，算得上比儿子还亲。吴三桂再无情，也不能对舅父无动于衷。璐岱向祖大寿要了一件信物，夹在信中，以示此信不是伪造。信中的那件信物，吴三桂特别熟悉，是一把虎骨柄的小刀。

没有想到的是，吴三桂居然连亲舅舅都没放在眼里，即便是信使亲自面呈，居然连一句回话都没捎回来。璐岱永远不会知道，祖大寿的千言万语都放在那把小刀的刀柄上，暗示吴三桂，做人要有虎威，要有骨气。

又一次失败，让本来就和璐岱不亲的摄政王多尔衮更加无视他的存在了，彻底把他丢弃在皇族之外，永不叙用。

没多久，多次被清军用"砍大树"的方式砍空了的北京城被乘虚而入的李自成攻陷了。崇祯帝朱由检带着一个王朝的无奈与绝望，吊死煤山。无处收留的吴三桂，因痛失爱妾与李自成翻脸为敌。大兵压境之时，舅父的劝降信成了他的救命稻草。

一片石大战，李自成与吴三桂两败俱伤，作壁上观的多尔衮突然发力，帮助吴三桂一鼓作气将李自成打得溃不成军。

七岁的顺治帝紧随着入关的八旗军，带上皇阿玛留下的大清律法，堂而皇之地进入北京。

那一年是猴年，猴戏多变。不过，这些猴戏与瑙岱再也没有关系了。

瑙岱第三次来到宁远城，是失明十八年之后了，从十八岁起，他当了十八年的随军萨满。十八年后，随着爱新觉罗家族对佛教日益尊崇，八旗军不再需要萨满了，他真正地沦落到民间，为普通旗人家祈福求安。

十八年，是瑙岱命中注定的一个坎儿，宁远城仿佛有一道无形的绳索羁绊住了他前行的步伐。随着大批的旗人从龙入关，瑙岱也加入了这支浩荡的队伍，他的身后，跟随着一大群老少妇孺，还有伤残到无法骑马射箭的旗兵。

走到宁远城外，瑙岱突然间头疼欲裂，浑身痉挛，寸步难行。虽然他的眼睛无法看到，身子却清晰地感受到，脚下就是当年替老汗王挡炮的地方。

瑙岱抬起头，望向远方，虽然他看不到太阳，却清楚地感受到了热度，头脑中浮现出两个初长成的儿子，随着蓝色的旗帜，跟在六阿哥郑亲王济尔哈朗身后，去收拾大明破碎的山河。

他的灵魂敏锐地察觉到了，再走下去，就是一片石了。九门水关前，刚刚经历一场惊天地泣鬼神的大战，山之阴处，几场风雨过后，依然是血迹斑斑，冤魂堆积得比乱石还要多。这么多无处可归的灵魂，会把他的灵魂压垮挤碎，那是一道他过不去的坎儿。

索性不走了，反正他也没有能力拯救那么多灵魂，就在这里扎根吧。太祖、太宗两代帝王殚精竭虑十八载，未曾攻克宁远城。顺治帝福临刚一继位，宁远城便唾手可得。这正中了那句流传甚广的咒语："宁远失，大明亡。"

宁远就该是大清子民的福地，就该是他瑙岱一生的归宿。

不到十年，宁远城又恢复了生机，城内四街，人稠屋密，满汉混居。一条黄土大道，直连北京与盛京，商贾、漕运、驿站各色人等来往络绎不绝，衙门、寺庙、集市人声鼎沸。宁远已成两京之间的枢纽，皇族省亲的驿站。

宁远城乡，旗人、汉民早已服饰一致，容貌相同，难分彼此。瑙岱一族，仍居乡里，四周村落皆为汉民，与人交往尽说汉话。汉人多以单字为姓，瑙岱嫌通报姓名麻烦，也不愿听到爱新觉罗氏怎会沦落乡野之中的疑问，干脆取其意，改汉姓为金。相邻村子的人，不再叫他的名字，称其为"瞎子金大神"。

瞎子金大神——爱新觉罗·瑙岱还有最后一个心愿没能实现，这个心愿年轻时就许给了太祖老汗王，和祖大寿较量一番，分出个输赢。现在，他们两个都老了，再不找机会比试一番，恐怕此生再也没有机会了。已经贫困多年的金大神终于奢侈了一回，他雇了辆马车，赶赴京城，拜访颐养天年的祖大寿。

在盲者的世界里，时间是凝固的，祖大寿的模样，永远停留在三十几年前，英姿飒爽，力克群敌，而不是实际上的苍老、衰弱、多疑。祖大寿愿意承受晚年的凄凉，莫说是京城的达官贵人，就是家族中如日中天的将领，红得发紫的外甥，也是闭门不见。

不过，瑙岱的来访，确实出乎他的意料，他已经是无油可榨的老朽，还来找他做什么？不管怎么说，瑙岱曾两次体面地将他从生死线中拉出来，此次拜访，总不至于将人家赶走。

客厅里，两个人隔着八仙桌落座，一时间居然无话可说。叙旧，那是不可能的，对于祖大寿来说，往事不堪回首。说将来，也不现实，毕竟他们都是行将就木的年龄了，再开通也不能谈论怎么个死法。只能不咸不淡地说一说宁远州，说一说满汉一家亲，还有刚刚流行的满汉全席。

瑙岱也不好意思说，来京城就想完成一个夙愿，两个人比试一番，定出输赢。只好住在祖家，一住就是好多天。终于有一天，祖大寿开口，谈起了两个人第一次交手，从广宁打到宁远，如何跳上船，戏耍了那时还耳聪目明的瑙岱。

既然话题已经打开，瑙岱趁机提出，再比试一番，定个胜负。

祖大寿不同意，胜负已经分出，清水浇灭了明火，江山都拱手相让了，何况他刀枪入库十几年了。瑙岱不肯，胜负是两个人之间的事情，与旁人无关，与皇家无关。祖大寿猛地咳嗽一阵，那是给瑙岱传递一个信号，毕竟比瑙岱大十几岁，身体大不如前了，他甘拜下风，何况跟一个盲人比试个什么子丑寅卯。

瑙岱想出个折中的办法，两个人的胳膊架在八仙桌上，掰手腕。

祖大寿淡然一笑，真是个傻瑙岱，居然为了一次掰手腕，千里迢迢来到京城。毕竟是场游戏，祖大寿没有驳瑙岱的面子。

假如说瑙岱能够恢复到三十年前，具有轻灵的萨满之魂，脑子里能闪现祖大寿的红夷大炮轰向了老汗王那样，预见祖大寿会因一次掰手腕而累死，他说什么也不来逞这个强，他通灵的萨满已经出卖了他，一个灵魂的出窍，他居然毫无所知。

祖大寿仙逝那一刻，瑙岱觉得像掰一截木头，用劲儿也罢，松劲儿也好，对方坚固地挺立，无动于衷。直到格格趴在他耳朵上说，老人家薨了，他才猛醒过来，这一辈子，注定与祖大寿没有输赢。

葬礼是奉皇太后懿旨操办的，礼仪按照汉人的习俗，除了顺治帝没来送灵，规格不逊于刚刚去世的正蓝旗旗主郑亲王济尔哈朗的场面。如此待遇，皇太后颇有深意，那是做给远在云南的平西王吴三桂看的。

无论是亲属是皇室，都以为祖大寿沉疴久矣，寿终正寝。没人知道，是和璐岱较劲儿累死的。璐岱很内疚，却无法言说。

或许这是天意，冥冥之中，无缘无故，璐岱千里赴京，天神故意安排璐岱专程接灵，护送祖大寿魂归故里。这么一想，璐岱的心里宽敞了许多。在格格的搀扶下，璐岱扶着祖大寿的灵柩，出东直门，一直向东北走去。

那是一次真正的大出殡，从京城到宁远，历时半个月，一路上唢呐嘹亮，纸钱飞扬。沿途州城府县官署的主官，都要陪灵相送一程，路上行人若不想回避，须行叩拜之礼。这些风风光光的出殡礼仪，璐岱无法看到。他心中在想，安葬祖大寿时做什么样的萨满。

祖大寿回来了，回到了他阔别已久的家乡，可他再也睁不开眼睛，看看璐岱怎样殚精竭虑修好了被他外甥烧掉的祖宅，看一看摆满祖家世代英杰的祖氏祠堂。这个祠堂里如今又多了个灵柩。朝廷拨来银两，大修祖大寿的陵墓。

墓地选在城西六里的宁远河河畔，那里面临清澈浩荡的河水，周边环绕着苍劲的松林，是上好的风水宝地。祖大寿的陵寝，规制仅逊于亲王，两里的神道直通宝顶，神道依次为神道碑亭、火焰牌楼、五孔石拱桥、四柱三门石牌坊。神道两旁挺立着两排护灵的神兽，圆形宝顶之前，分设南北焚帛炉、隆恩殿，以便祭祀和守陵。

隆重的下葬仪式是在两年之后，顺治帝派遣永平知府到宁远，为祖大寿墓立碑镌文谕祭，碑文内容夸祖大寿"持身敬慎，秉性成老"。

给汉人做大萨满，璐岱一生只给一个人做过，那就是祖大寿。葬礼之上，璐岱舞得个天昏地暗，直至呕血。他把接住的一碗血飞扬到天空，让自己的灵魂陪伴着祖大寿的灵魂一路向西。

从此，璐岱的残缺之身再无萨满附体。

入主中原之后，爱新觉罗家族人丁旺盛，却忽略了曾有一支遗落在宁远城外，以至于皇家族谱的丁册里，瑙岱居然卒年不详。直至康熙五十二年，才突然追寻起这支遗落的皇族，恐其子孙湮没，给予了红带子，可最终还是湮没了。

家谱丁册中记载，七世后，瑙岱无嗣。

附录：书中主要人物及关系

爱新觉罗家族：

努尔哈赤（1559—1626）清朝的奠基者，后被皇太极追尊为清太祖，生于建州女真左卫酋长家，塔克世的长子，八旗制度和满文的缔造者。足智多谋，坚忍不拔，心硬如铁，执法如山，熟读汉史，精通蒙文。二十五岁起兵，战无不胜，先征服建州三卫，后征服海西女真扈伦四部，在萨尔浒大败四十万明军，最终统一了辽东大地所有女真部落。1616年在赫图阿拉称汗，建立金国，史称后金，年号天命。因攻宁远城不克，伤疮复发，郁闷而终。

舒尔哈齐（1564—1611）塔克世的第三子，努尔哈赤同母弟，与其兄同甘共苦，在建州创立红黑两旗并执掌黑旗，定制四旗时，改为蓝旗，八旗制度的创立者之一。在征服建州女真各部时，屡立奇功，被明朝封为建州左卫都指挥使，俗称二都督，地位仅次于努尔哈赤。后在对待海西女真乌拉部，对明朝、朝鲜的态度上，与兄长的分歧无法弥合，在黑扯木另立大营，被努尔哈赤逼迫回归，幽禁而死。

阿敏（1586—1640）舒尔哈齐次子，努尔哈赤的忠实追随者，父亲另立大营时，与父亲分道扬镳，深得努尔哈赤信赖，创立八旗制度时，任镶蓝旗旗主，被称为二贝勒，成为四大贝勒之一，也是努尔哈赤考虑的接班人选之一。灭平乌拉部，大战萨尔浒，入朝鲜袭毛文龙，立有奇功。曾暗中参与汗位的继承之争，败于皇太极。围困北京之战过后，守京郊永平四城，为保存实力避战，逃回关外时屠杀投降的汉人，皇太极以心怀异志之名，圈禁十年而逝。

瑙岱 （1608—?）舒尔哈齐第九子，母为庶福晋，乌拉部阿颜觉罗氏平民之女。努尔哈赤抚养长大，并为贴身护卫，攻打宁远城时，为保护努尔哈赤中炮，身残目盲。崇尚萨满，不愿上战场杀敌，因而获罪，黜去宗室为庶人。女真建州部最后一位大萨满，为弥合满汉民族隔阂，不遗余力。卒年不详，康熙年间，恐其子孙湮没，授予红带子。

皇太极 （1592—1643）努尔哈赤第八子，母叶赫那拉氏孟古哲哲，舅舅为叶赫部贝勒那林布禄和金台石。清朝的创始人，清太宗。努尔哈赤创立八旗制度时，任正白旗旗主，被称为四贝勒，继承汗位后，掌管两黄旗，年号天聪。后废除四大贝勒共和制度，废除萨满，崇信藏传佛教，结盟蒙古诸部，征服朝鲜，重用汉臣，反对屠杀汉民，废除女真称呼，将所有子民无论何族，统称满洲。1636年在沈阳称帝，改国号为清，年号崇德。

觉昌安 （1526—1583）女真建州左卫都指挥使，努尔哈赤的祖父，素多才智，经营马市，发展农耕，扩大了爱新觉罗家族的影响力。同其子塔克世到古勒寨劝降叛明的孙女婿阿台，明军纵兵屠城，父子同战死。

塔克世 （1543—1583）女真建州左卫领袖，觉昌安次子，努尔哈赤和舒尔哈齐的父亲，同其父觉昌安古勒寨劝降叛明的侄女婿阿台，明军纵兵屠城，父子同战死。

褚英 （1580—1615）努尔哈赤长子，母为元妃佟佳氏。因广有战功，1613年被立为努尔哈赤的继承人，代为主持军政事务。因与四大贝勒和五大臣矛盾冲突极深，被剥夺太子身份，软禁后，被处死。

代善 （1583—1648）努尔哈赤次子，母为元妃佟佳氏。因作战英勇赐号"古英巴图鲁"，努尔哈赤创立八旗制度时，任正红旗和镶红旗旗主，为四大贝勒之首，称为大贝勒。主持诸贝勒拥戴皇太极继承汗位，清军入关后，封为礼亲王。

莽古尔泰 （1587—1632）努尔哈赤第五子，母建州富察氏，努尔哈赤创立八旗制度时，任正蓝旗旗主，称为三贝勒。大战萨尔浒、远征喀尔喀有功，曾弑母邀赏。犯有逆天聪汗之罪，死因不明，死后被清算。

济尔哈朗 （1599—1655）舒尔哈齐第六子，为努尔哈赤抚养，为四小贝勒之一，称为八贝勒。与皇太极关系极好，接替阿敏掌管镶蓝旗，清军入关后，封叔和硕郑亲王。

岳托 （1599—1638）努尔哈赤之孙，代善长子，与父同掌管两红旗，皇太极继承汗位的实际策划者。

哈哈纳扎青 （1560—1592） 建州佟佳氏，辽东望族之女，努尔哈赤的第一任正福晋，褚英、代善之母，努尔哈赤起兵所用的十三副半铠甲与财物皆为佟家所献。清太宗皇太极为抬高生母地位，未追尊嫡母皇后封号，史称太祖元妃。

孟古哲哲 （1575—1603），叶赫那拉氏，女真叶赫部首领杨吉砮之女，继任贝勒那林布禄和金台石之妹，清太祖努尔哈赤第三任大妃。十四岁嫁给努尔哈赤。庄敬聪慧，端庄贤德。婚后四年，生下一子，即清太宗皇太极。二十九岁病逝，后迁葬于福陵，与努尔哈赤同陵寝，追尊为清代第一位皇后。

阿巴亥 （1590—1626） 海西女真乌拉部满泰贝勒之女，布占泰的侄女，努尔哈赤的第四任大妃，足智多谋，教子有方，其子阿济格、多尔衮、多铎均为四小贝勒，努尔哈赤逝世后，被逼殉葬。

阿颜觉罗氏 生卒年不详，海西女真乌拉部扎海钻塞之女，布占泰的干女儿，舒尔哈齐唯一的庶福晋，瑙岱之母。曾是李成梁的丫鬟。

老萨满 （？—1626）建州女真部的大萨满，最长寿者，相传有几百岁，具有通神之功，曾多次庇护爱新觉罗家族之人，传授给瑙岱萨满之术，使其成为建州女真唯一的大萨满继承人。

女真诸部：

东哥 （1582—1616）叶赫那拉氏，名布喜娅玛拉，叶赫贝勒布塞之女，孟古哲哲堂侄女，出生时叶赫萨满预言"此女可兴天下，可亡天下"，长大后，有女真第一美女之称。自十岁起就令努尔哈赤为之不断发动战争，拥有"一女亡四国"的传奇经历。对杀父仇人努尔哈赤爱恨交加，曾与努尔哈赤有过婚约，以至成为努尔哈赤生命中的"七大恨"之一。三十三岁才出嫁，被称为叶赫老女，远嫁蒙古喀尔喀部第二年，病逝。

布占泰 （？—1618）海西女真乌拉部贝勒，先后娶了爱新觉罗家族三个女儿为福晋，大妃阿巴亥的叔叔。九部联军攻打建州时被俘，为努尔哈赤恩养，扶植为乌拉部贝勒。曾两度与东哥有过婚约，后企图统一女真诸部，努尔哈赤率众进攻乌拉，城破，乌拉部亡，逃至叶赫部，寄人篱下，忧郁而终。

那林布禄 （？—1609）海西女真扈伦四部叶赫部贝勒，其妹孟古哲哲为清太宗皇太极生母，父叶赫部贝勒杨吉努被明总兵李成梁诱杀，继任为叶赫部贝勒后，尽收叶赫部余众，欲为其父复仇，结盟建州，履行父亲遗愿，将妹妹孟古哲哲嫁与努尔哈赤。后欲称霸女真，发动九部联军攻打建州，失败后，利用东哥美色，结盟女真各部，终成为努尔哈赤吞并叶赫的借口。

布塞 （？—1593）又称布斋，海西女真扈伦四部叶赫部二贝勒，为那林布禄堂兄弟，东哥之父，曾以东哥设美人计，伏杀哈达部贝勒歹商，后将东哥许诺给乌拉部贝勒之弟布占泰，诱使其参加九部联盟会战，攻打建州时，于古勒山中计，被杀后，一半尸体归还叶赫，以示羞辱。

布扬古　（？—1619）海西女真扈伦四部叶赫部末代贝勒，布塞之子，东哥之兄，继位之初，颇为东哥的婚事犯难。几次出尔反尔后，终于决定将其嫁给蒙古喀尔喀贝勒哈达尔汉之子莽古尔岱。作为明朝的盟军一同出兵征讨后金，参加萨尔浒之战，闻听明军失败后，裹足不前，努尔哈赤攻破叶赫城时请降，终遭缢杀。

金台石　（？—1619）海西女真扈伦四部叶赫部末代贝勒，那林布禄之弟，孟古哲哲之兄，皇太极之舅。继承兄长贝勒之位后，与明朝结为盟友。萨尔浒之战后守叶赫城，努尔哈赤使用挖掘洞穴的方式使叶赫城墙最终塌陷，城破后，拒绝投降，自刎而亡。其子尼雅哈率叶赫部降，其孙为康熙年间大学士纳兰明珠。

孟格布禄　（1565—1600）姓那拉氏，海西女真扈伦四部哈达部贝勒，其父为王台，父死后，哈达部内讧，贝勒之位被侄儿歹商继承，歹商外联明廷，内交建州，与叶赫为敌。孟格布禄与叶赫部联手，以东哥为诱饵，设计在迎亲路上伏杀歹商，获得叶赫支持后，成为哈达贝勒。九部联军战败后，一度与叶赫失和，乞师建州后，避免亡国之难，后欲纳娶东哥，再度与叶赫结盟，终被建州所灭。

拜音达理　（？—1607）海西女真扈伦四部辉发部贝勒，其祖父旺吉努死后，杀其叔七人，自立为贝勒。参与九部联军攻打建州，大败后，先后质子、约婚于叶赫、建州之间，反复无常，乘机筑城固守。后欲娶东哥为妻，偏向叶赫，努尔哈赤率军攻克辉发，被杀。

叶赫萨满　（？—1616）叶赫部的大萨满，具有通神之功，东哥出生时，曾有谶语"此女可兴天下，可亡天下"，因多次泄露天机，神力渐失。为拯救叶赫部，宁愿致盲双目，终因看不到叶赫兴盛的希望，陪远嫁的东哥去蒙古喀尔喀部。为将血肉化作灵魂飞回叶赫，节食而极度消瘦，为东哥守墓时，肉身皆无。

王杲　（？—1575），满语名阿突汗，建州右卫都督，生来聪明机智，通晓多种语言文字，居于古勒寨，努尔哈赤外祖父，曾抚养努尔哈赤和舒尔哈齐。因明朝断绝贡市，大举进犯辽阳、沈阳，李成梁率军攻打古勒寨，兵败，逃亡途经哈达部，被哈达贝勒王台出卖，擒送给明军，磔于北京。

阿台 （？—1583）建州右卫王杲之子，既是努尔哈赤的舅舅，又是努尔哈赤的姐夫。为报父仇，辗转逃回古勒寨，励精图治，以图东山再起。李成梁第二次攻打古勒寨时，与努尔哈赤的祖父觉昌安，父亲塔克世一同被明军杀害。

尼堪外兰 （？—1586）生于建州女真加哈部，图伦城主，崇尚汉文化，巴结李成梁，出卖努尔哈赤的祖父与父亲，带明军攻破古勒寨，企图统领建州女真。努尔哈赤起兵复仇后，尼堪外兰屡战屡败，不断逃亡，后被杀。

明朝官吏：

李成梁 （1526—1615）辽东铁岭人，明辽东总兵，两破古勒寨，杀死努尔哈赤五位亲人，后扶持努尔哈赤为建州女真首领，为努尔哈赤与舒尔哈齐的义父，擅于利用女真、蒙古各部矛盾，师出必捷，封宁远伯。

李如松 （1549—1598）李成梁长子，努尔哈赤与舒尔哈齐的结拜兄弟，在抗倭援朝战争中立有奇功，曾出任辽东总兵，在与蒙古部落交战中阵亡。

李如柏 （1553—1620）李成梁次子，纳舒尔哈齐之女为妾，随其兄出征朝鲜，接任辽东总兵，萨尔浒之战兵败，逃回后畏罪自裁。

李永芳 （？—1634）原为明军抚顺游击，第一个投降后金的边将，被努尔哈赤赐予孙女为妻，汉军正蓝旗总兵。随贝勒阿敏征讨朝鲜，缔盟而回。

祖大寿 （1579—1656）辽东宁远人，"以辽人守辽土"组建祖家军，被誉为关宁铁军，曾获宁远大捷、宁锦大捷，收复永平四城，大凌河之战、松锦之战，两次降清。为汉军正黄旗总兵。

袁崇焕 （1584—1630）广东东莞人，官至兵部尚书，蓟辽督师，率军取得宁远大捷和宁锦大捷，重创后金，炮伤努尔哈赤。后因擅杀毛文龙，未能阻止皇太极借道蒙古围攻北京，被凌迟处死。

杜松 （？—1619）陕西榆林人，官至山海关总兵，绰号杜黑子，与北方少数民族大小百余战，无不克捷，于萨尔浒之战中阵亡。

刘綎 （1558—1619）江西南昌人，明朝抗倭将领，援朝时立有奇功，绰号刘大刀，晚明第一猛将，萨尔浒之战丧命于阿敏之手。

马林 （？—1619）河北蔚州人，明朝名将之后，官至开原总兵，雅好文学，能诗，交游多名士，萨尔浒之战弃阵逃离，后被朝廷赐死。

毛文龙 （1576—1629）浙江钱塘人，明末东江总兵，以皮岛为根据地与后金周旋，颇有战功。为人骄恣，索饷过多，被袁崇焕矫诏所斩。

其他人物：

光海君 （1575—1641）名李珲，朝鲜第十五任君主，壬辰倭乱（抗日援朝）临危受命，1608年继位，却一直不受宗主国明朝承认，无封号，与后金交好。1623年被侄子李倧政变推翻，流放济州岛。

李倧 （1595—1649）朝鲜第十六任君主，庙号仁祖，光海君之侄，与明朝及毛文龙关系甚密。在位期间，朝鲜同后金发生两次战争，后为清藩属国。

姜弘立 （1560—1627）李氏朝鲜中期大元帅，壬辰倭乱抗日英雄，萨尔浒之战明东路援军，率万余众降后金，纳娶代善之女为妾。因误听李倧杀其全家，充当后金引导，攻朝鲜，明真相后，因羞愧，自杀而亡。

丰臣秀吉 （1536—1598）日本战国时代著名政治家，日本战国三杰之一，完成日本统一后，萌发建立亚洲大帝国的愿望，1592年发动战争，征讨朝鲜，并迅速占领全境，进而企图占领中国，征服印度。由于明朝竭全国之力援朝，战败后忧郁而死。

2016年4月至2019年12月